原点

相信
抵达
的 original
力量

丁利民　王潇／主编

上海三联书店

目　录

一　抵达现场

二　追踪社会

三 关照人心

一

抵达现场

日籍学童遇袭之后

2024 年 9 月 18 日，何予一家本打算带着孩子出门玩耍。傍晚时分，她突然收到丈夫的信息，"今天我们不出去了，在家里待着吧。我不想出去玩，有个孩子去世了。"

她上网查询，得知这是一起极端的袭击案件：当天早晨在深圳蛇口，一位 10 岁的日本籍孩子在上学途中被刺伤，救治后不幸身亡。

事发后的三天里，令何予感到心痛的是，遇害者是再普通不过的孩子。"伤害一位孩子，这是很不公平的！"何予的丈夫在发给她的信息里写道。

在通报里，人是一个身份、一个标签。而在实际的生活中，"人"是父母们的孩子，楼上楼下的伙伴，或偶然路过的点头之交，鲜活而平常。

事发："一起极端事件"

何予在网上看到了深圳市公安局发布的警情通报。其中提到，"18 日 8 时许，深圳市南山区招商街道辖区内发生一起持刀伤害路人警情，致使未成年人沈某受伤"，警方"现场抓获嫌疑人钟某，并第一时间协助 120 将受伤人员送医院"。

在事发现场附近，人们试图回忆起当天的经过。

遇害孩子就读的深圳日本人学校,坐落在蛇口"招商国际儿童友好街道",这条路上有两到三所学校和幼儿园,周围被小区环绕。

临街居民张萍的女儿在附近中学读书。9月18日早晨7时,张萍送女儿上学,看见几个日本人学校的孩子在妈妈们的护送下步行在道路一旁,在距离校门口约200米左右的路段时,有人持刀刺伤了正走在道路最外侧的一名男孩。

事情就发生在几分钟之间。在张萍的回忆里,孩子的母亲倒地痛哭,有人帮忙按住遇袭男孩的伤口,救援人员抵达后,男孩被送往医院抢救。大多数路人被震惊得一时没反应过来。

早上8时不到,上了通宵夜班的便利店员工周欣突然听到一阵哭声。她出门张望,看见路边一名女性在哀嚎,身旁是一滩血迹。路边站着几个人,说着她听不懂的日语。

在数位目击者的描述里,案发地与派出所和公安局边检部门距离很近,警方很快就赶到了现场。8时之后,周欣下班再次路过出事地点,现场已经被警方搭起棚子进行了隔离。

医疗救治组组长、深圳市儿童医院院长麻晓鹏在接受媒体采访时介绍,伤者因伤势过重于19日凌晨1时36分宣告不治。

9月19日晚,中国外交部举行例行记者会,外交部发言人林剑答记者问时披露男孩为日本籍,其父母分别为日本公民和中国公民。

截至9月20日晚,深圳日本人学校仍在停课之中,街道重归平静。

另一头,何予和她日本籍的丈夫感到愤怒,心情始终无法平复。"怎么能这样?非常非常伤心。"何予的丈夫说道。

"这是一起极端事件。"何予试图安慰他,自己心里却止不住地难受。她也是一位母亲,孩子今年刚满一岁。

孩子:"和我们是一样的"

在蛇口的街道上,带着标签的身份变成了真实的"孩子"。

周欣回忆起曾经来店里光顾过的日本孩子们,"虽然日本孩子中有一些中文说得也不错，但还是能辨别出来。"

"很有礼貌""站得很精神""喜欢吃饭团"是周边商店店员们对日本孩子们的普遍印象。

9月20日早上9时，学校五百米外的小花店内，白色的雏菊和黄色的向日葵被放在了最显眼的位置。店主刘霜一直在忙活，19日上午开始，店里接到了近30笔来自全国的订单，地区有南京、北京、上海……，想要给遇害者献花。"许多都是孩子的父亲。"刘霜说。

刚从朋友那儿听说孩子遇害的事时，刘霜并不相信。"瞎扯淡，你这是瞎扯淡!"刘霜骂道，她开了14年花店，从未出过这样的恶性事件。直到第二天早上，她陆陆续续收到订花的信息，才意识到案件真实地发生了。

尽管刘霜和生活在这里的日籍人士很少有过深交，但她印象深刻，每年的日本教师节，日本孩子会来花店里买花，"和我们是一样的。"刘霜加重语气，"都很有礼貌。"这些孩子中文说得特别好，一直点头和她讲"谢谢"。

很早之前刘霜带着自己孩子上学，也会在途中遇见日本人学校的孩子和家长。尽管彼此并不熟识，他们仍会互相点一点头。

"啧……""哎……"刘霜好几次想说些什么，又开始叹气。"很难受、很难受的。"

而在学校一条街区以外的咖啡店里，咖啡师夏梦时常看到日本孩子刚放了学就跑到附近的披萨店、便利店里，有时也会到自己的小店里买杯饮料。

店里的台子上摆放着海贼王的手办。每次孩子们看见总会喊道"路飞，路飞!"夏梦就在一旁附和道"是呀，我最爱的就是路飞。"

她养了两只橘猫。那些孩子们会小心翼翼地用中文询问她，"可不可以摸?"得到允许后他们兴奋地不行，抚摸着小猫的后背，嘴里直呼"可爱"。

她摇了摇头，"我本来很想在网上说些什么。"但平静下来后她意识到，输出愤怒的情感并没有用，"能改变什么呢?"夏梦想了想，还是打算过去献一束花，希望孩子在另一个世界能幸福。

9月20日中午，学校的北门已经聚集了不少前来献花的市民。

一位市民拎着袋子，里面装着两束鲜花。她的朋友曾在日本留学，特地委托她过来献一束花。"是这儿,去吧。"聚集的人们说,没关系,大大方方献就好。"孩子太无辜了,无论在哪里都不该这样。"

住在附近的赵雅是三个孩子的妈妈,她一早就带着鲜花前来。对于发生这样的事件,她感到痛心无比。作为一个母亲,赵雅很难接受这样的事情,"我居住在这里很多年,一直治安良好,很难相信会发生这样的事情。"赵雅哽咽道。

误解:"日本人学校到底是干什么的"

让何予更为难受的是,情绪是一时的,误解却在不断出现。

作为中国改革开放最早的窗口之一,蛇口一直是深圳外国人的聚集地,这里也密集开设着诸多国际学校。

事件发生后,她在网络上看到了熟悉的疑问,"日本人学校到底是干什么的?""我住了这么久都不知道日本人学校。"何予说,这些疑惑由来以久。她第一次了解日本人学校,是由于她的丈夫曾在日本人学校里担任了四年教师。她常常跟着丈夫参加同事聚会,由此得知了这类学校是寻常的存在。

何予解释,在上海、广东等日资企业较多的地区,常常会有企业管理层人员,从日本被外派到中国,一般待上三年左右。他们普遍不愿把妻子孩子留在日本,会带着一家人来中国居住。

于是,日本人学校为这些"随迁儿童"提供了过渡。"三年后孩子就要回到家乡,考日本的高中和大学,他们就只能就读和日本教育系统相似的小学、初中。"何予说,这些学校基本属于公益性质,比起一些国际学校,学费要低得多。在日本的横滨等地,同样建有华人学校。

根据中国教育部门的规定,中方的孩子不能就读日本人学校。何予说,日本人学校除了少数中文课、中文老师,其他的教职人员基本是日本外派过来的日籍人士,全程用日语教学。学校管理和安保措施比较严格,哪怕是日籍家长要给孩子送东西,未经报备、许可也不能随意进入。"几乎都很封闭。"

而在蛇口街头,居民说起了另一段历史:这些日本学校其实和当地的发展有着紧密联系。

"蛇口也叫招商蛇口。"一位本地居民说,"有了三洋也就有了蛇口。"早在上世纪 80 年代,日本电机企业三洋在蛇口建了厂房,为很多当地人、外来的打工者提供了就业。2000 年后,随着日资企业不断进驻。蛇口逐渐成了深圳新的经济重地。

宏观的全球化发展之下,日本人学校成了其中微观的产物。深圳日本人学校的官网上标注,2008 年学校在深圳日本工商会下设立,目前有小学部和中学部共 9 个年级,273 名儿童就读。

而学校的校歌歌词里写着,"驶向蛇口的船只,追梦的人聚集在光辉下,怀揣升腾的心,航向世界。"

偏见:"还是得看人,一个具体的人"

事件发生后,何予的丈夫也和她说起自己的担忧:这件事伤害的不仅是孩子的生命,也会影响每一个普通人的生活。她在网上见过许多声音,担心人们之间的偏见越来越深。

在外交部的发布会上,林剑称,18 日发生的袭击是一起个案,中方始终欢迎包括日本在内各国人士来华旅游、学习、经商和生活,将继续采取有效措施,保障在华外国公民的安全。

其实比起这些,何予更加在意的是,这是一个和自己相似的家庭,妈妈来自中国,爸爸来自日本,家中的孩子仍然年幼。和每一对父母一样,他们也牵挂着孩子每天的安全,未来的人生轨迹。"还是得看人,一个具体的人。"何予说,"而不是一些抽象、宏大的概念。"

2017 年,何予在一位法国朋友的派对上结识了如今的丈夫。和多数内向的日本人有所不同,她的丈夫乐于结识新的朋友。当时,她的丈夫刚刚爱上中国的美食、文化,两人由此有了许多共同的话题。

三年后,两人步入了婚姻。每次何予去丈夫的家里吃饭会在餐桌上看到很多熟的火炙寿司。她很惊讶,丈夫曾说过,他们非常非常讨厌吃熟寿司,新鲜度很低,他们更爱吃鲜甜的生鱼片。

后来她才知道，婆婆了解到熟食是中国的传统和文化，很想顾及她的感受，想让她有种被照顾的感觉。

虽然孩子刚满 1 岁，何予已经像大多数中国妈妈一样，开始为孩子将来的择校做起了规划。

"我们正考虑读国际学校。"何予说。和她一样的家庭通常有几种选择，可以选择中国公立学校、日本人学校和国际学校。相较于教学气氛宽松的日本人学校，国际学校虽然学费昂贵，但更符合何予对孩子的期待。

何予叹息，一位外派的日籍人士在服务期满后，按照惯例必须回到日本工作。也有很多人和她的丈夫一样选择留下来，组建自己家庭。他们都是这座城市里的普通人，相信在这里能有更好的未来，有爱的人陪伴在身边。她不愿见到这些信任、希望在未来消逝。

（文中所有人皆为化名）

（记者　李楚悦　冯蕊　编辑　王潇）

原文发布于 2024 年 9 月 22 日公众号原点 original

原标题：深圳一个孩子，在上学途中遇袭

绝地求生十七日

提起泄洪闸，关完发电机，泸定县湾东水电站的大坝上只留下罗永和甘宇两个人。

周围唯一能够听到的是"轰隆隆"石块不断滚落的声音。

这里是四川省贡嘎山群峰，周围有海拔6000米以上的山峰45座，湾东水电站正位于其东侧山脉的夹沟处。1小时前，这里发生了一场地震。水电站员工罗永眼见一起工作的哥哥、侄子和数位同事都被掩埋于乱石堆下。有人逃走，有人在逃生的路上遇难。

低洼的地势之中，水电站大坝是为数不多的高处，可能是附近最安全的地方。甘宇和罗永留在坝肩上歇了一夜。可当第二天醒来时，形势发生了变化。"四周都在塌方，山垮得越来越凶，感觉马上就要涨水了。"罗永依据自己的地震知识判断，他们非逃不可。

猛虎岗是第一波逃生者去往的方向，两人商量后决定先向那边走。他们不会知道，自己将踏上一场如此漫长的旅途。

选择

9月5日12时52分，泸定县发生6.8级地震，湾东水电站员工构攀正在水电站地下三层的主厂房作业。伴随着一阵猛烈的晃动,顷刻间,地下室探照灯熄灭,构攀眼前一片漆黑。他飞快跑回到地面,看见周边山体不断有滚石落下,掀起烟尘。

他担忧地望向数公里之外的大坝。

往年同一时间,大坝每周都会提闸放水调整水位。而地震发生后,周边可能会形成堰塞湖,导致水位上涨,如果不打开泄洪闸,让大坝里的水按照设计方向引流,就会有漫坝、溃坝的风险,"携带着泥沙碎石的水流冲刷到下游,将造成严重的人员伤亡和财产损失。"

下游村庄里有数百个村民,希望就寄托在一线之间。41岁的罗永是负责大坝防汛卫生工作的水工,当时正在宿舍休息。他回忆地震发生那一秒,"我第一时间的感觉是,完了完了,我这回肯定走不出去。"

他决定把最后的时间留给大坝。附近的工作区电力系统已瘫痪,原本在值班室就能进行的远程拉闸操作,已经无法使用了。剩下的只有一条路,上坝肩,启动备用电源,再打开泄洪闸。

由于周围山体有大面积的塌方,从宿舍到坝肩的上坝公路被滑坡阻断,罗永只能徒手沿着滑坡体爬上10层楼高的大坝坝肩。"我爬了两次,第一次没爬上去,滚石太多了,第二次才爬上去。"

同一时间,28岁的甘宇也没能及时逃生。他毕业于西昌学院水利专业,毕业后就来到泸定工作。罗永回忆,"当时下面有好几个人被压到了,他就去帮忙拉出来。"接着,甘宇又和罗永一起去机房关闭了发电机。然后便出现了开头那一幕,两人被遗留在坝肩,错过了最佳逃生时间。

逃生

休息一夜之后,周围的塌方越来越严重。两人开始在余震中向猛虎岗方向逃生。逃生要往高处走,但这并不容易。贡嘎山区本就地壳活动频繁,地形复杂,地震后更是产生了许多裂缝和断崖,山脊狭窄如倾斜的刀刃,一不小心就会踏入万丈深渊。

"一路上都是滑坡点。"罗永不愿太细致地回忆,想到那些无法预料、滚滚而下的落石,他还是会"觉得恐怖"。甘宇有近视,地震当天就丢掉了眼镜,因为看不清,经常被竹林和灌木割伤。每当遇到陡峭的地方,罗永就用一根带来的保险绳拴住甘宇一块走。

罗永和甘宇从 9 月 6 日清晨一直走到下午三四点左右,没有水、没有食物,更没遇到人。猛虎岗的直线距离仅四五公里,但山路蜿蜒,罗永感觉他们实际上徒步了十五六公里。

罗永记得,走到猛虎岗附近时,转机突然出现——甘宇的手机有了一点微弱的讯号。他们打通了第一个电话,向水电站汇报了自己的大概位置,并发送了定位,领导立刻联系直升机前往两人所在的位置。

没多久,数通电话又连续打进来。几通来自甘宇的家人,甘宇报完平安后快速说道,"别再打了别再打了,手机电不够了。"还有一通来自罗永的家人,告知了他母亲遇难的消息。

逃生过程中,罗永带着甘宇,一直努力表现得坚毅沉着、"像个哥哥",却在那一瞬间脱了力。他形容那是地震中"最痛苦的时候",他流着眼泪,却没有时间叙情,挂断了电话就赶往定位附近等待救援。

没想到的是,这是他们与外界联络的最后一通电话。手机的信号很快又消失,电量也耗尽了。

直升机的确来了,但没有发现他们。由于无法联络,两人目睹着直升机盘旋着不断掠过上空,"一次次激动,然后一次次失望。"罗永和甘宇的大声呼喊淹没在广袤的山林中,缩成一个可以忽略不计的小点。

分头

9 月 7 日上午,甘宇走不动了。前一天错过直升机后,他们原地歇息了一晚,打算回到大坝寻求救援,但是饥饿和疲惫让甘宇的身体变得越来越迟缓,罗永也感觉到"他的体力要不行了"。

"不行,我走得太慢咯,拖累时间,这样下去我们两个都活不成。"罗永回忆当时甘宇的话。他决定让罗永先行回去求救,自己则留在原地等待。

罗永不放心,用安全帽在山沟里接了水,又摘了一些野果和竹叶,留了一件可以盖住身上的雨衣。"你就在这里等,千万不要乱跑,我出去了马上找人来救你。"

山路被浓雾笼罩,下起了小雨,原本来时的路也被碎石堵住。罗永只好换另一条路绕过去,"翻山越岭,又走了将近20公里",走了一天一夜后,他在9月8日上午回到了大坝。

没有想象中的救援队,大坝空无一人。他只能继续向前走,一直走回了湾东村,走回了火草坪,走回了家,眼前的景象超出了他的预料——"没有人,一个都没有,全都是废墟,所有的农民都被接走了",垮塌的红砖,白色的断壁,无数横梁和木板堆积在原本村屋的位置。

罗永独自在满目疮痍中搜寻可用于求救的工具,废墟中,他捡到了一个打火机,点燃了一堆柴火,把烟撩起来。

等待一个多小时后,他激动地看见直升机朝着自己的位置飞过来。

"终于得救了。"

消失的人

9月16日,距离罗永获救已经过去了8天。这也是甘宇家人无比煎熬的8天。

自从9月6日的那通电话之后,他们再也没接到甘宇的任何音讯。9月8日罗永获救后,甘宇仍旧下落不明。"我们整个家族都非常着急",甘宇的堂哥甘立权回忆。9月10日,甘宇父母就赶到了石棉县王岗坪指挥部,家族群里的100多个人也开始分头向外求助,有的发短视频,有的发朋友圈,有的联系当地政府,试图引起更多人的关注。

这期间,当地的武警部队、成都和德阳的消防救援队都曾搭乘直升机、带着当地向导和罗永前往猛虎岗搜寻甘宇,未果。

"需要救援的人太多了,甘宇已经错过了黄金72小时,能分配到他身上的官方救援力量非常有限。"甘立权说。9月11日成都郫都区解封后,甘立权立刻开了出行证明,和堂弟甘伟一起开车到泸定,期间他和家人开始转向联络民间的救援队伍,希望他们可以前来搜寻甘宇。

"第一波是 13 日 14 日,筠爱救援队,第二波是 15 日 16 日,蓝天救援队和北京应急管理协会的队伍,第三波是 17 日,集结了巴南救援队、蓝豹救援队一起上山扎营,搜到 18 日还是无果……总共应该有五六支队伍。"直升机紧缺,一波又一波民间志愿者只能从王岗坪挖角乡附近徒步进山,前往猛虎岗寻找失踪的甘宇。

尽管每一支队伍都无功而返,甘家人始终相信,甘宇还活着,"他从来都是一个非常稳重而且能干的娃儿",甘立权认为甘宇生于达州农村,从小干惯了农活,有一定的野外生存能力。

罗永也相信甘宇还活着。他在甘宇身上看到过那种对生的渴望,"吃叶子吃野果,什么他都吃,毫不犹豫地。他很坚强。"也是因为这种信念,他始终留在甘家人身边帮忙寻找甘宇,尽管他自己还处于失去亲人的悲痛中,还没能找到母亲的遗体,"我是唯一知道路线的人。"

但实际上,相信甘宇还活着的人并不多。

刘敏是蓝天救援队的成员。刚踏上这片山,她就发现土质极其潮湿松散,大概是由于数天连续下雨,每走一步脚都会往下陷,路边仍有流沙和碎石不断落下,山上到处是约 50 公分宽的、迸裂的"白色大口子",那是震后留下的山体裂缝,一眼望不到底。

16 日,他们登上了非常接近猛虎岗的一处山顶。当时她看着对面的山体,心中一寒,下意识判断,"没可能了"。这是罗永指认的和甘宇最后分手的位置,明显发生了山体滑坡,露出了大片大片的黄褐色断崖,两人当时搭窝的地点已经完全被巨石掩埋。

她也怀疑罗永弄错了方位和路线,因为劫后余生的他看上去很憔悴。"他好像还处于惊恐之中,眼睛里全是红血丝,每次谈到和甘宇分开的细节,他都极其痛苦,说话和思考的速度很迟缓,有一种不太愿意回忆的感觉。"

李向前也是救援队的成员之一,他同意刘敏的感受。一路上山,看到的情景让他的心一点点沉下去——路边的红色摩托车被砸得"稀巴烂",一只牛和一只羊死在落石之下,而甘宇可能在的那座山,"整个侧面都有裂缝"。

李向前始终记得 16 日早晨,队员们在山顶上僵持不下的样子。"我们每个人都背了 15 多公斤装备和三四瓶水,从 15 日早上找到 16 日早上,水都喝完了,体力也在下降。向导也劝我们,当天晚上有雨,很可能会引发泥石流和滑坡,非常危险。"但有两个队员据理力争,"他们不愿意走,就觉得都那么近了,甘宇是救那么多人的英雄,绝对不能放弃。(他们)有一种不找到人决不罢休的感觉。"犹豫之后,队员们决定举手表决,按照表决结果,他们最终黯然下山。

下山后,刘敏不敢迎视甘宇家人充满希望的眼神,她还记得对方"一个劲地感谢的样子"。实际上,那可能是救援队距离甘宇最近的一次。刘敏和李向前发现,他们当时距离后来甘宇被发现的位置,直线不到一公里。

获救

甘立权后来回忆道,如果说为什么他那么坚持甘宇还活着,可能是因为 15 日那天做的一个梦。

当时堂弟甘伟在开车,他在副驾驶座上睡着了,隐约听见有人一直在喊他,"哥,救我,哥,救我",他惊醒过来问甘伟,"你在喊我?"看到甘伟莫名其妙,他才意识到自己在做梦。

那个梦像一阵无法停止的敲门声,咚咚咚,不断地敲击在他心头,之后的数天,他也接连梦到了甘宇。巧合的是,可能因为日有所思夜有所梦,多名家人都在那几天梦见过甘宇。

他相信这是弟弟向他发出的信号。"我就跟罗永说,没找到可能是因为我没上去,如果是我上去的话,弟弟就会出现了。"

20 日,甘立权再次联系了当地村民向导倪华东,和父母协商了一下,做好了打持久战的心理准备。21 日早上,他和倪华东等人一起出发上山了,背了几斤油盐米,带了帐篷,"我准备走个三四天,无论如何都要找到他"。

之前因为没有接受过专业的救援训练,他一直被拦在山下,但这次,他决定要靠自己。他坚持走另外一条他自认可能性更大的路上山,相信家人之间的心灵感应一定能带领他找到甘宇。

那时,村民倪太高也已经从山下安置点回到了自己位于雅安市石棉县跃进村猛虎岗附近的家。据他所说,搜寻甘宇的救援队伍曾在几天前路过他家门口,跟他们聊天后他大概知道,有一个人被困在了山中。

21日早上9时许,地震后的第17天,早晨起来喂羊的倪太高听见附近传来一阵呼救,他赶过去看,发现一名年轻男性躺在地上。

"他一见我就哭了。"倪太高回忆道。男子当时躺在地上,衣衫褴褛,浑身上下割出了细密的伤口,精神似乎有点恍惚,手也在发抖,他撑着手臂爬向倪太高的方向,一点点挪动。倪太高判断,这应该就是失踪了17天的甘宇。"我一看到他就问,这么多天,你是怎么捱过来的啊?"

甘宇后来告诉甘立权,因为实在无力行走,自己已在那个地方停留两三天了。在等待救援的十余天里,他靠山上的水和野果维持。为了避免余震带来的塌方,他只好离开原地登到山顶,结果却错过了搜救人员。

看到甘宇的一刻,倪太高也流下了眼泪,其实他不认识甘宇,不知道他做过什么事,救了多少人,单纯是因为一个生命的失而复得。

甘立权记得,当时甘宇披着一件绿色雨衣,身上的毛衣都湿透了,牛仔裤和脚下的板鞋底子也磨烂了。"他一直在哭,特别激动,劫后余生。"

奇迹

罗永听到了甘宇获救的消息,一颗悬了多天的心终于落地:"甘宇能够走出来,是我最最高兴的事,只要大家平安就好。"此刻,他正在救灾安置点的帐篷内休息。23日,他回到了废墟中的家,找到了母亲的遗体。他一度想过,如果那个时候不去提泄洪闸,而是回家,结局是否会不同?

罗永从小在湾东村长大,41年来都和父母住在一起,作为家里的老幺,受尽母亲疼爱。失去至亲的心情到现在还无法平复。

但他并不后悔,觉得自己"问心无愧"。

甘宇的家人们很快也都得知了好消息。甘宇的姑姑甘茜回忆,在群里看到甘宇获救的照片,她都快认不出来了,"一个一米七几、白白胖胖、阳光帅气的大小伙子,一下子像老了20岁。"

获救时,甘宇已经完全失去了行动能力,甘立权和周围的村民便砍下旁边的树,做成一个简易的担架,把他抬下山。当天下午,甘宇就被直升机转移到泸定县人民医院接受初步救治,晚上又被转运至位于成都的四川大学华西医院。

据华西医院消息,当天20时57分,华西医院副院长吴泓率急诊科、创伤医学中心、ICU、胸外科等专家对其进行多科会诊。经初步诊断,甘宇全身多处软组织挫伤,肋骨骨折,左下肢腓骨骨折,伴有严重感染,内环境紊乱。总体而言,甘宇生命体征平稳、意识清醒,但身体虚弱,需要休息,目前在ICU接受针对性治疗。

这些信息可以拼凑出甘宇可能经历过什么。华西医院的会诊医生表示,甘宇严重感染可能是因为"失联17天中有9天淋雨"。而泸定县人民医院的医生黄俊华在接受央视新闻采访时说,甘宇被发现的位置海拔高,晚上很冷,山里杂草丛生,"人在里面生存下来很难。"甘立权发现弟弟多处骨折后,心疼得流泪,他能够想象近视的甘宇是如何在险要的山林中一次次摔倒,又一次次站起来。

绝地求生17天,人们将之称为奇迹。但奇迹可能有另一个视角。

根据甘立权的回忆,当时他正好走到了倪太高家房屋附近数百米的地方。接到甘宇被倪太高找到的消息后,甘立权立刻用倪华东的电话打给倪太高,让甘宇接听。电话那头,甘宇一开口就是哭腔。甘立权一听到弟弟的声音,"浑身一下子就有劲了"。他赶紧安慰弟弟:"别哭,放心,我5分钟就到那里。"

换句话说,即使没有倪太高偶然发现甘宇,甘立权也应该会在不久后找到他。

奇迹降临,正如甘宇和罗永的选择,拯救了无数下游村民的性命;正如亲人的执着,拯救了荒野中的甘宇。奇迹便是人迹,是人迹降临。

(文中李向前、刘敏为化名)

(记者　夏杰艺　郑子愚　编辑　王潇)

原文发布于2022年9月24日上观新闻

原标题:泸定地震后,绝地求生17天

谁在凌晨骑车穿隧道过江

约 113 公里长的黄浦江上有 18 条隧道，代驾赵伟还未能从中找到一条安心回家的路。

转机在一个月前出现。自 2025 年 2 月 16 日起，每天深夜 11 时至次日清晨 5 时，复兴东路隧道上层允许电动车试通行。这是上海第一条专门、合规开放给非机动车的跨江通道。

截至 3 月底，隧道入口的值守人员统计，每晚从两岸穿越的电动车数量在 1400 到 1600 辆之间，其中大部分是代驾，剩下是外卖员、地铁维修工、结束加班的职员。他们连接着 2487 万人口的城市在深夜不断生长的需求。

他们自身朴素的需要，却常常湮没在飞驰之中。当车轮下的路程越来越长，车轮上的人们，始终等待着那条真正看见、接纳他们的通道。

一

复兴东路隧道的浦西入口是片老城厢。在这里，深夜总是静悄悄的。

但 2 月 16 日晚，电动车一辆挨一辆排了数十米长。不时有记者穿梭在人群的空隙间，举着手机直播、采访。

28 岁的骑手陶水排在队伍的首位。当三四个话筒围拢过来，他有种说不清的自豪感。

"我是第一个跨江的。"陶水强调,"不罚款的那种。"

去年12月,他在送货时违规穿越复兴东路隧道,被罚了50元,而一笔跨江订单的配送费不到40元钱。这般经历,此前在骑手中是常态。

晚上11点整,隧道口的路障徐徐撤离,信号灯变成绿色。

三十余辆电动车,如同被唤醒的鱼群瞬间涌向入口。口哨一声接一声响起。

"慢一点、慢一点!"交警焦急地劝导,"(限速)15公里,都开慢一点啊。"

此刻在浦东入口,刘飞第一个开着电动车进入隧道。"很宽敞、很空旷。"在没有汽车的两条道路上,他尝试放下速度、自由地骑行。

从这周开始,他"至少有了回家的方法"。晚上来浦东的朋友家聚餐,他不再担心多聊两分钟而错过9点半的末班轮渡。

隧道开通的当晚,根据官方统计,电动车过江由西向东247辆,由东向西242辆。

消息很快在网络扩散,更多人闻讯赶来。

2月17日,在陆家嘴上班的余崇光特地熬到11点前来体验。他打转许久才找到隧道的入口。"很新鲜,效率高多了。"他骑小电驴通勤6年,第一次在5分钟内跨过黄浦江,以往时间都在30分钟以上。

3月8日,代驾杜宇跑完单后骑到隧道。张望到有人站在入口,杜宇慌张起来,"是查电动车的吗?"他骑过去轻声询问。

"你可以走。"对方朝他招了招手。杜宇这才松口气。他曾因"违法"感到忧心,只跟着代驾的老师傅或戴上口罩偷偷穿越过几回。

3月22日,管理人员张阳已经熟练地指挥通行。

他紧紧盯着前方,每驶入一辆电动车,都要划动一次计数器。一个多月来,他看着手里的数字从每晚250、500跳动到近800。

"对面的情况差不多。"张阳感慨,"还是很多人都不知道(隧道)。外卖和跑代驾的晓得。"

早上5点前,张阳都要守在这里。他的脚边放着一只保温杯,陪他熬过整夜。

二

数字背后的车轮,连接着一座城市的运转。

晚上11点半,地铁检修工人张景刚刚上班。此时在各大地铁站,列车陆续停止运转回到车库检查。在庞大的设备系统中,每个零件都有不同的生命周期。

张景的工作,便是在部件老化之前换掉它们,减小地铁出现故障的概率。15年间,公司的检修网络覆盖到全部517座车站,张景往返过其中近300个站点。

深夜的道路上,同样传递着紧急的需要。

陶水三年前刚到上海,便成为外卖骑手。一些平台开放了"全城配送"的业务,骑手分为"专送"与"众包"。与"专送"不同,陶水作为"众包"骑手,没有平台与范围的限制,能够在全市自由抢单。

他送货的距离逐渐从5公里拓展到50公里、80公里,平均的配送时长却从60分钟削减到35分钟。保温箱里原先是麻辣烫、螺蛳粉,现在一半空间给了相机、衣服、汽车配件。他经常遇见,跨城通勤的上班族回到苏州家里,才发现钥匙和身份证遗落在了陆家嘴的办公室。

按照陶水的说法,尽管轮渡停航后,系统不再自动给骑手派发跨江业务,但这些需要常常以普通订单的形式,出现在"抢单大厅"中。一些单子标注着"商家配送",实则也是店主寻找骑手服务。

承担风险的责任转移到他的身上。陶水算过,深夜跨江的订单平台不派新手又不敢送,配送费就能涨到普通单子的六到七倍。他主动抢下了生意。交际与消费的欲望,也从白昼蔓延至黑夜。

赵伟在四年前干起代驾的兼职。每晚8点,从工厂下班的他换上马甲,开启接单页面。

他在两家平台上切换账号。在其中一家平台上,他已经跑了2119单。他曾三次遇到同一位男人,对方从不提自己的职业,永远在打电话,谈论"明天去哪儿应酬";他曾在深夜 12 点的农村见证过商业谈判的酒局,在没有路灯的村庄迷失方向,被 5 只野狗追逐。他发现"酒驾入刑"后,一些公司老板哪怕离家只有两公里,也不敢冒风险侥幸开车;很多时候,他甚至见不到乘客,越来越多人不再亲自去取维修、购买的车辆,赶在夜晚 4s 店歇业前选择了代驾。

只要赵伟没关页面,系统就会自动匹配订单。在 90% 的夜晚,他都被算法甩到了黄浦江的对岸。尤其是周五,工作一周后的人们挤在延长营业到凌晨的饭店、酒吧。

此时,陆家嘴的灯光并未休止。从事 IT 行业的余崇光通常在晚上 8 点下班,每个月,他总有一两天加班到 10 点之后。他觉得比起其他 IT 公司的"996",这是一份还算不错的工作。

在附近的商圈,一位火锅店的职员在晚上 11 点刚刚结束忙碌,准备骑车返回对岸家中。她没来得及换下工作服,一阵暖风吹过,空气中散发出牛油的气味。

三

随着城市越转越快,新的需求出现在规划以外。

张景记得,最早上海有通宵的渡船。然而随着轨道交通与桥梁建设,轮渡公司开始出现营收的难题。2015 年后,黄浦江上最后一条通宵航线退出历史。

一段时间里,清晨 4 点下班的张景就蹲在站点外的马路牙子,等到 5 点半之后第一班地铁开放。后来他决定骑着两轮车通行。

赵伟刚入行时,每晚都有往返于浦东、浦西之间的"夜宵公交"。凌晨两点的那一班上几乎全是代驾,走道里堆满了折叠的电动车。

2022 年初,上海修订了公共汽车的乘坐规定,指出代驾车的锂电池容易爆炸存在安全隐患。公交司机不再允许代驾携带电动车搭乘。

从那之后,赵伟看见灰色营运的"打捞车"出现。一过凌晨,在浦东外环的匝道出口,每 10 分钟、20 分钟就有一辆"金杯""全顺"品牌的面包车经过。瞄到代驾师傅,车主摇下车窗喊道:"要去哪里啊?一人只要 25 到 30。"

车上的座位已被拆除,车厢后半段安装了铁架放置电动车。最拥挤的时候,赵伟和所有人贴在一起,不敢动一下脚尖。尽管如此,经过彻夜工作,许多人都能站在这里睡上一觉。

这些车辆往往出没在陆家嘴的 20 公里之外,整车拉满人要一到两个小时。等到四、五点天色渐亮,它们便消失在道路上。

此刻在这座城市,留给电动车的合法通道只剩下 17 条轮渡路线和 3 座大桥。

有几回,加班后的余崇光骑到杨家渡渡口时,22 时 30 分的末班船已经开走。他只得把电动车留在公司打车回家。在十公里外的金桥路渡口,一位刚下班的职员骑行 5 公里,赶上了 23 时 40 分,黄浦江上最后一班渡船。他的电动车只剩下 1% 的电量。下船的地点离家还有 5 公里,他不敢把电动车留在原地,半小时后,他加价到 60 元,等来一辆货拉拉。

深夜配送时,系统给陶水的时长仍然按照轮渡计算,不会向顾客收取骑手绕路的费用。陶水考虑到有"超时"和"差评"的出现,他会被扣分、扣款;而通过隧道,往往只要三到五分钟。他计算过,违规穿越隧道,被罚的概率只有 5%,这些单子的收入远远能抵消这笔罚金。

在一些代驾平台上,赵伟直到坐上对方的汽车,才能看到终点。在"客户至上"的规则里,他很难有拒绝的权利:代驾主动取消订单,会被平台判定为"有责销单",一次扣除 3 分。每位代驾共有 12 分,一旦被扣完,账号自动取消。

他试过当面向客户请求。"老板您好,"他顿了顿,放低语气,"我是兼职做代驾的,第二天要上班,这个时间到浦东,我是回不去的。"

有时对方会爽朗地按下撤销;有时对方会直接拒绝或是醉酒发了脾气。赵伟装作什么也没发生,接着跑单。

四年前,他第一次被"甩"到浦东时,已是凌晨时分。

最早一班轮渡将在 5 点开放,三座大桥距离他都在 40 公里以上。他只得开着导航往家的方向骑,隧道成了必经的跨江路径。

四

当时离赵伟最近的便是复兴东路隧道。抵达入口时，他犹豫了许久。

赵伟明白，隧道禁止非机动车通行，其实是出于安全的考量。

在国家的安全规范里，长度大于1000米的隧道不得在同个孔内设置非机动车道和人行道，以免混行发生安全事故。

何况隧道下坡铺着凹凸不平的减速带，还有不少排水的小渠。他和杜宇描述，仅仅两厘米的高差，就容易卡住一辆代驾电动车的轮子。代驾电动车比一般的电动车要轻，一旦车轮陷入，车上的人几乎都会向前摔倒在地。

但此刻，"骑车入隧"成了无奈的决定。

赵伟打开头盔上的爆闪灯，以便能够在黑暗中提醒汽车避让。隧道下层有条废弃的摩托车道，他紧贴着最右侧的路沿向前骑行。

骑到中途时，赵伟突然感受到一阵大风扑来，吹得电动车身剧烈摇晃。有辆汽车正从他一米外的距离驶过。

"嘟——"听到汽车的喇叭声，赵伟越来越慌。把速度加到四十码，恨不得立刻驶离出口。

事后他对自己的冒险后悔不已。代驾平台有专门负责司机管理的部门，出了安全事故，会有司机拍摄视频、照片发在部门群聊里。

他时常看见，群里有骑电动车摔成骨折、受伤的人，不少是在穿越隧道时发生的事故。他心里有种说不出的滋味。"这种事情哪天会不会也发生在我身上？"

何况在他的行业，"出事"更意味着失业的风险。

赵伟看到，不少代驾在平台上报事故、申请保险。没过多久，账号被封禁、管控。事故严重的人，容易背着"不安全"的标记，很难再重新步入这行。

他们常常默默消化了事故的发生。赵伟每次摔跤后，就去卫生中心买药回来擦下伤口。撞到其他车，他会自己掏些钱赔偿。他从没联系过司管部门，在手机里设好提醒事项，"今天一定要戴护膝"。

有一天,他和妻子说,"我把手机定位在你的手机录入一下吧。"

赵伟永远不知道,下一刻他会去往城市的哪个角落。"我害怕出事,没有人知道我在哪儿。"感受到妻子的担心,他变了语气,"开玩笑的"。

杜宇同样在群里看到事故的视频。他曾经在通过减速带时,差一点就摔了跤。回想起来,他始终感到不安。

他开始站在隧道的 100 米外,抢顺风车的单子通过隧道,通常前半夜要十多块钱,后半夜不到十元。

两三个月后,他"真的不舍得"花这笔钱,下定决心,"骑吧,只能骑。"他骑了 20 公里绕到最早开放的渡口,等着 4:40 第一班船。这样一来,下船后他还能骑到热闹的市区继续接单。

后来他发现,每天 0 点到 3 点之间,许多隧道要养护,这时会有一条车道封起来,摆上反光筒、反光锥。遇见代驾经过,作业的工人往往靠在一边,让出一条路来。

一次他在偷偷穿越时撞见了交管人员。

杜宇感到害怕,他听说过有深夜执法抓到了代驾,罚款从 20 到 50 元都有。

"你走吧。"一位交管人员朝他喊了一声。紧接着补充,"注意安全!"他劝道,"穿越隧道很危险,下次不要这样了。"

"好。"杜宇舒了口气。

五

在更长的人生里,赵伟也在等待路的出现。

16 岁前,他在大山里长大,愿望是成为军人。当时老家有一面很大的黑板,写上那些成功入伍的名字。

他看到自己的名字出现在黑板上,没过一礼拜,却被抹掉替换成了"张伟"。他第一次觉得看不到未来,从大山跑了出来。

17 岁的大年三十,他坐着火车来到上海,那节车厢只有他一人。

他找到青浦的汽车工厂上班,认识妻子、成立家庭。四年前,女儿无法就读上海的初中,妻子辞职陪她回老家念书。他又成了一个人。

躺在十平米的房间,赵伟时常感到孤独,还有一个越发沉重的担子。他想让时间走得更快。

有一天,赵伟在抖音上刷到代驾的视频。看到行业正值鼎盛时期,他想要试试。

他第一次感觉自己充满干劲。每个晚上,只要出去跑单都会有两三百元的收入,一个月挣的钱,刚好能抵上孩子的开销。

但变化逐渐在行业发生。赵伟居住的镇里,代驾数量从40、50增长到200多个。好几个晚上他出去等单,最后只能面对着页面里"0"的数字。

赵伟却不敢停下车轮。他说,每天一睁开眼,总会想怎么样才能多赚一点。他说,手头上有点积蓄,生活才能有安全感。

与赵伟不同,陶水曾觉得生活有很多条路。

高考失败后,他从老家徐州去广东谋生。有商家做活动搭了舞台,他在台上铺了张垫子,睡了整整两晚。

后来他数不清自己干过哪些活,有搬运工、保安、群演,还卖过手机壳。三年前,他在深圳租了仓库,企图抓住电商的风口,结果没挣三个月的钱就欠了一身债。他去剪了头,来上海"从头开始"。

刚到城市时,他从火车站、陆家嘴一路骑到了迪士尼,又到兰州、武汉各地打转。这份没有社保的工作,反而让陶水感受到自由,"今天的钱拿到手,明天就可以不干了。"

直到今年2月,他在医院确诊了Ⅱ型糖尿病。没有单位缴纳的保险,他花了2000多元做检查。

治疗与饮食的限制,让陶水周游各地的旅行计划搁浅,他从医院回家后,在床上躺了八天。

陶水突然失去了方向。他第一次意识到,自己仍然需要那丝微小的保障。

然而,这些需要很少在日光下显现。

杜宇说,大家没有公开表达过通行的需求。"我们去说的话,是不会有人受理的。"他笃定,反而会让别人觉得自己怎么这么爱反映问题。"我潜意识里就觉得这样是不行的,会被当作一个负面的典型处理。"

陶水在抖音做起账号,把生活中没有说出的苦恼、控诉放在了网络上。粉丝很快就涨到1万。

这和他在横店做群演时的感受完全不同,当时他演了一个路人甲,走来走去、没有一句台词,"没人看见、记得这个角色。"陶水说,自己始终没有忘记。

六

直到转机发生在现实的世界里。

今年2月,杜宇无意间刷到新闻,"复兴东路隧道上层将开放电动车通行。"

他第一反应是,"假新闻吧?"此前他听过类似的风声,那是一条有着上下两层的隧道。他去入口看过许多次,双层都还是汽车在飞驰。

真正到了现场,他有一种"安心"的感受。

隧道开放以来,他已经骑行了十多次。比起其他隧道,这里的上层坡度要更缓一些,长度比下层短了一千米左右。

他惊讶地发现,在隧道的浦西出口,绿化带的一段被打开放上黄色的隔离栏,改造成一条非机动车道。交警值守在那里看护着最后一段红绿灯。

杜宇和陶水坦承,在这条隧道以外,城市里仍有许多被阻断的跨江通道等待被打通。"隧道承接的主要是右半边的区域,其余地方还是打断的。尤其在浦江镇、周浦那一块儿,有许多跨江的需求。"杜宇说。

但看见才能成为改变的起点。

在家休息时,陶水接受到平台的入职邀请,这是一个有社保的配送岗位。

陶水犹豫后选择了拒绝,他已经习惯问自己,下一站要去哪里。在做出选择以前,他又奔忙起来。"像我们这种人,一天工作五个小时算是很长的休息。"

赵伟开始思考人生新的可能。他说,在车轮上,他看到了一个流水线以外更大的世界。

去年底,有客户在下车时突然问他,"能不能留个电话?"他说自己是做产品的,赵伟性格随和,和人沟通起来很舒服,"我需要这样的业务人员。"

赵伟也有顾虑,变化对 37 岁的他而言"没那么容易"。他还想再干一段时间的代驾。深夜的骑行是他一天中最放松的时刻,现实的焦虑被抛在脑后,他仿佛又回到了大山里那段自由、年轻的时光。

　　杜宇仍然记得六年前的决定。一个朋友告诉他,自己在上海干了四年外卖,从早到晚跑,终于攒钱买了房子。和杜宇在短视频里看到的财富神话不同,那是一段普通人坚持下来得到回报的故事。

　　杜宇却因此受到触动,只身来到这座城市。在越转越快的世界里,他始终相信那些最笨拙却最踏实的通道。他想继续骑下去。

　　(文中受访者除赵伟外均为化名)

　　　　　　　　　　(记者　冯蕊　实习生　黄子睿　丁立洁　编辑　王潇)
　　　　　　　　　　原文发布于 2025 年 3 月 27 日上观新闻

体育馆废墟上的伤痕

每天干完活下班后,崔勇喜欢回家一边刷"快手",一边喝一口酒。这两天,他不再敢看手机。

"心里发酸,看着难受。"提起三十四中的孩子们,这个四十多岁的东北汉子眼睛就泛红。

崔勇有个刚上初一的女儿,活泼可爱,喜欢打篮球,舞蹈过了十级,也在三十四中读书。

"我姑娘特别懂事。这两天跟我说,爸爸我想去学校门口献花,我说可以爸爸给你买。但是去一打听,花 10 块钱一支,一束得一百多块。"建筑工人崔勇靠卖力气干活,每天的收入也只有 100 多元。

崔勇觉得自己姑娘的要求不过分,"孩子的心愿应该满足",但他买不起花。这两天,他送完孩子上补习班,都要特意绕道去三十四中门口站一会儿。

2023 年 7 月 23 日,黑龙江省齐齐哈尔市第三十四中学体育馆屋顶坍塌,造成包括在校学生和教练在内的 11 人死亡,7 人受伤。

23 日晚上,崔勇在那片废墟上徒手救援了整整一宿。现在回想起来,他觉得有点恍惚,又很沮丧,甚至有些自责。

"扒了一宿,没救活一个。"他给自己灌了口酒,眼泪在沉默中流下。

废墟之上："我姑娘也在这上学"

7月26日，事情发生的第三天，从堆满鲜花的校门口远远望去，三十四中的体育馆在操场的尽头。除了面前停放着一辆塔吊车外，没有太多异样。

但如果从天空俯视，这座1200平方米的体育馆失去了整个房顶，场馆化作一片废墟，埋葬了10个排球女孩和她们的教练，还有她们关于排球的梦想。

崔勇记得，7月23日深夜，他在大雨的废墟中搬水泥块时，看到过几只排球。

最先得知消息的是崔勇的工友姜平。晚上9点，吃完饭后姜平在抖音上刷到视频，听说三十四中出事了，立刻给崔勇打了电话，"三十四中出事儿了"，"都是孩子，咱俩过去看看伸把手帮助救援去吧，能救活一个是一个。"

姜平从鸡西市来齐齐哈尔市不过四五年，但在东北，"什么地方出事都和自己家一样"。2008年，他和几个朋友也去过汶川地震灾区救援。

崔勇记得，下午的时候在家里听到有消防车、救护车的鸣笛时，当时以为是着火了。

姜平和崔勇都是建筑拆扒工人，也都是父亲。

"你在家等着，爸爸出去救人。"走之前，崔勇匆匆给女儿交代了一句。

"爸爸走的时候穿上工地专用的衣服。穿上鞋就走了，当时看他背影可帅了。我后来听我姥姥说他早上6点多才回来，干一晚上。就觉得我爸挺伟大。"崔勇的女儿崔萌说。

晚上9点多，姜平和崔勇冒雨赶到现场时，场馆内满是水泥和钢管，珍珠岩差不多得上千袋。现场有一两百名消防队员，自发来救援的志愿者更多。

"到了现场，刚开始没戴安全帽就没能进去。但别的工地有施工的，咱们都认识，就借了安全帽进去。"崔勇说。

姜平的爱人没有借到安全帽，就在学校外面守了一夜。门口有孩子的家长，也不让进，能进的只有救援人员。

10点半左右，姜平和崔勇终于进入坍塌的体育馆内，此时已经有两三个孩子的遗体被找到。

整整一夜，崔勇和姜平都在那座面积超过 1200 平方米的废墟上徒手救援。

"我全程大概休息了两次，干一两个小时休息一次，都来不及喝水。休息的时候就趴在栏杆上看人家救援。挺心疼，都是为人父母，这事搁谁心里不酸？我俩看到最后一个孩子的时候流泪了，前面都看不太清，第 10 个孩子的时候看得比较清楚，冲击比较大。"崔勇说。

雨一直下，一会儿大一会儿小，救援很困难。"地面很滑，又坑坑洼洼的，都不能走道了，裤子和鞋子全都湿透了，也有点影响视线。晚上虽然有灯，但是和白天的亮还不一样。"姜平记得。

为了帮助照明，现场有七八盏临时放置的应急灯。灯光煞白刺眼，在黑夜的雨水中，大家凭借这样的灯光，拼命搜救。

"当时是消防队员指挥现场，我们主要搬运碎水泥和珍珠岩，算是帮助清理现场。"崔勇说。

由于浸泡了雨水，四处散落的水泥块变得格外重，小块的需要两三个人才搬得懂，大块得五六个人。整个体育馆成了一个堆了两米半高的废墟。

废墟之上，姜平看到搜救犬在四处嗅，嗅累了就换，继续嗅。如果能嗅到人，就有人上前搬水泥块。"把水泥怼开以后，散的水泥和石灰我们就用手抠，但不好抠，很硬，抠出来也就一小半，得拿钳子掐，有东西薅不出来只能硬薅。"崔勇说。

从天花板上掉下来的水泥差不多有 10 厘米以上厚度。散水泥装到袋子里，装完一袋一个传一个往外扔，往外传的队伍差不多有十几米长。

"最难的是在废墟里找人，真的不好找，顶塌下来差不多半米厚。当时警犬嗅到味道了，但是上面有钢管挡着，先要用吊车把钢管整出来，消防员让我们分散开，怕一会儿抬出来的时候，别的地方又陷进去，会有危险。在钢管抬起来的一瞬间，把孩子救出来。"崔勇说。

姜平记得，当时温度 20 多度，干活出汗加上下雨，自己的裤子早已湿透，"干着活根本顾不上，也没觉得困，但歇的时候身体都打颤。"

"一干干一宿，救了几个，但是都没救活。"姜平感到沮丧，他印象最深的是第 10 个孩子，也是自己看到的最后一个孩子，"救出来的时候握着拳，当时我们两个大男人都流眼泪了。"

自发来救援的志愿者越来越多，有工程队的、干家装的、干拆扒的。救援的时候大家虽然素不相识，但目的是一致的，每个人都在说"速度，快快，速度，救人"。

次日清晨五点半，新一批救援人员陆续进来替换，现场只剩第 11 个人还未找到。救援一宿的姜平和崔勇，实在累得没有力气了。"虽说只剩一个小孩还没扒出来，我俩也不想走。但实在是困得不行了，好在下一波救援的人在我们下来之后，就立刻补上去了。"崔勇说。

走的时候消防员们对参与救援者说"谢谢你们，辛苦了"。"当时心情真的老复杂了。"崔勇说。

走出校门的时候，姜平看到有人在拍视频，救护车还在等最后一个孩子。

伤痛：补习班里三个同学悄悄哭了

到家后睡了一个小时后，崔勇又匆匆赶去上班。"白天干活时，总惦记这事儿，晚上又去学校看了一下，当时救援已经结束了。"

10 个女孩和她们的教练永远留在了排球场上。

在社交平台上，点开头像，可以看见女孩们生前青春洋溢的模样。她们的同学、玩伴、排球场上的对手把回忆和纪念一股脑塞进互联网。

"我们之前一起打过比赛，交过几次手，是好朋友"，林雪回忆道。她自称是哈尔滨市第七中学校排球队的一名女队员，位置是接应，偶尔打主攻，她在社交平台上发表动态"小魏。我会想你的。你在那边要好好生活"，配了一张俩人勾小拇指的照片，手背上贴着动画《大耳朵图图》里的两位主角的贴纸，并留言"胡图图和刷子是一辈子的好朋友，可你怎么先走了"。

"她们最大的都不过 15 岁，人又好又漂亮"，由于并不属一个地区，俩人在比赛时才能见上面，"排球打得非常非常好，我们每次都把她们当最大的对手"。

林雪连用两个"非常"，这是女排队员之间的认可，更多相处的日常被回忆了起来：比赛的时候，两队在晚上抽空一起玩小游戏，一起吃零食，哈七中的女排队员们逛夜市，会主动给三十四中的朋友们带美食，"她们对我们也很好"。

三十四中门口的鲜花越来越多，女排队员们生前的助教来到校门口，将队服盖在奖杯上，赤膊着上身下跪，队服上写着"叔来世还给你们当陪练"。

"她是第一个救出来的，也是第一个宣布死亡的，她妈妈听到这个（消息）已经晕倒了。"同样自称是三十四中的李晓说，她与魏羽馨是同学，李晓每次发朋友圈，魏羽馨总是第一个点赞，"现在也看不到了"。

一切都令人猝不及防，李晓反复说着"魏羽馨真的特别好，人很善良，虽然和她认识的时间不长，听到这个消息，真的接受不了。"

崇拜篮球明星乔丹，爱吃德芙巧克力，好友们都知道魏羽馨的喜好。另一位哈七中排球队的队员在遇难者魏羽馨的社交平台下留言"魏啊咱俩才加微信你怎么就走了"，魏羽馨的动态永远停在了7月22日。

23日晚上，崔萌在手机上看到学校出事的消息，一下就哭了，"去世的人里有我认识的两个姐姐"。

几乎所有同学都在学校的操场上见过女排队员的身影。"我们上体育课的时候，她们就绕着操场跑。"崔萌觉得这些姐姐特别阳光开朗，也挺能吃苦的。午间休息的时候，她会和认识的两个姐姐去体育馆学着打排球。

"她俩长得挺高的，得有一米七一米八的样子，人很漂亮。她们打球也特别帅，对面搁那传球，跑得快的时候直接跑过去，咔一下把球接着抛过去，都能接着，而且那个翻滚挺厉害。"

崔萌两天心里心里特别难过，"放暑假自己班级的同学见不到，但补课班的同学都知道。不过没人提这事，伤心事谁提啊。一提题都做不了。"崔萌记得，出事第二天，她参加的补习班里有三个同学悄悄哭了，老师也在抹眼泪。

崔萌说，想等开学后有时间去那个体育馆附近看看。她记得女排的姐姐们体育馆训练时特别辛苦，但是她们从没在自己面前抱怨过一句，"有时候隔着玻璃门，我能看到她们训练特别卖力的样子。"

送别："给她们化得漂漂亮亮的，送最后一程"

崔勇在手机上看到过一段视频，是一位遇难女孩的爸爸，在医院里非常克制地交涉。"要是我家孩子出事儿，我做不到这么冷静，我可能得疯。"距离出事儿已经三四天，崔勇还是不太愿意回忆那天情景。

崔萌的姥姥听说三十四中学体育馆坍塌的消息时，"当时腿脚就不好使"。

"现在孩子去补习班的那一小段路程，我就得掐着点，孩子晚一点回都担心。"崔萌的姥姥说，她无法想象出事家庭的家长如何面对余生，"活的人该咋活"。

现在的齐齐哈尔，烤肉店、小卖部、夜市、出租车内，耳边听到的字眼大多都是"三十四中""女排""孩子""可惜"……坍塌事故是人们始终绕不开的话题。

更多的声音是以家长的身份出现的。

"齐齐哈尔的孩子们有两个强项，冰球和排球，我们这儿比较注重这一块的培养"，太多家长感到惋惜，落泪的更不在少数，"这些遇难的孩子，以后可能都是女排国家队的候补队员，未来太值得期待了，这得是多大的损失"。

有齐齐哈尔市本地体育生的家长在社交平台上留言，"明天就把我姑娘接回家，训练先停几天，我想多陪陪她，看看她。"

7月25日中午，齐齐哈尔殡仪馆的司仪王威接到一通电话，一位遇难女孩的家属希望给孩子化妆。他赶往殡仪馆，花了一个多小时完成了化妆。"比起普通生老病死离开的人，这些孩子得多花点功夫，一定给她们化得漂漂亮亮的，送最后一程。"王威说。

离开殡仪馆之前，女孩的父母和爷爷给王威打了电话，想见一见他。"孩子家属非常悲痛，还要给我付钱，我没收。"

这些天，齐齐哈尔市的外卖骑手们在三十四中校门口来去匆匆，送单的频率越来越高。三十四中正对永安大街，街边停满了骑手们的电瓶车，他们在花丛中一遍又一遍地拆着零食包装袋，给奶茶插吸管。

7月23日下午1时左右，雨越下越密，闪送骑手许方胜还自拍了段下雨骑车配送的视频，记录工作日常，他根本想不到，一个小时后会发生灾难。

一般情况下，齐齐哈尔市闪送平台一天的订单量大约是 1600 单左右，最近两天上升到 2000 多单，"之前三十四中的订单很少"。

7 月 25 日凌晨 2 点 40 分，许方胜在一家花店一口气拿了 7 束花配送至三十四中校门口。完成订单后，他拍了段满地鲜花的视频，"心里说不出的感觉，体育生出身的我看着这些可爱的孩子受不了。"他是齐齐哈尔市人，曾经在校时也是体育生，篮球打得很好。今年 45 岁的他也有一个女儿，刚满 7 岁，准备来年也让她练体育。

许方胜将鲜花视频发到社交平台后，不少外省市民发来私信，希望他能帮忙买点东西送给遇难的排球队员们。7 月 25 日下午，他索性停止接其他订单，专门为外省市民送单。

"无论是鲜花还是零食，只要商家免费给到三十四中的，我个人配送费一分不收"。许方胜在闪送平台干得很不错，闪送骑手在全市共有 100 多名，"我能排到全市前五名，这两天关单了，今早一看排第八，估计明早得掉到十几名了"。这两天，他一共给外省市民送了三十多单。送单一天正常收入是 300 元左右，"两天少赚 600 元，但是值"。

天津、河北、沈阳、哈尔滨、四川……网友来自全国各地。许方胜对其中一些人印象深刻：一位河北邯郸的大哥，自称"看了很多视频，哭了一次又一次"，许方胜根据他的要求，买了黄白相间的菊花、AD 钙奶、黄桃罐头和桃李面包送去校门口；辽宁沈阳速滑队的刘柠，曾经就读于齐齐哈尔老一中，女儿也是练体育的，现在在沈阳市射击队，送花那天正好是女儿 18 岁生日；还有一位四十多岁的大姐，许方胜询问她鲜花卡片上的落款，电话那头的她一个劲儿地哭，说了一句"就写'亲人'吧"。许方胜猜，"这可能是某个孩子的远房亲属"。

许方胜平时骑车速度很快，为了保证鲜花完好无损，他现在只骑原来一半的速度，"花在箱子里颠来颠去，花瓣都要掉完了"。

7 月 25 日下午 2 时，齐齐哈尔闪送平台站的站长领着十多位骑手去三十四中门口默哀，分成两组，分别上前献花鞠躬，"尽量低调，别搞得像炒作一样，送完花就走，接着送单干活"。

那天,许方胜和同事们自掏腰包买了花,整个齐齐哈尔市的菊花都卖空了。他花 60 元买了一束混插的向日葵,相当于跑 12 单赚的钱。

（文中崔萌、林雪、李晓、刘柠为化名）

（记者　李楚悦　朱雅文　实习生　武雨晴　编辑　王潇）
原文发布于 2023 年 7 月 27 日上观新闻
原标题:坍塌之后,齐齐哈尔的全城送别

地铁脱轨后

对王闻来说，这是个"难得能提早下班的日子"。

18 时 20 分，他在昌平线西土城站上了车，排在队伍的最前面，在晚高峰的地铁上拥有了一个座位。

30 多分钟后，当广播提示下一站是生命科学园，猛烈的撞击感突然袭来。

伴随着照明灯熄灭，他大脑一片空白，再缓过神来，"眼前倒了一堆人。"

根据北京市交通委消息，2023 年 12 月 14 日 18 时 57 分，北京地铁昌平线西二旗站-生命科学园站上行区段一列车在昌平线因车辆故障，最后两节车厢与前车发生分离情况，迫停区间。目前已发现 30 余人受伤，无人员死亡。事故原因正在进一步调查。

列车之内，一次故障攸关人的生命；铁轨之上，更多人的生活正与事件联结。

撞击

延宕的尖叫充斥整个车厢。王闻目睹，地面上散落着手机、眼镜、药品、手纸等。不久后，人工播报响起："列车将在这里稍作停留，请耐心等待。"

地铁上挤成一团，有人撞到了座位边缘的钝角或栏杆，有人打起手电筒，勉强照亮倒在地上的伤者,把座位让给他们。

一位同车的乘客表示,地铁停下瞬间,本来就已经挤满人的车厢"所有人都倒下了",车厢内靠近座位的玻璃也被震得粉碎。

即使在后面一辆车的车厢里,也有人感受到剧烈的撞击。"我飞出去一米多远",她说,唯一庆幸的是"冬天都穿着羽绒服,躺下还是软的"。

王闻的第一反应是打119。在微信上,王闻通过视频将当时现场的情形发给火警,急切地报告:"多叫一些120过来,这里受伤的人很多。"

20时02分,消防员打开了王闻所在车厢的门,灌着凛冽的冷风。透过地铁车窗,王闻看到,未被打开的车厢里,"挤在一起的人不敢、也不能动,正在等待救援。"在消防员的引导下,王闻走出地铁,他发现,断裂的车厢离自己居然只有两节远。

晓颖和颜钰刚好就在断裂的车厢里。

"原本以为就是一次普通的临时停车。可当列车再启动时,马上又是一次刹车,当时就感觉两眼一黑,因为惯性,整个人向后摔了出去。"晓颖说,等她回过神来,已经从车厢里摔到了铁轨上。

她记得,和她一起摔下车的大约有7到8人,车厢的灯光全黑了。

晓颖后脑右侧流血不止,感到胸腔经受震荡,有些喘不过气,右腿也抻了一下。一些伤得不严重的乘客,来看晓颖的伤势,拿出纸巾给她止血。

颜钰注意到,在她旁边的男孩坐在地上,喊着"我的腿不能动了",另一位女生肋骨疼到站不起身来。

车厢里的乘客开始为伤者让开位置,寻找被甩飞出去的手机、耳机等物品,在车厢里寻找医护人员。她们把受伤男孩的背包摘下来让他当靠背。当男孩已经陷入半昏迷状态,其他乘客反复对他说:"千万别睡。"

19时53分,颜钰眼见救援人员开始排查地铁问题。

而晓颖看到,有救援人员从京包路铁轨西侧剪开铁网,进入铁轨。她从开通的救援通道被送上了救护车,送至北京积水潭医院。

一位救援人员表示,当晚19时多接到任务后,救援人员在距离京新高速唐家岭桥北约300米处西侧的辅路京包路位置打通救援通道,救援人员和物资从路边树林进入昌平线轨道,并转运伤员。

15日凌晨2时,在积水潭医院急诊区,现场的分诊台围满了人。原先在诊室坐诊的骨科、神经内科等科室医生,坐到了分诊台前,为事故中的受伤人员诊断。这些伤者有些从现场被转运至此,也有些在人群疏散后自行到医院就诊。

晓颖的脑部右侧被缝了三针。所幸,医生说,从CT上看,脑部没有淤血等症状。

颜钰已经骑着单车回家。"幸好地铁没有上高架,也算是劫后余生了。"她说。

撤离

天空中飘着鹅毛雪花,积雪覆盖了铁轨。

救援人员指挥从故障列车上下来的乘客们,沿着轨道向前走到西二旗站。

王闻跟着人群,沿着轨道慢慢挪动,"(积雪)很深,很滑,还有小石子。"有救援人员搭建了简易的铁架桥,防止乘客滑倒。

1小时后,一众人终于抵达站点。在王闻看来,西二旗站的情形更加混乱,从列车上下来的、没等到车的、到了被通知停运的人都汇聚在车站。没有人告诉他该往哪儿走,他只得向交警求助,和出站的人流一起涌上一辆声称开往华清路的分流大巴。

但是,路口处停满了消防车,大巴只开出了不到2公里就被拦在了西二旗站附近的高速辅路上。下车时,王闻还能看得到昌平线上那两节断裂的车厢。他只能继续走,"希望能找到一个打车的地方"。他和几位乘客一起又走了半小时。

实在走不动了。王闻鼓起勇气,拦下过路的私家车,一辆一辆,请求他们把自己带到可以打车的地方。

当晚撤离的,不只是故障列车的乘客。

18时50分左右,刚下班的石嘉莉在朱辛庄站坐上了昌平线。"开一会儿停一会儿,停了大概四五次。"她回忆,最后地铁停留在了生命科学站快到西二旗站的位置。

列车长提醒,"前方车辆发生故障,列车暂时停车。"

"工作人员开始疏散我们,让所有的乘客走到生命科学园站。"石嘉莉说,19时46分,她和同车的乘客开始沿着铁轨往回走。

由于昌平线采用第三轨供电。750v 直流电轨直接安装在铁轨旁边,虽然上方有保护装置,但非专业人士在不断电的情况下入侵线路是有风险的。

石嘉莉原本在底下铁轨行走,工作人员见到后,赶紧让她回到上方的轨道。"如果下面的线路恢复正常,通了电之后会酿成严重的后果。"

石嘉莉只得和一众人排成一列,扶着栏杆有序前进。途中,她看到有医护人员逆向跑回西二旗站,有工作人员沿路清点人数、询问受伤情况。

40分钟后,20时22分,她总算抵达生命科学园的站点。

"太冷了。"她耐不住零下6摄氏度的气温。站点有警察、地铁的工作人员,还有消防车在等候,但还没有工作人员负责安置。加上地铁临时封站,她只得乘坐公交返回公司,再打车回到家里时,已是23时40分。

凌晨1时,经历了步行、大巴、私家车和出租车之后,王闻终于到家。

王闻一人在北京打工,不爱交朋友。他怕远在江苏的家人担心,"根本不知道能跟谁去沟通这件事。"

昌平线

20时,在西二旗的站点,有工作人员喊道:"昌平线故障,坐昌平线的乘客不用等了。"几分钟后,人群中开始传"西二旗封站",工作人员不停重复:"封站了,别往里走了。"

徐栩在西二旗附近的软件园上班。她说,昌平线是北六环以外唯一能到达市区的地铁线,一旦昌平线封闭,会影响地铁13号线等其他线路。

更重要的是,事发附近站点西二旗紧邻百度、新浪等互联网大厂,是北京地铁高峰断面客流最大的车站,每天的客流量达28万人次,因此有"夺命西二旗"之称。

当晚,徐栩计划加班到 22 时回家,当她打开打车软件时,排队人数是 580 人,1 小时的等待后,依旧没有司机接单。23 时,公司的末班班车本要把员工送到西二旗地铁站,只能改道去附近的清河地铁站。

"西二旗封闭之后,再选择其他地铁站或公交站都是特别难的事。"徐栩叹息,她回到望京的家里,已经到了第二天凌晨。

对另一些人而言,西二旗并非上班地点,却是通勤的必经之站。

一位就读于沙河高教园区某高校的学生介绍,沙河高教园区有成片商品房,由于位置较偏,房租相对合理,不少在西二旗附近甚至海淀区工作的人都在此居住。每天早晚高峰,在昌平线上车几乎不用自己移动:当列车呼啸而来,蜂拥的人群把她挤上车,想要下车需要提前两到三站,从人群的缝隙里钻到车门附近。

她指出,虽然被提示过车厢连接处的危险性,在昌平线这类拥挤线路,"站在哪里不是自己能决定的,被挤到夹缝里是常有的事"。而且相比于座位处的人口密度,车厢连接处"空气都会更清新",有不少乘客一上车就往两端走。

"下班晚走了一点,错过了事故车。"18 时下班的刘雪刚坐上昌平线,就发现列车好多次"一站停一会儿",有时长达 10 分钟。没过多久,车内开始传来播报的声音,刘雪没听清,只听到车内有人说,看到微博,"昌平线脱节了!"

在学知园站时,她眼见工作人员开始清空车厢,对方说是为了分流。

她挤进换乘通道里,一抬头,蓝色的显示屏滚动着字幕,"各位乘客,昌平线因故部分列车运行缓慢,目前维持西土城-学知园、朱辛庄-昌平西山口分段运营。"

此刻,刘雪需要转乘 3 辆地铁回到沙河的家里,原来半小时的路程,耗费了一个半小时。但她更担忧的是,次日,如果昌平线没有恢复正常,她会赶不上上班。

"惊心动魄的一天。"她在朋友圈里写道。

(文中受访人士均为化名)

(记者 郑子愚 冯蕊 实习生 陈书灵 师梦娇 沃佳 谢瑞瑞 编辑 王潇)

原文发表于 2023 年 12 月 15 日上观新闻

原标题:昌平线一夜

被刺倒在加班诊室的医生

"如果碰到一个变态病人家属,就会失去一辈子。"李晟曾经在遇害 7 天前,告诉自己的高中老同学陈清声(化名)。

彼时陈清声刚毕业的女儿想从事护理行业,从医近 30 年的李晟建议孩子选择手术室而非住院部。"不管工作怎么辛苦,收入多低,一定要选择手术室,安全第一。"李晟对陈清声强调。

"他劝我女儿都这样劝,所以他都知道。"但陈清声没想到李晟会一语成谶,而失去一辈子的人会是他自己。

2024 年 7 月 19 日下午 1 点多,温州医科大学第一附属医院(后文简称附一医)新院区心血管内科 17 诊室,主治医师李晟正在加班问诊,突遭一男子持榔头、刀具伤害。后因伤势过重,在晚上 9 点,50 岁的李晟因抢救无效死亡。

在附一医发布的悼词中,有这样一句话:"李晟同志去世,是温州医科大学附属第一医院乃至浙江省心血管领域的重大损失。"的确,已经没有人能够算清,在这位 1996 年开始从医的"老主治"手中,到底救活了多少患者。

2024 年 7 月 21 日,中共温州医科大学第一临床医学院、附属第一医院党委决定,追授李晟同志"优秀共产党员"称号。

事发近一周,人们对李晟的离开依旧没有平复,尤其是李晟的医护同行们,无论他们熟悉他,还是与他素未谋面。

"我们揪心于李医生的离开,也揪心于未来我们面临的工作环境、医患生态。"一位和李晟不相识的心内科同行在网络留言区写道。

倒在诊室里的午休加班医生

"我一点都不觉得救不了",在竭力抢救李晟的那个下午,他的医生同事从来没有把他和死亡联系在一起。

"一开始说做颈动脉(手术),我觉得颈动脉压一压、补一补就好了,我以为有很大的希望。后来一到手术室里面,血压只有40、50,大家都开始慌了……"一位参与抢救的附一医医生回忆那天下午经历的情绪起伏。

在一则网传的李晟遇害现场视频中,17号诊室门口,行凶男子扯着李晟,麻木地追赶砍杀,李晟的白大褂上是大块的血迹,他凄厉地大声喊:"救命啊!救命啊……不是我……"

而后,行凶男子跑出就诊区,从门诊3楼跳下。王舒然(化名)是眼睁睁看着凶手坠落的,当时她的亲人在住院,她独自到门诊一楼大厅找充电宝。正值午休,大厅很安静,大家坐在走道两边的椅子上休息,突然间,王舒然听到楼上有异响,过了一会儿又有人大喊,抬头看的时候,行凶者恰好摔落在她正对面不出20米的地方。"嘭"的一声巨响,王舒然懵了,腿软到站不起来,全身都在发抖。

行凶者的落地点在1号楼和2号楼的交汇处、咨询服务台的旁边,这几乎是一楼大厅人流量最多的地段。王舒然一直在后怕,幸好午休期间楼下走动的人很少,没有砸伤别的人。

事发一两分钟后,王舒然看到安保和急救人员匆匆赶来,推走跳楼者,然后降下防火帘,疏散人群。

19日下午2点多,从微信群知道李晟出事的那一刻,许晶(化名)感到恐惧:"李医生是下午1点多遇刺的,那时很有可能只有他在诊室,没人能保护他。"

许晶的父亲和爷爷都是李晟曾经的病人。她回忆,和父亲第一次找李晟问诊时,也是在一个将近下午1点的午休时分。当时其他医生、分诊台的护士、保安都下班了,诊室内外很多灯都灭了,只有李晟还坐在那里,没有助手为他记录病例、开药,一切都是他自己在有条不紊地操作。

在她的印象中,李晟从来不拒绝病情紧急来加号的患者。也是因此,下午1点多他还空着肚子加班问诊,"太符合李医生的作息了……"

19日晚上8点多,同城微信群散播开李医生快要不行了的消息,很快医院的官方消息也来了——凌晨,附一医发文《沉痛悼念李晟医生》,文中提道:"事发后,我院第一时间组织多方专家联合救治,李晟医生终因伤势过重,经抢救无效,于2024年7月19日21时许不幸去世。"

李晟的离开,是附一医的至暗时刻。当晚,许多李晟的同事都无法入睡,网络上,医院同事、学生上传的李晟的视频、照片、文字事迹在一夜之间井喷了。

舆论的矛头直指医院安检不力。而面对巨大的人流量,附一医新院区的安检执行难度不低。曾在附一医实习过一年的医学生梁晓芸(化名)介绍,该医院是浙南地区的超大医院,辐射包括浙江丽水、台州及闽北多个周边城市,"人流量在浙南医院中数一数二,而心血管内科又是内科里公认最繁忙、病人最多的科室。"

同时,附一医庞大的建筑楼设有颇多出入口。门诊、急诊和住院部是一体化的建筑,除了门诊和急诊两个主出入口外,侧边还有三个出入口。在殡仪馆送别李晟时,有附一医的医生们愤慨道:"安检平常有是有,但就大门那边有安检,旁边侧门就没有。""(医生)坐在那里很难反抗的,安检还是很有必要。"

7月19日事发后,附一医的安保力量和安检措施不断升级。许多侧门都用塑料绳封闭了起来,大楼内的一位清洁工回忆:"出事前,这些门都是可以随意进出的。"仍然开放的出入口,如今都配有两名手持金属探测仪的安保人员。在人流量更大的主入口,安检门、安检X光机也在工作。

李晟遇害的门诊2号楼10号诊区,更是成为安保巡视的重地。每隔十多分钟,就会有手持盾牌的保安在各个诊室门口巡逻。心血管内科诊室内,患者就诊区和医生的问诊区,都用临时隔离带隔开了。多位经常来心内科就诊的老患者表示,此前门诊室内都没有这样的隔离带设置。

告别李晟医生

事发后的第二天,附一医停放李晟遗体的太平间外人来人往。骑手的电动车前筐和后座都被悼念花束塞满了,他们不间断地把一捧捧白色、黄色花束摆在太平间门口。很多医务工作者、患者、市民也手捧着花,前来悼念。

下午1点左右,李晟的遗体被送往温州市殡仪馆。傍晚将近6点时,一整辆货车塞满鲜花,运往李晟身边。与他同科室的6位护士也早早定了花,想随车一起送去,但骑手来迟了,她们站在太平间门口,头齐齐地撇向大门方向,请求运花的司机再等一小会儿。

"李医生骤然离开,我们一下就觉得没了寄托。"许晶说,她的爸爸还在术后治疗阶段,需要定期找李晟复诊,爷爷的最后一次手术还要李晟主刀。出事的那晚,50多岁的父亲一夜未睡,第二天一大早来到许晶家,再三和她说:"一定要问到李医生追悼会的时间,全家都要去送他。"

7月21号是告别会的第一天。许多行动不便的老人都在子女的搀扶下赶来殡仪馆5号告别厅,他们都有一个身份——李晟医生的患者,每个人都泪眼婆娑地念着李医生的好。

"他每天都会早来,7点半就会准时到病房查房了。"在心血管内科住院部223病区,一位在医院工作了20多年的护工回忆起李晟几十年如一日的作息。这里是李晟生前工作的地方,医生介绍栏上还挂着他的照片。

"他管的病人在住院部里也算是很多的。19号那天病人听说他出事了,很多直接在病房里哭了。现在这些病人都还没转到别的医生那里去。"这位护工描述。她打算和几位熟悉李晟的护工们一起拼车,去送他最后一程。

李晟一直是心内科的传说,梁晓芸说,主治医生的头衔不算高,但有院内同行说:"心内科开刀都靠主治!"他们口中的"主治",就是李晟。

在附一医心血管内科,李晟是唯一一名以主治医生身份担任治疗组组长的医生。医院病历系统里现在还能查询到温附一的前心内科主任黄伟剑找李晟看病的记录。

"没有李晟医生，许多心内的手术在浙南地区可能就找不到人做了。"梁晓芸感叹。目前仍在温州大学附属第一医院攻读心内科研究生的沈畅然（化名）说，卵圆孔未闭手术是李医生的专长，这项手术"一般来说只有在大三甲的心内科里个别医生才会做"，而在温附一辐射的区域内"李医生绝对是做得最好的"。

一些前来找李晟问诊的患者，也曾因他主治医生的头衔而踟蹰。去年年初，翁文文（化名）突发偏头疼，各方面的神经检查结果都显示正常，附一医的神经内科医生认为可以考虑心脏方面的病因，并指名让她去找心内科的李晟。

看到李晟仅仅是主治医生，翁文文还有些疑虑，她委婉地询问是否有主任医师或副主任医师值得推荐，这位医生只是笑着告诉她："他就是我们这里最好的医生。"

李晟最初也不是许晶给父亲看病的首选。许晶父亲右冠状动脉堵塞，有14年心脏病史，做过七八次心脏介入手术。去年11月父亲又出现了胸痛症状，去附一医心脏外科就诊时，提出了不想做开胸手术等相对创伤较大的治疗。主任医师孙成超毫不迟疑地为他们推荐了心内科的李晟。

李晟精湛的医术，在许晶父亲的手术治疗中被印证。手术仅仅进行了35分钟，父亲被推了出来，精神头很好。他一个劲儿回忆着手术时的"惊险一刻"：李医生透到他右冠状动脉的一处时，影像完全显示不出来那里血管的情况了，呈现出像沙漠一样的干枯状，大家都很着急，以为那里血管萎缩了。但是李医生迅速凭借经验扩开了血管，血流一下通了。在场所有医生都高声雀跃。

身着绿色手术服的李晟随后走出，许晶看出他脸上的疲惫，一条米色束腰带还绑在手术服外，应该是用于缓解长时间站立带来的腰部压力。后来许多次，她都能看到这条束腰带绑在李晟身上。

事发后，许晶总是想起李晟向他解释家里人病情的样子，他慢条斯理地说着温州方言，笑起来眼睛就像是两轮弯月，"他完全知道我们最关心的是什么，总会用又规范又易懂的语言解释给你，给你信心。"

她还回忆起第一次找李晟看病的场景，"已经是下班时间了，他的房间里还站满了患者，走廊里也都是挂了他的号的病人，我在候诊区还听说了有从福建、台州等外地过来的患者。他们告诉我,李医生的号如果不是加号,当天来根本挂不到。"

许晶好奇,这样一位医技高超的医生,为何从医近30年还是一名主治医师?她找同院熟悉的医生们打听后得知:李晟的职称一直没升上去,和他的本科学历有关,而且他专注于临床,在科研上成果较少。

"李晟最后一次研究生考试的时候,就因为去做手术抢救病人错过了。"陈清声说起她了解的情况,忍不住哽咽。

李晟从医的理想一直都是纯粹地治病救人,他的一位老同事对此印象深刻。彼时,这位老同事想去国外读博士,李晟对他说:"你好好深造搞科研,我接下来就待在附一医,做好临床和技术。"

在他的回忆里,李晟是很容易知足的一个人,"他曾经说过,自己每天都很开心,午休的时候躺在床上看看天花板,发发呆就很舒服。"

依旧在高压问诊中的李晟同事们

李晟遇害后,他的同事、附一医心内科主任周浩处在网络风暴的另一端。

网传消息甚嚣尘上:"凶手杀错人了,他原本的目标是周浩,之前他妻子在周浩那里动手术效果不佳,后来妻子死后他起了报复心。"消息真伪一时难辨,大家开始了对周浩医技和人品的揣测。

7月22日上午,是周浩在李晟遇害后第一次坐诊。周浩所在的心血管内科21号诊室门口,患者和家属坐得满满当当。

"这次事情以后,不管是医生还是病人,都会互相情绪缓和一点了。"一位挂了周浩的号等待就诊的患者感慨。他去年经人介绍,找周浩装了心脏支架,目前恢复良好,定期会来医院开药。"如果是平时的话,找别的医生就行,但是我这次胆固醇高了,需要调药,还是看周浩的号安心一点。"在这位70多岁的患者看来,周浩平时问诊也比较平易近人,沟通上比较高效、言简意赅。

就诊半天,医院的放号上限是60个,加上复诊的患者,周浩门诊当天的挂号总数达到了100出头。

一整个上午,周浩往返门诊和住院部四五次,到心脏介入导管室治疗患者、查看住院部患者的情况、参加医院的会议……最长一次,他离开门诊达到了半小时左右。

"医生怎么又出去了?"有的患者等得焦急,他们把负责叫号、维持秩序的年轻医生团团围住。年轻的医生委屈地抱怨,但很快又调适好情绪,继续回答着患者的各种提问,"你们中午12点以后过来,周主任会把所有号看完再下班的。"他安慰说。

下午1点40左右,周浩将结束门诊工作,没号的病人终于等到机会,面带歉意地挤进诊室,恳请他再多待两三分钟,再多看一个病人。

加号看病、顾不上吃午饭、病人繁杂、围在诊室前等待……这是7月19日李晟生命骤然走向终点前,他所经历的日常,也是依旧处在风暴中心的周浩,以及更多李晟在心内科的同事依旧在面对的每一天。

"清者自清。"面对网络上纷繁的舆论,下午接近两点,周浩捏着作为当日简单午饭的面包和水,在从门诊返回住院部的路上对记者说。

"这件事周主任也很委屈,完全是背锅。"附一医心内科的一位医护人员告诉记者,行凶者未婚育,且本人十年内没有该院就诊史,也从未拉有横幅申诉等纠纷,而警察在其住所内发现大量安眠药,但实际的作案动机究竟是什么?目前仍无法查明。

这一消息,也得到了当地宣传部门的印证。"目前初步调查得到的消息是,行凶者无儿无女,没有婚史,和网传的为手术失败的妻子报仇的消息有所出入。目前温州市委政法委、温州市公安局已成立了专班,调查李晟医生遇害事件。"温州市委宣传部一位负责人向记者解释。

温州市殡仪馆5号告别厅里外的花,后来连绵成海。

10多位李晟的同事在吊唁之后没有离去,他们望着李晟的遗像不住地抹泪,好几位是下了夜班直接从医院过来的,面露倦容。"现在除了在这里看看他,好像什么也不能做了……"一位年轻的同事向年长些的同事感慨。

一位温州市民在缅怀李晟医生的帖子后留言:"给离开的人送花也不能改变什么,保护好还在的人更重要。"她为在急诊科工作的朋友下单了一件防刺白大褂，单价1300多元。"他这几天确实非常受打击，有点悲凉。"

（实习生梅旭普对本文亦有贡献）

（见习记者　周昱帆　记者　杨书源　实习生　陈书灵　编辑　王潇）
原文发布于2024年7月24日上观新闻

大旱后的一场大雨

5月下旬收了麦子，就该是下玉米的时候了，但在河南省南阳市马岗村，农民杨立（化名）的田里依旧是一片收了麦子后金黄的秸秆。

"这可不是丰收，而是颗粒无收。"那半个多月，杨立每一天都在望天等雨中度过。20亩庄稼地就这样旱了半个多月，龟裂的土壤像裂口的皮肤，种不下一粒种子。

"天气预报每天都说下雨，但雨就是不来。"杨立发现，他附近种粮大户的地也都因为太干，还没下种。

在这个干旱之年，村里人见面不再问候"吃饭了吗?"，而是改成"明天会不会下雨啊?"

根据河南省气象监测情况，2024年4月下旬以来，全省平均降水量26.6毫米，较常年同期偏少75％，大部分地区连续无有效降水日数超60天。6月中上旬，周口、安阳、南阳、驻马店、商丘等16个省辖市72个国家级气象站气象干旱达重旱及以上等级。与此同时，省内10个地市在70天以上平均气温23.2℃，为1961年以来历史同期最高值。

2024年6月19日，财政部、应急管理部紧急预拨3.46亿元中央自然灾害救灾资金，其中预拨河北、内蒙古、山东、河南4省（区）0.69亿元，支持抗旱救灾工作。

直到 6 月 21 日，一场滂沱的雨姗姗来迟。对河南许多干旱的农村来说，这是入夏以来第一场畅快雨，旱情得到了很大程度缓解。

但田地里，农民关于这一季庄稼命运的担忧没有结束。6 月下旬，记者走访了河南平顶山、商丘、新乡以及山东菏泽等多个农村干旱地区，发现这场旷日持久的高温干旱带来的不确定性，反而在一场雨后逐渐显现。相比于洪涝灾害引发的关注，旱区农民面临的损失需要更多时间来验证。

等雨来

6 月最初那几天，杨立看到周围农户已经按捺不住了。他们开始在干裂的土里奋力浇水下种子，播种机把干燥的土地翻搅得尘土飞扬。

但杨立在迟疑，"种早了怕种子干死，种晚了又怕长不出来……"

今年种粮的开端不算赖。5 月底，杨立趁着雨水少日头大，火急火燎地把家里种的 10 亩地小麦收了下来，卖了 1 万多元。

"老天作美，收麦子时雨水少。"杨立还记得，去年 5 月下了不少"烂场雨"，不少人家的小麦都发霉了，自己的小麦也只卖了 5000 多元。

今年是这位 42 岁单亲爸爸被"困在农村"的第四年。杨立以前从未做过农活儿。他十几岁就辍学去南方的鞋厂打工，一个月收入在七八千元左右。前些年，家里靠他打工寄回来的钱翻修了楼房。

2019 年他被确诊患有腿部肿瘤，做了手术后右腿落下残疾。原本作为家中务农主力的父亲也在那年离世。妻子不堪忍受贫穷离开了家，留下他和三个女儿。

曾经几口人每月的固定收入，成了 1000 多元的低保。母亲还有慢性病，每月要花销 2000 多元的医药费。他不得不拖着残躯开始务农。

前几年，杨立养了 50 只羊，但这两年羊价跌了一半，亏本已是定局，一家人的希望都在这 20 亩地里了。

眼下，播种玉米需要丰沛的雨水，持续的大晴天成了庄稼人的"毒日头"。农民在旱地里灌溉，田里到处铺满水管，把有限的那几口机井都抽干了。还有农民用自家农用三轮车带动抽水机浇地的,浇的时间长了,三轮车也自燃报废。

6月10日,杨立决定不再等待,他要加入抗旱自救的队伍。"主要是再晚下种子,玉米苗长的时间就不够了。"才种地2年的杨立生疏地盘算着农时。

1000元的玉米种子是早早就被备下的。凭着直觉,他花260元买了两个喷灌头浇地,设想这样操作"时间最快"。可是等到了地里,他才发现,因有残疾,自己在喷湿了的泥泞地里根本举不稳那个设备。

他重新购置了800元滴灌管放在农田上。这些滴灌管都是一次性的,但杨立心疼钱,在水管外头重新又缠了一层黑色胶布,以期用得更久一点。

他还拼接了13盘25米长的水管,才把滴灌管和300米外、最近的机井给接上。浇了地,杨立又花了800元找人用机器播了种子,还备上了2000元的化肥。这场干旱耗尽了他的力气。每天回家他腿疼得只能靠吃止痛药压着。

同样被日头难住的,还有在河南封丘县荆乡回族乡经营拉面店的农民马杰(化名)。6月中旬,马杰家7亩地的玉米种子刚播下不久,她就发现两行玉米地中间,被机器压出了大约半米宽的沟渠——寻常年份这也没什么,但是眼下持续的高温干旱天里,这样一道沟也是致命的,它会让庄稼周围水分加速蒸发。

马杰一大早和婆婆用铁锹将土翻上,干了一整天。"家里男的都去城里打工了,就我和婆婆顶着日头干。"说起今年地里的事,马杰直摇头。

好在,村子里都还有不少机井可以支持他们后续的灌溉。记者走访的多个村村民介绍,这些机井有的村是地方政府统一开凿的,有的是村委出资为村里建设的,数量不一,一般几个小农户会共用一个机井。这些井,在风调雨顺的年份里,作用并不大。一到干旱之年,就成了农民唯一指得上的重要灌溉设备。

但并非所有村庄都有机井,杨立隔壁的村大阮庄村就没有挖机井。这场干旱中,直到6月中下旬,大阮庄村约80%的地都荒着没下种子,还有20%的地,农民就用农用拖拉机一车车拉水浇地完成播种。

杨立还看到有的村因为这次干旱,在现打机井。"远水解不了近渴,等机井挖好了,雨水也就来了。"杨立感慨。

河南新乡市封丘县段寨村和刘岗村,这两个距离黄河不足10公里的相邻村庄,因为地下水水质问题,也陷于没有机井用于灌溉的困局。

刘岗村村民介绍,村里也有几口机井,但是水的碱性强,浇不了地。所以这里的农户几乎家家都常年备着抽水机。抽水机1000多元一个,再接上每米1元左右的水管,就能引黄河的支流水灌溉。

但是干旱以后的近20天,河里几乎抽不上什么水。"黄河上游的村庄也在浇地,我们只能排队等他们用完了,水才能流到我们这里。"一位村民推测。

河里实在没水,地里的种子还是得播下,有的农户就用泥浆水浇地,黑黢黢的泥浆水流入土地,播下去的庄稼很快都被碱死了。

"你看,那些太阳底下,地里像撒了一层白霜的,就都是用泥浆水浇过的地,都活不成了。"一位村民告诉记者。这个村的水质恶化已是十多年来的事情了,"村附近学校排洗澡水、洗衣水等污水,堵塞河道,黄河的灌溉渠都被堵住了,庄稼几乎快坏完了。"这些年,村民们已开始改种更加抗旱的棉花。

情况在6月底得到了一些改善。据刘岗村一位村民回忆,大约在一周以前,田里早已埋下却停用多日的灌溉水管忽然出水了,"我看到有人在村附近黄河支流旁的地里铺设大粗管子,我想应该是政府协调了黄河上下游的用水问题。"这位村民说。

河南当地基层政府工作人员,也在为高温干旱天的农事奔走。平顶山市叶县邓李乡分管农业的副乡长蒋文辉介绍,县里要求基层干部,必须要先帮助老百姓把庄稼播种完后,才能播种自己的庄稼。整个6月,乡里的干部下沉在各个村,他们的工作包括但不限于通知村民上游白龟山水库放闸灌溉信息、帮助农民铺设连接机井的水管和电缆。

"有的乡干部看到灌溉渠被树枝堵住了,光着膀子就下去帮忙捞树枝。还有一次,灌溉渠一处漏水了,几个干部就拿沙包去堵,一直干到了凌晨2点多。"蒋文辉认为这些抗旱的举动是有效的。"我们县到6月15日左右,夏季播种都已经完成了,剩下几百亩没种的,也都是我们村里和乡里干部家的。"

雨后的"新问题"

雨终究还是下了。2024年6月20日夜里至21日,河南省内出现了一次大范围降水过程,安阳、鹤壁、三门峡南部等地出现大到暴雨,洛阳南部、驻马店南部、信阳局地大暴雨,河南全省平均降水量 17.7 毫米。

雨点子劈劈啪啪打在院子里的塑料薄膜上,因地里的庄稼又失眠了一夜的杨立忍不住咧嘴笑了。

雨后,商丘市王店村年逾六旬的任熊(化名)走进玉米地,把手伸进土里,"大概湿了四指深的土,能喂饱庄稼三四天吧。"在任熊的记忆里,这是 6 月以来,地里下的第一场雨。

雨后第二天,杨立很快发现,这场雨浇得他更愁了。

"下那场雨前两天,天气预报天天说有雨,第二天又是晴天,我实在等不了了……"6 月 20 日中午,看着炙热干燥的日头和地里打蔫儿的玉米苗,杨立决定浇地。偏偏是在那次浇透了地后,雨来了。

而且,刚务农 2 年的他,并不了解自家的地其实是中间高、两头低,因此灌溉水加上雨水在地里落得并不均匀,把西边地里的种子"全都淹毁了"。

22 日凌晨,他不得已叫来家人和六七位亲戚,上至 60 多岁的姑姑姑父、下至未成年的大女儿,一家人重新把玉米种子种了一遍。

"雨后土地潮湿,播种的拖拉机容易陷入泥里,只能靠人工。"看着邻居家的庄稼在一场雨后都长得漂漂亮亮的,他说不上心里什么滋味。

"干旱久了,大家种地的心态都不太稳了,好像在砸一个无底洞。"杨立感觉生活在干旱带来的不确定性之中。

即使旱情缓解,因为降水量不均,这场雨对每一块农田的"眷顾"也并不平等。

6 月 21 日那场雨后的傍晚,因为排水系统薄弱,段寨村的村路都变成了小河渠,村民们都只能趟水行走。但地里的庄稼却只湿了一指深的地,风一吹就干了。"这点雨不当用,还得浇。"一位 70 岁出头的村民判断。

山东单县黄冈镇种粮大户胡鸿战也没有走出干旱的影响。6 月 22 日下午 2 时,躲过了最毒辣的日头,他组织临时招募来的 20 多个女工抓紧下玉米种子。"昨天的雨就打湿了点浮土,土壤下头全是干的。但不能再拖了,硬着头皮下吧。"在十里八乡,胡战鸿放出了"种地 200 元一天"的消息吸引人手来帮忙。

胡鸿战眼前的土地,依旧是一片金黄色的麦子收割后的秸秆。按照往常的农时,现在地里应该是一片绿油油的玉米苗了。

这些年,胡鸿战在附近村庄承包了 1600 多亩土地,每年有 90 万元固定地租开支。"今年亏本已经是定局了,只是多或少的问题。如果这季种不好,100多万元就打水漂了;如果抢救回来些庄稼,也得亏上小几十万(元)。"

"我们这一片的种粮大户,今年都亏损了。平时看着种粮大户好像挺厉害,到了干旱年头,我们这些人是最没自救办法的,没比小农户多些什么灌溉的设备,反倒是更浇不过来这些地。"胡鸿战解释。

雨后,因为前期庄稼长势不好,即使已经完成播种的不少农户都在考虑浇水补苗的事。6 月 22 日,不少村庄里想从机井里抽水补苗的农户又排起了长队。

南阳双八镇的村民玉秀(化名)和爱人也决定去地里补些种子。直到 6 月底,玉秀地里已经浇了四五遍了。干旱高温双重预警时,浇水最勤,两三百一个的新水泵也烧坏了两个。但玉秀家的庄稼不领情,只出了点"细溜的苗"。

今年是 50 岁的玉秀接棒种地的第三年。之前都是家里公婆在照顾地里的事,但前年婆婆去世了,快 80 岁的公公也干不动了。

地里的活儿没有轻松的,每次回家玉秀都会把汗湿的衣服往院子里的矮凳上一甩,坐着喘气。

玉米算是勉强种下了,她又想起家里已经收了两个多月的大蒜,因为每天忙着浇地抗旱,到现在都没有卖,她赶紧联系了车子来拉。

一上秤,因为水分蒸发,每袋大蒜重量比刚收下时少了一半,每袋少卖了一百多元,一下又多了几百元的损失。"顾了这头,就没那头了。"玉秀自嘲。

封丘县回族乡,经营了十多年农资店的老板李伟,整个 6 月也都泡在农民的地里。"我们本来就要给卖出去的除草剂、化肥提供售后服务,但今年问题特别多。"李伟总结。

6 月 21 日那场雨后,有不少农户跑来问他,是否能打除草剂了?他去地里看了看,得出判断:雨还不够大,还得浇地,浇了地再除草。

究竟这场干旱给农民带来了怎样的损失?没人能在当下准确预算,因为干旱之后,这些庄稼的长势以及收购价还是未知数。能计算的只有相比往年同期,农民在每亩地上多投入的资金。

最显而易见的消耗,是农户们今年抗旱浇地产生的电费,"大概比往年要贵1/3。"李伟估计。同时,干旱引起的土地"次生问题",也在加重农民的经济负担,"今年苗一出来就有虫咬,要赶紧打药,每户除虫剂的投入比往年多了2/3,除草剂的用量也比往年增加了一倍。"

李伟介绍,遇上庄稼长势不错的年份,一亩地两季在地里的总投入约800—900元,总产值大约在2000—4000元。但是今年,因为抗旱,各项投入都会增长,一亩地的成本都在1000元以上,留下的利润空间就更薄了。

"我们村只有西头那家,有块地还荒着没种呢。"玉秀说,即使是大旱时节,谁家地没有浇水侍弄,看过去也是一清二楚。"庄稼就是农村人的面子,如果地里的事都不管,就会被别人看不起的。"玉秀觉得这就是支撑着自己一遍遍干的心理驱动力。

"相比旱,老百姓最害怕的是涝,庄稼直接淹死,人一点办法也没有,起码现在老百姓还能每天浇水抢救下庄稼。"李伟说,"不过大家也都清楚能做的其实很有限,农业毕竟还是靠天吃饭。"

田地以外的选择

现在,不管地里有没有活儿,杨立每天雷打不动要去地里看至少两遍。

抱着不确定性过活,总是束手束脚。前两天他去集市上买了一袋150元的玉米喂羊。这袋玉米,他只舍得喂给马上就要出栏卖的羊。

经历这次干旱后,杨立愈发觉得不能把所有希望寄托在田里,"等到腿再好一点,再去看看,附近是不是有什么厂子可以去。"尽管他知道,在这个距离县城还有近30公里的小村庄,打工的希望也同样渺茫。

马杰也觉得家里这7亩地成了难以割舍的负担,"刚收下的小麦也就卖了9000元不到,成本合着就得三四千元。说实话我在外面打2个月的工,能把一年粮食钱打回来。"

也有人算了经济账后,选择了在大旱之年放弃农田。自6月干旱以来,平顶山市洪庄杨镇60岁的陈英(化名)每天下午都绕着周边几个村庄卖馍。

40多摄氏度的高温天,她也没歇。这一切,都是为了补足今年家里未种上3亩半农田可能造成的损失。"排不上机井浇地,怎么等也等不上。"陈英还想起去年八九月份时,庄稼收割前又被水淹了。涝一年,旱一年,她越发觉得心里没底。她曾外出打工过8年,但以她现在的年龄,已经没有工厂会收她做零工了。

陈英决定今年放弃庄稼专心卖馍。她算了笔账,今年夏小麦的收购价大约在1.2元左右每斤,比去年同期少了2毛左右,相应地,今年面粉的价格也低了。但是馍的价格是固定的,5元2斤。相比收购价起伏不定的种粮,卖馍成了划算点的营生,每个月能补贴几百元家用。

和记者说话的功夫,已是下午4点出头了,各家都熬好了粥,陈英再不把馍卖出去就晚了。她擦了下湿透的头发,再次发动电动三轮车出发了。

叶县曹李村的种粮大户张先锋有2200多亩耕地,干旱的这个月里,他持续陷入种地、浇水人手不够的困扰。张先锋发现,每天来到自己农业合作社门口询问用工需求的,都是五六十岁朝上的老妇人。

张先锋陆续请了100多号临时工浇地。男工100元,女工70元,男工主要负责扛水管浇地,女工力气小,就帮忙摊水管打下手。但这些天根本没有壮劳动力愿意来帮忙,年轻人都进附近的鞋厂打工了。

在平顶山市叶县邓李乡后炉村的村集体经济标准化厂房内,几十名女工正在缝纫机前缝制鞋面。她们都是做完了自家农活儿后,来这里做零工的。

"干旱的这些天,就是上午浇完地了,下午空着就可以过来,都是计件算钱的,可以日结。今年庄稼行情不乐观,大家就会在这里加班做到晚上九十点钟。"一位女工说,在这个厂里上班的基本都是本村人,从家到厂骑电动车只要十多分钟就可以了。"现在外头打工也很难找到合适的,这已经是最好的选择了。"

"留在村附近鞋厂打工的都是出不去的,需要看孩子种地,一个月挣一千多到两三千元不等;再远一点能去市里的平煤神马集团,但是煤矿和化工很多岗位薪资高,风险更高,属于高危职业;再远一点,就是去郑州富士康能工资高些。工厂能接受的临时工年龄上限是55—60岁,招工年龄上限放得越宽,基本上活儿越累,55岁以上能找到的活都是很累很脏的那种了。"另一位曾经在外打工多年的邓李乡的村民,描述着关于地域远近以及年龄带来的"农村打工鄙视链"。

40岁出头的襄城县李庄村人王静(化名)在城里跑出租十多年了。这场干旱对村里的影响都是从种地的公婆口中得知的。

"6亩小米辣已经浇了七八次了,村里人都昼夜排着浇水,公婆累到吃面条,筷子都挑不起来了……"尽管今年地里情况吃紧,王静夫妇还是决定不回家帮忙了,他们劝说公婆请人浇地。

"出来打工太久了,人都废了。"之前夫妇俩回去帮忙收麦子,回来后3天不能走路,搭上了好几天不能开出租的误工费。

而对杨立一家来说,大旱之年守着这块地,依旧是唯一的选择。相比别人家雨后有些郁郁葱葱的玉米苗,他的田地依旧稀疏,"我起码得把这些玉米苗保住了,苗出来了,之后总还有希望……"这是已经"落后"的杨立,给自己未来一个月的承诺。

(记者　杨书源　实习生　王佳诺　编辑　王潇)

原文发布于2024年6月28日上观新闻

原标题:大旱后的一场大雨,下出新麻烦

郑州 5 号线，生死一夜

在过去的一夜，郑州难眠。

凌晨 1 时许，河南交通广播主持人小佩在午夜步行 4 小时后，和丈夫回到家中。她的两个孩子已经安睡，并不知道父母刚刚经历了生死一夜。

"郑州一天下了一年的雨。"这不是一句玩笑话。据郑州气象局统计数据分析，2021 年 7 月 20 日 0 时—21 日 0 时，郑州 24 小时降雨量 612.9 毫米。而郑州常年平均全年降雨量为 640.8 毫米。小时降水、单日降水均已突破自 1951 年有记录以来的最高值。

据"郑州发布"公告，2021 年 7 月 20 日 18 时许，积水冲垮出入场线挡水墙，进入正线区间，造成郑州地铁 5 号线列车在海滩寺街站和沙口路站隧道列车停运。雨水倒灌入地下隧道和 5 号线列车内，乘客困于车厢中。

小佩就身处其中的一节车厢。经过 4 小时的等待，22 时许，她所在列车的乘客获救。据郑州官方通告：当晚，救援人员疏散乘客 500 余人，其中 12 人经抢救无效死亡，5 人受伤。

"不知道这是不是我最后一条微信"

7 月 17 日以来，河南省就出现持续性强降水天气。7 月 20 日 15 时至 16 时这一个小时内,郑州降雨量就达到了60.6毫米,为暴雨以上级别。

这还只是开始。7月20日16时起,郑州雨量猛增。仅16时至17时,郑州一小时降雨量就达到201.9毫米。下午早些时候,有网友拍下郑州一行驶的地铁车厢内,积水已经没过了车辆的大半。

17时20分,陈沫(化名)和同事下班后卷起裤腿一块蹚水前往5号线中央商务区站。她看见,沿路的所有井盖全部被水"炸"飞,像喷泉一样向外喷水。此时水已经没过膝盖。

抵达中央商务区站后,列车没有停运,"我还庆幸了一下"。可地铁离她家还有一站时,临时停车了。"虽然开着车厢门,但我还是感到胸闷,时间长了呼吸也有点吃力,一度喘不上来气。"她又下车询问工作人员,工作人员正在尽力用拖把赶水,并说他们也不清楚情况,只能在车上耐心等待。17时50分许,车重新开动。陈沫到姚砦站后下车出了地铁站。

20日下午5时许,像往常一样,沙涛下班后从郑州地铁5号线中央商务区站乘车,准备到月季公园站下车回家。17时30分,地铁行至海滩寺站到沙口路站,沙涛发微信告诉妻子,地铁临时停车。

"车里进水了。"18时06分,尤莉莉(化名)收到了沙涛发来微信,一同发来的还有一张地铁进水的图片。随后,沙涛又发来了两段5秒的短视频,视频中可以看到黄色的雨水已经漫进了地铁车厢,达到脚踝处,视频里有人发出尖叫声。

此刻,一下午都在街头采访的河南交通广播台记者小佩就在5号线里。采访间歇,她想回家换身衣服,再安顿一下孩子。

17时35分,她在海滩寺站门口,上车,前往沙口路站。车行至沙口路站后,并没有开车门,停了许久,又向反方向的海滩寺方向开。

出于职业的敏感,小佩开始有意识地拍摄视频,并在视频中播报时间。

她18时03分拍摄的视频里,车厢地面还没有水,仅4分钟后,18:07时车厢内水面已漫过脚趾。车厢里的广播说道:"现在是临时停车。"

18时19分,前面的车门打开,一位工作人员通知大家紧急疏散,乘客鱼贯走到轨道旁的台阶上往沙口路站走。大约走了十几分钟,似乎是前方的人出不去,队伍又返回。18 时 37 分小佩拍摄的视频显示,此时轨道里的流水已经像河流一样。

18 时 42 分,人群陆续回到车厢,第一车厢的男士一直在协助乘客。

18 时 45 分,轨道里的水急速地向车厢内涌。

19 时 17 分,小佩拍下了车厢外水位已到胸口的视频,犹豫了 15 分钟后,她决定在朋友圈发布,"真的快绝望了"。彼时,车厢内水已接近胸口。"我不知道这是不是我最后一条微信。"发完求助信息后,手机没电了。

"你以后一定要幸福"

绝望,弥漫在整个车厢中。

"最恐怖的不是水而是车厢里的空气越来越少。"李奇(化名)写道,他也在这趟列车上。"我们能站在座位上都站在座位上,最后站在座位上水都到胸口了。好多人都出现了呼吸困难的症状。"

因为车厢倾斜,后车厢全部浸在水里,人们都拥在前方的车里。缺氧的感受,李奇第一次体会,很闷,车厢里什么味道都有。"你可以听到周边人喘大气的声音。"另一位亲历者刘丰周说。他当时看到很多个子矮的成年人,水位已经到胸口了,呼吸特别困难。他还听到隔壁车厢有人吼"有人要不行了!"

越来越多人开始给家里人打电话,说自己现在在哪个位置;有人开始给家人交代银行卡号……

"我想我是不是也要交代一下呢?当时想联系的人很多说的事情也很多,但是最后都没有说出口,只能给妈妈发了一句,妈妈我可能快不行了,我有点害怕,但是妈妈回过来电话我也不知道说啥只说还在等救援,就挂了。"李奇写道。

"我可能出不去了。"19 时 03 分,同在车厢里的甜甜(化名)发微信给好朋友,"车厢外水位都到脖子了。氧气也快没了。"车厢里的水越来越高,后面车厢里的水已经到了车顶,她预感自己出不去了。随后,在给朋友发出"你以后一定要幸福"的消息后,甜甜失联。

20 时 10 分许,车厢内的水位已经接近脖子,车厢外的水位则已高出头顶,有 2 米多高。由于缺氧,有人开始呼吸困难。

情急之下,一位高个子男子取下车厢内的灭火器,朝着车厢玻璃顶部砸去。几位男士大约砸了七八分钟,玻璃裂出一个窟窿,车厢内的缺氧状况才有所缓解。

手机没电后,小佩记起,单位座机是一直有人待机的。于是借别人的手机给单位打电话。同事联系了郑州消防部门。

消防部门很快打来电话询问位置,表示会尽快赶来。小佩迅速向车厢里喊话:"大家保持镇定,救援人员很快就到。"

"我和孩子在等他回家"

又过了约 5 分钟左右,小佩听到车厢有男士在呼喊:"前面有光! 有人来救我们了!"

20 时 35 分,救援人员打开了驾驶室的门。此时地铁因被洪水冲击而偏离轨道,原本站在车厢上一步就可以跨到的台阶,此时距离台阶有两三米远。

消防人员以输水带为安全绳,一头系在台阶旁的抓手上,一头系在车厢里,让乘客们扶着安全绳往台阶上撤离。

小佩记得,救援人员全都站在洪水里,水浸到他们的脖子下方。

李奇写道:"每个人都在喊着让晕倒的人先走,两个男生架着一个晕倒的人,每个人都上去扶一把,把每个晕倒的人都先救出去,然后所有的男生说女生先走,然后男生真的站在两边等着让女生先走,即使是情侣都放开了彼此的手,让女生先走,男生们在后面一个拉着一个女生走,我头晕走不动了,不管停在哪里,不管男生女生都会说一句,你靠着我就可以,看看好多男生和消防员叔叔一直泡在水里,接应一个又一个女生出去。"

在抵达的站台边,有劫后余生的情侣相拥而泣。有 3 位医生乘客自发留下,抢救已经昏迷的乘客。小佩也留下做了志愿者。小佩记得,她询问另一位医生的姓名时,对方告诉她,"名字并不重要。"

"附近回不了家的可以来我家住。"夜间 11 时,微博上有人发帖:5 号线中原福塔地铁站附近若是回不了家可以来我家住,离地铁口步行大约20分钟,家里食物充足,水电气目前都良好,妈妈做的饭虽不是美味佳肴但也是热乎饭!

彼时,原本打算搭乘5号线的张恒(化名)因地铁停运只好步行回家。在商城路、东明路路口,积水已经漫过了胸部,张先生和其他路人手挽着手蹚过了水最深的地方,他的手机也在大水中不知所踪。在步行十二公里后,因地势较高,他找了一辆单车骑车回家。等走进家门的时候已经是夜里11时40分了。

张先生接到家人电话,原来他们正急疯了似的找他,已经给他拨了几十个电话。张先生洗了一个澡,躺在床上才看新闻,内心久久不能平复。

"以前一直听这句话,意外总是来得很突然。可只有当自己亲身经历之后,才会懂得意外离自己如此之近,又如此突然。"张先生哽咽地说道。看着手机里不断刷新的新闻,他不敢想象,如果自己昨天顺利进入了月季公园地铁站,面临的又是怎样的命运……

深夜,沙涛的爱人尤莉莉看到新闻中已经有第一批地铁5号线被困人员被营救,但她依旧没有沙涛的消息。

截至7月21日上午11点30分,尤莉莉还没有联系到丈夫沙涛。她在今日头条公布了沙涛的基本信息:身高181厘米,体重145斤,身穿白色T恤黑色短裤,黑色凉鞋。

她写道:"我和孩子在等他回家。"

(记者　王潇　雷册渊　杨书源　王倩　张凌云　郑子愚　李楚悦　编辑　宰飞)

原文发布于2021年7月21日上观新闻

洪水涌向空巢老人

"我们这儿的水都没过车辘辘了,你要把车停到高的位置!"

2023年7月31日上午,房星微信里收到一条父亲扯着嗓子喊的语音。76岁的父亲因为11年前一次脑卒中,双耳几乎失聪,一直和老伴住在房山区养老。语音背景里传来噼里啪啦的雨声,房星知道,那是雨点砸在自家小院顶棚的声响。

在这位老人的世界里,这场雨并无大碍。他反倒更惦记女儿的车。

但他不知道,自己所处的房山区,已成为北京强降雨的核心重灾区——根据北京市气象台消息,2023年7月29日以来,全市遭遇140年以来降水量第一的持续性大暴雨。7月31日全天,北京房山区平均降雨量和门头沟区平均降雨量皆超过400毫米,远高于2012年北京"7·21"暴雨量级。房山区等7个乡镇62个村通信信号中断,同时,房山区主供水管道冲毁,区内大面积停水。暴雨不仅冲击了道路和信号塔,更冲垮了许多山区和城市郊区地带空巢老人和城里子女脆弱的连接。

7月31日下午,民间救援力量在网络上自发建立了"北京暴雨求助信息统计汇总"腾讯共享文档。8月1日下午2点左右,房星无助之际也登记了父母信息:"两名行动困难的76岁老人和一名57岁的保姆被困在家,停水停电停煤气,手机马上断电即将失联……"

截至 8 月 2 日下午 6 时 30 分,这份表格已经将求助范围扩大到京津冀多个城市,信息总数达 1028 条。在这些求助信息中,有 400 多条提到"老人受困",备注中常有"独居""基础病"等说明。

等待的时间里,房星感觉心里也经历了一场汹涌的洪水——对父母存积了 10 多年的抚养照料问题,在没水没电没网的极端时刻集中迸发了。

无声的"求助信号"

收到父亲微信语音的当天,45 岁的房星有了立刻回父母家的冲动。父亲半身瘫痪,母亲患有阿尔兹海默症伴有糖尿病尿酮症,平时只能委托住家保姆照顾。她上次回家还是 2 个月前。

"你什么时候回来?你回来替我了,我也好回自己涿州家里看看。"保姆顾阿姨在电话像往常一样发问,但这次语气添了些无助。此时房山的暴雨已持续两天。

房星回父母家的路不算远,从朝阳东五环到房山琉璃河,70 多公里,1 个多小时的车程。但现在她被这场磅礴的暴雨困住了。

下暴雨的第二天,她开车出发,刚上京港澳高速公路就遇到了路障。一路上她不断看到折返的人。近处的积水里,可以看到零星被泡的小轿车,她只能返回。

房星开始感到恐惧。她叮嘱父母关手机,减少耗电,防止失联。住家保姆成了两个老人的"紧急联系人"。

房星父母住在滨水雅园小区西门附近的 33 号楼 1 楼。西门相比东门,地势更低。大水从西门漫进来后,水位逐渐上升到人的大腿根。

7 月 31 日,房星开始不断拨打父母居住小区的物业、所属村委会、镇政府以及应急抢险部门电话。她收到回复:救援队已全部派出,正在一线抢险,已到达琉璃河镇上。

但小区内,不见救援队的身影。房星猜测,可能父母那边"救援优先级不高",毕竟小区附近还有整个村都被淹了的情况。

8月1日下午,顾阿姨的手机电量快耗尽。更棘手的是,因为通信基站在大雨中损毁,家中几乎没有手机信号。当天下午,顾阿姨冲到隔壁楼信号好一些的邻居家中,请邻居转告房星:"还差一个台阶水就要漫进家里了。"这是小区断电断水的2天半里,顾阿姨唯一一次联系上房星。

后来,房星再也打不通顾阿姨电话了。情急之时,她脑海里闪现的是父亲床头那盏忽明忽暗的应急灯。"自从我爸爸脑血栓以后,他就没法儿待在全黑环境里,我不知道停电以后这盏灯还能亮多久……"

付蕾与住在门头沟的父母失联前,最后一次通话停留在7月31日早上10点30分。电话里,父母告诉她,村里水势很大,出村路被淹。有村民想往山上高处撤离,但"山上在不停地往下冲水,走不好就面临被冲的风险",村里不允许村民私自撤离。

"后悔死这个决定了。"事后回想,付蕾说父母本可避免这次险情。

虽然付蕾父母也是空巢老人,但和大多数家庭情况相反,他们平时在北京城里住,而付蕾是自由职业者,不坐班,住在门头沟区的浅山区。

7月底,付蕾出京了一趟,但她不放心家里宠物,就让父母帮忙去山里看家。没想到遭遇暴雨。

和父母失联后,付蕾给村里邻居挨个发消息,都没有答复。

她打电话给门头沟区应急办,获知各镇已向区里打卫星电话,报人员平安,但未透露救援进展。付蕾很忐忑,门头沟山里面的村子里,居民住得分散,很可能只能自救……

她一刻没有停止在网上搜罗讯息,小红书、微信、微博……但没有人知道王平镇和东马各庄村的确切消息。

而在房星家里,涨水的小院里,户外的茶几、沙发都漂浮在水上,篱笆里母亲在生病前精心种植的玫瑰花只露出了花苞,成了水生植物。

小区里60岁以上老人约占居民数三分之二以上。保姆顾阿姨能探听到的消息有限。

8月1日下午晚些时候,她看到窗外有零星的人在洪水里,拿着水桶跋涉,立即询问,才知道小区东门口来了水车,能免费打水了。

家里两个老人好几天没擦身子了。"房星妈妈吃的控制血糖的草药也快没水煮了。"她决定蹚水出门打水,朝头上套了一个黑色大垃圾袋防雨,手里挂着一根家中院子里找来的长木棍。

"我只有 1 米 5 多点的个头,路上水已经齐我腰了。"水桶装上水后,顾阿姨发现水桶可以在洪水里漂浮起来了,她只要推着桶走就行了。这是她说起这场洪水时,唯一脸上带笑的故事。

这天,到小区门口四五百米的路,顾阿姨来回摸索了近 2 个小时。但打到水后,厨房里堆积如山的脏碗她依旧没敢洗。

吃什么在那几天也成了问题,没有电和燃气,热菜热饭成了奢望。做房星妈妈这位糖尿病患者的餐食更是为难:家里主食就剩下 3 个馒头,但不适合糖尿病病人。每顿饭顾阿姨就掰下小半个馒头,再拿出几根生芹菜,一碟酱油,让房星妈妈蘸着吃,"芹菜能让她血糖升慢点"。

顾阿姨自己不敢吃太多,每天就吃点零食充饥。"神经高度紧张,也不觉得饿。"和外界失联的那几天,她似乎失去了时间概念,每天都很恍惚。

暴雨中的小院

8 月 1 日中午,房星意外接到了母亲打来的电话,电话里母亲的声音有些困倦。

"妈,您怎么拿顾阿姨的电话在打,您都好吗?"房星有些意外。因为这一整天通讯网络太差,顾阿姨都很难拨通房星的电话。

"这是我的手机,我都挺好的……"母亲慢条斯理地说。

对于母亲的这通电话,房星有些意外。母亲确诊了初期老年痴呆后,整个人时而糊涂时而清楚,手机也不记得充电,基本上平常就是关机状态。"可能她内心深处始终有这么一两个惦记的人。"房星感慨道。

这个电话,成了洪水时期母女俩的秘密。甚至是顾阿姨,也不知道房星母亲是在何时脱离了她的视线、又如何拨通了这个电话。

"我非常后悔!"说起十多年前安置父母的决定,房星的声音突然提高了,

"我当时就应该强制让他们搬过来一起住。"

她曾多次提议父母搬到城里的电梯房,和自己住一段时间,但都被父母拒绝了。理由是:父亲现在必须推着支撑架行走,平衡感差,在人多的地方被轻轻一碰可能都会倒地,所以他排斥在高层公寓楼里坐拥挤的电梯。此外,父亲是个注意细节的人,他担心"和闺女住,夏天太热时,想在家光膀子也不好意思"。

房星没有再强求,"有时想想,如果同住,我妈会对我的生活指手画脚,我父亲因为耳朵不好,每天都要把电视调到很大声,似乎分开住也是最相安无事的安排。"

房山这套三室两卫带小院的一楼房子,是十多年前父亲在脑卒中发作前瞒着家里买的。此前老两口住在天通苑某小区6楼,退休后上楼日渐费力。父亲发病后,母亲在帮父亲收拾东西时才发现了这套房子的购买凭证。当时父亲已经行动不便,一家人决定临时装修。之后父母两人住了进去。

当时一切还算令人满意。客厅墙壁被生性浪漫的父亲刷成了淡粉色。家里被母亲收拾得井井有条。她刚退休,特别爱往外跑。即使父亲生病,她也常带着他去海南、北戴河度假。

但浪漫理想的晚年图景,被老人独居生活的琐碎、艰难一点点侵蚀。父母生活急转直下是从今年年初开始,当时母亲被确诊为阿尔兹海默症。

其实母亲得病,早已有迹可循——最近一两年回家,房星忽然发现,家里各个角落被垒成小山状的快递盒子占满。不少盒子里都放着过期保健品,都是母亲电视购物买回来的。

顶峰时期,家里天天都有快递上门,连快递员都打电话给房星:"你快拦着你妈吧,哪儿有这样天天给人保健品公司送钱的!"

还有一回,天气阴冷,母亲忽然跑出家门,躺在小区角落里一个被遗弃的脏沙发上睡觉。被家里人唤醒时,她还笑眯眯地说:"我觉得这儿能晒太阳挺好的。"

现在回想起来,房星才意识到,这都是阿尔兹海默症的前期症状,但她一直理解为母亲性格中的执拗、一意孤行。

去年冬天疫情高峰时期,房星叮嘱父母不能出门,母亲变得十分嗜睡疲软,无人照管后她变得嗜吃零食,血糖控制得很差。最严重时,从房间走到客厅都要歇上好几次。房星意识到了情况不妙,带母亲线上问诊了专家,确诊了是阿尔兹海默症……

暴雨过后的一天,记者在房星的委托下,入户探访两位老人,却被房星爸爸当成了推销员。他努力扶着支撑架走到老伴儿跟前,不断打断使眼色,害怕老伴儿又上了"保健品骗子"的当。

雨后的家中,有种憋闷潮湿的气味。房星母亲因为停电停水多日没能洗澡,一头短发被汗水浸透后又出油,自动拢成了一缕缕小发束;父亲因常年不出门活动,身体笨重硕大,挪步艰难。

现在房星父母都患上了脑神经系统的疾病,母亲表现得淡漠迟钝,父亲则烦躁警惕,夫妻俩交流越来越少,常常一人坐沙发、一人坐餐椅,沉浸在各自的世界。

偶尔,父亲会硬把躺在沙发上的母亲拽起来,认为"这么躺着对身体不好"。交流又演变为激烈的争吵。

顾阿姨文化程度不高,但从老两口的对话中,知道这对老夫妻是大学同学,"年轻时都是很厉害的大设计师,在北京城里盖了不少有名的建筑。"

现在顾阿姨每天的职责之一,就是提醒房星母亲不要睡着,"她每天必须出去走五六百米,也不能午睡太久,这样可以延缓小脑萎缩。"她对家政公司的培训内容信手拈来。

只是暴雨这几天,老人一直困在家里,"越呆越疲软、人发蔫儿"。但这些事儿,顾阿姨都没和房星说。"她隔得那么远又过不来,说了也没用。"

"其实我也挺想回家看看的。我家是涿州的,也遭了水。"在这个家里,她总是会忘记,自己也已是一个 57 岁、偶尔需要人照料生活的"准老年人"。

"银发"抗洪自救团

这几天的困境,将赡养父母的问题重新推到房星面前。

"你才发现,无论是父母还是我自己,都困守在城市孤岛上了。"房星形容。

上一次经历这种绝望，是在去年冬天新冠疫情高发时期。但无论如何，上次他们还能远程沟通，而现在，她能做的只有无尽的等待。

小区被淹、父母失联的两个晚上，房星都是抱着手机睡觉。她不时惊醒，又忙着刷新业主群消息。

顾阿姨识字不多，房星担心她漏掉重要的信息。

在小区里，她能托付的人也不多，大多数熟人都是身体不好的空巢老人。好在同一栋楼 3 楼有一对 60 多岁的热心夫妻，也是从城里搬来养老。以前母亲身体好时还常给他们送菜、约着一起去汗蒸。听顾阿姨说楼道开始进水时，房星联系了这对夫妻，作为父母的保底选择：一旦水淹到了家里，就让父母上 3 楼避险。

父母家斜对角 1 楼也住着一对 70 多岁的老夫妻，男主人退休前是律师。房星拜托他，万一家里有什么突发情况，请他过去。老人承诺，"如果有什么事，就算是蹚水也要过去帮你看看。"

身边贴身照顾的是老人、能求助到的也是老人，弱者帮助更弱者，成了洪水孤岛里，脆弱而可靠的求生链。

很快，居民们都陆续收到了琉璃河漫堤的消息，水向地势较低的北面倒灌。滨水雅园小区就是受灾的小区之一。7 月 31 日下午，楼里的积水落下去了，但晚上又涨起来。

8 月 1 日早上，小区里为数不多的青壮年自发去西门外拉政府提供的防洪沙袋。业主群里，有人提议，低层住户每户出一位劳动力去小区外指定地点搬沙袋。

8 月 1 日，居民在搬运抗洪物资。受访者供图第一轮动员，群里报名的只有 8 人。组织者只得再度动员。

许久，有人回应："家里都是行动不便的老人，怎么出人？"有许多人开始附和发声。微信群随后陷入了沉默。

"那就年轻点的老年人出来自救。"小区里 69 岁的住户孙锐就是站出来的人之一。

水不断从西门往小区里灌时，大家连夜在西门垒起了四五米高的沙包墙，还找来渣土车运了一车碎渣乱石才勉强堵住了洪水。洪水堵住后,大家又商量着如何排水。

"参与抢险的基本都是五六十岁的男士,在这个小区,这都算是好的壮劳力了。组织者倒是一个大妈。"讲起当天"抗洪抢险"的经历,孙锐觉得无奈又好笑。他的右侧小腿在这场自救中受了伤,创口贴不能完全覆盖的伤口隐约可见。"不少人的脚都被水里卷着的碎石玻璃划了很深的口子。"孙锐说。到了第二天清晨,小区内的积水基本都被排尽了,只留下深深浅浅的淤泥。

相比而言,在山村,空巢老人自救的空间更局促有限。

8月1日下午,付蕾发现网上开始流出附近村庄失联人员信息,"有些相对年轻体能好的,自己徒步翻山走出去了,把我们相邻7个村的大致信息带出去,又把救援人员领进去。"从8月1日下午到夜里的几个小时,付蕾收到大量从山里传出的报平安信息。不少是村里的空巢老人主动跑到手机信号强些的邻居家,给子女报平安的。他们说,村里来了救援队。下午6点左右,付蕾终于收到了一条邻居的回复——她家里人都平安。

8月2日早晨9点左右,与家人失联将近48小时的付蕾也终于收到了母亲借别人手机发来的短信,简短的一句竟然是:"我们都安全,路都断了,千万不要回去!"

当时门头沟深山区的一些镇子依旧没有失联人员消息。"门头沟的山太深了,整个门头沟区可能90%以上全是山,我们在浅山区还好,官兵靠走还能进去,但是深山区根本不可能走进去。越是深山,住得越多的就是没有自救能力的留守老人……"付蕾说。

房星记得,父母搬到这里时,是在2012年的夏天,也赶上了那年北京"7·21"特大暴雨期间,"小区没有被淹得这么严重,周边还布置了防洪沙袋。后来北京确实没下过什么暴雨,即使下雨的时候偶尔停电也都习惯了。"

房星的父母入住后才发现:小区里前后左右的邻居不少是来自北京城区的退休夫妻。当时老人们常会讨论和子女同住的话题,大部分人觉得"不到万不得已别住在一起。"他们退休前大多经济状况不错,精神和物质上都不想依赖子女,看重这里"房价只有三四千元、可以住一楼带独院的房子、附近有大超市、湿地公园"。

历经十多年以后，入住时还矍铄、精干的老人们衰老了。而与之相对的是，小区环境越来越差。"头几年还行，后来越来越不济。莫说环境和物业服务了，这小区平时根本就没人管。"孙锐回忆。

老人和小区一起老去了。洪水退去之后，整个滨水雅园愈发萧条，小区内道路全都被淤泥覆盖，潮湿泥泞，黑色的泥浆和散落的生活垃圾混在一起。白天气温升高，路面上的污泥、脏水散发出阵阵腐烂的臭味……

洪水退去后，离开还是继续独居？

"外面的泥浆水不知道要多久才能清理干净。"房星的母亲在暴雨退却后动过暂时离开小区的念头。她在窗边喃喃自语："这儿环境太差了，早就想走了。"那一刻，她似乎恢复了早年间精明能干的模样。

这时已是8月2日下午2点多，小区周边的道路都已恢复通行。小区里也已经通电，自来水还没有来，手机信号时断时续。

小区快递驿站的老板也回店里打扫。暴雨后的第一批快递到了。最多的货物是子女在网上远程给老人送来的成箱饮用水。

房星找外卖员送来了两大袋外卖。平时母亲一看到外卖就会兴奋。但那天，不知怎么，母亲看着这些饭菜，兴趣索然。

这天小区里的老人越来越少。"谁家老人被子女接走了"之类的消息，在老人间流传。此时33号楼里只剩下房星父母家一家住户了。

其实8月2日清晨，这栋楼里还有两家住户。顾阿姨早上开门时，发现自家楼道不像别的楼道一样泥浆水泛滥，显得异常干净。后来她才知道，是3楼那对老夫妻清晨6点起来，去小区东门水车那儿一趟趟打水，再浇水、清洗，干到了午饭时间，才把楼下这块地冲洗干净。

但很快，打扫成果遭到破坏：顾阿姨没看住家里的狗。狗独自出了楼道，去泥浆水里跑了一圈回来，楼道又沾上了泥。平时温和谦逊的老夫妻，严肃地下楼敲门告诫顾阿姨看好狗。"或许经历了这一遭，老人们都在承受难以言说的压力。"房星说。

下午,不断有老人在周边采买物资时滑倒的消息传来。住在房星父母家楼上的老夫妻踌躇再三后,决定回市区暂避。

房星原本也计划把父母接到家附近住。"起码让父母在我身边,先把这个夏天过去吧……"她发动同事帮忙,在家附近租一个可以容纳父母和保姆的两居室。房子基本谈妥了,她打电话告诉父母和顾阿姨时,却遭到了反对。

母亲不知为何改变了想法。她说:"我们不去,这儿都没事了……"顾阿姨也不愿意离家几十公里做住家保姆,在电话里停顿了好久憋出一句:"那你们试着找找别的阿姨吧,我去不了……"听到异口同声的回绝,房星一时也没了方向。

小区里没走的老人也不在少数。

不少心急的老人开始自己摸索着出门,到自家仓库抢修被水泡过的电器、电动车。"都是我儿子从城里搬来的,也不知道他还用不用,先检查了再说。"一位大妈在自家车库里收拾得焦头烂额,拖鞋上都是泥泞。

刚参加完一夜"抗洪"的孙锐也闲不住。他披散着头发、打着赤膊出来了,拿着一把铁钩清理自家楼栋门前的淤泥和垃圾。

孙锐看起来乐观豁达,拒绝把自己塑造成"孤岛老人"的角色。他说,淹水那天不仅是孩子一家,还有很多远在外地的亲戚朋友发来问候。

当被问到现在水退了,孩子有没有来看望时,他连连摆手说自己并不需要。"路还没通呢,不麻烦他们,不麻烦……"

孙锐打趣说:"暴雨那天,我们这儿上了新闻,孙子打来视频说,爷爷你们小区可以游泳了。你瞧瞧,他是这么理解这件事情,多好玩儿……"

房星经历了半天的内心挣扎后,也放弃了让父母搬到城里的执念。她不断拨打市政、物业电话,恳请工作人员为小区做洪水后的消杀,但一直未果。她下定决心,周末前赶完手边这几天耽误的工作,就回房山接替顾阿姨。"到时,我替爸妈收拾小院,做一次里外彻底的消杀。"

不过,"如果再有任何变数,我一定要第一时间把他们接走。对于他们的生活的艰难,我已经错过太多了!"房星没有把握,经过这场暴雨涤荡之后,她和父母内心的距离,将会变得更远还是更近……

（文中房星、付蕾、孙锐为化名）

（记者　杨书源　雷册渊　实习生　王薇晴　石依敏　王尔宜　编辑　王潇）

原文发布于 2023 年 8 月 4 日上观新闻

原标题:北京城郊,洪水涌向空巢老人

追问少年谋杀案

这本是一片荒废两年的蔬菜大棚,2024 年 3 月 11 日却围满了五六个村庄的人。

"乌泱泱的。"陶素娟记得,围观的村民越来越多,聚集到几千人时,警察从土坑里刨出一具尸体。

3 月 10 日,一起谋杀案发生在陶素娟所在的村庄。遇害者是一位 11 岁的少年,涉嫌谋杀的三名嫌疑人都不满 14 岁。案发后的一周,"未成年杀人""疑似校园霸凌""预谋埋尸"几个词条,让村庄陷入喧嚣。

遇害的少年受到前所未有的关注。人们在监控里寻找孩子最后的行踪,从朋友圈分析孩子不愿意去学校的想法,在转账记录里发现孩子的社交圈……却没人说得上,孩子生前经历过怎样的困惑与恐惧。

同样说不清的,还有三个未满 14 岁的犯罪嫌疑人。他们为何动了杀人的念头,罪恶的源头究竟是什么?

当舆论的潮水退去,追问并未停下。

如今,农村孩子不全是留守儿童,有的已不再缺家庭抚养、吃饱穿暖的物质陪伴,但并非人人都能拥有精神的照料。

能早一步吗?在第一次恶发生之前,看见孩子内心的角落。

谋杀

小光姑姑回忆，一切开始于一个寻常的周日。

3月10日12时50分，小光和奶奶说，有个张庄村的同学来接他出去玩。

下午4时，奶奶联系小光时，发现他的手机已经关机。家人开始求助老师，拿到了张庄村同学的电话。对方和他的爷爷都表示，没见到小光。

晚上7时后，小光的奶奶意识到情况不对劲。"孩子从来没有出过远门，不是那种坏孩子。手机一直关机，也没有给任何家人打电话。"小光的家人说，他们决定立即去派出所报案。

3月11日下午1时多，小光的爸爸王士坡从山东赶回家。他补办了孩子的手机卡，登录微信后发现，10日下午4时10分之前，小光手机里的钱全部被转走。王士坡意识到，孩子出事了。

起初，在小光生前最后接触的几位同学叙述中，小光是"被一个不认识的人接走"，家人们始终在寻找这个陌生人。但后来查到的监控显示，并不存在所谓的陌生人。小光跟着他的三名同学，一路往其中一个居住在张庄村的同学家方向走。

最终，在警方的单独询问下，三名不满14周岁的孩子交代，小光已经被杀害，埋尸地点是张庄村废弃的蔬菜大棚。这一地点距离张庄村同学的家不到100米。

3月11日下午约2时，陶素娟在村庄的两个大群里看到视频，警察正领着两个小孩到村里，一旁停着好几辆警车。大家好奇，"不知道是干嘛的。"

陶素娟和父亲跟着邻居出门观望。当时，特警和村干部把入村的路封住了，在废弃的蔬菜地里刨坑。尸体被抬出来后，有几个人跑上去，疯了似的想往外抢。"是（遇害）孩子的家人。"陶素娟后来得知。

根据肥乡区联合工作组发布的情况通报，2024年3月10日，邯郸市肥乡区初一学生王某某（小光）被杀害。3月11日，涉案犯罪嫌疑人被全部抓获，已依法采取刑事强制措施。

陶素娟记得,尸体被发现前,同村的嫌疑人一家已经搬走,大门上锁。她的父亲和嫌疑人的爷爷有些交情,尸体被警方发现后,他给对方打了电话,对方的手机已经关机。过了一段时间又打了几次,对方只说,家里没参与这事,之后就失联了。

3月18日,邯郸市肥乡区公安分局政工监督室主任李亚峰在接受媒体采访时表示,经过侦查,初步认定这是一起有预谋的犯罪案件。为掩埋尸体,犯罪嫌疑人分两次在废弃大棚进行挖掘,第一次是3月9日,第二次是案发当天。

追问

连日来,张庄村的蔬菜大棚附近,汽车、电瓶车、三轮车络绎不绝,不少人闻讯而来。村支书在田里来回走动,看到有主播举起手机拍摄,便骑着电瓶车赶去制止。

"这本来是个安静的小县城,很少来过这么多人。"当地的政府工作人员说,喧嚣不只出现在村庄,如今网上已有不少的谣言:那张流传的头骨碎裂的照片是假的;有人说"有两米深坑,一定是家人协助作案",但实际上,埋尸的土坑深56厘米,长约60厘米,宽约40厘米。目前,警方未发现有成人参与案件。

而在社交平台上,无数直播间里是认尸现场、到访村庄的画面,循环播放着悲乐、斥责的旁白,底下留言滚动:"要求死刑。""杀人偿命!""年龄小不是免死金牌"……

舆论的声浪遮蔽了追问的声音。

令遇害者代理律师臧梵清关注的是,孩子生前面临过什么问题?

为何没有提前解决问题? 小光生前的家,在旧店中学数百米之外。小光一直由爷爷奶奶抚养。爷爷务农,奶奶在村里开了线上小卖部,经常在微信群里卖些米面粮油。

小光曾就读于一所私立小学,由于学校离家有十几分钟车程,他在小学期间一直住校。升入旧店初中后,小光开始走读,中午在学校吃饭。有时,爷爷会骑电动车接他上下学。

在家人的印象里,小光是个重亲情、特别勤快的孩子,他自己的衣服、鞋子都能收拾得干干净净,自己的事情不太需要家人操心。

虽然平时话不多,但家人觉得孩子不算内向。"家里如果有亲戚朋友要来,他会特别期待,一直问来了吗?"长辈带他出去玩的时候,他会主动问路,发现新鲜的东西也会自己往前冲。

小学期间,尽管学习成绩一般,小光很少表露出不愿意上学的情绪。升入旧店中学后,平日里,小光和家人很少聊学校的事情。出事前,孩子的家人并不知道三个涉案同学具体是谁。"他没说过名字,一般和家里人说的是,哪个村的同学来找他。"

但这半年来,小光频繁表达不愿意上学的想法。周末时,他偶尔去邻村的亲戚家小住。周日下午回到爷爷奶奶家,准备周一去上学。"他就会说我不想回,我们以为他只是不想上学。"小光姑姑回忆道。

根据家人的说法,案发后学校的班级微信群第一时间被解散了。面对"疑似霸凌"的质问,旧店中学校长向他们当面表示,"孩子的死亡是意外,老师很负责,(小光)绝对没有被欺负。"此后,校方没有给出任何答复。

陶素娟也感到疑惑,究竟是什么样的原因,让三个孩子动了杀机?她记得,张庄村涉嫌谋杀的孩子刚上初中,平时看起来很正常、挺乖的。

3月21日,案件仍在侦办之中。

陶素娟看到,张庄村人潮退去,蔬菜大棚已被拆除。

在旧店中学门口,一位手捧花束的男子,从外地乘坐2个半小时的高铁到事发村庄,想要献一束花,表达哀思。学校保安说,摆放鲜花会影响在校的学生,花束没有被允许放下。

缺席

"这三个孩子是在模仿什么,要实现什么?他们真的是全国初中生中的异类,还是和大家差不多,只是'普通的孩子?'"网上有人留言发问。

涉嫌杀害小光的三名同学,分别来自张庄村、西北高村和鸡泽屯村,距离旧店中学几公里至十几公里不等。

在旧店中学十余公里外的张庄村，多位村民回忆，村里涉嫌谋杀的孩子也是由爷爷奶奶养大，是家里的次孙。孩子的父母都住在市区，孩子母亲有疾病，父亲有时过年回来，吃顿饭就赶回去照顾妻子。

在陶素娟的印象里，孩子的姥姥姥爷不怎么管他，爷爷就只有一个儿子，因此对孙子"比较惯着一点"，会去旧店村接送他上下学。

村民们谈起，在当地，孩子接受隔代抚养是寻常的事。这些爷爷奶奶的年龄大多在 50 岁到 70 岁之间，孩子的父母常年在市区或外地打工，走得远的半年甚至一年回一次家。

同时，该县有"划片上学"的教育规定：如果家长在县城没有房子，孩子就没办法升入县城的学校，只能在村庄对口的小学、初中就读。往往好几个村只对应一个学校，上学距离很远。村里的孩子们普遍从小学开始住校，一年级就能住宿，一两周回一次家。

不过，陶素娟也说，当地"不全是留守儿童"，更普遍的情况是，孩子由母亲留在家里抚养，父母两地分居。

2015 年，陶素娟还在北京工作。此时，她的儿子刚上一年级，年过七旬的婆婆不识字，没法照顾孩子生活和念书。

她陷入挣扎。"不赚钱吧，没法在县城买房子，孩子也没法上更好的学校；赚钱吧，又怕顾不了家。"最后，她咬了咬牙，决定回到县城，让丈夫留在北京打工。

父母无奈的选择，成为一些孩子成长的"伤疤"。

北京市京师律师事务所合伙人律师陈亮从事了近十年的未成年人保护工作。

当他去看守所会见未成年的违法犯罪嫌疑人，试图谈心时，一些孩子沉默不语。另一些孩子会埋怨他们背后的成长环境，表现出愤怒、自卑。这些孩子的童年中，父母往往是缺席的。

陈亮对会见时的一幕记忆犹新。

一位孩子从小就开始在学校住宿。陈亮问他，"你小时候对什么事印象最深？"

对方说，每到周末的时候，别的同学都是爸爸妈妈来接回家，"我只有其他人把我送回去"。

尽管如此，在陶素娟眼里，离家的父母仍然牵挂着孩子。

每隔四五个月，陶素娟的丈夫都会回家看看。儿子见到父亲，特别惊讶地问道："咦，你咋回来了？"

王士坡曾在采访里提到，自己时常和小光通电话。案发前，小光还在家里收拾屋子，打电话问他，要不要留冰箱里的菜。

"陪伴"

王士坡记得，家人经常会问孩子在学校的遭遇。但他们无意间可能错过了一些微弱的"信号"。

遇害之后，小光的家人想起了孩子在朋友圈的言论。

升入初中的近半年来，小光有一次在朋友圈里写道："做梦都是从学校楼上跳下来的感觉。"另有 3 次内容相似。家人问他原因，是不是在学校受欺负了，他不回答只是摇头。

"我们现在回想起来他那个眼神，摇头的动作，觉得是在躲避一些东西，可能是不敢说。"小光的姑姑回忆。

陶素娟看到，有更多的孩子，他们的情绪很隐秘，心理境况容易被忽视。

她姐姐的女儿正上初中，不想去上学，好几次有悲观念头时被母亲发现了。

孩子的母亲很困惑，"家里人都陪在你身边还不够吗，怎么会这样？"过了很久，她找来了心理医生。对方仔细一问，才知道孩子不是厌学。她坦承，看到父母经常会吵架，"感觉所有人都在远离我。"慢慢开导下，女孩才重新回到学校。

陶素娟叹息，姐姐的孩子很幸运。她早已对这样的场景习以为常：村里的很多初中生有厌学情绪，但都说不清楚原因。孩子的父母、爷爷奶奶只说，孩子不愿意在学校待着，一学就头疼，"我也不知道是啥情况。""转校？孩子成绩不好，也没那么多钱。"很多孩子读到初二、初三时，便辍学在家里，或早早出去打工。

"陪伴不止物质的抚养,更重要的是精神上的照护。"西南政法大学刑事侦查学院教授谢海燕说道,在发现孩子的情绪之外,教育和引导同样重要。

2014年起,她开始为农村孩子做心理帮扶。

很多孩子和她说起自己的烦恼,"我们在这样的年龄到底该做什么样的事?""我们应该怎样学习,做什么工作?""什么样是成功的人?"他们很少听父母说起这些。他们想和父母分享,对方摇了摇头,觉得无聊。有时直接回答一句:"当大官了、赚到钱了就是成功的。"

一些爱是错位的。她遇到过的男孩赵全,一直由爷爷奶奶带大。他的爷爷说,我们家只有一个孙子,孩子想要什么,就给吧。他总觉得孩子的父母不在,想要补偿孩子,"怎么样疼都来不及"。

赵全的欲望随着溺爱膨胀。他想要苹果手机,这对农村的老人来说有些经济压力,爷爷没有给他买。赵全因此有了很大的怨气和落差,"为什么我要生在这样一个家?"情绪的积累下,赵全开始攻击身边人。最早,他对着爷爷奶奶扔家里的东西,后来经常因为一点小矛盾殴打同学。

"没有对(孩子)价值观的正确引导,一件很小的事,就容易触发暴力。"谢海燕说。

而对学校的老师而言,他们往往难以补足家庭教育的空缺。陶素娟记得,有当地的老师和她抱怨,和一些家长说孩子的问题,对方并不在意。校长劝说老师,"只要不影响你上课,不犯重大错误,没必要管。""打架不要当着老师的面,不要太恶劣就行。"

共性

时至今日,追问似乎还没有得到确切的解答,但一些人没有停下。

不久前,谢海燕在新闻上看到了这桩谋杀案。在她看来,犯罪的发生是有偶然性的,但背后的根源总有些共性。

在此之前,她做过相似的追问,现实中困难重重。

谢海燕经历过，未成年人的犯罪涉及隐私问题，获取信息和数据是件很困难的事。她去涉案未成年人的家里想要访谈，对方的父母很抗拒，"这是家丑，不能乱说。"村里的其他人并不想让外面知道这件事，觉得羞耻。

而深陷漩涡中心的受害者，很多时候只是起到了提供证据的角色，缺少专门的心理咨询师，去了解他们的心理状况，帮助他们走出阴影，也没有专门的机制去启动给他们的补偿。"明明是直接的利益相关方，却没有被当作核心的人来对待。"

谢海燕感慨，犯罪心理学的研究，往往需要追溯嫌疑人的人生轨迹和大量的事实调查，耗费的时间很长。由于犯罪受到多重因素影响，心理背景和犯罪率之间的因果关系，难以得到准确的量化。没有一个可以计算、可视化的结果成绩，很难有更多的人参与研究中来。

另一头，陈亮也在试图寻找答案。

他指出，根据司法研究院的大数据统计，2016 年至 2017 年间，全国法院新收的未成年犯罪案件中，被告人以初中生为主，占比为 68.08％。全国审结的未成年人犯罪案件中，来自流动家庭、留守家庭、单亲家庭的未成年被告人数量排名前三。

在他的观察里，除了家庭照护与教育的心理缺失，这些孩子经常没有对违法的认识。

在和看守所未成年人的交谈中，陈亮发现，在未成年人实施暴力行为时，很多人不知道下手的轻重，甚至不顾一切。如果学校没有发现暴力行为，他们的胆子会越来越大。

大部分是冲动犯罪。一些孩子说，在实施犯罪那一刻，没有想这么多，更多是基于一时的情绪，做出丧失理智的行为，这些犯罪常常是突发的。

"另一些人的手段很恶劣、残忍。"陈亮了解到，部分涉嫌犯罪的未成年人通过网络接触到色情、暴力的信息，总想去模仿。如果他们身处的社会环境治安较差，犯罪率高，更容易接触犯罪活动。

部分孩子回忆，同伴讲"谁不去就不是好兄弟、好朋友"，他们出于压力参与团伙犯罪，缺乏辨别是非的能力。

北京大学国家发展研究院的学者张丹丹曾对 1200 名男子监狱的服刑人员做过调研,发现他们的共同点是"情感缺失明显,特别爱冒险,又缺乏从父母那里得到价值观塑造的机会"。

张丹丹表示,研究犯罪背后的原因,并不是要歧视一个群体,而是探讨我们应该如何改变社会环境、政策和措施。

一些服刑人员和她说起,很担忧这是一场循环:他们会觉得对自己的孩子有亏欠,自己成长在缺乏关爱的环境中,从而带给孩子同样的遭遇。

"我们能做些什么,来防止下一次悲剧的发生?"谢海燕说起追问的意义。

能早一步吗?

其实,陈亮和谢海燕看到,目前对未成年暴力、犯罪行为的干预,已经有较为完善的制度、法律。

陈亮提起,多数学校设置了专门的道德与法治课程,一些学校的法治副校长由公检人员和律师担任,弥补老师法律知识的不足。2021 年新修订的未成年保护法和预防未成年人犯罪法,已将治理学生欺凌纳入了立法。

谢海燕留意到,法律对未成年犯罪的威慑逐步健全。2021 年 3 月起实施的《中华人民共和国刑法修正案》(十一),将法定最低刑事责任年龄适当下调至 12 岁,明确对已满 12 周岁、未满 14 周岁的人犯罪,经最高人民检察院核准可以追诉。各地法院成立了少年法庭,检察院设置了未成年司法保护中心,招募了未成年犯罪矫治教育的社工。

"缺的是落实。"陈亮说。

他在调研时发现,学校教师往往无法界定霸凌行为,没有相关的细则可以借鉴,容易大事化小。教师身份又比较特殊,他们担心学生和家长敏感,不好把握惩戒的轻重。长此以往,学校如果只对实施暴力行为的同学进行通报批评,难以形成对校园欺凌的集体性认识,对此的重视程度并不够。

而在谢海燕的观察里,目前对未成年犯罪的心理干预,更多是帮助未成年罪犯在矫正教育后重新回归社会,防止他们再次犯罪。

能早一步吗？她说，如何遏制第一次恶意的发生，让困境少年回到成长的正轨上，仍有大量的工作等待完成。

她发现，现在很多村庄里并没有驻村的心理老师，尽管学校里有相关的德育课程，但老师的精力、专业水平和投入意愿参差不齐，常常难以获取孩子们的信任。"如果能有一个驻村的心理老师，至少能起到提醒作用，让更多乡村的父母、孩子意识到心理工作的重要性。"

前几年，她和学校的其他老师找到了乡村中一百余位困境儿童，他们大多有缺失的家庭陪伴或较为严重的心理难题。

她们找到孩子的父母或亲人，谢海燕没有直接指责家庭，"问题在你们这儿。"她试图争取对方的理解，"我们能不能一起让孩子变得更好？"她眼看着，一些家长愿意反思，总结自己做得有哪些不足，改变陪伴和教育的方式；一些孩子逐渐认识到心理的难题，向她发出求救的信号。心理支持，在村落里流动起来。

"最重要的仍然是家庭。"谢海燕说，从家庭真正的"陪伴"开始，到学校教育，再到社会对孩子心理工作的支持，这是一个很庞大的体系。

3月底，陶素娟的孩子一回到家，就和母亲分享，学校的老师要求做反对校园霸凌的手抄报，学校里最近天天有公安人员来宣讲法制知识。

她意识到，孩子的教育需要家校双向的互动。孩子的性格很内向，她开始更加关注他的社交平台，生活中的情绪变化，问问班主任孩子最近的情况。

"这次真的不关注不行了，之前大家都不提这些事。"陶素娟道。她希望这场喧嚣的"涟漪"，能激荡得更久一些。

（文中小光、陶素娟、赵全为化名）

（记者　李楚悦　冯蕊　编辑　王潇）

原文发布于 2024 年 3 月 26 日上观新闻

原标题：少年谋杀案后，一场未停下的追问

河北抗洪十二问

2023 年 7 月 31 日,海河流域发生流域性较大洪水,"永定河 2023 年 1 号洪水"和"大清河 2023 年 1 号洪水"正式编号。

河北省涿州市,辖区内有六条河流经过,一时洪流交汇。数日内,涿州市成为洪水重灾区。

这是 1963 年以来,涿州第一次经历严重洪灾。人们此前对洪水没有概念,也没有应对经验。随着灾情演变,救援力量进入,质疑声随之出现——

"民间救援队因没有邀请函无法进入?见灾不救?""涿州泄洪为保北京、保雄安?""没有提前通知泄洪?安置点物资不够?"

对此,原点栏目聚焦 12 个广受关注的问题,向各方求证。

泄洪为保北京和雄安?

记者:什么是蓄滞洪区?泄洪是为了保北京和保雄安吗?

刘兴坡(上海海事大学海洋科学与工程学院教授):蓄滞洪区的保护作用,主要是针对下游地区。北京市大部分地区位于河北省水系的上游,河北省水系下游主要是天津等地区。华北平原东西向平均高差也不小,水流一般不会倒灌,会沿着河道向低处流动。设置蓄滞洪区是有计划地"给洪水以空间"。若没有蓄滞洪区有序分洪,容易导致下游地区河道水流量过大、水位过高,引发更严重的灾害。

蓄滞洪区的划定有严格标准,要进行充分论证。我国防洪法规定,蓄滞洪区应在防洪规划或防御洪水方案中划定。洪水发生时,蓄滞洪区启用需要满足严格的启用条件,应按照既定的流域或区域防御洪水调度方案实施。

郑永来(上海同济大学水利工程系教授):上游泄洪导致涿州汛情的说法没有依据。涿州此次成为重灾区,重要原因之一是河流密集,除了拒马河,还有五条河流在此交汇,导致强降雨汇流、洪水无法有效行洪。蓄滞洪区具有重要的保护作用。若没有蓄滞洪区蓄滞洪水,一些水库水位可能超过堤坝的承载极限。突然的溃堤会淹没整个城市。蓄滞洪区的存在是迫不得已的选择,是在整体统筹上把损失降到最低。

记者:是否存在"超额泄洪"?

郑永来:从科学的角度来讲,没有"超额泄洪"一说。但不排除为了预防潜在的洪水风险,预先把一些水库的水多排了,之后由于水情发生变化,泄洪量比设定的数值要高。泄洪的不可控因素很多,但一般都在合理可控的范围内。

泄洪还要多久,主要看后期的汛情发展。等到泄洪河道的水位及流量恢复到正常以后,蓄滞洪区可以逐步地退出,这需要一个过程。

据河北省水利厅预测,对涿州来说,后期还有 3 亿到 4 亿立方米的水要过境。退水预计总时长大约在一个月。

居民未收到泄洪通知?

记者:泄洪提前通知了吗?

陆珍(码头镇马头村村民):村里是有通知的,但是来得很慢,而且很着急。8 月 1 日白天通知转移后,20 分钟收拾完东西就来安置点了。

张笑笑(涿州市中心老旧小区居民):我是从微信群得到消息的。7 月 31 日晚上 7 点左右,我母亲给我转发了一条信息:"预计洪峰于今天夜间到达涿州,请家长及孩子配合做好防护。"这时候,小区门外十字路口的水已经漫至膝盖的高度。

邹斌（北京集文天下文化发展有限公司负责人）：我没有接到任何通知说要泄洪。只有 7 月 29 日下午，园区微信群里发了一条通知，提醒各租赁单位 7 月 29 日至 8 月 1 日有特大暴雨，城市启动防汛橙色预警。相当于说大暴雨了，要做好准备。如果我们能提前得到泄洪通知，应该还能抢出来一部分书。

记者：为什么有当地居民没及时撤离？

王芳（涿州市开发区居民）：目前，我父母还在涿州家里。他们不愿意走，劝过他们，但没用，我们只能远程和他们保持联系，手机信号时有时无。村里那些不愿转移的人基本都是老人。他们一辈子的心血就是这个家，突然通知说转移，谁也受不了。村干部劝不动。有些村民一直熬到没水没电才搬出来。有条件的村民就投靠亲友，另一些村民由村委会统一安置。

"邀请函"卡住救援队？

记者：有救援队伍表示，没有涿州当地的邀请函，救援队被卡在高速公路出口。民间救援队参与救灾，是否必须要有邀请函？

王海波（河北涿州社会应急力量现场协调中心协调人）：一定程度上，邀请函是相关部门对民间救援队资质和能力的认可，也能够劝退"散装"式、作秀式、资质不全的救援队。当前国内有接近 4000 支登记在册的民间救援队伍，这些队伍一窝蜂涌向河北涿州是不现实的。

小部分救援队被卡在高速公路出口的原因可能有四个：一是当地救援力量已趋近饱和，不再需要救援队进入；二是通往灾区的"生命通道"刚刚被打通，正在控制进入灾区的救援队数量；三是洪水挡道，此路不通；四是人员沟通不畅导致误会。

李闻（河南驻马店某民间救援队队长）：邀请函作用有点像报备，以便负责救灾的部门统一指挥、调配，小到与辖区派出所、消防站对接沟通，大到响应国际救援的召集等场合。如果没有邀请函，队员如在救灾过程中出现伤亡，可能会在定责上出现不必要的纠纷。救援队在资质年审上也需要用到邀请函。

在从驻地奔赴河北涿州的路上，我们未遇到"因无邀请函而被卡"的情况。

记者：没有邀请函的救援队如何与当地应急部门对接？

王海波：国家应急管理部已推出"社会应急力量救援协调系统"。民间救援队等社会应急力量可以根据系统中发布的灾情公告，在系统中申请参与救援。接着，协调中心根据社会应急力量响应的距离、专业方向、装备情况，筛选符合要求的社会应急力量参与救援，并提供通行码，在一定范围内高速免费通行，并凭借通行码进入灾区。现在，有2000支左右的队伍入驻系统，多支救援队通过此协调系统驰援河北涿州。

小北（北京某民间救援队队员）：目前的灾难救援，基本是属地应急部门和救援队点对点联系。根据救援类型的不同，当地会有负责整体工作的应急指挥部，来安置救援队伍、给救援队伍分配任务等。

这是个非常系统的事情，救援需要在调度、应对舆情等方面进行信息公示，当地民政和应急部门会时时关注。

王震（白洋淀民间救援队队员）：我们出发前，就在网上找好了当地人接应。他把我们从高速口接进了受灾区域，找到当地的应急管理负责人进行统一指挥调度。

记者：这几天已有多起救援队无法回应沿路居民救援需求的新闻。为何会出现这种"见灾不救"的情况？

董萍（北京绿舟应急救援促进中心理事）：一般来说，民间救援力量会根据相关部门统一指令或确切信源筛选出相应的救援地点，并以保己救人和救急为第一考量。

王震：救援对船只有具体要求。村庄里有不少胡同，体形较大的船只进去后无法掉头。在水流湍急处，一些民间救援队的橡皮艇动力不够，根本用不上。

小北："见灾不救"可能会出现在救援人员没有收到救援消息的情况下。

基本上，成熟的救援团队都会有后方信息收集及审核平台。工作人员或志愿者通过网络等方式广泛收集灾情信息，进行整合和筛选。重点有两个：一是判断求救信息的真伪性，二是确认是否已被救援。信息传播时常会滞后。

被筛选后的求救信息，会按照紧急程度和区域归类，再由后方通知给一线救援人员,救援人员会根据灾民的紧急情况进行研判,确定每日的救援区域和任务。

此外,不同救援团队的后方平台信息尚未完全打通。

安置点情况如何?

记者:当前,河北涿州安置点现状如何?

张倩(私家小厨老板娘):涿州职教中心是比较大的临时安置点,也是物资中转点,我给那边送了两次饭,前天送了 30 份,荤素都有。昨天送的是早饭,现在涿州的本地饭店有条件的都会伸出援手。

许新(鹰之奕篮球俱乐部负责人):我这边场地有 1500 平方米,可以供救援队休息以及物资存放,目前没有生活用水,有饮用水。涿州负责调度的救援人员已经与我对接,已有 200 位左右的救援人员来这里休息。

记者:安置点有何标准?

小北:根据各地应急管理局发布的相关文件,集中安置点的首选,是建筑物没有受到损害、设防水平较高的人防工程或公共场所,例如中小学、体育馆、村委会等。另外,因水灾转移而设置的安置点,还应考虑到雨水和洪水的排放设施。同时,安置点还要满足基本饮食、住宿、衣物、医疗等基本生活需求。

根据不同灾害类型,集中安置点情况也不太一样,如果是地震,未受影响区域的地面是平坦且干燥的,可以搭建安置点。遇到大型水灾,只有等部分区域的水完全退下去后,才能搭建安置点。地震灾后重建时间较长,灾民可能会在安置点住的时间比较久,对安置点的要求更高。水灾灾后恢复相对较快,安置点大多是临时的。

目前,涿州当地安置点正在逐步完善,物资中转和供应也在逐步跟上。

救援力量饱和了吗?

记者:8 月 3 日下午,公羊救援队发布公告称,公羊救援队结束河北涿州水灾救援工作并开始撤离。救援力量已经趋近饱和了吗?

何军(公羊救援队领队):涿州现场救援力量处于饱和过剩状态,影响正常指挥调度。接到应急管理部指令,公羊救援队于 8 月 3 日结束河北涿州水灾救援工作并开始撤离,平安归建。

王海波:已经非常饱和了!目前,有 300 多支民间救援队到达河北涿州,据不完全统计,救援人员数量超过 3700 名。

灾情发生时,过多参与的救援力量致使当地不得不匀出物力、人力来专门保障救援队,然而,安置受灾人员的场所、物资数量极其有限。救援力量过饱和会挤占有限的救援资源,对当地救灾产生负面影响。

想参与救援的热心网友无须急在一时,可选择在"灾后重建"时加入,因为到时,灾区重建需要具备心理疏导、排涝、清淤、消杀等专业能力的志愿者力量。此外,志愿者奔赴灾区还需考虑个人身体、保障能力,尽量以团队形式加入各项工作。

记者:接下来的救援重点是什么?

董萍:目前涿州依然处于生命救援的阶段,首先还是协助当地政府,转移被困人员。

救援是一个长期的过程,前期一定是生命救援,以及应急物资的及时补充;中期是对当地环境的消杀和防疫;后期是心理救援。这将是一个持续的过程。

张可(某民间救援队资深队员):接下来我们的关注重点会转移到东北地区。东北已经形成流域性洪水。拉林河洪水对大米产地五常造成严重灾情,汇流后将对哈尔滨防洪构成很大的压力。吉林省舒兰、榆树也正遭遇严重灾情。

在涿州,灾后救援要在一周之内才会迎来高峰期,现在保定山区应该是救灾高峰期,如果进山道路通畅的话,很需要去做灾后评估工作。

关于企业捐赠,也建议不要将太多物资和捐款捐赠到同一个受灾区,还是应该关注更多基建较为困难、生活水平并不富裕的地区,比如山区,那里的受灾严重度远高于平原地区。但在之前的救灾工作中,经常会碰到越是需要被援助的山区,越筹不到钱。

记者:蓄滞洪区内居民会得到补偿吗?

蒋尧(上海市锦天城律师事务所律师)：目前，国家和河北省均对蓄滞洪区有相应的补偿规定。

2000年出台的《蓄滞洪区运用补偿暂行办法》规定，蓄滞洪区的住房按照水毁损失的70％补偿。家庭农业生产机械和役畜以及家庭主要耐用消费品价值在2000元以下的可以全额补偿，水毁损失超过2000元不足4000元的，按照2000元补偿。

同时应对一些特大自然灾害，国家会印发专项的补偿办法。

例如，2021年河南特大暴雨之后，有《2021年河南省蓄滞洪区运用补偿工作方案》，属于特事特设。京津冀暴雨尚未结束，根据目前的情况不确定是否会制定单独的补偿方案。

郭腾(北京京润律师事务所合伙人)：此次河北水灾后，受灾群众若要申请补偿与救助，可能会存在一些难点：财产损失与洪灾是否有因果关系？其中多少金额是由洪灾导致？财产损失是否位于划定的蓄滞洪区范围内？

由于将来的补偿认定由所在县(市、区)级人民政府负责，指导乡镇(街道)具体实施，属于具体行政行为，有可能因补偿金额的多少引发行政争议。

(因采访对象要求，文中李闻、小北、张倩、许新、张可、王芳均为化名)

(记者　雷册渊　朱雅文　冯蕊　郑子愚　实习生　王尔宜)

原文发布于2023年12月15日上观新闻

原标题：涿州泄洪十二问

二

追踪社会

一个外卖骑手摔倒在冬夜街头

凌晨 3 点,向建军躺在宿舍的木板床上。左腿骨折令这个 42 岁的男人疼痛缠身。他在黑暗中闭上眼,等着时间把腿治愈。

几小时前,复旦大学东门外的国定路上,为避让两个逆行的行人,向建军送外卖的电动车失控撞向护栏……

一直独来独往的外卖小哥被送进医院。医生要求立刻住院手术,向建军拒绝了——1 万元押金让他坚决选择了回家。在微信上向朋友借钱打了块固定的夹板,他回到了出租屋。

在疼痛中煎熬的时候,向建军并不知道,复旦大学一名学生在社交媒体上替他发了求助帖;两名学生去了两趟交警部门,为他开具责任认定书。第 3 天,平台同意为向建军垫付手术费后,两位志愿者打车到他的住处,要把他"拖进医院"。

得知自己受伤的事情在社交平台上被不断转发,向建军惊恐不安:"我个人的这一点小事,还要惊动那么多人?"

他确实本可以不惊动这么多人。向建军拥有两份保险,一份是平台每日强制扣除的骑手意外险,另一份是在北京、上海等 7 省市的平台企业试点的新就业形态就业人员职业伤害保障。但两者都因流程复杂,无法在当下申请到足以支持他入院的费用。

在众多掏不起巨额医药费的外卖骑手中,向建军算得上幸运,却又不免尴尬。

不敢叫"120"的外卖骑手

现在回想,向建军仍庆幸,2023 年 11 月 12 日那天出门前,他为御寒给自己绑上了简易的护膝。

那晚,他一口气抢到 4 个长距离配送单,每单均价是 20 多元。最长的一单是从他居住的静安区附近到杨浦区的国和路,近 10 公里。

23 点 30 分,距离最后一单的目的地还有不到两公里,事故发生。

正在等红灯的复旦大学新闻学院研究生程栗(化名)听到马路对面"砰"地一声,紧接着是一阵带哭腔的呻吟。她马上打开了随身携带的录音笔和相机。

回过神来,向建军的左腿已没了知觉,他只能倚靠着电瓶车,盘腿坐在地上。那一刻,他第一个念头是:"马上要超时的外卖怎么办?"4 个顺路单,前 3 单都已经完成了,最后这单没法退。

"外卖看得比人还重",对向建军来说不足为奇。他跑外卖两年了,受伤是常事。几个月前,也是在跑外卖的路上,掉落的树枝把他的眼睛砸肿了,"还是照常送外卖,也没擦药什么的。"但向建军感到,这次的伤非比寻常。

大腿渐渐出现了灼热的疼痛感。他战栗着拨通了平台客服的电话,想要报告伤情,请系统取消订单。电话那头,客服语气平静地说:"系统没有权限取消订单。"情急之下,他提前点击了"已送达"的按钮,打电话给客户解释原因。

很快,校门口目睹事故的学生们围了上来。向建军记得,其中一个学生脱下厚外套,裹住自己僵直的腿,询问他是否要叫救护车。

他几乎是脱口而出:"不要打 120,打 110!""120 要钱。"

23 点 45 分,交警来了,救护车也来了,向建军躺上担架,腿部的疼痛模糊了他的意识,他甚至报不出自己的身份证号。在场的大学生胡嘉(化名)提出陪他去医院。

检查结果显示,向建军"左股骨干错位性骨折",需要手术。而且他被告知,要想入院做手术就要先缴1万元押金。他拿不出这笔钱,于是写下"拒绝住院,后果自负",离开了医院。

凌晨2点,向建军拖着伤腿穿过旧小区昏暗的灯光,穿过客厅里其他租客的十几张高低床,回到他只有五六平方米的住处。

这是一个用半个阳台搭出来的扇形空间,直通厨房,小到几乎被一个高低床完全占满,租金每月1000元。向建军在下铺睡觉,他的所有家当收在一只行李箱里,搁在床下。

回出租屋的第一夜,他靠胡嘉给他买的一杯冰镇柠檬茶缓解疼痛,挂着顺手从床板上卸下来的一根木棒上厕所。他仍觉得折断的股骨能自行愈合,能想到的最坏结局是"落下点残疾"。

然而第二天,他的伤口肿得更厉害了。学生"恐吓"他:"这样下去,再也送不了外卖。"医生的语音条躺在他的微信里,好几条,都是建议他去做手术的。

但他不为所动,理由听起来有些不可思议:"我真的不想再为社会增加负担了……"

向建军出生在湖北一个普通农家,是家中独子。他没有伴侣,父母在几年前因病先后离开,手机通讯录里的联络人只有个位数。在上海,他身边唯一说得上话的朋友还是十几年前学理发时认识的。

2018年,向建军借了贷款,在武汉火车站旁开了一家理发店。没两年,理发店因为经营惨淡而倒闭,负债十几万元的向建军来到上海,在别人的理发店打工还债,两年前又转行做起了外卖。在遥遥无期的还债过程中,"失信人"的名声是他的隐痛。

那个无比漫长的夜晚,向建军坐在床上,伤腿钝痛。他把戴了十几年的平安扣坠子扯到一边,喃喃自语,"它也保不了我平安啊……"

垫付手术费中的"拉锯"

向建军受伤后第三天,一群学生来到他的住处劝他接受治疗,声称:"医药费已经有着落了。"

原来这几天，目睹向建军受伤的程栗在社交媒体上发了帖替他求助。为了解后续情况，她想方设法通过共同好友找到了胡嘉。那晚，胡嘉也发了一条朋友圈，他写道："人生第一次作为'家属'签字是给陌生人。"

当晚，程栗帖子下的回复达到了上百条。好几位留言者都有过帮扶骑手的坎坷经历：车祸后，外卖骑手本可以得到赔付，但因为不了解相关的政策，错过了申请的时限。

有人想到医保和新农合，但向建军此前从未缴纳过医保。

有人找到《上海市疾病应急救助制度实施细则》，但向建军未达到"急重危"的标准，不在疾病应急救助基金所覆盖的帮助范围内。

有人替他联系上了上海慈善总会，但他的房子是租住，没有户口，没有一个街道和社区能够为他提供救助资金用于治疗……

在梳理信息的过程中，程栗惊讶地发现，向建军站在各种帮扶条例的半径之外，救助政策在他身上似乎都失灵了。

现在，平台为他提供的两份送餐途中生效的保险，是他能抓住的"最后一根稻草"。2022年，人社部门在外卖骑手、专车司机中陆续开始试点的新就业形态就业人员职业伤害保障（以下简称"新职伤"）。

"我看到过新闻的，从今年3月份开始，上海所有平台的骑手应该都上了这个保险的。"向建军为这个消息欣喜过，觉得"自己起码有了份保障"，但是保险流程具体是怎样的以及究竟自己有没有"被保上"，他说不上来。

受伤之后，向建军按照客服的提示在系统上点击了保险赔付的申请，上传材料之后足足3天，界面一直停留在"待审核"状态。

根据一些网络留言的志愿者的经验和平台客服的回复，"新职伤"的赔付流程可能长达三到六个月。"这就是让你自己先垫付，然后拿着医药费单子后报销的流程，但是这个流程，并没有考虑过，如果那个骑手兜里没钱，拿不出那笔医药费该怎么办？"向建军事后回忆。

也是通过这则帖子，复旦大学社工专业的硕士生王岭和国际政治学院的刘彦找到程栗，希望为向建军提供力所能及的帮助；哲学学院也有一位本科生私信程栗，他提到自己处理过骑手受伤的相似事件，或许经验可供参考。凌晨，他们在微信拉了个群。社会志愿者马文龙和陈铮也参与进来。

向建军还想着"再等等",学生们却替他着急,催他开通水滴筹,他依旧犹豫,"该不该麻烦更多人"。

11 月 15 日晚,向建军的筹款链接终于发出。"骑手""送餐时跌倒""放弃治疗",尽管向建军的自述很朴素,但这些字眼牵动着点开链接的每一个人。仅仅用了 3 小时,"水滴筹"设置的 5 万元就筹到了。也是在那一晚,平台留意到了受伤的他,打来电话,表示可以为他垫付医药费。

有了"双重保险",学生们陪同向建军再次到了医院,但麻烦远没有结束。根据医院的要求,入院费用无法通过公司账户转入医院,需要用私人账户转账。而"水滴筹"里的钱还没来得及取出,外卖平台派来的工作人员则表示"没有用私人账户转账的惯例,需要向上级汇报"。

那天很漫长,向建军在医院的长椅上从中午坐到日落,辗转在急诊室和住院部,看着平台的人来了又离开,安定下来的心又悬起来。天黑了,送他就医的志愿者陈铮看不下去,咬牙用自己的账户为他垫付了 5000 元。到了晚上,向建军终于住进了骨科病房。

在病房里,初来乍到的向建军并不是一个受欢迎的患者。医生把他骨头错位的大腿悬吊起来。在护士注射的时候,整层楼都听到了向建军的大喊。护工说,他按铃求助的次数比邻床老先生都多。他解释,自己"药一打心很燥,就是想发脾气"。

医院又发来催缴 8 万元预交款的短信。"为什么要预缴那么多?我之前也有个朋友在差不多的部位骨折了,医院让预缴的费用只有小儿万元。"一位有经验的志愿者很警惕。

有一次听到了医生的议论,志愿者们才明白:许多受伤的外卖小哥,和向建军一样,没有积蓄,送到医院后,没有获得社会保障的赔付,拖欠了医疗费用。

王岭和刘彦跑了两趟杨浦区交警支队,给向建军开出交通责任认定书:两位行人逆行,向建军无责。监控录像没有拍到逆行人,但向建军强调反复他不追责,"如果我想要让行人承担责任,但当事人又找不到,那我的保险赔付是不是又会变得更复杂?"他小心翼翼,生怕走错一步。

住院第二天,外卖平台工作人员又来探望向建军了。他们带来一份拟好的手写协议,主要内容是等向建军先用完已有的筹款,平台会再来支付余款。

他们站在向建军的病床前解释,这是出于"保护骑手的权益":"我们和你,严格来说是没有劳务关系的,垫付是出于关心骑手……"向建军有些委屈。

不过,送外卖的他确实不属于任何一个站点,他更习惯"单枪匹马"作战。他也从没加过骑手群,因为要下载额外的 App,他舍不得多花这一小点流量钱。

在手术当天,几方终于达成了共识:医院降低预缴费标准,向建军把手边筹集来的善款都转入医院账户后,就立即手术;平台虽没有垫付向建军的医药费,但承诺:"如果还有不够的后续治疗费,平台会出面垫付。"

11 月 20 日晚间,向建军的手术在几经坎坷后开始。医生把几根钢钉敲进向建军股骨的断裂处。骨头终于接上了。

"你们不要指责平台"

手术很顺利,向建军给自己设定了一厢情愿的康复计划:术后在医院康复一个礼拜,回家后再养两个礼拜,"21 天以后,就能尝试跑外卖了,轻轻地跑……"

他的最低要求,是在 2024 年农历新年以前完全恢复。2023 年春节,他没有回湖北老家过年,留在上海继续干活。初一到十五,平台出奖金鼓励他们不休假,他多挣了几千块钱。

"可惜了,我是在跑外卖跑得最顺的时候摔了,那时我接连 5 天,每天都会跑到 300 元以上。"说起受伤前一周的"战果",他难抑自豪。但现在,他躺在病床上,每隔 1 小时,他就会下意识摩挲下僵直的左腿。这是医生的嘱托,努力收放下术后左腿小腿和脚掌的肌肉,有助于康复。

"你们不要总指责平台,他们也没有犯错,谁也没规定他们必须为我垫付医药费,我身体好了肯定是要继续送外卖的。"向建军总是这么叮嘱想要在各个渠道公开他故事的学生、记者。

从很多方面看,向建军送外卖,既是为了生计,也关乎热爱。他 42 岁的人生里就干过两个职业:理发师、外卖员。用他的话说:"前者我不感冒,后者我多少有点天赋。"

向建军十几岁的时候,母亲把他送到市中心的理发店当学徒,"学了10年还是个撇撇(不太合格)手艺"。创业失败之后,他辗转来到上海的理发店,但是,撞上疫情,理发店的顾客锐减。

向建军眼看着还不上债,跟着别人涌入外卖行业。

最多的时候,向建军一个月送外卖能挣1万元出头,都是他半夜跑配送,一单十元二十元挣来的。但是2023年一整年向建军觉得,也许是送外卖的骑手越来越多,外卖行业突然变"卷"了。平台记录显示,10月份,他送外卖的总收入为7069.70元,他交房租、吃饭、还债之后,一分钱也没剩下。

尽管如此,向建军还是喜欢送外卖,这和"以送外卖为生的人是不一样的"。他把平台给他派发的长距离配送单视作他努力工作的犒劳,觉得平台"多少是看重我的"。面对收入下降的事实,他说:"等我发掘一下自己的潜力,跑到1万元以上应该是没什么问题的。跑不到钱,是自己努力不够,和平台没有关系。"

在程栗最初在小红书上发布的那条为向建军求助的帖子下面,很少有人注意到,向建军第一次注册了账号并写下了他的评论"真的没想到,自己骨折了,居然这么坚强,背影还很帅!"

在几天的接触中,学生们对向建军的印象是健谈、爱笑,但是受伤了却几乎没有朋友来看他。他和王岭聊到他新认识的女友。他说了自己的伤情,但女友说工作很忙,不能来照顾。王岭笑了,说:"那这就是对她的考验。"向建军点头说:"对,她没有通过考验!"

回忆起这次骨折,向建军用得最多的句式是"多亏":多亏有学生帮忙;多亏自己当时戴了个护膝……

这种自我开解的心态,一度让帮他的志愿者费解:为什么一个人在工作时受伤了,第一时间想到的不是争取自己的权利,而是不断寻找自洽?

实际上,从进入社会就游走于基础服务业的向建军,很少有向社会保障体系求助的机会。在他工作过的地方,基本"五险一金"都是奢望。在上海的一家理发店工作时,老板曾提出由店里承担大头,给向建军上社保,但向建军不干。

这样,他每个月能省下两三百元,能尽早还清银行的债务。

让人意外的是,当被问起在受伤以后最失望的时刻,向建军没有说筹集医药费的艰难,而是提起,平台没有把他摔倒后的超时订单取消,"这是举手之劳,如果不取消,我就会在系统里被降级、扣分……"

外卖平台上显示,受伤那天,他因为"超距离点送达"收到了平台发出的两份罚单,一份扣款 10 元,一份扣款 11 元,直到事发 3 天之后,平台才取消了这两笔罚单。

谁才应该是"第一顺位"?

手术后,在医院只住了 3 天,向建军回家了。医院账户里筹来的钱几乎用光了。康复的费用没了着落,平台承诺的医药费还没垫付进来。

向建军选择了妥协:"我回家自己也能康复。"

学生们专为他建的微信群,出院时,群里已经有 19 个志愿者了。

从发帖直到手术,学生们持续感受着这件事带给他们的"震荡"。程栗几乎天天扑在这件事上,每隔 2—3 分钟就会去翻看手机,一条接一条地回复热心人的关心和建议。这占据了她所有课余时间,她疲惫不堪,不知道何时能抽身。

手术后,为向建军奔波了多天的学生们找到了社工专业的老师请教。在老师的指导下,他们写下一份《骑手向建军救助交接事项》,一是把他们帮助向建军办理的各项事宜梳理一遍,二也是和这次求助做一个正式的告别。但学生们也很明白,签下这份协议并不意味着真正放下。

学生们的生活需要回归原有轨道,但向建军的求助仍时不时来叨扰。"过两天换药,能不能出几个人?""明天拆线,能来帮忙吗?"渐渐,向建军也从最开始的"不好意思开口"转变成了那个常常向学生求助的人。

养伤的向建军也很尴尬:"是不应该总打扰他们了,但是我也不知道该找谁……"他接受的大部分援助,都像是骑手的社会保障体系暂时失灵时的"偶然替代"。对一个拿不出医药费的骑手,真正符合流程的救助体系,似乎也没有写在纸上的流程可以参考。

他有很多具体的困惑:是不是可以同时申报意外险和"新职伤"? 多久能拿到钱? 这几个月没有收入怎么过下去?

"建议出一个'外卖骑手出车祸了应该怎么办'的帮扶手册。"一位志愿者在程栗的帖子下方留言。

向建军请朋友帮忙打印了一沓沓厚厚的资料,学习"如何一步步申请新职伤保险"。

保险的赔付流程依然"很难搞"。向建军也变得敏感——水滴筹的工作人员找他补充一些出院时的缴费凭证,他没理解,以为水滴筹要把之前的捐款收回去,愁得睡不着。

"不想报销款出任何差池,不想欠别人更多。"向建军解释。他在出院前凑了 1000 元先还给陈铮,想着"有一点还一点"。

好在,就在向建军焦虑之际,平台终派来工作人员,和他讲述了大概的保险申报流程。2023 年 12 月初,他成功提交了所有"新职伤"的材料。

漫长的又一轮等待开始了。身体里的钢钉要长达一年的时间才能拆除。在家的这些日子,他甚至想过挂着拐杖送外卖,"就跑几单,体验生活的那种",但很快又打消了念头,他觉得自己还是应该谨慎些,"就像打游戏一样,好不容易留点血,别一出去几下子被人家秒杀了"。

出院后不久,向建军在网络上看到另一位北京骑手摔伤后医药费没有着落的消息。他没跟任何人说,悄悄捐助了 20 元。

后来直到有人向他追问这件事,他才承认,"这没啥值得说的,我走过他走的路,他的医药费还没着落,比我更难……"

(文中程栗、胡嘉、王岭、刘彦均为化名)

(实习生　陈书灵　记者　杨书源　编辑　王潇)
原文发布于 2023 年 12 月 20 日上观新闻

医生害怕"低分病人"

神经内科医生胡蓉接到了一起投诉,来自一位老年帕金森患者。前不久,她刚刚劝说这位老人出院。

"以前都是可以住半个月的,现在怎么七天不到就出去了!"老人的家属质问道。

胡蓉没敢坦承,每收一位普通的帕金森患者,只值约 0.4 分,没有超过 1 分。她不仅拿不到奖励,老人住院的时间一长,她还可能被扣钱。

胡蓉口中的"分",源于医保 DRG(按病组)付费系统:每位病人进入不同的疾病分组,对应相应的分值。病人得分多少,意味着医院能从医保局拿到多少钱,超支部分由医院承担。

2024 年 1 月,中国政府网接到医生反映,DRG 付费改革后医院担心亏损,不敢收治病情复杂的病人;有患者表示被多家医院以"医疗费用已经超过 DRG 报销的上限"为由强制要求转院。

国家医保局回应称,在深化医保支付方式改革的实际工作中,部分医疗机构管理较粗放,直接将病组平均费用当做最高"限额",损害医务人员收入和参保人的就医权益。

其实,DRG 系统设计的初衷是通过精密的算法,抑制过度诊疗的难题,控制医保基金被滥用的风险。

但系统不是万能的。当分值碰撞人的权利,产生了医疗质量与效率失衡的新问题。

低分病人

病人也能被打分?

四年前,胡蓉在全院培训上第一次听说"DRG 付费"。

该院的医保办在台上强调,"这可是一次颠覆性的改革!"

原来,自 2019 年起,国家医保局在各地开展按病组(DRG)和病种(DIP)分值付费试点。计划到 2025 年底,让新的医保付费方式覆盖全国所有符合条件的、开展住院服务的医疗机构。

颠覆传统"按项目付费"的模式,DRG 系统将疾病根据严重程度、并发症轻重、资源消耗等因素分成各个病组进行管理。DIP 则是在 DRG 的基础上,把组别分得更加精细。

每一个病人对应一个病组,每一组有固定的医保结算金额。

和这笔金额成正比的,是该组的权重,即得分:该病组的平均费用除以所有病组的平均费用。往往疾病越重,所需要的手术和技术越先进,得分也就越高。这意味着,一位病人如果在高分病组,医院能从医保局拿到更多的钱。

胡蓉记得医保办叮嘱,如果病人没达到病组的平均费用,相当于医院赚了。反之,就是亏损。"这是医保局和医院之间的医保结算,和病人的待遇没有关系。"

没过多久,胡蓉所在的地区开始全面推行 DRG 付费。她发现,新系统给神经内科带来了挑战。

科室里最常见的是慢性病人。他们不需要手术和高科技治疗,更多是依靠常规的化验和检查进行医治,康复周期较长。

就拿普通的脑梗病人来说,在胡蓉所在的医院,这类病人会被归进"神经系统一般并发症"病组,医保拨付标准是 5000 多元。其他有手术的病例,拨付标准在 2 万元以上。算一算,前面一类病人拿到的权重往往小于 1,甚至在 0.5 以下,成了"低分病人"。

按照该院的激励机制,医生每收一张床位,病人得分高于 1 的话,医生能拿到 100 元奖励。没超过 1 的话不会罚款。

不过,"低分病人"能拿到的钱就这么多,支出随着住院时间变长在增涨。"脑梗病人的恢复期很长,除了脑梗外还会有心力衰竭、肺部感染等并发症,就会产生用药的钱;这些并发症需要验血、CT 等检查,又会产生检查费。"一位上海二甲医院的住院医生说道,有些病人的得分太低,经常会遇到检查超过病组的"限额",只做一半检查或者分多次进行的尴尬。

胡蓉看到,还有一些疑难杂症的病人,不在分组里,医保拨付标准也不高。病人住院后查不清病因,治疗周期就会很长。

医生们遇到过,患有神经系统罕见病自眠脑的病人,这边推到上级医院确诊了,再到下级医院治疗,下级医院一看住院太久感到为难,最后来回推脱。

胡蓉的同事于婷婷补充,有一些重症患者,分值同样和住院周期不成正比,如果有医生不愿意收,就会被积压在急诊。"我们觉得很有治疗价值,但对于得分意义很小。"

科室培训会上,医生们纷纷提起,害怕、犹豫,是如今接收低分病人时的心理。

"生病能有选择吗?"一位医生垂下头,低声问道。

系统不是万能的

2020 年起,国家 DRG 与 DIP 改革专家组成员于保荣在全国各地调研试点情况。

给医院讲课时,他常常听到有院长抱怨,"DRG 对我们各种限制。""医保就是在和我们作对。"也有院长感到疑惑:"医保支付方式变了,对我们有好处吗?"

于保荣感慨,DRG 系统的初心并非仅仅控费,而是减少医疗资源的浪费,提升患者看病的效率。

他说,DRG 起源于 20 世纪 60 年代的美国。自由市场之下,医院奉行的是经验医学,可以"漫天要价",病人没有选择权。相同的病人,哪怕被同家医院的同一医生收治,最后的医疗结果、费用可能大相径庭。

同样,曾经在全国各大医院,"过度医疗"的现象层出不穷:一些医生用药和操作不规范,造成医疗资源、医保基金的浪费。于保荣曾在调研里发现,两个病人是相同的病症,在两家不同医院里的花费,能相差6万元。治疗后,花费高的病人感到困惑,为什么我用了天价,效果却没那么好?

美国耶鲁大学设计了DRG系统,最早为每一病组制定了标准化、规范化的临床诊断、操作,查的是医疗质量。直到1980年后,系统在世界范围内普及,被各国政府顺延到医保付费。

于保荣说,在国内的DRG付费系统里,所谓的"分值",由该医院前三年治疗该病的平均费用,结合该地区治疗该病的平均费用计算得出,每一年都会有动态调整。

他强调,当每一位医生能够严格按照系统规范操作,就能用更少的钱提高治疗质量,促进资源的合理配置。医院如果能精细化管理,"过度医疗的钱少了,盈利空间会变大,剩下的就可以用在医学的高科技发展和技术进步上了。"

精密的算法下,胡蓉医院的管理人员却犯了难。

该院医保办的刘展菲掂量,全市的医保基金池就这么大,各家医院凭本事抢钱。如果医院DRG超支太多,就是在给其他医院打工;如果医院把费用控制得太低,根据"三年平均费用"的计算原则,第二年这个病组的拨款就会变少。

"不能大亏,也不能大赚。"她表示,医院最理想的状态,是每个病人的住院费用能够控制在病组额度的95%到100%之间。

刘展菲曾去市医保局的座谈会交流,幻灯片上写着,某医院费用控制的比市里均费要低,"做得相当好。"医保局的负责人夸赞。

回来后,她对亏损多的科室主动出击:"是不是还能再压点钱?每个病人最多给我超10%。""要扭亏为盈。"

不少医生向她申辩,分组太粗了。做手术时给病人放支架,放一根还是三根,属于同一个病组,能赚到的钱是一样的。"如果一味追求经济利益,那我干脆也不要多做了。"一位医生质问道。

"系统不是万能的。"上海市卫生和健康发展研究中心主任金春林说,治病能做到标准化,前提是要有均质化的服务。目前国内不同医疗机构之间的服务质量差异很大,因此实际的医疗费用也会有很大的差别。国家目前的DRG核心病组是628组,各省市的数量有所浮动。"用600多双鞋子给几万个人穿,总会有很多人穿不进去。"

上分宝典

清晨,神经内科的例会上,胡蓉又听到科主任抱怨,开中层会议的时候被批评了,"为什么DRG数据做的比其他科室差?""你这领导怎么当的?"

每个月,来临床教学的医保办老师对胡蓉说,"你们要为医院省钱,扣的钱医院不会替你担着的。""哪些医生扣的钱多了,会给他们打电话。"

在该院,各大科室都有DRG绩效考核。运营分析中,科室与科室,不同医院的同科室之间有数据对比。上一季度的DRG亏损"TOP10"里,神经内科赫然在列。

月末胡蓉一看,科室的DRG考核被扣了几万元,摊到科室医生头上,每个人的奖金只剩200元。

"医生的钱就是靠这么一分一分挣出来的,每一分都精打细算。"胡蓉说道。

她感到焦虑,每天时不时登录电脑,查看屏幕上的数字:院内的信息系统有每位病人的住院费用,超支还是结余。可能相差一天,数字就会超过病组的额度,变成鲜红色。

后来,科室的医生们得知,医院病案室会根据病案首页的诊断,把病人归到相应的病组,进而确定分值。

按照于保荣的说法,一些医院里所有医生都知道DRG怎么分类,但真正做得好的医院,只有医保办和院长知道分类的规则。"如果医生都知道,就会利用这一游戏规则。"

在胡蓉的医生群里,有一份私下流传的"上分宝典",用来研究什么样的病案诊断更值钱。

于婷婷表示，医院没有告诉医生分组的具体规则。"就盲打。"如果有五六个病人都是一个诊断，这个诊断没有赔，那这样操作就是可以的。

渐渐地，科室的医生们总结出来，进入哪个病组，得到多少分，往往由病人的主诊断加并发症决定。一般来说，病人的主诊断越严重，并发症越多，得分也就越高。前三项诊断的填写是最关键的，并发症的排列组合也会影响得分。

"这种钻空子的方法并不对。"于婷婷坦承："病人的病史主诉（主要疾病）明明是这样的，却填了一个其他的诊断，搞得四不像。"

她观察到，还有医生会更换主次诊断的顺序，增加一些病人没有的并发症。另外有医生还没等病人入院，已经想好了打什么诊断。

于保荣解释，这种"上分"行为在医保里叫作"低码高编"。

他感到诧异，某次医保论坛上，一位医院的院长把"低码高编"当作经验在分享，"把血常规写成血液生化学、细胞免疫学，这样才能获得更高的分数。"

在某市调研时，他发现一家医院在 DRG 付费试点前，一年严重病人 5 例，轻症 4000 例；试点一年后，严重病人到了 2000 例，轻症变成了 500 例。此后每一年，严重的病人越来越多，轻症越来越少。

"医院 50％以上的收入都来自医保。"于保荣说，如果每个医生、每个医院都在"上分"，医保基金又会面临被滥用的风险。

疯狂的周转

当时，胡蓉监测到，帕金森老人的住院费用几近超支。

她有些心软，要不再让他住几天吧。

很快，科主任来催促："为什么不让他出院？""去给他联系好下面的医院，让他顺利转出去。"

胡蓉坦言，其实一些慢性病人的病情稳定后，可以回家或转院康复，但对方说："我还没好，想再住住。""我没有拖欠费用，为什么不让我住院？""我不相信下一级、非三甲的医院能治好。"

胡蓉想到，不然可以转到本院的康复科？但住院费用是在出院时结算的，转科的话手术费都会算到康复科，神经内科又亏了一笔钱，"只能想尽一切办法，动员病人转院。"

她和老人说，治疗差不多结束了，可以换个更好的环境休息。结果一回头，她就收到了投诉。领导要求她去恳求患者撤销，不然就要被扣钱、处分、影响晋升。

两天后，胡蓉平复好情绪。"是我的态度不好，对不起。"她在通话里喃喃说道。

此后，她和于婷婷聊起，遇到这类病人都不敢收了，不然开始就得和对方谈好，"反正就只能住一个礼拜，行不行？"

胡蓉感到无奈，普遍低分的情况下，神经内科要减少亏损，就得疯狂地拉快周转，缩短病人的住院时间。

"本来就有平均住院日、床位周转率的考核，现在压力越来越大了。"在胡蓉的科室，一位一般并发症脑梗病人的住院周期从之前的半个月，依次缩短到 10 天、7 天、5 天。"我们基本就是查清病因，给一个诊疗方案就可以出院了，除非重症必须住院。"

按照于婷婷以往的经验，轻型的神经系统疾病病人住院至少要一周，重型的要半个月，"5 天相当短。"她表示，目前科室已经不考虑病人的康复阶段。

另一头，许多病人正在辗转中适应规则的改变。

赵梦的父亲患有神经系统疾病格林巴利，每次医院住了十天，花费快到一万元时，医生会来劝说转院，"周围都这样。大家都习以为常了。"赵梦曾尝试过向医保局投诉，对方表示没有转院的规定，都是正常报销。

赵梦的父亲仍有感染，炎症还未消除，她只得四处寻找医院收治。"都不愿意收我爸爸呀。"赵梦说，追问之下，有一位医生和她说起了"DRG 控费"的缘由。

最后她想了个办法：通过拨打 120，让父亲走门诊通道，总算住进了医院。然后再等待下一个十天。他们总共折腾了四个多月。

多次转院后，患者们得出经验：可以和医生协商，自费几天保留床位，病人不动；如果医生不愿意，就拖着；医生过来催，就回避；不然就和医生诉苦，尽量拖一天是一天。但 DRG 自费的比例同样有限制,在胡蓉所在的地区不得超过住院总费用的 15%。

"能找到一家可以住上十几天的医院已经好难。"一位患者说道:"得费尽心力去找,很多医生是好心的、肯收的。"她在社交平台上写下,希望重症的母亲能在医院里,舒服地走完人生最后一段路。

"我觉得是用效率换质量。"于婷婷说。

纠错

分值游戏下,医疗的质量和效益何以平衡?

2 月初的午后,刘展菲正坐在电脑前发愁。

屏幕上的表格里,列满了医保中心反馈的内容:"疑似分解住院 234 例。""疑似违规收取费用 11 例。"……

她得为每一项反馈写好申辩的"小作文":医生为什么要这么做,是否有合理之处?

刘展菲解释道,地方医保局对于医疗质量,并非没有监督管理。

每年,医保中心都会抓取病例的大数据进行分析,还会到医院实地查看 DRG 病案。

她回忆,最早查的是"分解住院"。一些医生怕病人的费用超支,让病人先出院,同一天再住进来。如果被医保中心发现,"一分钱也不会给我们。"

后来,"15 天内再入院"也变成违规行为。如果病人出院后在 15 天内因为同一疾病,没有合理理由再次入院,哪怕是另一家同级医院,意味着前一家医院的医疗质量没有达标,收的住院费用要被扣除一半。

近几年,医保中心重点检查医生的病案诊断,也就是"低码高编"行为。病人到底有没有符合诊断的症状和治疗,是不是有对应的项目收费?

刘展菲指出,医保中心会提前让医院自查自纠,每年检查的数据下发表格后,给医院一定的时间进行申诉。她写的每篇"小作文",都会成为医保局判断"是否对医院扣罚"的依据。

她叹了口气，医院也会害怕。如果有重大违规的嫌疑，会有医保局的专家、检察院人员、警察来做笔录。直到嫌疑排除后，她才能松一口气。

DRG 付费实施后的第一年，该院 20% 的申诉被医保中心驳回，被罚了几百万元。"现在一般是 10%，有时候其实医保局也会放我们一马，我们自己觉得勉强，他们也给过掉了。"刘展菲说。

但矛盾摆在眼前，医生和她讲，精算和检查一多，治病的主业受到了影响；如果不考核的话，医生没有一点压力，就难以控制项目和收费。"究竟该怎么管？"刘展菲问道。

而在于保荣和金春林看来，仅靠监管并不能完全解决问题。

在一些医保支付方式改革的试点地区，当地的医保局官员对于保荣自豪地说，我们已经改革了，我们请了最好的信息公司分组，掌握了最先进的技术。汇报工作时，于保荣问，哪些分组和权重有问题？医疗费用是高了还是低了？医疗行为有不合理的地方吗？底下没了声音。扭头问信息公司，对方同样难以回答。

另一边，金春林看到，医院的比拼更加激烈：排行榜上，有越来越高的 DRG 分值，越来越多的病床，越来越大的规模。看病有多快、装备有多先进、收入有多高，成为了衡量医院成绩的指标。

他和于保荣指出，要解决系统带来的问题，更重要的是纠正认知与评价的错位，关注算法背后，人的权利。

系统升级中

"如果我们的招牌科室亏损很多，也该被关掉吗？"

刘展菲去市里参加医保会议，听培训老师说起，一些科室的亏损是无法避免的。"ICU（重症加强护理病房）也亏得很多，但是每一个医院都必须配备。"

刘展菲逐渐认识到，DRG 系统的法则其实是"合规"。医保办不应该过度干涉医生的临床行为，恐惧医生合规治疗带来的损失。

她开始查看病人费用里的结构，如果其中药品和耗材占比过高，才会去询问医生,听一听是否有合理的辩解。也不必对每一个亏损的科室问询,如果有哪个科室突然从盈利变成亏损,可以看看医生的诊疗行为里,有哪些可以改善的环节和问题。

同时她发现,系统对一些新技术和项目有奖励政策,比如达芬奇机器人手术。不妨多鼓励医生们做些创新,得到的奖励便可以弥补DRG的一部分损失。

于保荣说,DRG追求的是整体、平均。每个科室的收支都不一样,医院要做的是整体管理。医生的诊断和操作是合规、合理的,科室和医生就不应该被扣罚,只要医院全体病组的盈利能覆盖损失,就更应该关注医疗技术的发展。"一家医院能够吸引人,是因为这个病别人治不了,但我能治。"

医院的认知在转变,医保支付系统正在升级。

国家医保局在今年1月的回复里表示,下一步将完善核心要素管理与调整机制,使分组更加贴近临床需求及地方实际,使权重(分值)更加体现医务人员的劳动价值,并促进医疗服务的下沉。

金春林建议,病人的健康结果应该成为DRG评价体系的一部分,变成排行榜里各大医院比拼的指标。"尽管目前有规定死亡率、感染率的标准,但比较粗放。医院的终极目标是把病治好,而不是花了多少钱。"金春林说,慢性病的发病率、病人长期的生存率都可以考虑纳入DRG评价体系中。在许多实施DRG付费的国家和地区,同样有一些经验可以参考。

德国引入了行业协会等社会力量对医疗质量进行监管。如果医院不提交质量数据,或进行低质量治疗会被扣减支付额,但同时对医生的高质量治疗进行额外支付。各地有专门的医生组织,定期参与DRG定价的商议,兼顾医护人员的权益。

美国纽约的部分医院在管理层内部设立了专门的首席质量官,他们来自高校、研究中心等医院外部力量,通过与患者接触了解他们的需求,长期追踪患者的数据进行统计,以此对医院的医疗质量进行把控。

日本在DRG系统中纳入了"照护"的费用。当病人治疗后需要较长的康养周期,长护保险能够补充医保金的不足,覆盖病人康复的全过程。

"得把病人的利益、医生的权益、医保的能力统一起来。"金春林说。庞大的人口基数、复杂的现实矛盾下,医保支付方式的改革并非易事。这是一门在不断过渡之中,讲究科学与人性的艺术。

（文中医院工作人员与患者均为化名）

（记者　冯蕊　编辑　王潇）

原文 2024 年 3 月 1 日发布于上观新闻

原标题:医保付费方式变了,医生害怕"低分病人"

滞留 17 年，他走不出精神病院

唐阳在重庆的一家精神病院（以下简称"A 院"）度过了第 17 个除夕。

这天与一年中的任何一天没什么不同。白天他洗了些脏衣服，整理了床铺，用一台智能 MP4 给朋友们拜年。他没有看春晚，晚上躺在床上休息。医院的年夜饭少了往年常见的饺子，有一道菜还是中午吃剩下的，这让他有些不满意。

住院 17 年来，在药物副作用的影响下，唐阳的头发变得稀疏，他索性剃成光头，牙齿也掉了几颗。原来他是个清瘦的一米八大高个，如今身材有些发福。

2008 年 4 月 30 日，父母以去亲戚家拜访为由，将当时患有精神分裂症的唐阳，从成都骗到重庆的 A 院使其强制住院。经过治疗，入院 4 个月后，唐阳已符合出院标准，但其家人至今未接其出院。多年来，唐阳多次尝试与家属、院方、社区沟通，均未果。

在唐阳的案例中，我们看到了精神障碍患者和家属面临的双重困境。

符合出院标准的精神障碍患者们，期待自由来敲门。但背后默默承受照护义务的家庭，却因曾经的伤痛和无法抹去的病耻感常年"隐身"，不愿也没有能力接亲人出院。

"不生活在这个家庭的人，无法体会。"面对外界的谴责，唐阳的亲生弟弟唐谦博坦言，"这是偶然造成的悲剧，就像失手打碎的花瓶，再也无法复原。"

伤痕

2025年1月中旬的某一天，唐谦博从深圳出发，驱车1400多公里，到了重庆A院门口。

时隔二十多年，唐阳原以为能见到亲弟弟，但希望落空了。唐谦博拒绝和哥哥见面，"一张早已模糊的脸突然清晰起来"，他接受不了。

曾经，唐阳学习成绩优异。刘佳音是唐阳的高中班主任，在她的印象中，"按他的成绩，不出意外，当年他能考上国内数一数二的大学。"

1992年冬天，正值唐阳高三上学期备考阶段，刘佳音发现，原本干干净净的大男孩变得很邋遢，双手经常沾满黑色和蓝色的钢笔墨水，指甲很长，穿着也很不整齐。

她曾多次在夜晚被叫去唐阳家里解决矛盾。让她印象最深刻的一次是，某天晚上十点多，母亲阳澜来电称"唐阳有点事，请您来家里帮我们解决问题"。刘佳音赶到后发现，唐阳用沙发和柜子堵住房门，不让母亲和弟弟回家。当时父亲唐明德在楼下，唐阳从三楼家中的阳台上，举起花盆一个个往下砸。

房门锁死的情况发生了不止一次。据唐明德回忆，唐阳曾"威胁"父母给他1万元才肯开门。"我实在是没办法，去借了1万元现金。"唐谦博看见，当时父亲同事在一辆自行车后捆了一大摞面值10元的现金，歪歪扭扭地骑来。

父母请四川大学华西医院精神科专家来家问诊，专家诊断唐阳为精神分裂症单纯型。专家告诉唐明德，该型比较少见，多为青少年发病。更令夫妻俩绝望的是，专家表示需终生服药，"愈后较差，是精神分裂症中最难治疗的，也是最危险的。"

起初，父母隐瞒病情，以"补脑子"为名骗唐阳吃西药。上课时，唐阳变得嗜睡，书看不进去。高考前一个月，阳澜决定带儿子去雅安找老中医进行针灸治疗，唐阳这才得知自己患病。

高考前几天，唐明德派专车把老中医接到家中为儿子治疗。唐阳高考的三天，唐明德请假接送。唐阳是最后一个进考场的，手上有很多墨水，唐明德给他擦干净,并再三嘱托,"不要紧张,会做的题目就做,不会做也没有关系。"

唐阳认为自己患病还坚持参加完高考,很不容易,母亲理应准备丰盛的美食。但阳澜准备的菜品不如他意,他端起一碗沸腾着热油的回锅肉,直接扣到她头上。阳澜立刻冲进厨房冲洗头发。

最终,唐阳超过二本线 3 分,勉强考上杭州的一所二本院校。唐阳承认大一时自己贪玩好耍,成绩不理想,也没有坚持每天服药。他解释,当时自己对精神类疾病认识不足,没意识到不坚持吃药的后果。

大一寒假,唐阳回到成都,带回了满满一行李箱的脏衣服。行李箱被打开的瞬间,站在一旁的唐谦博吓了一跳,一股异味飘来。对此,唐阳辩解道,"男人都不太爱干净。"

但在唐明德看来,这样的行为很不正常。"他在家里非常懒,夏季能有十天乃至二十天不洗澡,躺在沙发上流汗,整个屋子都臭烘烘的。"入院时,唐明德也是这样向医生描述的,医生将其写进病历。唐阳直到近几年才看到这份病历,他觉得荒诞,要求医生删除这些在他看来虚假的描述。

在一次单位组织的旅游中,唐明德带唐阳一同前往。唐阳很想体验快艇项目,但父亲以快艇不安全、价格贵为由拒绝。回家路上,唐明德反复提及,"今天有这么多比你年纪小的小孩在场,你提要求是不对的。"说罢,唐阳的眼神立马不对劲,"一口痰吐在我头上,还和我扭打起来。"

在唐阳看来,正是这一行为导致当时父亲将他送进成都市第四人民医院住院治疗。虽只有一个月,却给当时年仅 19 岁的唐阳造成了不可磨灭的心理阴影——明晃晃的白炽灯 24 小时常亮、服用"冬眠灵"(即氯丙嗪)导致鼻子不出气、伙食连猪食都不如。"真的太可怕了,后来我经常做噩梦梦见那些日子。"唐阳回忆道。

父母来探望时,唐阳总是号啕大哭,跪下来哀求父母接他回家。唐明德将其转到条件较好的四川大学华西医院精神科,三个月后便接他回家。

1996 年,唐阳大学毕业后,唐明德依然想彻底治好儿子的病。他请假带儿子去西北地区神经内科较为知名的一家中西医结合医院,陪儿子治疗了 100 多天,冬去春回,最冷的时候,气温低至零下二十多摄氏度。

治疗期间，唐阳想看书，唐明德就骑自行车去借书。有一次，唐阳提出想看不健康的书籍，被唐明德拒绝。他骑着自行车猛地加速，冲向骑在前面的父亲，唐明德摔倒在地，在冰雪道路上滑出十多米远，爬不起来。"我从来没受过这么多苦，都是为了他。这件事让我非常心寒，我也是想把他看好，哪个人不爱自己的孩子？"

据唐明德回忆，还有一次，父子俩因一件小事发生争执。在来回推搡中，唐阳在父亲的脸上抓了几道伤痕。次日，同事看到便说："你看，你儿子又犯病了。"在唐明德看来，这是一种嘲笑，他不知如何回应。

其实，父亲的付出，唐阳记在心中。他曾在一封写给父母的长信中提及，"我更永远不会忘记1996年那个雪花飘舞的冬天，你陪我在（甘肃）西峰一个简陋的房屋里度过的几个月艰苦的时光。"

患病期间，唐阳主要由阳澜和表姐杨淑芬照顾。唐阳在家爱睡懒觉，生活作息不规律，阳澜看不惯，并表示如果唐阳不听话，就再把他送进精神病院。

唐阳被这句"威胁"激怒了。他一个箭步向前，用拳头挥向母亲的头部、脸部和臀部。"明知道我在医院这么痛苦，为什么还说这样的话？"他曾在住院期间被强行进行"电休克"，虽是一种常见的治疗手段，却让他痛不欲生。每每想到这里，他都害怕得浑身发抖。他曾要求父母写保证书，承诺无论发生什么，都不会将自己送进精神病院。

读大学时，唐阳首次带女朋友回家，他提前告知母亲，"我很喜欢她，你要顾及我的面子，多说我的优点。"在唐阳的描述中，阳澜事先答应，但还是当着女友的面吐槽儿子的各种不是，唐阳见女朋友的脸色越来越差。"为什么答应我的事情要反悔？"女友走后，他质问母亲，将她推倒在沙发上殴打。

据杨淑芬回忆，当时阳澜苦苦哀求道："打我可以，不要打我的脸，我没法见人。"一旁的杨淑芬根本拦不住，只能冲上去替阳澜挨几拳头。杨淑芬曾多次目睹唐阳殴打母亲，"唐阳打不赢他爸爸，他爸爸那时还比他高。都是我三娘（即阳澜）挨打，只要不吃药，他马上就犯病。我三娘对他最好，被他伤害得也最多。"

阳澜被打时，唐明德都不在场。"那时我还要早起上班，他妈妈已退休，唐阳白天睡觉,晚上看电视到很晚,影响我休息,我不得不和他们分开住。"

而当时唐谦博正在上海读大学。他回忆自己曾在学校门口马路旁的公共电话亭接到母亲来电,阳澜向小儿子哭诉唐阳的暴力行为,唐谦博很心疼,但无能为力。

由于患病,毕业后唐阳找了十几份工作,均不如意。唐明德也曾多次向单位申请,希望能落实大儿子的工作问题,均未果。

此前,唐阳因患病多次住院,父母于心不忍,最后都会接他出院。直到2008年4月30日,面对巨大的精神负担和未知的恐惧,夫妻俩以带唐阳去重庆亲戚家拜访为由,事先和亲戚沟通好,将唐阳骗进A院。车上,唐明德有意让唐阳坐在中间,他和妻子坐在两边,以防中途被唐阳识破后跳车。

一切都按唐明德的计划进行。"医院我也提前沟通了,救护车就隐藏在路边的树下。到了医院门口,他一下车,医生就把他带走,他看到医生就规矩了,在家里就是蛮横不讲理。"

这一天,唐阳永远都不会忘记。入院后,他被绑在病床上整整一夜。"有时做梦都会梦见我被强行送到医院,开始了漫长痛苦的生活。"

"我只负责好好学习"

唐阳很喜欢自己的名字。父亲姓唐、母亲姓阳,他是父母感情的结晶。

在他小学和初中的日记中,字里行间里透露出这是一个阳光、勇敢、勤奋好学的男孩。唐阳从小爱读书、爱看报,关心国内外新闻,喜欢和同学一起下棋、游泳、打乒乓球。

父母均毕业于四川大学。退休前,父亲在军区工作,母亲是大学老师。"当年唐阳考上全成都最好的高中成都七中,他弟弟也考上另一所很好的学校,这样的家庭很受人羡慕。"刘佳音回忆道。

初中三年,唐阳是班长,每次期末考试都是年级第一,数理化竞赛也经常拿奖,还被评为区三好学生。以全校第一的成绩考上成都七中后,唐阳获得了身边众人的称赞。初中三年是他至今人生最辉煌的时光。

与初中不同,成都七中汇聚了全省的尖子生。不过唐阳的成绩也不错,基本保持在班级前十,也曾被评为校三好学生。

作为家中长子,父母对他寄予厚望,唐阳也想为父母争光。"我是个自尊心很强的人,面对严酷的竞争环境,心理上受到极大冲击,结果在高三那年由于承受不住巨大的学习压力,我得了精神病。"他这样总结。

在医学界,严重精神障碍的发病机制和影响因素目前还不明确,背后的成因十分复杂。除了占比较高的遗传等生物性因素外,某些特定的家庭环境等外部因素也会增加患病的可能性。

作为一名工作四十余年的老教师,刘佳音提到,青少年在成长期,尤其是男孩,身体发育快于思想发育,需老师及家长细心呵护,助其平稳过渡。然而,唐阳的父母虽是知识分子,但缺乏相关知识。

据唐明德回忆,两个儿子的生活起居由阳澜负责。"洗衣、做饭、收拾书包,都是妈妈来做。温室里的花朵经不起风吹雨打,他妈妈还是有点溺爱。"阳澜照顾儿子的同时还要去学校上课,经常来不及吃早饭,有一次在课堂上因为低血糖晕倒了。

对此,唐阳也坦言,自己是吃现成饭长大的,母亲曾明确表示不愿意让他和弟弟做家务,并对他说,"你一心一意把学习搞好就行了,其他事情不用操心。"

"我只负责好好学习,我学习成绩好,他们就开心。"在唐阳眼中,父母的自尊心也很强。唐明德曾多次在儿子面前夸奖班里考第一名的女生,还把她带到家中,让儿子向她学习。在唐阳看来,这是一种暗示。"这刺激了我的好胜心,每次她到我家,都给我很大的压力,我真的拼尽全力了,但就是考不上第一名。"

见患病后的唐阳成绩一路下滑,阳澜曾和儿子说,"我现在见到同事头都抬不起来,他们的小孩一个比一个优秀。"这句话唐阳一直记得,心中的内疚感无处安放。在他眼中,母亲长年忙于家务和教学,很少有机会和他坐下来好好沟通。

读小学时,唐阳和弟弟打架,父母要求其写检讨书,并带到学校让老师签字,班主任会在课堂上公开念唐阳的检讨书。

读初中时,有一次,唐阳将父母给他的十几元零花钱给自己暗恋的女生买了一张音乐贺卡,并对父母撒谎称钱在回家路上被人抢了。父母一眼识破谎言,见儿子始终不肯承认,阳澜亲自去学校调查,甚至到女生家里,把事情闹得很大。母亲去学校调查的那天,唐谦博观察到,哥哥在家惶惶不可终日,神情极度恐惧。

父母的做法给唐阳造成了极大的心理创伤。他在写给父母的长信中曾提及,"你们非要追根究底,还专门坐车去调查。暗恋就是不想让大人知道,而你们偏偏要知道,你们知不知道这种行为对我的心灵造成了多大的伤害?"

住院期间,唐阳于 2017 年和 2018 年春节前夕给父母写过两封长信。在 2017 年写的长信中,唐阳曾对父母的教育方式提出了质疑:

"爸爸妈妈,我动手打你们是多方面原因造成的,病的原因占到 97%,其他原因只占 3%。这 3% 里面肯定有我自身的过错,但也有你们自身的原因。你们的教育方式就完全正确吗? 你们什么时候平心静气地坐下来跟我探讨过矛盾的解决办法?"

唐阳高中毕业后,刘佳音很少听闻他的消息。多年后,她偶然在成都一家超市外,看到唐阳在看守自行车。刘佳音不敢上前打招呼。"班里其他同学考研的考研,出国的出国。看到他这样,我心里是很疼的。"

唐阳的确不想让熟人知道他患病。此前,他向大学时期的女朋友隐瞒了自己的病情。在曾经的一本病历本上,他也将自己的名字划去,改成"石力"。"很多人对精神病人有负面看法,我担心我得精神病的事流传出去被熟人知道,所以取了假名,希望自己未来拥有强大的实力。"他解释道。

逃离"铁屋子"

从 2008 年入 A 院至今,唐阳交了很多朋友,大家都称呼他"唐哥""唐叔"。陈立军是唐阳的一位病友,在他眼中,唐阳出生于高知家庭,谈吐得体,知识面也很广。病友们"摆龙门阵"(聊天)时,无论谈到什么话题,唐阳都能说上几句。

林强也有同样的感受。他曾因工作产生焦虑,自愿入院调理。他对唐阳的第一印象是"很热情,很有礼貌",两人同住一个楼层,唐阳会主动打招呼。起初林强有所顾虑,以为唐阳的热情属于"脑子不正常",接触久了才发现,唐阳为人谦和,情绪稳定,没有任何暴力倾向。

即便出院许久,林强至今依然对精神病院的生活感到恐惧。为了确保摄像头清晰地照到房间和走廊的每一个角落,白炽灯24小时全亮,林强只能依靠安眠药入睡。早些年,医护人员不合理的管理模式导致打架斗殴现象很常见。有时林强饭吃到一半,突然有患者犯病嗷嗷乱叫,医护人员只能强行把犯病的患者绑到床上。

巨大的窒息感和绝望感充斥在每个角落。按照A院规定,患者入院治疗需满3个月,林强撑不下去了,决定提前出院。他无法想象唐阳是如何在这样的环境中熬过17年的。

出院时,林强把剩下的眼罩、被子、洗衣液等生活用品全部留给了唐阳。入院至今,父母和唐谦博都没来看望过他,最常来看望他的亲戚是杨淑芬和重庆的一位表妹。

陈立军出院后曾多次看望唐阳,包括去年他50岁生日的时候。每次他都会带一箱可乐,这是唐阳最爱喝的饮料。据他形容,早些年,唐阳衣服看来很破旧,"衣服上洞洞都有了"。最近几年,唐阳想淘汰破旧衣物,杨淑芬也会帮他购买。

在医院里,唐阳会和病友们打乒乓球、下棋、打麻将,也会偶尔看书、看电视。娱乐活动不算少,但最可怕的是没有自由。

住A院四个月后,医生告诉唐阳,他已经符合出院标准了,可以让家属来接。唐阳给父母写过长信,没有回音,用表妹的手机联系父亲也无果。他试图通过主管医生、可以联系上的亲戚、初高中班主任甚至是初中同学,来帮他劝说自己的父母,也都没有下文。

阳澜曾亲口告诉唐阳,父亲想关他一辈子。亲戚们害怕惹怒唐明德,都不愿多管闲事。"亲爸都不接,我们怎么接?"杨淑芬表示。

在唐阳看来,符合出院标准却无法出院,这不是治疗,而是一种极其可怕的惩罚。

在一封长信中,他提到,如果父母还不接他出院,他将不再顾及血缘关系,

"我将采取全面的反击措施,直到我获得自由为止"。

2020 年,唐阳听说另一家医院的病友通过向媒体求助,最终得以出院。去年,唐阳在病友的帮助下获得了一台可联网的智能 MP4,并开始联系媒体。

早在 2012 年的某一天,唐阳在看新闻时了解到,全国人大常委会通过了《中华人民共和国精神卫生法》(以下简称《精神卫生法》),该法于 2013 年正式实施。"当时我头脑有个印象,知道了有一部保护精神障碍患者权益的法律"。

最近,他又在另一位病友的帮助下联系到户籍所在地的社区,希望社区能够接他出院,或劝服唐明德接他出院。社区曾组织专人负责此事,也曾多次劝说唐明德接儿子出院,均未果。

"借口"

这两年,每次从深圳回成都,唐谦博都选择自驾。原本两个多小时的飞行,变成了几乎一天一夜的行程,他不觉得疲惫。"摇起车窗,我只需专注眼前的路,不用去想别的。"他需要时间放空思绪,做好一切的心理准备,面对他的家庭。

长达 17 年的滞留,给院方造成了不小的压力。

唐阳曾经的主治医生陈鸣表示,唐阳早已符合出院标准,直到他两年前退休,都算得上"临床治愈"。医院内另一名工作人员表示,"他的状况一直很稳定,我们很同情他,也非常希望他能出院",占床会影响医院收治新患者。但这位工作人员也表示,医院只能起到治疗的职能,而唐阳无法出院属于家庭矛盾,医院不便过多参与,"不应该让医院为家庭矛盾买单"。

据唐阳称,考虑到不影响其每一任主管医生的绩效,院方只能在系统中每隔一段时间为其办理"转床"(即当天办理一次出院后,再办一次入院)。

两年前,陈鸣曾和医院的领导一起,带着唐阳从重庆坐高铁去成都见唐明德,那是唐阳为数不多的几次走出 A 院的大铁门。路上,他好几次猛地深吸几口空气,"自由的味道",他说。

即便儿子站在门口,唐明德依旧不愿相见。医院领导争取到和唐明德见一面的机会,唐明德反复强调,自己年事已高,如今独自一人居住,没有能力看住唐阳,更别谈让他按时吃药。

唐明德表示,唐阳曾五次进出精神病院。"每次他都承诺,回家后跟我们和和美美地过日子。但回来之后不好好吃药,我们没有办法,只能让他继续住院,就这样反反复复。"对此,唐阳辩称,自己从1993年到2008年期间,只有一年停药。那年,唐阳和朋友合伙办了一家航空票务中心,他不想让药物的副作用影响工作。

"医院说临床治愈,这不代表真正的治好。医院推给我,我能比医院更好吗?出院后出事了谁负责?"院方表示,如果出事,他们会第一时间派车将其接回重庆,但唐明德认为,这种事情没有如果,出了事就来不及了。

"不是说关到死,是真的没有办法,待在医院是最好的。"在他看来,儿子要是出院,"相当于身边养了一头狼,随时可能把我脖子咬断。"

此前,他从报纸上了解到不少出院后的精神障碍患者伤害他人的新闻。最让他恐惧的事就发生在自己身边,一位朋友的儿子也是不到20岁就得了精神分裂症,朋友在儿子的苦苦哀求下接他出院,没想到其儿子出院后犯病,亲手杀害了自己的妻儿,朋友也因此被气死。

唐明德至今还记得唐阳曾对他和妻子说过,"如果谁给我送进去(精神病院),我一刀砍死一个。"杨淑芬证实了这件事,"唐阳在家的时候,我们晚上会把刀藏好,就怕出事。"对此,唐阳一口否决。

劝说无果,院方只好将唐阳送回医院。A院始终认为唐阳符合出院标准,但不同意让他自行签字出院,这也是目前中国所有精神病医院默认的"潜规则"——谁送来,谁接走。

陈立军记得,有一次,唐阳与医院沟通自己签字出院,无果。他以"非法拘禁"为由向当地派出所报警,民警回复"(我们和医院是)兄弟单位,不便插手"。

在做出看似"铁石心肠"的决定前,唐明德也曾挣扎过。唐阳患病后,唐明德通过多种途径了解"精神分裂症"。他在一个专门的文件夹里存放了各种和精神分裂症有关的剪报和笔记。

如今81岁的唐明德头发花白,独自居住,生活一切从简。作为父亲,两个儿子的童年日记、各种证书、校徽等物件,他都细心整理后珍藏在家中书房。

书桌上放满了唐阳患病至今二十多年的各种资料和证明,他始终想不明白儿子为什么会患病,也始终找不到彻底治愈精神分裂症的方法。"这个病非常可怕,不是一般的感冒,吃点药,吊水就好了,精神病是世界难题。"

而在唐阳看来,父亲的说辞,都是借口。

刘佳音也曾受唐阳委托劝说其母亲。那次,她和阳澜打了近 2 小时的电话。"他妈妈跟我说,唐阳犯病时都是往死里打她,他们很绝望。我也理解,因为他妈妈是很爱他的。"刘佳音劝说许久,阳澜表示,"刘老师,如果你想接,那你去接他。"

对于曾经的暴力行为,唐阳感到十分后悔。他曾在长信中多次向父母道歉,但这并不能抚平阳澜内心的伤痛。

生前,阳澜的手臂上留有一个很大的伤疤。据唐明德回忆,唐阳曾用几斤重的花瓶甩向阳澜,当时阳澜血流不止。得知母亲患癌后,唐阳多次致电,阳澜一个都没接。直到去世,阳澜都没来医院看过唐阳一次。

阳澜去世前曾有一次路过 A 院,唐明德主动询问妻子,是否要进去看看大儿子。阳澜流着泪拒绝,"不见,不能见"。对此,唐阳始终不愿相信,认为父亲在造谣。"母亲曾和我说过,'唐阳,母亲不会记儿子的仇。'"

"有一只蜗牛在背后追杀我"

唐谦博这次来 A 院,院方向他表示,希望他能换位思考,接哥哥出院。

唐谦博感到为难。他并非不想承担责任,他希望独自面对哥哥及他患病的事实,但目前他的小家庭还离不开他。

这两年,每次从深圳回成都,唐谦博都选择自驾。原本两个多小时的飞行,变成了几乎一天一夜的行程,他不觉得疲惫。"摇起车窗,我只需专注眼前的路,不用去想别的。"他需要时间放空思绪,做好一切的心理准备,面对他的家庭。

母亲在世时,哥哥的住院事宜由母亲负责。2023 年,母亲因癌症去世,唐谦博称自己不得不"接棒"。去年春节期间,在杨淑芬的陪同下,他第一次来A院与哥哥的主治医生沟通。站在A院门口,唐谦博浑身发抖,不知道该迈出哪只脚。

2008年唐阳入院时,弟弟已大学毕业,在深圳工作。他知道弟弟有公司,在一位病友的帮助下搜索到联系方式。他曾多次尝试联系弟弟,希望弟弟能签字接他出院,均无回音,至今他都无法亲自联系上唐谦博。

这次唐谦博来A院,是为了结算哥哥的医药费,他没有去看哥哥一眼。唐阳不明白为什么,弟弟对他不算差,曾给他买过平板电脑、MP4、蓝牙音箱等电子产品。这次来医院,弟弟也买了零食和一套新衣裤。

"我只能做目前能力范围内的事情。两条黑线同时交汇到我哥身上,而我要在我身上把这两条黑线终结掉。"唐谦博说。

去年曾有一段时间,唐谦博每晚吃安眠药才能入睡,想起他曾经经历的和即将面对的一切,唐谦博就感觉,"有一只蜗牛在背后追杀我"。

唐阳确诊的那天晚上,他在母亲的照顾下服药后睡觉。唐谦博在客厅里站着,母亲催促他赶快去睡,并告诉他"我们家遭大灾了"。

当时,唐谦博不明白"大灾"的含义。哥哥患病后,有几次深夜在家里闹得比较凶,邻居都听见了。一些邻居会在背地里议论他和他的父亲,"第一个儿子疯了,第二个儿子也是疯的"。

唐阳不否认这一切对弟弟造成的负面影响。他曾写下这样一段话,希望弟弟能看见:"我不是一个好哥哥,我以前忙于学习,对你的关心照顾实在太少,现在想来十分愧疚。但我们之间没有大的矛盾,我没生病之前非常优秀,你有这样的哥哥一定感到非常荣耀。后来我生病了,落后了,但得病不是我的错,我也不想生病。有些人恶言恶语议论我,你不必放心里去,做好自己就行。"

与从小成绩优异的哥哥相比,唐谦博成绩一般。父母对哥哥的重视,唐谦博心里很清楚。新衣服都是哥哥先穿,穿不下再给他,如果还是太短,就在下摆处围一圈布。

直到哥哥患病后,1994年春节,父亲去外地出差,给当时在读高二的唐谦博买了一套新衣服——一件翻毛皮夹克衫、一条牛仔裤和一双运动鞋。这让唐谦博受宠若惊,甚至觉得自己"不配"。

在唐阳童年的日记里,记录了不少与弟弟共度的美好时光。但在唐谦博看来,兄弟俩的感情一直比较生疏。即便就读同一所小学和初中,但基本不会一起上学。

唐谦博也曾看过心理医生。医生告诉他,年龄相近的兄弟间天然会形成一种竞争,父母需要进行平衡。若平衡不当,竞争会向负面转化。如今,唐谦博反而有点感谢父母的"忽视",给"光圈之外"的他一个相对健康的成长环境。

在他看来,哥哥患病是一种必然。"遗传因素占50%,因为我叔叔有相关病史,后天的家庭环境因素占50%。"

在两个儿子的印象里,父母关系一直不太好。唐阳记得,小时候父亲多次当着两兄弟的面和母亲争执甚至打架,闹离婚也是家常便饭。唐明德认为这是妻子的问题,"我是不赞同在孩子面前吵的,他妈妈每次都当着孩子的面数落我。"

原生家庭给唐谦博造成的影响,直到他中年以后才显现出来。有了自己的小家庭后,唐谦博不懂如何去表达爱,"原生家庭没有这样的氛围,甚至父母的原生家庭也是如此。"

唐明德也曾反思过。"要是有个能培养父母的学校,教父母如何培养小孩成功率比较高的话,能少走很多弯路。我们那时候哪有啥经验嘛,我和妻子的父母都去世得早,都是自己带孩子。"退休前,他和妻子的工作都很忙。

唐阳早已规划好出院后的生活。他准备投靠曾经的病友们,以解决住宿和工作问题。当然,他最大的心愿是尽早结婚,看着出院的病友们一个个娶妻生子,如今50岁的唐阳很是羡慕。

然而,他的计划在家属以及刘佳音看来,都太不切实际了。他们都认为,院方给唐阳安排比如保安或者临时工的岗位,是比较合适的办法。

唐明德和唐谦博始终没有做好接受家里有一位精神病人的准备。唐阳患病时措手不及,如今依然如此。去年第一次来A院时,唐谦博坦言内心的真实想法:"有多少人这辈子会来这种地方?我为什么不去咖啡馆?而是要在这里?"

"是因为我犯下了不可饶恕的罪行吗？我没有，我只是得了精神病。"唐阳曾在长信中提到这样一句话。

支持在哪里

去年年底，唐阳的遭遇被报道后，网友们谴责家属"没有人性"。在上海心声公益秘书长二坤（化名）看来，这并非良性。二坤表示，目前国内精神障碍患者的社会支持普遍较差，最主要的支持来源是家人，其次是医生和朋友。

"不能把家属和患者对立起来，因为大家都很难。家属的病耻感一般比患者还要严重，害怕周围人异样的眼光。并且在缺乏完善的社会支持系统的情况下，作为监护人的家属所面临的照护压力是很大的。"二坤表示。

2020年，为向精神病患照护者提供更多的支持和帮助，心声公益启动了"羽翼计划"。去年6月，心声公益发布全国首个关注精神障碍人士照护者的调研报告《谁来照顾照顾者：中国精神障碍人士照顾者现状及需求调查报告》。其中提及，三分之二的照顾者表示存在重度照顾负担，三分之一的照顾者认为自己的生活质量差，接近一半的照顾者对自己的总体健康不满意，四分之一的照顾者总是或经常失眠，超过一半的照顾者存在中度以上的焦虑症状。

从事身心障碍者平等权利研究的黄裔此前进行过有关精神障碍患者及其家属的相关研究。在曾经的走访中，她发现，精神障碍患者出院后，对于家属的考验才真正开始，而大部分家属并没有做好准备。

患者受到精神障碍、生活环境及人际关系等多重因素互相作用的影响，可能会对家属缺乏信任而产生异常行为，比如，怀疑家属乱动东西、怀疑有人在饭菜里放异物、拒绝洗澡或吃药等。

对家属来说，这会形成长期积压下的隐性压力，家属会在多年的照护中失去信心，更别谈参加外部活动。"比如患者吵到邻居，家属要先和邻居道歉。患者不吃饭，家属要想办法让他们吃饭。解决眼下的危机已耗费心力，没有精力去了解患者异常行为背后的成因，更无法重建信任关系，这是一个死循环。"

在唐阳的案例中,家属的创伤经历并不会随着时间而被解决。"始终没有人或者组织给家属提供支持,就等于当年的创伤如今依旧没有得到处理。"黄裔表示,现有政策如低保,仅将家庭作为审核单位,我国目前没有专门针对残障人士家庭成员的支持政策。

黄裔表示,目前社会上针对照护者提供服务的社会组织,更多聚焦于照护技能方面的培训,对照护者的心理疗愈以及对家庭关系的重建方面的支持是很少的。

再加之病耻感和社会歧视的存在,家属会选择"躲起来"。即便有外部的支持,也很难触及他们。在黄裔看来,帮助精神障碍患者及其家属恢复正常生活,是全社会面对的共同课题。"精神障碍患者也是社会的一分子。公众能做的首先是不要去欺负和歧视他们。"

去年,唐明德找了成都的一家司法鉴定中心,为唐阳做了民事行为能力的司法鉴定。结果显示,唐阳属于限制民事行为能力人。这一结果也通过了当地法院的开庭宣判,意味着该司法鉴定具有法律效力。判决决定显示,认定唐阳为限制民事行为能力人,指定唐明德为唐阳的监护人。

即便唐阳对鉴定结果存疑,即便《精神卫生法》中曾明确提及要保护精神障碍患者的自主权利,但在目前国内的司法环境中,成人监护制度依旧是压在精神障碍患者身上的"一座大山"。这也就意味着,在司法上,唐阳已经成为了没有任何权利的"真空人",唐阳想要行使法律权利,包括重新发起民事行为能力鉴定或请律师诉讼,原则上都需要通过他的父亲。

唐阳还是决定放手一搏。最近几个月,他多次联系全国各地对他的案件感兴趣的律师,并认为自己有望成为"精卫第二案"。

早已出院的病友陈立军和林强对唐阳的过往并不完全知情,他们只是觉得,家属没有良心,即便是为了惩罚唐阳,17年的代价也未免太残酷了。

17年来,唐阳送走了一批又一批的病友。头两年,他把病友送到电梯口时,还会对他们说:"日后成都相聚!"为病友们重获自由感到高兴的同时,一阵阵失落之感也不断向他袭来。

这两年,他已经不说这句话了,"就像是被判了无期徒刑,我也不知道什么时候能出院。"

（应采访对象要求,文中除唐阳和黄裔外,其余人物为化名）

（记者　朱雅文　实习生　黄琪越　编辑　王潇）

原文2025年2月4日发布于上观新闻

找回"消失"的课间十分钟

2023年9月初,开学不到一周,余霞发觉四年级的儿子整天郁郁寡欢,先是借故头晕、肚子痛请假,之后干脆说,学校太压抑了,不想去。她一追问,儿子坦承:课间十分钟不让出教室,除非上厕所、接水。有同学提出想出去玩,老师就说:"你要呆在教室里。""作业写完了吗?"他觉得很紧张、很累。

余霞这才留意到,学校离家只有几十米,怎么课间永远是安安静静的?

不只是余霞,许多小学生家长在社交平台上指出,孩子在课间十分钟,不能去操场、不能上下楼、不能出教室,甚至无法离开所在的过道。

教育部门此前多次对"课间十分钟"作出规定。除了2021年《未成年人保护规定》,2021年4月教育部《关于进一步加强中小学生体质健康管理工作的通知》和2022年1月上海市教育委员会印发的《上海市学校体育发展"十四五"规划》中均指出:每节课间应安排学生走出教室适量活动和放松。

此间,许多学校尝试做出调整,但一些学校仍然对课间自由有所限制。

追溯根源,学校最大的顾虑是学生安全问题,此前多个案例表明,学校往往在安全事故中承担了"无限责任"。由于校园安全立法仍有留白,更多学校正在引入保险的基础上,探索从"事后赔偿"向"事先预防"转变,找回消失的"课间十分钟"。

"只能在厕所里聊天。"

某地一年级家长张毓,和余霞有相似的发现。9 月 15 日,她在网络上发起了关于小学生课间情况的投票。截至 10 月 8 日,参与的 1560 人中,约 72％的人表示,孩子的课间十分钟活动受限。

张毓等家长提到,孩子所在的学校没有明令禁止的规章制度,老师会进行口头教育:课间孩子若要出教室,基本只能上个厕所、接个水,途中不能大声说话、跑跑跳跳。部分"宽松"的学校,会允许孩子在走廊里走动,不能上下楼或去操场。"严重"些的情形,是孩子只能呆在自己所在的小组过道里,不能"越界"。

家长刘璐说,据她所知,部分小学的"课间限制"十余年前就有,越是低年级限制越多,并且形成了相应的奖惩机制。

"如果有同学在走廊里疯跑疯跳,老师就会在家长群里直接点出名字。"刘璐苦笑,班级里每个学生会有小红星和积分,被发现一次扣一颗星或者一分。班级里星星和分数的总和会影响流动小红旗等班级集体荣誉。与之相对,老师会表扬课间呆在教室里,认真写作业的同学。

两位小学班主任指出,同学之间也会互相监督,称为"串班检查"。每天会有学生值班长记录,今天课间谁在走廊里喧哗打闹,把名字记在本子上。老师在班会课、升旗仪式上都会提醒学生课间纪律,所以"孩子们也知道什么是好的什么是坏的。"

刘璐和身边的家长聊起,大家的孩子,尤其是女孩,不敢在走廊里大声说话,怕被老师抓到,现在课间"只能在厕所里聊天""进行厕所社交""在厕所里分享零食"。有家长抱怨,儿子和同学经常跑到厕所玩,也探索了"比较安全的走廊死角"。小学规定打预备铃的时候必须回到座位上,有一天他回来晚了,被老师罚站训斥,自信心很受挫,"老师说我这不好、那也不好。"

张毓观察到,一些家长是在网上看见"课间圈养"的话题去问孩子,才发现原来他们课间是不能出去的。很多孩子一入学就习惯了不能出教室,也没想到要和父母说。

"孩子从一年级就被这样安排,会觉得上学就是如此,他们不知道还有一种生活方式,是课间十分钟可以出去跳绳、跑步、自由嬉戏。"刘璐反问:"我们小时候不都可以吗?"

让家长们更加焦虑的,是限制下潜在的身心危害。

张毓为此查阅了不少资料。《2023 年全国综合防控儿童青少年近视重点工作计划》指出,要确保中小学生在校时每天 1 小时以上体育活动时间。多项研究表明,非结构化运动,即自由、无组织的运动比结构化、有组织的运动对中小学生更为重要。充足的户外运动和自然光照则是预防近视的关键因素。

"儿子朋友很少,找不到玩的人。"余霞担忧,"课间圈养"会让儿子更孤独,加剧厌学情绪。她忍不住给班主任发微信:"我们家孩子有点不太想上学,课间能不能让他出去玩玩,放松一下。"对方只答复,会找孩子沟通。但限制并没有发生变化。

另一些家长打了 12345 热线,给校长发邮件询问,截至 9 月底,一位家长收到回信:"感谢您的建议,我们积极研究。"

刘璐坦言,身边的家长都很矛盾。"我们去反映没有用,不可能让整个学校允许我家一个孩子出去,这是不现实的。"她说,多数家长抱着"多一事不如少一事"的心态:孩子还在学校里,"不可能去得罪学校。"

"生怕有个闪失。"

而学校也处在压力之下。

9 月 22 日早上,上海市某小学课间,每层楼的走廊上都站着一位老师,他们别着红色的"值日"袖章,紧紧盯着教室门口。刚有孩子踮脚蹦跳,他们便拿起小蜜蜂喊道:"小心,别跑!"

该小学校长徐锦华苦笑,学校一条走廊至少有 5 个班级,加起来 200 多个学生。走廊并不宽敞,"课间如果在其中来来回回,很容易发生擦碰。"但若允许学生去室外活动是不现实的:操场在教学楼的背后,上下楼就要花费一半的课间时间,学生回到教室后难以静心准备下一堂课。因此在徐锦华的小学,课间不会限制学生出教室,但会要求学生不能在走廊里跑跳,原则上不要上下楼。

徐锦华说,这些在走廊里看护的老师被称作护导,采取排班制,每个护导每天从早上7点半开始,包干管辖区域内的安全监督责任。每个课间有总护导去巡查到岗情况,还有相应的A至D评分等级。"护导的补贴只有一点点,算在老师绩效内,但没有到岗的话,被发现一次就要扣20元。"

南京小学教师刘雨表示,护导制在全国小学普遍存在,一些学校称其为"一岗双责"。她每周会轮到一次,一旦忘记,学校教职工大群里就会通报批评。"今天不护导,就会放松一整天;只要一做护导,管辖区域里一点风吹草动,都会慌得要死。"

而在北京房山区某小学,班主任丁佳佳每节课间都需要守在教室里看护学生,如果她没法赶到,上一节课的任课老师必须呆在教室里不能离开。上体育课时,丁佳佳要把班级队列带到体育老师面前才能回办公室。"无缝衔接,不能出现任何死角,生怕有个闪失。"丁佳佳感到委屈,不少家长指责老师图方便才在课间限制学生,"其实我们一点也不省心。"

中国教育科学研究院研究员储朝晖指出,学校空间、师生等资源分配的不均衡是课间限制出现的重要原因。

"一所适度规模的学校,平行班不能超过5个,最多不能超过8个。超过这个数量,学校很难做到安全管理的精细与有效,风险大大增加。"储朝晖说道。

教育部数据显示,2023年我国小学入学人数超过2000万名,已达近年峰值。南京某小学教师刘雨观察到,一年级今年已增至10个班级,六个年级共有2400余名学生,而全校的教师是100余位。

"每位老师的监管时间是有限的,老师一般一天要走四到五个班级,不可能全方位监管到孩子的问题。"徐锦华说道。

在徐锦华的小学里,走廊的护栏高度没过成年女性的胸口;教室门口的伞架钩子是圆弧状的,向内收拢。今年以来,所有一楼以上的窗户都装了限位器,只能打开10多厘米宽;顶楼的窗户前侧装上了铁栏……

她叹息,这些安全防护是目前全国小学的"标配"。"每次市里开会,领导都会说,安全是1,其他的工作都是后缀的0,如果没有安全,学校所有的努力都没有意义。"

分担与尝试

首都师范大学教育学院劳凯声教授曾提到,解决中小学校责任能力不足问题的一种做法,是让社会分担公办中小学校的赔偿责任,建立学生伤害事故的保险机制。

在上海,2001 年《上海市中小学校学生伤害事故处理条例》实施后,校方责任综合险已经开始推广。

国内某保险公司职员林婕表示,和家长自愿购买的学平险(学生意外保险)不同,校方责任综合险的保险主体是学校,主要承保学生在校期间(包含课间)或在学校统一组织的活动过程中发生的意外伤害事故。

林婕说,报案后,需要经过查阅法律规定,认定学校对学生受伤负有责任等流程,才可以进行保险理赔,转嫁学校经费不足等风险。校方责任综合险在一些城市由各区教育局,以公开招投标的形式统一采购,覆盖全区中小学等。

她眼见 2010 年后,随着意外事故报案越来越多,原先单一的责任险种已经衍生出体育活动、校园意外等各类专项保险。

目前每个月林婕接触到的学生意外事故报案有近千起,其中不少在课间发生。她见过学生在走廊打闹,一转头不慎和同伴相撞,导致右尺骨近端骨折;每年都有孩子拿着铅笔在课间奔跑时把自己戳伤,有铅笔芯在眼球取不出来,进入大脑留下后遗症。

她强调,出现这类事故,如果是 8 岁以下的一年级学生,不是民事行为能力人,学校应该起到监管和教育义务,如果是 8 岁以上的孩子,家长有相应的责任与义务,学校若没有过失只需补偿一些医药费。

"保险公司不仅是学校责任的分担者,也是家校矛盾的调解者。校方责任险到最后已经不是商业险了,承担了一定的社会功能。"她说,近千起报案最后走上法庭的是个位数,每次报案后保险公司几乎都会赔偿几万元到十几万元不等。

林婕观察到,保险机制在一定程度上缓解了家校的安全顾虑。

二十年间,许多学校尝试放开小课间的限制。杭州的一些小学根据学校场地的实际情况,打造了主题化、趣味性的"运动空间",四川某小学将走廊改造成种植蔬果与花草的"乐园";河北、天津的一些小学在小课间引进了主题活动,在操场上设置了传统游戏项目体验。

2021年,《未成年人学校保护规定》(教育部令第50号)明确写道:"学校不得设置侵犯学生人身自由的管理措施,不得对学生在课间及其他非教学时间的正当交流、游戏、出教室活动等言行自由设置不必要的约束。"

教育律师,北京盈科(重庆)律师事务所高级合伙人李文在近年调研时发现,部分场地实在有限的小学,开始引导孩子自创了一些桌游活动和益智游戏。在徐锦华的学校,便有一些老师设计了教室乒乓颠球、印有数字游戏的扑克牌、手指小游戏等等。

尽管如此,"课间限制"问题仍然在全国的一些学校延续。

在储朝晖看来,问题根源是学校责权边界的模糊。

"无限责任的承担者"

"学校目前不是有限责任主体,成了无限责任的承担者。"储朝晖说。

刘雨记得,去年在她护导的点位,一个学生在追逐打闹时,头磕到了水池边上的栏杆,额头上缝了十几针。

刘雨第一反应是,护导老师会不会承担责任?她先询问周围同学目击情况,又赶紧联系班主任、教务处,学校调取了监控。看到监控视频里清晰显示,孩子自己跑太快不小心滑倒了,她这才长吁一口气。

刘雨说,安全问题在学校很常见,大部分家长是通情达理的,会去了解前因后果,但不免有家长完全站在自己孩子角度考虑问题。徐锦华遇到过,有两位学生课间发生了小冲突,家长直接拨打了110,放学站在校门外,指着对方的孩子责骂:"你昨天是不是欺负我家孩子了?"

刘雨和丁佳佳都担忧,如果课间完全放开,出现更多安全纠纷,老师的精力都会花在辨别事故责任、处理家校关系上。

2021年，李文担任主任的蒲公英教育法治研究中心曾做过一项调研，2020到2021年度的427件中小学责任纠纷案件中，因为学生嬉戏打闹导致伤害的事故，占比超过了50%。

同时，427件案件中，被诉学校因未履行教育管理职责而被法院判决承担侵权责任的比例达到89.23%。

李文表示，伤害事故发生后的校方责任实则有明确规定。根据《学生伤害事故处理办法》，学校是否承担法律责任，主要是看学校是否尽到了教育管理的责任：事故发生前要对学生进行安全教育、事故发生时要及时制止、事故发生后要尽到通知和救助的义务。

但在具体司法实践中，"很少有学校免责的，多多少少会判决学校承担责任。"李文说，学校始终认为自己尽到了教育管理的职责，但缺乏证据保全的意识，比如没有安全教育、制止危险性行为的记录等等。

他和储朝晖都指出，出现安全事故后，学校容易有"维稳"的思维，生怕家长闹事，会影响学校声誉、个人职位，从而包揽经济赔偿责任。长此以往助长了校闹风气，导致"家长一闹学校就是没理的。"

储朝晖直指，部分责任最终容易落到一线教师身上。"哪怕一些当事老师没有责任，也会受到处分，"他说道，一线老师既有很大的责任，却没有足够的权力，从而"人人自危"。

北京小学家长郝雯在网上发布"课间限制"的帖子后，收到了大量小学教师的私信与留言。许多老师和她指出：学生端午节回家溺水后找学校索赔，学校最终赔偿40万元；学生的乳牙因为摔跤掉了，家长让班主任赔偿10万元……"一旦出现安全事故，当家长进来讨公道时，哪怕要求不合理，班主任也要处理。"一位小学老师回忆，之后班主任和值班老师争取多年的评优资格"功亏一篑"。

"很多老师很激动，也很无奈。"郝雯看到，这些案例比比皆是。

从源头开始

"家长也难、学校也难。"刘璐苦笑,"课间问题真的会有出口吗?"

在林婕眼中,"事后赔偿应该向事先预防转变。"

2006 年,林婕在中小学调研时,发现仅有校园责任保险兜底远远不够。房顶一直在漏水、拖线板到处都是、栏杆不知道该设置多少高……但她看到,十余年间更多学校正对保障学生安全的硬件设施进行规范。

2021 年的新闻通气会上,教育部表示正在研究如何建立健全学生体育活动意外伤害风险防控机制,来减轻或化解校长和家长对学生参与体育锻炼、体育活动所受到伤害的后顾之忧,这可能是解决课间问题的基础。

2023 年 10 月 18 日,教育部基础教育司答复记者,目前正在督促各地进一步完善安全突发事件应急处置预案,建立多部门联动快速反应机制,确保校园内一键式报警和视频监控系统配置全面达标并有效运用。

教育部基础教育司表示,除了《未成年人学校保护规定》,2021 年《教育部办公厅关于进一步加强中小学生体质健康管理工作的通知》中同样要求"每节课间应安排学生走出教室适量活动和放松。"教育部认真指导督促地方学校落实上述要求。下一步,教育部将进一步指导各地各校强化课间管理,在精细化管理的基础上,把课余时间还给孩子。

在李文眼里,更为重要的,是把安全教育纳入日常教育维度中。"80%的学生安全事故是可以通过教育防范来避免的,很多校长的工作报告会强调安全工作抓得多紧多牢,但实际上很多举措没有落到实处,一些学校仍把安全工作当成负担。家庭的安全教育也容易被忽视。

他建议,安全教育应作为学生综合素质评价的一部分。提高学生的安全意识,能够从源头上减少安全事故的发生,为学校安全工作"减负"。

而储朝晖认为,校园安全立法尤为关键,目前仍未提上日程。

2022 年 8 月,教育部在《对十三届全国人大五次会议第 5935 号建议的答复》中回应,"学生安全立法工作关系利益广泛,涉及问题复杂。由于立法资源紧张,学校安全立法没有列入相关立法规定。"

李文同样指出,目前针对校园安全有《中小学幼儿园安全管理办法》和《学校伤害事故处理》两大法律文件,但制定时间久远,法律约束力相对较弱,一些规定较为笼统,亟待更新。

"需要学校控制在相对适当的规模,把外部安全风险降低,进而在内部管理上,需要校长在评估风险后适当放宽课间限制。"储朝晖说道。

午后时分,上海微雨。徐锦华眼见顶楼有孩子将手伸出铁栏,触碰下落的雨滴。"是谁啊,这么傻。"

没过几秒,她又担心起雨天湿滑,孩子走得不小心,难免摔跤,拿着伞会不会冲撞受伤……

徐锦华叹息,下课奔跑、踢毽子、跳皮筋,玩到累了再回来的时光,成了一段浪漫回忆。

"现在只求安安稳稳,日复一日。"在学校待了 18 年的她笑道。

(应受访者要求,文中除李文和储朝晖外均为化名)

(记者　冯蕊　许沁　编辑　王潇)
原文 2023 年 10 月 27 日发布于上观新闻
原标题:如何找回"消失"的课间十分钟

被直播套牢的女孩

直播行业或许是今天中国最大的"梦工厂"，在这里，一夜暴富的神话每天都在发生，吸引着无数普通人接连跃入红海。数据显示，截至 2020 年末，我国直播行业主播账号累计超 1.3 亿，最多可一天新增主播 4.3 万人。

但红海之下，可能是漩涡。近年来，起诉主播已成为直播行业内一份隐秘的生意。与新闻中不同，被起诉者大多不是收入斐然、因跳槽被起诉的"头部"主播，而是拿着不如普通白领收入的"腰部"或"脚部"主播。有人工作 5 天被索赔 12 万元，有人工作 3 个月被索赔 83 万元。

这是一个残酷的法律生存游戏，它的关键词是"霸王合同""保密仲裁""第三方资助诉讼"。在这套成熟的设计之下，似乎没人有把握"无责"出去。

进入

距离 2023 年 3 月 2 日仲裁日，只有不到 1 个月了。萧萧只当过近 5 天的主播，如果输了的话，就要为这 5 天付出将近 12 万元的代价。

最初是怎么开始的呢？24 岁的她在杭州生活，一次下班路过商超门口时，一位经纪人主动上来搭讪，认为她很适合做主播。对方邀请她去公司面试，那是写字楼的第 19 层，宽敞、明亮、精致，像小红书上的打卡点。她平时喜欢唱歌,留着及腰的长发,性格不怕生,"做主播或许是个不错的选择",她想。

她爽快地签约了。手机支付宝上的电子合同,长达十余页的合同条款,上面都是密密麻麻的小字。她带着初出茅庐的学生般的信任,毫不设防地用手指在屏幕上签下名字,"完全没注意还有违约金"。对方立即给了她 3000 元签约金。

去年 8 月 13 日开始,她每天下班后便前往公司直播,按照要求一次直播 6 小时左右,从晚上八九点到凌晨三四点,但她几乎没什么观众。5 天后,同时兼顾两份工作的她渐渐体力不支。注意到她的状态,运营工作人员主动建议她停播退出,"再这样下去你会猝死。"

衡量过后,萧萧也认为自己无法兼顾两份工作,应该退出。这时,公司要求萧萧返还 3000 元的签约金。

"我非常愿意还,可是我也强调,公司要跟我签一个解约协议作为凭据。"但她没想到,自己的诉求遭到了拒绝:"签约金你必须还,协议我们是不会签的。"萧萧一再坚持,对方便留了一句,"你等着法务通知吧"。

22 天后,她收到了一份通知。公司已经向她提起仲裁,要求她赔偿共计约 12 万元的损失。与此同时,她直播 5 天获得的收益仅 124.8 元。

萧萧不能理解。在她看来,明明公司先提出解约,怎么被起诉的变成了她?为什么她愿意返还签约金,公司却不愿签解约协议呢?而她仅仅直播了 5 天,怎么会被索赔近 12 万元呢?

"是不是有什么误会?他们肯定是搞错了。"收到仲裁通知书后,她第一反应是去找公司负责人沟通。

在她的录音中,双方对是否签署解约协议一事再次发生分歧。负责人强调,"真有事情不播了,都是提前把签约金退掉,就没事了,也没有牵扯什么停播协议解除协议。"

"就我们公司跟所有主播停播了都不签任何协议?""对。"

"那是为什么啊。""因为没必要。"

和萧萧签约的是杭州巡洋文化传媒公司,记者找到了另外两位曾在该机构担任主播的女孩,她们也遇到类似的解约困境。陈瑶瑶记得,自己和朋友一起签约这家公司,直播了一周左右,她们发现无法获得面试时承诺的保底收入,便想要离开。这时,对方同样要求她退回签约费。"我说先退一半,你跟我签一份解约合同,我再把剩下的还给你。结果就收到了催告函。"

主播宁桦是"偶然逃脱"的那一个。去年9月,在同一家机构直播了一个月左右的主播宁桦,被公司从宿舍赶了出来,"他要求我走,说粉丝没有达到他们(要求)的量。"对方要求她当天晚上就搬出宿舍,否则就带人将她"丢出去"。

宁桦立刻报了警,到警察局后,对方带了五六个彪形大汉来"镇场子",态度强硬,并再次提出了返还签约金的要求。"我希望返还的时候签一个解除协议,他们不肯,要么就说解除也可以,但要起诉我。"

宁桦回忆,当时警察建议她别再坚持解约,尽快返还签约金,也协调对方继续提供一周的宿舍。她向记者出示了最后双方签署的一份带红手印的调解书。她认为,这或许就是自己免于起诉的原因。

对此,记者曾多次拨打对方机构负责人电话试图求证,但截至发稿,未获回复。

一位直播类MCN机构的法务表示,擅自解约的主播一定要退还签约金,但是按照合同规定,"解约协议签或不签都是公司的权利,这是两码事,要看公司是否同意免除你的责任。"

而对女孩们来说,不解约就意味着始终有一份法律风险背在身上。萧萧的律师提醒道,根据合同条款,即使双方不再合作,剩下的合约期内主播也必须谨小慎微,"假如被发现在其他平台直播,或有其他不利于公司的行为,随时可以再追究你的责任。"

"霸王条款"

直到面临赔偿,萧萧才开始认真研究,自己签下的究竟是什么合同。

这是一份直播合作协议。根据协议规定,双方仅为合作关系,而非劳动关系、劳务关系或经纪关系,这也就意味着条款设计更自由,不像后者受相关法律条文的约束。

萧萧的律师认为,在协议中,萧萧与公司的权利和义务明显处于不对等的地位。

举个例子,合同要求主播"每月的直播有效天数不低于 26 天,每天直播有效时长不低于 6 小时。"但有效时长的定义掌握在公司手中——"符合甲方直播内容及平台要求的直播时长,方可确认为有效直播时长。"主播还需要每月产出优质短视频 15 个,但此"优质"同样需由公司认证。

合同还列出了 12 条"直播行为规范",其中有许多无法量化的标准,比如"灯光昏暗""内容无创意""穿着随意邋遢"等,有很大的解释空间,每违反一项就要扣除收益的 10% 到 20%。

更重要的是,公司掌握着随时修改分成比例的权力,"甲方有权根据平台分成政策的变化、直播市场的变化以及甲方对乙方的扶持效果,更改主播分成比例。"

假如你的每月流水少于 1.5 万元,公司有权不发放保底收入并单方面解除合同。但假如你是一个"能赚钱"的主播,别想轻易解约——如果主播"收到的前台流水累计达人民币壹佰万元及以上"或"全平台粉丝数量累计相加达到两万",则协议期满后自动顺延两年。

与此同时,合同对于公司扶持的规定十分宽松,对"短视频扶持""刷票扶持""直播技巧培训"等细项并未量化,只有"定期或不定期提供"的字眼。

许多被不同机构起诉的主播表示,直播期间公司提供的培训和扶持"实际上约等于 0"。陈瑶瑶唯一能记起的是一次安全培训,主要内容是"让你不要和榜一大哥见面,太危险";而主播小玖表示,运营在直播后经常与她单独谈话指导,但内容主要是"暗示我要多哄着大哥,多跟他们私聊,要放得开"。

若主播出现根本性违约行为,公司可从五种方案中择高要求主播支付违约金,其中包括"五十万元""月平均收益的 36 倍""合作前 24 个月的最高月收入的 36 倍"等。至于这些赔偿金额是依据什么制定的,合同并未给出解释。

看到这些条款后,萧萧终于明白,她很难以公司未履行扶持义务、擅自提出解约等理由指出对方先行违约,但对方却可以随时起诉自己。

从签下这份合同开始,她已经一败涂地。

那么,假如主播具有足够的法律意识,认真阅读了合同内容,是否可以避免签下"霸王条款"呢?

一位直播类 MCN 机构的法务指出,这类霸王条款是业内的标配,光从合同上很难分辨机构是否正规。她所在的机构提供三种类型的格式合同,其中也包括"100 万元""月平均收益 36 倍"这样的高额赔偿数字。而且主播在机构面前通常没有谈判地位。尤其是新人主播,即使提出质疑,公司通常也不会更改格式条款。

站在机构的立场上,她表示,高额赔偿金的目的主要是为了威慑,"除非主播跳槽,我们一般很少起诉,因为要考虑到公司名誉,而且我们老板比较仁义。"

她认为,虽然机构在这段关系中是绝对的强势方,但即使有霸王条款,公司的主张到了法庭上也不一定能获得支持,"还是要看证据,拿出发票来,你要证明的确有这么多的投入和损失。"因此她建议主播签约前看清楚合同内容,找律师咨询,重要的谈话要做好录音取证,签约前还可以检索一下公司和公会的"互联网风评",避免上当。

当记者问起对刚踏入直播行业的新人有什么建议时,她的回答是,"最好是先不要签,可以自己播。"

保密的商事仲裁

萧萧的案件无法由法庭审理,只能由仲裁委员会裁决。因为她签下的协议中已写明,双方一旦因协议产生纠纷,协商不成,均提请"北海仲裁委员会"裁决。

当萧萧收到开庭通知时,距离开庭仅剩一周,留给她和律师准备的时间不多了。恐惧令她难以入睡。当天晚上,她在百度上搜索负责自己案件的独任仲裁员的名字,却有了意外的发现——该仲裁员曾在公司方委托的律师事务所任职过。

她心底轰地一声炸开,当即打电话给代理律师,要求取证,并对该仲裁员提出"回避申请"。

仲裁委员会是我国的商事仲裁机构,其裁决过程具有保密、快速、程序简单的特点。对企业而言,仲裁更有利于保护商业机密和名誉。

"近一年,几乎所有的MCN机构都开始走仲裁了。"霍克是主播维权领域的一位自媒体人,曾在南京某律所从事运营推广工作,当时了解过其他律师接收的起诉主播的案件,对此颇有不满。辞职后,他一直兼职从事主播维权工作,两年来接触过五六百名被起诉的主播,实际接手案例近100起。

"我接到的咨询中,两年前还有50%的主播纠纷是走法院,现在基本上越来越少,可能不到5%。"他认为这种趋势值得警惕,因为保密商事仲裁无法在网上检索到,机构就不会因频繁起诉影响名誉,这大大降低了MCN机构起诉的"后顾之忧":"主播在网上查不到,很难提前预判风险。"

其次,相比法院,很多仲裁委的通知送达方式并不规范,只通过快递送达当事人,没有电话、短信通知,不少被提起仲裁的主播因不知情而错过仲裁。

一位被起诉的主播小玖表示,当时仲裁委文件通过快递寄到她的湖南老家,而她在外地打工,直到微信被冻结,显示她已被强制执行83万元的赔偿金,她才知道自己已经被仲裁了。而主播萧萧因为听说过其他人的遭遇,每天去快递站检查,才发现了自己被遗忘在快递站两天的EMS快递,她的快递小程序和短信均没有收到提醒。除了该快递之外,她也没有收到过仲裁委短信或电话形式的通知。

此外,仲裁委收取的费用通常远高于法院,且其整体收入与案件仲裁费挂钩。有仲裁委发布行业分析文章时提到,全国各地仲裁委的发展情况极不平衡,部分仲裁委已转为企业化管理,努力拓展案源以实现自收自支。而总部位于广西的北海仲裁委,其在2018至2021年共受理案件248178件,标的额419.9亿元,办理案件数量连续三年位居全国第一、二名。萧萧的案件争议金额达10万元,按照其收费标准,仲裁费为4550元,一般由被执行人承担。

霍克认为,仲裁委的收入来源依靠案件仲裁费,在这样的客观条件下,如果没有较强的自查自纠机制和外部监督,可能导致不公正的裁决。"在行业内,大家对某几家仲裁委的公正性一直是有质疑的,律师看到都不愿意接。"

记者了解到,北海仲裁委目前已经为萧萧的案件更换了仲裁员,但同时也驳回了她的回避申请,其理由是,在她提出申请的同一天,也就是 12 月 29 日,其独任仲裁员也主动要求退出案件审理。

对此,记者也曾打电话向北海仲裁委的办案秘书确认,她表示,仲裁员的确在同一天以公务原因要求退出,至于具体是什么公务原因,她并不清楚。

那么,是谁指定了这名仲裁员,依据的是什么标准呢?为什么在官网公示的近 3500 名仲裁员中选择了这名仲裁员?指定之前仲裁委是否进行了基本的调查,其中是否存在失职、有失公允的问题呢?

面对记者提出的一系列质疑,办案秘书表示,仲裁员由仲裁委员会主任指定,一般会选定案件相关领域的专业人士,"一个是依据他的审案经验,一个是根据他个人对仲裁的熟悉度。"

"我们选定仲裁员一般就是会看一下申请人和被申请人的律师,看他们是哪个律所的,只要避开这两个律所就可以了。我们这边仲裁员这么多,也不可能一个个去查是吧?仲裁员名册和仲裁规则都会一并发给申请人和被申请人,当事人这边都可以自己去查的。"

办案秘书指出,目前已更换仲裁员,"对于公正性这边您不用担心。"

第三方资助诉讼

在萧萧被提起仲裁后,她一度希望通过协商解决这起纠纷,多次当面或致电机构负责人沟通。在一次录音中,她再次表示,自己愿意退回签约金,希望机构可以撤回仲裁申请。

机构负责人却表示,"我们撤不掉。"在录音中他透露,公司将纠纷移交给了一家法律咨询服务公司,该公司再委托律师事务所提起仲裁,到了这个环节公司已经"没有权限"撤回:"律师赢了,他们才有酬劳,否则的话只有我们每年的基本服务费。"他还表示,如果撤回的话,公司需要赔付,而且比例较高,"中间牵扯到好多家中介公司,一环一环最后才能递交到这,其实对于我们而言已经很无能为力了。"

记者找到了该机构委托的法律咨询服务公司,据其微信小程序和抖音账号中的公开宣传介绍，该公司主要为直播机构提供法律服务，采用"全垫付"的服务模式：

"主播停播、跳槽等违约官司免费处理，胜诉之后再收费，无任何前期费用！垫付所有诉讼成本！用零风险方式让公会放心合作，公会 0 风险，用结果说话！"

"不用掏一分钱，前期费用全程垫付，胜诉后再报销、再分成。"

一位业内人士指出，这一收费模式应属于"第三方资助诉讼"。所谓"第三方资助诉讼"，类似于法律服务领域中的"风险投资"——第三方为当事人提供资金资助，使其能够启动并完成仲裁程序，胜诉后再从中获取收益。

实际上，该模式是近年仲裁领域的一个讨论热点。有学者认为，第三方资助诉讼是"资本对仲裁程序的介入"——中国政法大学国际法学院教授覃华平曾写文章指出，资本的逐利性将不可避免地驱使其对仲裁程序产生干预，应当通过立法作出明确约束，引导其良性发展。

在中国的司法实践中，"第三方资助诉讼"的合法性还存在分歧。比如在(2021)沪 02 民终 10224 号民事判决书中，上海市第二中级人民法院以违背公序良俗为由否定了其合法性，认为"资本方的私利目的可能直接或间接地施加影响于司法活动，与司法活动应有的公共属性产生价值上的冲突"，并且助推当事人以较低的成本发起诉讼，优先选择诉讼方式解决纠纷。

这一点与维权人霍克的观察相印证——他发现，这一模式在直播行业十分盛行，极大降低了机构起诉主播的成本和风险，导致了"一言不合就起诉"的现象。"现在很多机构是'两条腿走路'，红了的主播就捧着你，不红的主播就起诉你。"

记者注意到，萧萧这起案件中，机构委托的法律咨询服务公司，曾在抖音上晒出其客户数据，表示"全国直播公会客户即将突破 3000 大关"，数据显示，其客户总数量达 2872，案件总数量达 3828，仅"昨日新增案件总数量"就有136 件。

合法的游戏，不合理的结局

在采访过程中，记者加入了多个主播维权群。在群里，来自全国各地的女孩讲述自己的遭遇，她们大多是刚进入行业的新人，直播时间一般在一周到一年左右，月收入不过万元，甚至只有几百元，却被高额违约金所折磨，陷入严重的焦虑和恐慌中。

年轻、缺乏法律意识是她们的共同点，签约时几乎都没有仔细阅读条款，而是轻信机构的口头许诺。在她们的叙述中，机构普遍存在"诱签"的行为，譬如"我们一般不会起诉的，想退出随时可以退出""为了给公司交差""没有什么用的，就是一张纸，帮一个忙"。不同机构的主播都曾提到过一个共同的细节：工作人员经常趁其忙于直播时催促签下一系列文件，使她们没有机会仔细阅读。

一些故事听上去令人惊心。主播小玖高中毕业后就出来工作了，签约时年仅 18 岁，在她当主播的 3 个月里，实际收益不到 1 万元。她记得，第三个月时，一直支持她的"榜一大哥"走了，运营人员开始不断暗示她尝试"下海"。小玖解释，这个词在业内指发展有偿性关系。

"我非走不可。"她迅速逃离，却不知道应当走正规的解约途径。由于没收到仲裁委寄回老家的开庭通知，她错过仲裁，最终被强制执行高达 83 万元的赔偿。"我哪里赔得起，这是要逼死我。"

因为被提起仲裁，萧萧变了许多。"有两个月的时间天天在哭。找律师也找不到，都说没有赢面，找了 20 多位，才找到现在这位，恳切地求了很久，律师才答应下来。"她现在说话十分小心翼翼，当记者与她沟通时，她最常说的一句话是，"你去问我的律师吧""这个得要我律师同意"。

心慧在大一时加入成都一家 MCN 机构做兼职主播，不到两个月的工作时间里，运营不断给她强烈的负面暗示，"他们没有告诉我正确的应该怎么做，但是不管我做什么，运营都要找我谈话，说我做得不好，灯光、发型、表情、状态，哪哪都不对，从来没有这么差的主播。"她无法继续待在这种工作环境中，想退掉签约金离开，可对方却拒收了，直接向她提起仲裁。如果仲裁成功，她需要赔付

30 余万元。在维权群里,她找到了 20 多位被同一家机构起诉的主播,"听说其他姐妹是借网贷还的,我也打算去借网贷"。

维权人霍克认为,这些被起诉的主播都是"精心挑选过的",因为在他接到的咨询中从没有过男性主播或头部主播,大多是位于行业边缘地位的女主播。因为"头部主播有的是律师要帮忙,机构大多也捧着你。男的逼急了可能就直接和你拼了。就只有年轻的底层女主播好欺负"。强烈的优势地位甚至让一些机构默认主播不该应诉:在霍克出示的一则聊天记录中,某机构工作人员找到他,"怂恿主播应诉,赚这个钱? 晚上睡得着?"

有一件事让他一直耿耿于怀——一位主播曾表示,仲裁结果不理想的话会考虑轻生。仲裁结果下来后,霍克再也没能联系到她。

一路顺下来,这似乎是一个完美的法律游戏。从霸王合同开始,机构、平台就已经立于不败之地,而保密商事仲裁和第三方资助诉讼的模式更是大大降低了起诉主播的成本,让这件事变得"0 风险高收益"。每一步都有理有据、合法合规,但却导致了像萧萧一样,直播 5 天就被索赔 12 万元的结局。

难道,这个问题真的无解了吗?

对此,北京大学电子商务法研究中心主任薛军表示,直播作为一个新兴行业,其主播与机构之间的关系具有多样性,合同设计不宜规定过死,"还是要以市场的眼光看待这个问题"。对于显失公平的条款,主播应当在应诉时积极挑战,主张其属于无效的格式条款。同时,也有必要成立行业协会,发展"黑白名单"管理,为主播提供投诉机构的机制。此外,有必要完善司法救济程序,对于一些明显处于弱势地位的主播,应当提供法律援助渠道。

"在法治的原则下慢慢规范化这个行业,让它步入一个合理的轨道中。"

萧萧不知道仲裁结果会将她带往何处。她回忆自己刚到杭州时,空气中都漂浮着互联网红利的味道,"每个人都想分一杯羹,就连出租车司机都在一边开车一边直播。"

如此氛围充满了感染力,让她也相信自己能靠努力获得可观的收入。但她现在反思自己,"从小就太自信了"——上大学起,她拒绝父母的资助,自己靠兼职赚取学费和生活费,一毕业就考上了杭州的公务员,辞职后又进入培训行业一边卖课一边教课,凭借不怕生的性格站稳了脚跟。

那天,她也是这么自信的,在电子合同上轻轻地划拉几下,签下了自己的名字。

（文中主播均为化名）

（记者　夏杰艺　编辑　王潇）

原文发表于 2023 年 3 月 2 日上观新闻

原标题:完美法律游戏下,被直播套牢的女孩

县中培养不出"清北生"

许多年以后,王锦春依然记得纪录片获奖那天,凌晨时分接到那通来自纪录片导演周浩的电话:

"获奖了,我们的《高三》。"

"不是我的《高三》,是你的《高三》。"

"不,我们的。"

周浩对这通电话早已遗忘。

2004年,还在《南方周末》当摄影记者的周浩想拍一部关于高考的纪录片。被湖北黄冈中学拒绝后,他来到同事方三文的母校——福建省武平县第一中学。王锦春毛遂自荐,周浩把镜头对准了这位激情澎湃的高三七班班主任。一年后,《高三》在央视播出后引起热议,周浩也凭借此片在香港国际电影节获奖。

故事没有就此结束。此后二十年间,周浩拍了更多纪录片,获了更多奖项。但对于王锦春和武平一中来说,摄影机的镜头仿佛不曾离开过。某种意义上,这更像是县中命运的一种隐喻。

和多数县中一样,武平一中曾经靠苦读交出全省最亮眼的高考答卷,又在辉煌过后陷入困境。但在身处其中的人看来,早年间的"清北率"并非硬性指标,而是"额外的馈赠"。这些"意外之喜"逐渐成为外界对县中的全部期待,教不出"清北生"开始变成一种失误。

二十年过去,教育的环境与氛围都已发生巨变,足够艰苦或是足够成功的县中样本时有出现。而武平一中代表了一种"普通的处境",这里并非绝对的贫困,也没有想象中极端的苦读。它向我们展现了大多数条件中等、没能从"衰落"中突围的县中所面临的现实,以及那里的老师还能做些什么。

吃的不是同一种苦

2024年,距离纪录片《高三》拍摄过去了整整二十年,网络上仍有不少人挂念片中主人公们的近况。6月,四散在天南海北的几位高三七班的同学和王锦春、周浩相约在线上聚会。当年镜头里青涩的脸庞都已有成年人的笃定神情。

班主任王锦春还保留着和当年一样的发型,只不过现在的黑发是染的。他还记得,高考结束第二天,他和学生们、周浩一起爬梁野山的场景,"我们当时唱着歌,我还买了一大堆肉包子,很多人都吃到了。"

2004年夏天,新一届的高三生刚刚入学,周浩的摄影机镜头打开。

班主任王锦春站在讲台上动员:"给我拿出半条命来,还没听说哪个人因为读书很刻苦就不行了。"随后,武平一中的高三生活以苦读的方式展开。早上5点50分起床,晚上10点下课。哨声、奔跑、考试、大声朗读。

纪录片中,"吃苦"是班主任王锦春经常挂在嘴边的词汇。这套方法论曾屡次让他的教师生涯走上巅峰。大学毕业第一次当班主任,他就带出了全省高考文科的第二名——周浩的同事方三文。

片子播出后很长一段时间里,每逢高考前夕,王锦春都会被邀请至外省市的中学演讲,以期燃起更多学生的斗志。

2004年,梁爽在高三七班的隔壁复读,王锦春是他的语文老师。二十年过去了,她依然记得高三时吃的苦。冬天穿得厚重,她常常在教室里坐到腿麻。到了夏天,七十多人的教室热腾腾得像蒸笼。苦读算是县中的传统。王锦春的第一届学生肖毅山记得,20世纪90年代初,他读高中时,为了晚上能在教室里多读一个小时书,几乎每个男生都曾在熄灯后沿着下水管从三楼爬到一楼。

但他们都不觉得当时感到"痛苦"。考上大学、获得好工作的强烈信念支撑,让吃苦变得心甘情愿。

肖毅山大学刚毕业时在农村中学教书,来自农民家庭的学生们自带腌菜上学,吃饭时就在老师的房间加热。他时常借此机会把自己的菜分学生一勺,再象征性地拿走一点学生的米饭,师生关系十分亲密。

这样的关系,让学生和家长对老师产生无条件的信任,也成为当时学生们愿意跟着老师苦读的前提。

纪录片《高三》中,王锦春提到,"我们这里没有铁路,也没有高速,高考是走出去的唯一办法"。但时至今日,武平县早已通了高速,去年还通了动车铁路,生活水平改善了许多。

如今,学生们的家境条件普遍不错,谈论"生活不容易"似乎失去了说服力,老师们都觉得师生之间"走得没有以前那么近了"。

王锦春那套激情澎湃的方法变得不再有效。武平一中的学生依然保持着和 20 年前差不多的作息,学生们处在苦读的制度中,却不再有苦读的状态。

在武平一中当了十几年语文老师的周灵也发现,"苦行僧"式的学生越来越少了。出人不出力的现象大大增多,一些学生直接在上课甚至考试时睡觉。有时自己在课堂上连提三个问题,都得不到回应。"现在的学生会问,老师你这么努力读书,现在一个月拿多少钱?"她说。

去年,武平一中专门请了外面的老师来演讲,给高三的学生做动员,但梁爽发现效果远没有预期好。纪录片里的一代,县中学生的父母大多是农民,他们对孩子的期待是"不要种田,能领工资",但现在的学生家庭背景要更加复杂多元。"高考改变命运"的愿望不再如当年强烈,学习的动机也不像曾经那般单一。

"数学老师奖励我们给我们买了奶茶,英语老师给我们买了汉堡。老师你要奖励什么呢?"老师们有时候不得不面对来自学生的"诘问"。

梁爽第一次参加高考时,全国高考录取率约为 62%。二十年后,这个数值已经超过了 80%,学生的心态也因此发生了改变。"他们觉得总能考得上,只是好一点或差一点的问题。"当年,留给梁爽的选项只有两个,要么考上大学,要么回家干活。而现在,很多学生就算高考失利,也并非全无出路,"高考改变命运"不再是被信奉的唯一叙事。

梁爽觉得这是好事，社会进步了，给人的选择才会变多。但这也给学生带来新的"苦"。老师们普遍觉得，和自己相比，今天的学生更苦，是一种压抑和痛苦。

武平一中并非个例。武汉大学社会学院杨华教授长期关注县中教育，据他研究观察，今天的学生花在学习上的时间比任何时候都要多。校内有着严格的时间管理，校外还需要家长的辅导和强化。调研期间，有受访者总结，"现在的学校教育也是在检验家庭教育的效果"。

但只是在时间上投入并非都有正向反馈。

"自己愿意投入不会觉得苦，你不喜欢又要拼命去做，那就叫吃苦。"梁爽说，"很多时候都是老师和家长在卷，而不是学生自己卷。"

县中困境

王锦春最辉煌的战绩在 2009 年。

当年武平一中考出了福建省文理科"双状元"，都来自他教的班级。那几年，武平一中的高分考生常常可以占到全市的三分之一，一度超过省级重点中学福建省龙岩第一中学。

不过，2009 年之后，那种从命运中突围的故事越来越少。

从高考成绩来看，在全国范围内发生的"县中衰落"现象，武平一中也未能幸免。关于衰落的原因，这些年有诸多分析，生源流失是最常被提及的。

为了防止生源外流，武平县教育局出台了相应政策，规定初中转出学籍的学生无法在高中转回当地就读。今年 4 月，福建省教育厅在官网发布了《关于开展义务教育阳光招生专项行动（2024）的通知》，对"小升初"阶段的"掐尖招生"乱象也做出了整治要求。

现实情况要更复杂一些。对武平一中来说，留住本地生源并不能和保证生源质量画上等号。过去两年，武平县常住人口始终保持净流出状态，生源基数有所减少。今年，为了提高普高率，招生人数又有所扩张。梁爽读高中时，大概五千人里的前六百名才有可能上武平一中，而现在只需要在三千人里考到前九百名。"今年我们的招生比例是全市第一，录取线是全市倒数第一。"梁爽说。

类似的变化也同样发生在师资力量上。前几年，上杭县和龙岩市从武平一中挖走了一批老师。周灵也想过离开，"跟我同等级别的，在长汀待遇能上涨30％到40％"。

目前，龙岩市一共下辖两个区、四个县，代管一个县级市。龙岩统计局公布的数据显示，2023年，武平县GDP总量为312.84亿元，在龙岩市GDP总量中占比不到10％，居全市末位。但在周灵看来，长汀的经济实力没比武平好多少，关键是政府对教育的投入和政策的支持力度。

当老师后，最能给周灵带来成就感的就是学生的高考成绩，因为那是一种"看得见的进步"。但近些年，投入的回报率变得越来越低，再加上自身评职称无望，她开始产生职业倦怠，不得不重新思考这份工作的意义。

作为班主任，老师的作息和学生同步，常常需要早出晚归，时间精力主要都放在工作上。周灵觉得，尤其是高中老师，对自己的孩子大多是有歉疚的。她的两个孩子分别处在"幼升小"和"小升初"的关键阶段，"如果我自己的两个孩子都没有教好，光把学生教得很优秀，我人生的价值又在哪里呢？"

生源不如从前，师资也在流失，逐渐形成恶性循环。为了挽救陷入衰落困境的县中，上级部门开始增加对学校的行政干预，各类量化考核纷至沓来。对老师们来说，这些是"看起来没错但缺乏专业性又不得不做"的任务。

"现在太紧了，越差就越管，越管就越差。"肖毅山说。回顾武平一中的发展历程，成绩突出的阶段恰恰是行政干预比较少的时候。他觉得，理想的行政干预应该更科学也更宽容，给老师充分的时间和空间。

《高三》纪录片拍摄时，担任武平一中校长的李益树算是那种"足够科学也足够宽容"的领导。多年一线教学的经验让他在教育管理和课程设计时有鲜明的个人风格。

王锦春怀念那时候的教学氛围，那是他没有束缚的日子。李益树给了他足够的自由度，他所带的实验班有独立的教学方法和进度，甚至可以不参加市里统一的考试。但现在，没有一个学生可以缺席县域之间的竞争。

王锦春的得意门生方三文用"强烈的成就动机、勤奋的工作态度、极强的执行力"评价李益树,甚至将武平一中阶段性的突出成绩直接归功于这位"教学管理天才"的出现。

去年,正值武平一中的百年校庆开始筹备。方三文打算出资一千万元捐助母校。关于奖金应该发给学生还是老师,他咨询了校方,"他们认为现在最需要的是激励老师。"

最终成立的"梁野奖教基金",计划分为十年,每年发放一百万元。今年年初,根据2022—2023学年的教学质量,首届基金奖励了27位老师和三个团队。

被打破的旧逻辑

在豆瓣上,有网友评价纪录片《高三》记录了"中国最多数的青春"。

如今回看《高三》时,导演周浩觉得,高考跟当时已经完全不一样了。"只是'高考'这个词还在,实际上它的内核已经发生了非常大的变化。"

高等教育的普及带来更为激烈的竞争。相较往日,学生们要通过一道更窄的门,才能兑换与昔日等同的未来。这势必催生出一套更严格的筛选标准。

肖毅山发现,现在的学生付出同样甚至更多的时间,却无法获得更好的成绩。他认为是高考机制考察的重点发生了转移。考察重点逐渐从识记、理解等低阶能力转向分析、应用等高阶能力。并非勤奋本身出了问题,而是"把老师和学生都榨干"的方法论不再适应新的环境。

王锦春回忆,转变发生在2011年前后。此前,标志着"考上大学"的本科录取率颇受重视,但随着高考不断扩招,近十余年来,"清华北大的录取人数"成为更具竞争力的指标。

早年间,老师们其实从未把清北率视为必须完成的目标,而是一种"额外的惊喜"。对他们来说,考上清北的人数不会带来压力和不安,即便一个没有也不会着急。"但现在要是没有考出清北生,会觉得好像自己做错了事。"肖毅山说。

武平一中最辉煌的十年,反而是没人关注清北人数的时候。即便是教出过"双状元"的王锦春,也并不把这当作必然的使命。他对自己的要求是"一个都不能少",希望学生都能达成属于自己的目标。

王锦春觉得,考上清华北大本来就可遇不可求,衡量一所学校的教育要看整体,而不是只见树木不见森林。但他也有无法面对外部压力的矛盾,"我还是得有一两个'清北生',不然没法向社会交代。"

2019年,在当了28年班主任后,王锦春决定不再当班主任,也很少带实验班。"那一届是我教的实验班里成绩最差的,我怕再差下去。"他有点遗憾,更多是一种被裹挟的感觉。

考上大学不再稀奇,在取得世俗意义上成功的方法中,高考也不似当年有效。似乎只有走进最顶级的高校,才能让命运发生质变。更多人把关注点转移至教育的金字塔尖。教育不再只是教育,更多利益因素掺杂进来。

"你看,教育水平高的地方房价也会水涨船高,所以政府会重视。"肖毅山明显感觉到,武平一中考上清北的学生越来越少,大家都开始急了。他猜测,可能是市里面对县里面有了要求,压力自上而下传递给了学校、老师和学生。

考核变得极端精细。小到月考,大到统考,每一次考试后,班级成绩的变化都会以表格的形式记录下来。零点几分的差距,就可能影响老师的绩效和奖励。这样的评价体系,在老师之间形成残酷的竞争。

如今,县教育局对武平一中的老师实行"县管校聘制",根据高三的两次市质检成绩进行末位淘汰,班级成绩最低的老师会被调离一中。

"现在的教育像军备竞赛,结果是各方成本变得无比高。"华南师范大学教育学系教授谢爱磊这样概括外部环境的变化。当师资学历越抬越高,课程设计日益复杂,县中在教育资源的占有上处于绝对劣势。谢爱磊觉得,县中很难在这样的模式中胜出。

另一方面,通过高考改变命运的迫切需要又难以置之不理。正如王锦春理解的那样,"家长把孩子送到武平一中就是要考大学的"。"这些又好像无解,县中想要独立走一条自己的路是很难的。"谢爱磊说。

原有的秩序已被打破,而新的秩序尚未形成,这是武平一中多数老师所面临的处境。找到自己的位置,这既是他们自身需要做的,也是他们希望借由教育带给学生的。

找到自己的位置

过去数十年间,学生、学校、教育环境都发生了改变。优绩主义盛行下催生出激烈的竞争氛围,压力传导至每个环节,但也有身处其中的人不为外物所动,坚持自己的节奏。

高一入学时,学校组织学生写出自己高考的目标大学。"厦门大学"是武平一中学生中最常出现的答案。但即便是武平一中最好的实验班里,每年考上厦大的也只有五六个人。对大多数学生来说,写出这样的目标有些不切实际。老师们觉得,学生们空有好高骛远的想法,却缺乏真正的动力。

"如果把文凭算作一种资本的话,过去有这个资本就行,而现在需要这个资本更具竞争性。"谢爱磊说。常年研究县中教育的谢爱磊观察到,当整个社会把目光聚焦在更顶尖的大学,县中的孩子更难走出自己的道路。在县城教育资源流失的现实下,县中学生的基础薄弱,但依然不得不卷入看似公平的"锦标赛",这势必带来内在学习动力的不足。

考试的形式本质上是筛选机制,而教育的意义在于培养人。当筛选人的机制在竞争中被不断放大,教育如何让每个人都有所收获,找到属于自己的位置?

梁爽把自己定义为"比较普通"的老师,可能一辈子都教不出"清北生"。但这并没有让她感到挫败。

对她来说,比起学生考上名校,如果自己说过的某句话能够在日后帮助学生渡过人生中的困境,更能给她带来成就感。"也不一定要记住是谁讲的,但作为老师团体中的一员,这就是你的成就。"

"县中教育更应该考虑的是,能为留下来的学生做些什么。"谢爱磊说,"县中的教育体系应该让不同的学生都能找到自己的位置,而不是把所有人都塞进最好的一所学校,然后倾尽资源、一家独大。"

杨华也有类似的观点。根据他的分析,2000年之前,县中和省会著名中学差别不大,一县之内的不同学校差别也不大。但当不断加剧的竞争带来资源投入的集中和不均衡,生源结构遭到破坏的县中必然走向成绩塌陷。在全民教育焦虑的氛围中，人们对县域教育逐渐不再信任。

这是一件需要系统性重塑的事情，但县域教育系统内部千差万别，改变很难在短时间内发生。始终在轨道上的县中老师们，也有自己的办法。

梁爽觉得，筛选的机制并不影响她培养学生的动力。作为语文老师，她常常在课堂上提到李白、杜甫，但她也会和学生说，"我们可能成不了名垂青史的伟人，但也可以为这个社会、这个国家做一点自己的贡献，实现自己的人生价值。"

回看自己的学生时代，梁爽觉得，高考确实重要，但教育更重要的使命是让人生拥有持续不断的动力。

她拿自己给学生们举例，"我的同学年薪百万，我自己年薪 10 万都不到，但我不觉得自己不够富有。看到你们朝气蓬勃，我觉得自己精神上是非常富足的。"她期待这种无关考试的东西，在课堂上慢慢滋养，生根发芽。即便有人没能成为筛选机制中的获胜者，也能在受教育的过程中获得许多，在社会上找到自己的位置。

梁爽的孩子读小学一年级，因为没上幼小衔接班，认字不够多，常常在班里排倒数。但她并不着急，笃信随着孩子的成长，智力发展水平达到相应的阶段，自然会有改变，"重要的是找到自己的热爱、保持对生活的热情"。她认为这些才是生命幸福感的基础。

肖毅山也有相似的想法。他更看重的是通过教育的培养带给学生一种"终身有用的思维"。看到自己曾经高考失利的学生在大学备战考研，肖毅山觉得不论考没考上都很值得高兴，"他相信努力依然有意义，这说明以前传授给他的东西在发挥作用。"

他希望自己能教出"可爱的人"，那种"既是被爱的人，也是能支撑着跟别人同伴而行的人。"

（应受访者要求，梁爽、周灵为化名）

（实习生　陆冠宇　记者　李楚悦　编辑　王潇）

原文发布于 2024 年 8 月 22 日上观新闻

学霸进入"拔尖计划"后

2009 年,为了回应"钱学森之问"——为什么我们的学校总是培养不出杰出的人才,教育部联合中组部、财政部启动基础学科拔尖学生培养试验计划。

它的目标是在高水平研究型大学和科研院所的优势基础学科建设一批国家青年英才培养基地,改革拔尖人才教育的训练和培养模式,培养世界级的科学家。

2024 年是"拔尖计划"实施 15 周年。从 1978 年中国科技大学创建第一个"少年班",到 2020 年"强基计划"的提出,我国探索改革高校学术英才培养已有 46 年。2024 年上半年来,武汉大学"雷军班"、清华"巅班"和复旦"相辉学堂"等招生计划陆续引起热议,也让人们开始关注各个高校的"创新班""尖子班"。

在"拔尖计划"提出的同年,清华大学启动"学堂人才培养计划"。它的核心理念是,将"学堂班"的学生定位为"领跑者",让优秀的学生领跑,让所有的学生优秀。

当创新人才成为培养目标,面对更多拔尖的同学、更高难度的课程和更早开始的科研训练,这些进入"拔尖计划"的学生们,并非每个人都能找到方向保持领先。有学生成为"领跑者",逐渐确立自己真正感兴趣的研究方向深入探索;有人慢慢地落在后面,成了默默无闻的普通优秀学生;也有人选择了退出。

在过去的十几年里,这些班级的选拔和培养模式也在"摸着石头过河"中反复迭代。如何识别并选拔到最适合的具有创新潜质的人才,在以培养创新人才为目的的同时,关照每一个具体的人的需求,让所有学生发挥最大潜能,成了回答"钱学森之问"绕不开的问题。

"拔尖"

"为什么选'姚班'? 因为'姚班'最难进。很多人都会选分最高的专业,不然觉得白考了那么高分。大部分人其实不知道自己应该选什么。"在进入清华前,刘皓从来没想过自己有一天会学计算机。

刘皓曾经的梦想是做一名天体物理学家。中学起,刘皓开始参加全国中学生物理竞赛。他形容自己就像真正的奥林匹克运动员一样训练,每天至少花 4 个小时刷题,在假期里翻一番。

后来,刘皓成为省里历届比赛第一个取得一等奖的高一学生,并在高三取得金牌,保送清华大学。刘皓咨询当时还不招收本科生的清华天文系老师,对方告诉他如果想当天文学家,不仅物理基础重要,计算机基础也同样重要。在老师的建议下,他选择签约进入"姚班"。

在计算机系甚至整个清华,都流传着"姚班"的神话。2004 年,图灵奖首位华人获得者姚期智辞去在美国普林斯顿的终身教职,回国到清华大学任教。他想创立一个世界上最出色的本科班之一,缩短中国计算机领域和世界领先水平的差距。第二年,"姚班"正式成立,并被率先纳入清华"学堂计划",全称为"清华学堂计算机科学实验班",旨在培养领跑国际拔尖创新计算机科学人才。

"姚班"的神话吸引着一批最优秀的学生慕名而来。许楠在初中参加信息学竞赛时就听说过,"姚班"的录取名单上几乎全是保送进去的数学和物理奥林匹克竞赛国家集训队选手,还有少数的各省高考状元。他抱着"见见世面"的心态报考了"姚班"的二次招生。

那次,许楠参加了一场两个半小时的数学物理联考。当接到被"姚班"录取的通知时,许楠的第一反应是"冒充的诈骗电话"。后来他得知,与他同届的 90 多名学生中,只有少数学生通过二次招生进入。

在成为省高考状元的那一年,张涵选择进入清华另一个拔尖人才的聚集地——"钱学森力学班"。那里同样汇聚了众多竞赛得奖者和高考状元,少数学生通过二次招生进入,每年只录取 30 人左右。

"钱班"还是"拔尖计划"唯一定位于工科基础的试验班,由郑泉水院士担任首席教授。2007 年,郑泉水向清华大学校领导提出,结合清华的力学和工科优势,创办一个"人才培养试验田",并获得了当时在病榻上的钱学森院士的许可,以他的名字命名这个班级。

张涵选择"钱班"的理由是,"它不限制你的发展方向":这里以工科为基础,但没有明确的专业方向,针对学生进行多学科前沿交叉创新培养。

"以科研为导向"也是"拔尖计划"班级的最大特色之一。刚刚进入"钱班"时,张涵发现,"如果不提前预习,连跟上老师的节奏都有些吃力"。但这些课程也的确与众不同:"老师不是在教你解题方法,而是背后的本质和理论来源",张涵说。

同样,当优中选优的"尖子生"进入"姚班"后,也面对的是以培养创新人才为目标而准备的前沿课程。首席教授姚期智带领团队为学生制定了"深耕精耕"的培养方案,融合美国麻省理工学院、普林斯顿大学等世界一流高校的计算机教育先进方法,核心专业课程采取全英文授课。

在刘皓看来,培养科学家是"姚班"的最终目标,这里强调培养学生做研究的能力。曾担任过普通物理和量子信息方向课程助教的一名博士生认为,"姚班"的本科生专业课程比研究生课程更为深入,目的是使学生了解这个领域的前沿,并能够流畅地阅读这些文献。老师会向学生展示最近一两年才发现的新现象,和至今未被解决的难题,激发学生思考。

许楠几乎不缺勤任何一节课,"如果我不去听课,我就真听不懂了"。他认为,这些入门课程一点都不"基础","姚班"的专业课进程飞快,一个学期里教授的内容远超计算机系的课程内容。

大池塘里的小鱼

尽管刘皓是通过保送进入"姚班"的大多数，但他发现自己对计算机学科几乎没有任何概念，有时甚至听不懂同学的谈话。远离了天文学家这个目标的指引，刘皓第一次感到如此迷茫。

然而，刘皓并没有在十字路口停留太久，尝试科研成为了他走出迷茫的一条路。"姚班"一直以来都有着鼓励学生走向科研的土壤。他开始联系教授，进课题组做科研。

刘皓曾在上课时获得研究灵感，密码学基础课的老师鼓励他们用机器学习破解一个密码学的难题。起初，刘皓只是把它当作一个课程作业进行尝试，后来越做越感兴趣，科研成为"主业"，上课变成"副业"，最后花了一年多的时间，成功解决了一部分问题。

在同样强调研究学习的"钱班"，张涵也很快找到方向。参加冬令营时，她记得在实验室用一把激光枪打到石头上，再采集受到灼烧的材料，分析它的元素和含量。这让她觉得科研很"酷"，是"动手创造的过程"，还能够发挥很多实际价值。

张涵走上科研道路，对她来说更像是水到渠成。从大一到大四的每一步，以科研为导向培养人才的"钱班"都有具体的课程训练，让学生们在研究中学习。从最初在大项目中"打工"，到自主提出研究问题，张涵逐渐积累科研素养，也意识到，自己真正喜欢做实验。

然而，相比于这些早早就能快速适应、明确学术方向并找到研究兴趣的学生而言，并非每个人都能在同样的培养模式下被激发出内生动力并甘之如饴。在"钱班"，李嫣做科研更像是"早开始晚开始都得开始"的随波逐流。她在大一进入课题组做理论推导和仿真实验。但真正开始后，她发现自己不仅不会做仿真实验，就连相关文献也很难读懂，需要"现学"理论。

当一群拔尖人才聚集到一起，差距也随之显现。作为少数通过二次招生进入"钱班"的李嫣，在只有 30 个人左右的小班课堂上，依然觉得"能被看到的永远是在前面的少数,后面的大多数是看不到的"。

李嫣时常感到挫败。平时听完专业课后,她还要自学,有时从早到晚只能做完一个作业,周末时间也几乎全部用来学习。尽管如此,努力了一学年,李嫣的大一平均绩点是 3.5 左右,而"钱班"几乎有一半的学生绩点接近 3.8。大一过去,她越发觉得自己既没有卓越的专业能力,也谈不上有学术理想。

"大鱼小池塘理论"认为,一条鱼是否认为自己是大鱼,取决于池塘中其他鱼的大小,作为参照的同伴团队越强,个人的学术自我概念就越低。

在许楠眼里,"姚班"存在"真正的天才"。在读大一的许楠对科研还没有什么概念,而一个同学在大一下学期,就已经以第一作者的身份,在顶级会议上发表论文。

曾是某省高考状元的"姚班"同学告诉刘皓,自己在大一时"整个人都要崩溃":他在过去的 12 年里都坚信,"只要努力就可以有回报"。进入"姚班"后,同学仍然保持刻苦的学习状态,"上课讲一小时,回去复习三个小时"。但他发现,有人只在考前复习一周、成绩却比他还要高。刘皓认为,这种打击让同学的"整个价值观都颠倒了"。

选出最合适的学生

"钱班"首席教授郑泉水曾提过,早在"钱班"成立之前,他被一个学生的话触动,"我们班里只有我一个人有兴趣做学术。"学生的反馈,让他开始反思本科教育的课程内容和体系,以及如何选拔并培养真正具有创新潜质的人才。

实际上,在过去的十几年里,"钱班"培养方案在师生共建下经历了几轮迭代。他们建立了导师制,实行小班教学,构建了几十名著名专家教授讲授的讲座课程,让学生出国研修,更关键的,是对课程大刀阔斧地改革,只留下了高强度、高挑战度的知识学习和实践研究课程,教授最核心的关键概念和科学技术方法论。张涵慢慢体会到,这是为了让学生们在日后的研究学习前能"扎好根","可以建立对学科的认知"。

最后,"钱班"确立了进阶式研究学习系统,目的就是让学生能通过研究学习,找到自己的兴趣,对问题钻研,自己能够飞出来。

张涵也曾参与"钱班"的课程优化。她上过一节理论神经科学方面的研究生课程,本来不被纳入"钱班"的"通识课程"。在张涵给老师介绍这门课的内容和难度后,这节课被补充进培养方案。

张涵认为,这种设计既能保证数理基础,又给学生一个开放的环境,自由探索自己感兴趣的领域。在做大三的科研项目时,与张涵同届的"钱班"学生选择了生物医学、天体物理、算法等多个方向进行交叉研究,指导教师也来自航天航空学院、物理系、生命科学学院等多个院系。

张涵也渐渐在生物领域找到自己的方向。在学长的帮助下,张涵在大四进入麻省理工学院的课题组实习,研究微生物生态的动力学,亲身体会到世界最前沿的研究在自己身边发生。

然而,精心设计的课程和培养模式,也无法保证每个进入的学生都能保持"领跑"。教育学者仁祖利将拔尖型人才的天赋区分为两种:校舍天赋和创造型天赋,前者也被称为应试天赋,他认为拥有这两种天赋的学生需要不同的课程教学。但现实是这两类天赋学生都在同一个班级,接受同一套培养机制,在同样的考核标准下被评价。

拔尖人才的优秀,并不一定意味着创新素养的突出,识别并选拔出具有创新潜质的人才,可能是更为关键的挑战。在多年的探索中,"钱班"也在选拔方式上,有过多种尝试。他们曾在高考前,从全国上千名高三和少数高二学生中选拔出几十人举办钱学森创新挑战营,从内生动力、开放性、坚毅力、智慧、领导力五个维度对他们进行测评,再结合高考成绩录取部分学生。

拔尖创新人才究竟该如何选拔、培养,在探索路上的也不仅仅是这些先行的班级。2018年,《教育部等六部门关于实施基础学科拔尖学生培养计划2.0的意见》发布,"拔尖计划"升级为"拔尖计划2.0",学科领域得到拓展,包括文科基础学科拔尖人才的培养也受到了重视。

2020年,教育部启动"强基计划",提出以"一流大学"建设高校为试点,选拔有志于从事基础科学研究的拔尖学生进行专门培养,为国家重大战略领域输送人才,依据统一高考成绩、学校校测成绩、参考综合素质评价结果等进行综合评价招生录取,在入学之初就明确了本硕博贯通的人才培养模式。

北京师范大学中国教育政策研究院副教授王新凤和团队对我国高校拔尖创新人才选拔和培养进行长期研究。他们发现,近些年高考命题已经在积极探索适应创新人才选拔的命题改革,注重考察学生的创造力、综合运用知识解决问题的能力等。高校在自主选拔环节,也会重视选拔有志从事科学研究且有创新潜质的人才。

王新凤告诉记者,近几年"强基计划"最重要的调整是,从开始的 36 所高校增加到 39 所高校,除此之外,2024 年,部分学校在招生中明确数学或是学校指定科目成绩达到一定分数,可直接破格入围或放宽入围倍数或满足第一志愿入围等相关政策,为某个学科领域优异的学生提供入围的机会。

但王新凤和团队在对各个高校拔尖计划的调研中也发现,有的学生进入拔尖计划的班级之前,对这种人才培养的模式其实并不了解,进入学习阶段后才发现与自身需求不匹配,而很多学生也希望"信息更透明,在宣传时可以讲得更详细更清楚,更对学生负责,更多地考虑学生,给学生以选择的机会。"

"要么上书架,要么上货架"

大二上学期,李嫣转出了"钱班"。当她离开后,在上全校的公开选修课或其他专业的课程时,她发现,位置似乎开始颠倒,自己也能发挥参加数学竞赛的优势,"就好像我只要离开了'钱班',学这些东西对我来说就没那么困难了。"

李嫣曾设想过,如果自己没有转出"钱班",可能也会"顺水推舟"地走上从事科研的道路。而她明确知道的是,"我不属于前面一小撮颠覆性的创新人才,我不适合做科研,也不想做。就算做了也不会成为出类拔萃的人,只会成为很一般的科研工作者,给基础学科研究做出有限的贡献"。

如今,回望四年前自己做出的决定,李嫣并不后悔。在她看来,最重要的是做出选择,对自己的人生负责,而非随波逐流。

王新凤告诉记者,无论是"拔尖计划",还是"强基计划",都在探索实施动态进出的评价机制,让难以适应这种培养模式的学生退出回到普通班级,同时也让普通班级的学生能够有机会进入相关的实验班级。她觉得，这种动态进出机制是保障优质资源使用效率、拔尖人才培养质量的方式，也是探索因材施教的人才培养方案。

站在本科毕业的十字路口，刘皓与"姚班"的同学们和同龄人一样"焦虑"。他考虑的问题也越来越现实，"博士毕业后是留在学术界还是去工业界？放弃高薪工作当教授能真正地推动科技发展吗？会不会既没有实现生活幸福，也没有实现理想？"

同学们谈论最多的也是如何申请到国外更好的博士项目。刘皓看来，大多数人选择读博是因为它保留了最多的可能性，可以留在学界做科研，也可以去工业界做量化投资等高薪工作。刘皓理解不同人做出的选择，"大家都是普通人"。

在收到国外名校博士项目的录取通知后，刘皓选择利用大四留校的空闲时间，在天文系做交叉学科研究，这让他感觉自己回到了对宇宙充满好奇的年少时光。

在互联网上，频频能看到人们对于"姚班"毕业生最终去向的发问。自2005年创立至今，"姚班"的大多数学生在毕业后都仍然活跃在全球计算机科学的舞台。他们中有人执教于国内外一流名校，有的创立人工智能领域的独角兽公司。回望其培养"国际拔尖创新计算机科学人才"的目标，"姚班"的这一场试验之旅，在临近创办20年后，也有了积极的回响。

2024年，王新凤和团队对"拔尖计划2.0""强基计划"以及高校自设的一些拔尖学生培养计划的学生进行了一项问卷调查。在1919份有效问卷的数据分析中，他们发现这些拔尖学生普遍对自己的创造力持有积极的态度。在创造力自我效能感、批判性思维、成就动机、专业认同等维度方面，拔尖计划2.0的学生都优于其他学生，但她也认为，"拔尖计划"的实施成效，还需要更长的时间检验。

而当下，在培养拔尖创新人才以外，也出现了更多元化的拔尖学生培养目标。2024年4月，武汉大学宣布在计算机学院新设"雷军班"，培养"具备计算机全栈工程能力与企业家创新创业品质的领军人才"，计划招收30名学生，本博贯通年限 6 至 8 年。

如果将视野投向更广处,在王新凤看来,在当前高考体系下,在选拔拔尖创新人才方面最需要做的,是加强大学、中学衔接,这种衔接不仅仅是人才的选拔、提前"掐尖儿",更重要的是人才培养理念、课程、师资队伍、实验室等多方面的衔接,资源共享,形成人才选拔培养的合力。

"钱班"模式在走出去的同时,也在做着这方面的探索。2020 年,深圳市政府以"钱班"培养模式为母版,支持首席教授郑泉水及其团队创办深圳零一学院,并于 2021 年 7 月开办首届暑期班,每年选拔最具创新潜质的 200 到 300 名高中毕业生,在他们进入各个高校后进行跟踪联合培养,并逐年进行淘汰-补充。学院不仅与多所著名高校和企业合作,还下设零一学校,向中小学延伸,试图打通创新人才培养全链条。

张涵曾在 2022 年担任"零一学院"暑期班的助教。当时,学院开设了十个不同的研究方向,邀请院士级别的教授上课,指导学生完成科研项目。已经本科毕业的张涵惊异于那些高中生和低年级本科生的科研热情和潜力,"他们不像博士生学了很多年后,想法可能被束缚住,他们有大胆的想法,而且敢想敢做"。

张涵一直记得,老师经常用一句话鼓励他们,"希望你们做出来的成果要么上书架,要么上货架",关键是要对世界的改变造成影响。

(应采访对象要求,文中除专家外皆为化名)

（实习生　李昂　记者　张凌云　编辑　王潇）
原文发布于 2024 年 6 月 24 日上观新闻
原标题:拔尖计划 15 年,清华"姚班""钱班"的天才们去了哪儿?

游走在骨科病房的"律师"们

　　"不到一天时间,'律师'来了一二十个。"躺在病床上的朱莉惊讶地发现,自己住院这两天见到的律师比医生护士还多。

　　2024 年 11 月的一个下午,朱莉在路上被电瓶车撞倒,小腿骨折,住进了位于上海市普陀区的某三甲医院骨科。刚入院没多久,就有好几个自称律师的人走过来,说能帮她代理交通事故赔偿的案子。从来没跟律师打过交道的朱莉没想到,因为车祸住院,自己成了律师的"香饽饽"。一天下来,她的床头柜上已经放了近 20 张律师的名片。

　　和朱莉一样,几乎每一个在病房里见过这些律师的人都觉得,眼前这些年轻人与他们心里律师的样子相去甚远。在大家的印象里,律师总是与"精英""白领"这些词汇画上等号,影视剧里的律师,或重回案发现场调查取证,或在法庭上侃侃而谈维护公平正义,或是手拿公文包、踩着高跟鞋出入高端明亮的CBD⋯⋯

　　然而,现实似乎并非如此。

　　当"等客上门"时代远去,越来越多资历尚浅、缺乏案源的律师不得不"下沉"到市场一线——医院,寻找客户。骨科病房,见证了这些法律人在理想与现实之间的挣扎与坚持。

"扫楼"律师

穿着运动鞋、手拎公文包的李明岳一进病房就凑到朱莉床前,熟门熟路地问:"你的脚怎么受伤的? 在哪条道路? 对方是主责还是全责? 我是律师事务所的。"话音刚落,他的同伴赵慧也走进来,在一旁帮腔。没过一会儿,又推门进来了一位穿条纹衫的年轻男律师。短短 10 分钟,这间不大的三人病房挤进了三位律师。

"昨天折腾了一天,直到晚上 10 点还有人来,都是你们的同行。"朱莉说。这些不请自来的律师在问过基本情况后,一般都会告诉她:她有正式工作,可以申请工伤赔偿;肇事方是快递小哥,有公司买的保险,赔付能力较有保障……她和家人觉得新鲜,又疑惑:"每个人的说法,甚至话术都差不多,我们也搞不清楚该相信谁。"

不仅在上海,在全国很多城市,越来越多的律师和自称"律师"的法律咨询公司人员正"潜入"医院的骨科或急诊病房,寻找客户、推销服务,以获得案源。行业内,大家把这种做法形象地称为"扫楼"。

"扫楼"时间长了,"律师"们各有各的诀窍。

"遇到老年人或者旁边没有家属的,我一般不会去问。如果是年轻人,因为工伤或交通事故受伤的可能性就很大,他们就是我们的潜在客户。"因为长期"扫楼"积累的经验,李明岳基本上站在病房门口向里面望一眼,就能知道这间病房值不值得走进去。

遇到有医生查房、护士换药,李明岳会退到走廊或避到楼梯口。骨科病房里,律师们要让自己在医护面前的存在感降到最低;又要在病人和家属面前,显得比任何人都更专业、可靠,从而赌一个大海捞针的签约机会。

一番交谈后,李明岳给出了自己的报价——15%,即收取朱莉最终所获赔偿金的 15%,作为律师服务费。而此前朱莉听到有律师的最低报价只收 6%。"那个价格根本不可能做,当心被忽悠。我们是正规律所,就在法院立案庭对面。你们好好考虑一下。"李明岳递出名片,上面印着一行字:"望我之所想,即你之所愿,用我之所长,解你之所难。"

从朱莉的病房出来,李明岳又立刻拐进了隔壁病房。这个下午,他和赵慧要跑完骨科住院部两层楼的所有病房,还要去一趟急诊住院区。"有时间的话,晚上再去另一家医院。"赵慧说,"这些骨科比较好的医院是我们'扫楼'的重点。"

"从去年底开始,这样的人一下子多了。"在这家医院骨科病房干了多年的护工王阿姨说。有一次,她推着患者去手术室,旁边一直跟着一位自称是患者朋友的年轻人,"我以为他真的是亲友,就让他帮忙洗衣服,对方这才说自己是律师。"

下沉到骨科病房发名片、抢案源的律师越来越多,这与律师人数的激增不无关系。根据 2024 年 11 月国家统计局发布的《中国统计年鉴 2024》,截至2023 年底,全国律师人数为 731637 人,同比增长 12.51%。而 2018 年,全国律师仅 423758 人。五年时间,全国多了 30 万律师。大量新的从业者在短时间内涌入,并没有带来更多机会,反而成为一种压力。

"一方面是律师人数的增加,另一方面是某些领域法律服务市场的需求在萎缩,一些大的律师团队出于节约成本的考虑会精简团队,青年律师被迫独立走向市场。"北京瀛和律师事务所合伙人安志军说。

对新入行的律师们来说,在"僧多粥少"的环境下,如何获取案源成了他们面临的最大挑战。安志军解释:"青年律师没有足够的社会资源和从业经验、能力,只能选择那些服务对象有迫切需求、而对律师专业要求比较低、办案程序模式化的领域,比如交通事故和工伤案件。于是,青年律师们开始涌向骨科和急诊病房。"

争夺"低端市场"

傍晚 5 点,急诊住院部,护工推着餐车经过拥挤的走廊。李明岳瞅准时机,闪身进入病房,向一位因为车祸肩部受伤的上海阿姨自我介绍,"我们是律师……"他刚开口就被打断:"我已经和其他律师签过合同了。"

"对方抽几个点?"他极力说服对方,"你可能合同签得太快,有点草率了"。听到对方律师只抽成6%—8%,李明岳依然坚持争取,"多了解了解没坏处,我们律所……"阿姨有点他被说动,又担心违约"不道德",李明岳告诉她:"他还没带你做鉴定,合同都可以退的。"

在医院病房,"扫楼"律师之间彼此防备、猜忌与竞争,他们像销售一样探听对方报价,然后自降身价、推销自己,甚至拉踩同行,以此来抢夺客户。

赵慧觉得这并不是一件坏事,"去一个医院,如果一个同行都没有,我反而害怕。人家不知道你是来干嘛的,你就得解释半天。同行多了,竞争压力就大,病人也有更多选择。"赵慧是上海某律所的独立执业律师,那天下午她试图拉"条纹衫"入伙:"你来帮我做,我给你更高提成。""条纹衫"却含糊其词,始终不肯透露现在的报价。赵慧私下吐槽,"他不真诚"。

即便刚刚"撬"了同行的客户,李明岳仍然坚称自己不是行业里最"卷"的那一类。他总说自己偶尔才来"扫楼",一个月只跑一两次,"不像有的同行非常'卷',早上7点就到医院,一直干到晚上七八点"。可他分明对病房的分布熟门熟路,记者蹲点的几天,也都遇到了他在"扫楼",并且不放过任何一间病房……

十年前,竞争远没有这么激烈。

"我在律所实习时没师傅带,只能自己'野蛮生长',做的也是交通事故、工伤等人损类案件,熬过最初几个月后,自己东跑西窜也能挣到钱,所以实习期还没结束我就'独立'了。一年下来,万把块钱的案件能做二三十个,再签一两家顾问单位,二三十万的年收入不成问题,只要勤奋都能挣到钱。"北京市中闻(深圳)律师事务所律师周斌说。

他从山东大学机械工程学院毕业后,就一直从事本专业工作,直到2014年"半路出家",通过法考转行成了律师。刚工作时,周斌还雇了两位助理帮他"扫楼",因为他"觉得律师是个社会地位比较高的工作",自己实在拉不下脸去"扫楼"。

可仅仅过了十年,一切都变了。大量执业律师开始出现在医院病房,"以前是5个人争两万元律师费,现在是20个人去争,一家医院一天要被扫好几遍。这个市场已经不只是'红海'了,是'红得发紫'。"周斌说。

在许万林用铅笔手绘的一幅"郑州市及周边医院分布图"上,郑州的各大医院被分为东、南、西、北四个象限,每个象限里用五角星标出了"扫楼"的重点,还用箭头指示了"扫楼"的路线。这是 2020 年他在郑州一家律所实习时,扫了一个月楼才精心绘制出的"秘籍"。

"70 后"的他当时刚从体制内技术岗转行,即便年龄早已算不上青年律师,因为资历浅、没案源,他依然得像年轻人一样,游走于郑州各大医院的病房。

"基本上每家律所都有自己固定'扫楼'的区域,即便在同一个律所内部,不同律师之间也对各自的'领地'心照不宣。"许万林说,"以前,这类钱少事多的案子都是'正规律师'看不上的活儿,而现在越来越多人发现,这个市场是很大的,机会很多。"

律师"扫楼",本质上是一种对法律服务"低端市场"的争抢。

"骨科这种案子面对的是普通老百姓,律师费不高,案源又不稳定。愿意去'扫楼'找客户的,都是初出茅庐、没有稳定案源的律师,稍微有点资历的律师都不会接这种案子,更不愿意去'扫楼'。"名校毕业,曾在浙江某知名律所做过三年律师的谢雯说,"观察低端市场,你会发现大家都在卷,有点类似于恶性竞争。"

周斌也认为,现在的市场"内卷到了极致,尤其是底层的法律服务市场,免费咨询、免费起草文书、超低费用代理、全风险代理……低价、恶性竞争成了常态"。

"负债上班"

李明岳之所以到医院"扫楼",纯粹是因为收入的压力。

"去年有一个月,我不但没接到新案子,还碰上了退案,扣除五险一金,那个月我的收入算下来是负数。"他自认为比较务实,"没有案子,赚不到钱,那就去线下扫楼"。

李明岳毕业于中南财经政法大学,读书时就通过了司法考试。两年前毕业后,他和许多年轻人一样想来大城市闯一闯,"上海是一个可以实现理想的地方"。但没想到,现实和理想"落差太大了"。

前几天,山东一家律所的高级合伙人闲聊时告诉周斌,这一年他律所里几位刚执业的年轻律师人均创收还不到5万元,"还不够覆盖要缴的社保、管理费、个税,更不用说还要租房子。辛苦一年,到头来生活都成问题。"周斌很感慨:"现在入行的律师,可能还没机会进入某个领域深耕,就已经做不下去了。"

曾任贵州省律协副会长的某律所主任在接受媒体采访时曾表示,初步估算,可能有50%的律师生活在温饱线上。《上海律协第十二届理事会2023年度工作报告》中也明确指出"青年律师面临生存困境",并将"加强对青年律师的扶持"列入未来主要工作任务之一。

北京市中闻(上海)律师事务所律师胡孙承还记得,自己在南京一家律所当实习律师时,虽然遇到了一个对自己不错的带教律师,但每周一都要坐一两个小时地铁去某街道进行法律服务,此外,帮带教律师跑法院、送材料、当司机,甚至是带小孩,都成了他的分内事。而他每个月只能拿到2000元实习工资,靠着家里接济才撑过了一年半的实习期。

2022年拿到律师证后,胡孙承没有选择成为律所的授薪律师(即领取律所固定工资,案件提成没有或很少的律师)或加入其他大律师的团队,而是来了上海,成为一名独立的执业律师。

入这行之前没有人告诉他,作为一名独立执业律师,如果他想要在律所拥有一张属于自己的办公桌,需要租用律所满足自家团队使用外分租出来的工位,每年缴1万元到2万元的座位费;还要自己缴纳五险一金和个人所得税;要自己寻找案源;律所要抽成律师费的20%到30%;很多律所甚至会向独立律师们收取在办公室的打印费和快递费……

这些令其他行业打工人瞠目结舌的"行规",在律师圈里却是正常。"本质上和个体户在菜市场租用一个摊位差不多,独立律师对自己负责,接受监管,盈亏自负。"胡孙承说。

"整个行业的案源压力越来越大,没有固定案源的律师不在少数。"福建格一律师事务所合伙人律师曾明泉说,"一些简单的案件或纠纷,当事人上网搜搜法条甚至用AI自己摸索就能处理了。真正需要请律师代理的案子,客户面对越来越多的选择时也会更加挑剔。"有业内人士透露,一些过去代理费用超过万元的案子,现在已经降到了 1000 元到 2000 元的水平。

业绩不好的时候,自己贴钱工作或"负债上班",发生在很多青年独立律师身上,刷信用卡生活成了常态。南京、深圳等城市甚至为应对"律师行业竞争激烈、收入波动大、市场收益不确定性增加等难题",由当地律师协会与银行合作,推出了专门针对律师的贷款产品,"以帮助律师缓解生活压力、寻求发展"。

"韭菜是一茬接一茬的。"胡孙承无奈地调侃道。几天前,他在朋友圈愤怒地写道:"青年律师被白嫖吃点亏是常有的事,但这么无耻的,还是鲜有听说!"他在为自己一位同为律师的朋友打抱不平。

他的朋友在这一年里,为一位身在国外的资深律师做了三四个案子,律师费高达数百万元,结果到年底结算报酬时,这位资深律师却玩起了"消失",微信从已读不回到后来直接拉黑了他的朋友,以至于这位律师朋友不但没有拿到此前被许诺的报酬,自己为了办案往返的差旅费也无从报销。

在律师这个被公认为"二八定律"明显的行业,大量客户资源都集中在少数头部大律所和大律师手里,刚入行的新律师都希望"被资深律师带带",以获得办案经验和案源。而在"传帮带"的关系里,青年律师是绝对的弱势方,很容易成为为前辈打工的廉价劳动力。在律师圈内甚至流传着这样一个笑话:花3000 元只能雇一个司机,但只花 1000 元就可以雇一个有法律职业资格证的司机。

离开还是进击

法律咨询公司的入局也让市场变得更加鱼龙混杂,律师们甚至不得不弯下腰来,跟那些还没跨入律师行业的人竞争。

就拿交通事故领域来说,早在 2019 年,以"公司＋法律服务"模式运营的某"交通事故联盟"就打出广告称要"打破传统律师办案模式",首创"先理赔后收费"的服务模式,在公司介绍中还能看到其标榜的一套"标准化"的营销话术、跟案话术等。

"律师有严格的职业规范和法律规定,包括不能承诺案件办理结果,不能超高或超低收费代理案件。但法律咨询公司是企业,不受这些条款限制,他们归工商管。"周斌说,"某些公司前期会以'包赢''打不赢不收钱''我和某某法官认识'等话术来抢客户,老百姓也很难分辨谁是真正的律师。"

李明岳深深觉得,有时自己的律师身份在那些专业的市场营销人员面前,一文不值,"甚至还比不上一个中介"。他注销了自己的律师资格证,只提供法律咨询服务,遇到需要立案和开庭的客户,他会让有证的赵慧出面。他在更多场合,抢着向人递名片、加微信,还增加了"扫楼"的频率和时长……

从律所出来后,许万林放弃成为一名律师,在郑州开起了一家法律咨询公司,他坦言自己确实"把法律当作一门生意在做",也看到了这行的诸多乱象。但他想为自己正名:"我们是挣差异化的钱,是做那些正规律师看不上的服务。一些律师收费高,服务也不透明,有的甚至没有服务,当事人问他什么,只能得到一句'到时候等开庭吧'。我们提供服务又有何不可呢?"

律师正在成为一个流动性越来越强的行业。

"因为看不到前景,有两个同行直接转行了,一个人自谋职业,写小说去了;还有一个人去做网红,搞直播带货了。"周斌说。大家都发现,这两年自己身边因为熬不下去选择改行的同龄人多了起来。

有人离开的同时,更多人加入其中。就像一个巨大的蓄水池,出水量不小,而进水量永远大于出水量。"'失业三件套'听过吗?送外卖,做自媒体,还有法考当律师。"胡孙承开玩笑地形容现在律师的人才过剩。很多人被律师行业的精英光环吸引,觉得做律师自由、高薪,等到入了行才发现职业发展的"天花板"已经越来越低了,而且越来越难以突破。

当"等客上门"的时代一去不返,主动"进击"似乎是青年律师们的唯一出路了。"营销"自己不再是一件羞于启齿的事。越来越多的律师开始在社交媒体上开设账号,分析案件、讲解法律知识;各种论坛和行业会议也越来越多地出现年轻人的身影;他们更加乐于接受媒体采访,或者发表专业文章,以提高自己的知名度和曝光率……每个人都在用自己的方式展示价值、树立个人品牌。

"跟风抱怨永远是 loser(失败者)。只有持续地精进自己,才有希望。"李明岳说,"有一天,我一定会拿回我的律师证。"

那天,李明岳再一次走进朱莉病房,正开口向朱莉的老公介绍自己,隔壁床一位上海老阿婆突然大骂起来:"你们怎么回事?这一天来了多少人了?会影响别的病人休息你们不知道吗?我看你们这个行业真应该好好规范规范!"

李明岳不作任何回应,硬着头皮讲完了推销自己的话。

只是阿婆家的保姆和一旁的护工连声安抚道:"别说了别说了,年轻人不容易的,也是为了工作,为了挣口饭吃……"

(应受访者要求,朱莉、李明岳、赵慧、周斌、许万林、谢雯为化名)

(记者　雷册渊　张熠　编辑　王潇)

原文发布于 2024 年 12 月 25 日上观新闻

原标题为:无案可办的律师,涌进三甲医院骨科病房

失控的电梯

电梯坠落事故发生的那天,恰逢周三,当地的"赶街"日,云南省红河州弥勒市老城区人流量最大的农贸市场人头攒动。

农贸市场位于佛城商都一期的四楼。临近中午,在一楼停留的顾客和工作人员突然听到"咚"的一声巨响。

起初,有人以为商场发生爆炸,但大家很快反应过来,是货梯从四楼直接下坠至底坑。

视频和调查资料显示,2023年10月18日中午11点49分28秒,19名乘客从四楼陆续进入电梯,电梯司机按下一楼按钮,轿厢门关闭。电梯向下运行,11点50分43秒、11点50分44秒发生连续两次抖动后,轿厢于11点50分48秒下坠至底坑。此次事故最终造成4人死亡、16人受伤,直接经济损失784.259万元。

时隔5个月,云南省市场监督管理局发布事故调查报告。调查认定,这是一起由于电梯维护保养单位未按规定进行实质性维保、使用单位主体责任不落实、检验机构未按规定进行检验而导致的较大特种设备责任事故。

维保"走过场"和"以修代保"的现象早已不是新鲜事,云南坠梯事件再一次让社会大众关注到电梯维保行业。

目前实行的《特种设备安全监察条例》规定,每台电梯需2名维保工,每15

天维保一次。2024 年 7 月,国家市场监督管理总局关于《特种设备安全监察条例(公开征求意见稿)》再次公开征求意见,取消了每 15 天维保一次的规定,改为要求电梯使用单位按照安全技术规范自行检测或委托符合条件的单位进行检测。

征求意见稿一经发布,立刻引起广泛讨论。即便 15 天维保一次,质量都不能保证,为何还要取消?

对此,国家市场监督管理总局在接受记者采访时表示:"不同场所、不同类型电梯的维保需求差异较大,统一要求所有电梯均需每 15 天进行一次维护保养已不太符合实际需要。"

在管理层面上,有关部门也并非没有出手,可行业"内卷"久病难治。"到最后,所有人都在等待,等待着行业总有一天发生改变",一位业内人士表示。

让子弹飞,究竟还要飞多久?

下坠的电梯

"电梯'轰'的一声往下坠,真的吓死了",李霞回忆起和儿子的一次乘梯经历时心有余悸,电梯从 24 楼"跌"到 2 楼,轿厢内一片漆黑,儿子立马通过监控联系物业,物业再联系电梯维保公司,才把人救出来。

这不是李霞所在楼栋第一次发生这样的情况。这栋居民楼位于徐汇区,于 1997 年建成,共 28 层 224 户业主,电梯只有两台。最近一年来,电梯每月至少发生一到两次故障——电梯下坠后冲顶、面板按键失灵、电梯门无法关闭并发出刺耳的轰鸣声。

业主们坐不住了,他们怀疑故障频发是因为电梯维保不到位,并质问物业方:维保工是否有相关工作证件? 电梯维修后是否公示过审核标准? 是否有专业的评估报告?

同样的情况也发生在位于闵行区的 A 小区。提起电梯关人,A 小区业委会主任胡晶澄一肚子苦水。包括自己在内的多位业主都曾被困电梯。有一回晚上 10 点多,一位酒醉的业主冲到胡晶澄家门口要打人,因为那位业主的家人当天被关在电梯里。

A小区内共有40台电梯,使用至今已有18年。去年云南弥勒电梯事故后,在市场监管部门的安排下,A小区内的电梯开展安全钳—限速器联动试验。测试后,陆续有几台电梯出现故障,业主群一下炸开了锅。"小区电梯时间久了,许多装置和电器一样,不动不坏,一动就要坏,这次故障率高还是因为测试,经不起考验的机器就'趴下'了。"物业经理蒋耀光解释道。

"现在维保单位质量参差不齐,准入门槛又低,受影响的还是业主。"A小区一位业主向记者抱怨。

进入电梯机房、检查控制主板及重要零部件、扫灰、进入轿厢内测试无线通话系统、将电梯底坑内的垃圾清扫干净……这些是维保工赵军每天的日常工作。保养一台电梯一般需一小时左右,而李霞居民楼的这两台电梯,赵彬每次都要花两个多小时。"这栋楼业主太多,又都是老年人,电梯几乎24小时不停",这是赵军负责维保的电梯中使用频率最高的。

由于业主过多,快递和外卖数量十分可观,快递员将整层楼的快递一口气全带上去,堆在电梯门旁,导致门无法关上,长此以往,感应系统会出现问题。用钥匙按电梯按钮、把电瓶车推进电梯里、用电梯运输装修垃圾……电梯使用不当带来的故障,却变成业主们对赵军的指责:"怎么天天修还修不好?"

很多次,赵军接到物业来电,告知业主投诉电梯门又关不上了,要求他立即到现场维修。赵军赶到现场后发现,只是因为门缝里卡了一个小石块。

"电梯往下坠""电梯一下子冲到顶层""速度快得就像坐过山车",李霞这样形容自己在电梯轿厢内的经历。作为特种设备,电梯有强大的自检系统,当检测到自身有出现故障的风险时,自动停到临近层或首层,本质上说是一种安全的自保措施。

显然,这些是业主们的知识盲区,他们并不了解电梯。电梯就像汽车,用久了多少会出现故障,比如零件的间隙需要调整,磨损的零件需要更换等。"说得太专业,(业主)以为我在捣糨糊,反而是那些笑眯眯看着很客气的维保工比较吃香",赵军很识相,不愿多讲。

衰退的行业

李霞居民楼的这两台电梯，赵军已保养了十几年。

每次保养前，赵军先把运行中的电梯关闭，在一楼竖起一块黄色警示牌，路过的业主看到便吐槽，"前几天刚修好的，怎么又坏了？"

"明明上面写着'保养'两个大字。"赵军很无奈。

按照国家规定，维保工赶到现场的时间，直辖市或设区的市不超过30分钟，其他地区一般不超过1小时。赵军在小区周边租了个房，内环附近房价不便宜，他只为能以最快时间赶到现场。打开他的工作手机，每天需要保养的电梯数量和地址清晰可见。

入行近二十年，赵军只要瞄一眼电梯主板，就能大致判断出生产厂家，甚至能精确到哪一年生产的哪一款。1997年，学电梯维修专业的赵军开始在上海做电梯安装，经常全国出差，当时兰州市最高的亚欧大厦内的电梯就是由他负责安装。当时赵军每月工资1000元左右，工作还算体面，不管给谁修电梯，对方都客客气气。

50岁的张彬在国内某著名电梯合资品牌工作三十余年，接触过安装、开发、销售等有关电梯的各条业务线。1993年，张彬入行时，行业里电梯保养的概念并不清晰。电梯生产厂家会出一份修理协议，使用单位若发现电梯出现问题，可通知厂家检查，如果需要更换零部件，由厂家开清单，谈价格。

改革开放后，国内建造的房屋数量变多，电梯产量增速明显，电梯维保市场逐步扩大。1996年，张彬前往日本参观交流时发现，许多日本电梯企业赚的就是维保的钱，"卖电梯的时候，20到30年的保养合同也让使用单位一起签掉"。

2014年1月1日，《中华人民共和国特种设备安全法》实施，首次从书面上明确要建立以制造企业为主体的电梯维保体系。

行业衰落在赵军的身上体现得十分明显。如今他每个月工资七八千元，维保的电梯越多，工资并不会越高。年轻时的赵军觉得修特种设备是"一件很酷的事"，但现在他自称"毫无社会地位"。

早年间,电梯行业有着良好的"传帮带"制度。师傅认真教,徒弟用心学。而现在,"土壤"早已消失,遇到不会修的电梯,部分年轻的维保工会在线上交流群里"隔空"询问同行。

　　张彬也深刻感受到行业的变化。以前被领导安排安装或维修电梯,维保工会积极响应,这是对他们技术的认可。现在,维保工的第一反应是推托,"就算会也说不会,生怕天天被安排修故障百出的电梯"。

　　2014年,上海市电梯行业协会发布的《上海市电梯维修保养服务质量规范(草案)》指出,为保证维修保养质量,原则上维修保养电梯数不宜超过20台/人。《2023年上海市电梯安全情况报告》显示,截至2023年底,8440名电梯维保人员在智慧电梯平台完成备案,人均电梯维保量38.58台。

　　但实际上,赵军的维保量在50台左右。

　　近年来,我国电梯保有量不断增长,维保工面临较大缺口。早有数据统计,全国电梯维保人才缺口高达60万。但在从业者看来,电梯维保市场的规范化程度未能同步提升,低价竞争、待遇偏低,影响了从业群体的工作积极性和稳定性。

　　业内人士表示,电梯维保是专业性较强的工种,需要对技术能力进行鉴定并持续培养。在张彬看来,如今企业都在搞经营,"没有土壤来培养新人,提升技术"。

　　根据《特种设备作业人员培训考核规则》,维保人员需考取特种设备作业人员证。其中,电梯作业的项目代号为T,被称为"T证"。

　　"T证"只能是"上岗证明",在上海市电梯行业协会副秘书长金海良看来,即便考取了"T证",也是远远不够的。如今,维保行业门槛很低,只需"T证"即可,技能等级证明并非强制要求,这就导致维保工的技术能力难以保证,"协会提供培训基地,每年也就100人到200人左右来考,更多是为了留沪加分"。

"甲方"

　　记者了解到,电梯维保费受楼层高度等因素的影响,目前在国内市场,楼高十层以下，均价每台约300元/月，楼高十层以上，均价每台约600元/月。大部分住宅小区，一台电梯的保养费不超过5000元/年。小区物业经理王杉表示，李霞所在楼栋共有28层，电梯维保费为每台400元/月，小区所有电梯维保费加起来约14万元一年，并不算高。业内人士表示，在国外，一台电梯一年的保养费和国内相比，"已经不是翻倍的问题，而是多个零"。

目前，电梯维保分清包、半包和全包三种类型。全包即维保公司负责电梯日常保养及维修时所需任何耗品的费用；半包即在合同规定范围或固定费用范围内，电梯配件损坏由公司免费更换，超出范围另收费；清包即公司只负责日常保养，电梯维修时所需零部件和修理费要额外收费。

上海某著名电梯品牌维保部门的负责人表示，他所在的公司共有约30名维保工，负责2000多台电梯的维保工作。近年来，行业的低价竞争导致公司损失了不少订单，"对物业来说，'清包'只需出保养费，自然是低价者得"。

行业打价格战，公司要正常运行，维保费不是盈利点，零部件成为利润来源，"以修代保"早已是业内不成文的做法。

上海一电梯维保公司的一位中层管理者坦言，"卖配件才能有更多奖金，有奖金，日子才好过。"这位管理者告诉记者，一般来说，零部件的报价是原价的两倍左右。

针对住宅电梯，大多物业公司会选择清包，维保服务标准与居民缴纳的物业费息息相关。在王杉看来，想要提高维保质量，就要提高物业费。但业主们并不想涨价，"小区里一半业主都是本地动迁户，老人为主，他们觉得不需要更好的服务了，但现在用人成本都在涨"。

A小区物业经理蒋耀光也有同感："物业费涨不了，只能压维保费，恶性循环，我们也没办法。"

A小区的电梯维保采用"清包"模式。老住户马天福退休前从事电梯安全监察工作30多年，他认为小区现有的电梯维保流于形式。有一次，小区4号楼电梯外呼板坏了，有业主在群里报修，马天福又一次说，"物业没有请专门的维保工，都是'临时工'"。蒋耀光立刻在群里甩出电梯维保合同，才平息了风波。

A小区的电梯原本由原生产厂家维保，去年6月，因维保费支付不及时、利润过低等原因,厂家撤出后换了新公司。

业委会主任胡晶澄发现,新公司在维修时要价变得更狠,"原厂家换变频器收费 1700 块,新公司要 6000 块"。蒋耀光对于新维保公司每次维保时只有一个维保工在场也不满意,"国家规定要 2 人,不要说每次,起码一个月至少一次要按规定来,对伐?"

至于维保质量,蒋耀光无法判断。"去监督顶多是盯着他们干活,我们也是不懂装懂",他所在的物业公司一共管理着 600 台电梯,持证的电梯安全管理员只有两人,"你说两个管理员能管得过来吗?"

对于住宅小区内的电梯,作为使用管理单位的物业管理公司是第一责任人。国家市场监督管理总局在接受《解放日报·上观新闻》采访时表示,"使用单位要以保证在用电梯安全性能为首要需求,统筹兼顾乘客最关心的故障率、停梯时间、救援时间等服务指标,合理进行定价和招标,营造优质优价的维保市场氛围。同时,加强对维护保养工作质量的监督,从'重维保形式'向'重维保效果'转变。鼓励选择'全包维保'方式,对电梯的日常维护及零部件的更换都由维保单位来承担,避免引发维保单位低价中标后'以修代保'的情况。"

"现在强调使用单位主体责任,使用单位不能一味地将电梯全盘'托管'给维保公司,自己不监管,一定要意识到肩上的责任",上海市电梯行业协会副秘书长金海良强调。

第三只手

取消 15 天维保一次的规定,看似减轻了维保工的负担,但身处一线的他们对此"无感"。刘向明是河南的一位 90 后维保工,他认为,这一改变并不能解决长久以来行业低价竞争的风气。"多少天一次维保合适,还不是物业说了算。维保次数变少,物业开价也会变低。公司不养闲人,为了挣钱,我们只能'背'更多的台数。"

国家市场监督管理总局在接受《解放日报·上观新闻》采访时解释,最初电梯 15 天一次维保的要求,是参考当时部分发达国家和地区的通行做法后制定的，"2003年我国电梯保有量仅40万台左右，其中大多数为交流双速、交流调压调速电梯，控制系统集成度较低，可靠性不高，且自动检测技术、故障诊断系统等还未在电梯上得到应用，需要通过较高频次的清洁、润滑、调整和检查等维护保养手段，来使电梯持续符合相关安全要求。"

而此次公开征求意见稿中出现的变化，则是因为近年来电梯产业发展迅速，电梯的可维护性得到较大程度提高。同时，不同场所、不同类型电梯的维保需求差异较大，统一要求所有电梯均需每15天进行一次维护保养已不太符合实际需要。

早在2018年，《国务院办公厅关于加强电梯质量安全工作的意见》中就提及，要"推动维护保养模式转变，依法推进按需维保，推广'全包维保'、'物联网＋维保'等新模式。加强维保质量监督抽查，全面提升维保质量"。

2023年6月，国家市场监管总局印发《电梯安全筑底三年行动方案（2023—2025年）》，部署各地持续推进按需维保，全面提升维保质量水平。

上海全市近9000名维保工技能水平和工作态度参差不齐，维保管理如何才能不缺位？"在企业自觉且诚信经营的基础上，一定要靠智能化和信息化的管理方式"，金海良说。

上海于2020年率先推出电梯"按需维保"政策，并搭建了智慧电梯平台，试图通过智能化和信息化手段提高维保质量，但实际操作中仍面临诸多挑战。

对维保工来说，适应智能化维保似乎变成一种负担。

智慧电梯平台运行后，维保工需在工作时扫码、拍照上传照片、填写各种信息，才算完成。"这还只是政府方的要求，物业和维保公司也要求'打卡'"，不少维保工向记者表示，他们一天分给每台电梯的维保时间有限，"打卡"耗时间，维保时间相应就会被压缩。

为了应付打卡，一些电梯保养站里的墙壁上贴着密密麻麻的二维码，标注着某小区几号楼的电梯，维保工会在完成一天的工作后集中"打卡"，"没办法，不这样弄，活干不完。"

针对此现象，2024年6月，上海市市场监督管理局发布关于深入推进电梯安全筑底三年行动全面开展电梯安全大排查大整治的通知，其中提及，"7月15

日起，全面应用'上海电梯维保'微信小程序，通过人脸识别、人梯位置对比、图像资料留存、最低作业时间等技术手段，加强电梯维保过程管理。"

责任依然被压在最基层的维保工身上，但也是无奈之举。最新数据显示，截至 2023 年底，上海市在用电梯数量超 32 万台，电梯保有量位列全球城市之首。"体量实在太大，想要真正地管起来，只能慢慢来"，金海良说。

自从 2021 年起，为规范上海电梯维保市场秩序，上海市电梯行业协会筹办了"信得过"电梯维保企业评选活动，对维保公司的配套设施、从业人员技能水平、薪酬等方面进行评估，遴选出优质的维保企业。在企业信用自评表中，有一项对维保工薪酬的承诺，金海良解释道，希望借此提高薪酬待遇，让维保工认真履行职责，形成良性循环。

作为监管者与引导者，政府与行业协会对电梯维保市场运作干预有限，更多依靠市场机制自我调节，政策调整推动行业变革的过程较为缓慢。金海良表示，经过公示的"信得过"维保企业名单会通过上海市物业管理行业协会分发给物业公司，作为物业公司选择维保企业的参考，尝试以这样的方式优胜劣汰。但同时，他直言，"只能是建议，如果强制，就变成垄断了。"

在维保工刘向明看来，"国家有政策，公司有规定，维保工遵守公司为主，国家为辅"。政策的调整，短时间内并不会改变行业生态。

针对维保行业的现状，国家市场监督管理总局在接受采访时表示，下一阶段的工作将集中在加强维保监管执法、强化检验检测行风建设上。"加大维保现场监督检查、证后监督抽查和行政执法力度，严厉打击挂证维保、虚假维保、'走过场'维保等违法行为；加强维保市场诚信体系建设，对维保违法情节严重的列入违法失信名单，实施联合惩戒。组织开展电梯检验检测人员违规执业整顿，严厉打击人员证件挂靠、无证人员检验检测等违规乱象，积极营造依法施检、公平公正的电梯检验检测氛围。"

比起找到靠谱的维保公司，现在 A 小区的业主们更期待能对"老龄电梯"进行改装或是更换。

由于被不满电梯维保质量的业主们"闹"上了电视台，王杉辞去了物业经理的工作。依然留在维保行业的赵军则考虑做些兼职来增加收入。一天吃午饭的时候,他询问同事:"你说,我拍自己修电梯的视频发到抖音上,能赚钱吗?"

(因采访对象要求,除胡晶澄、金海良外,文中人物均为化名)

(记者　朱雅文　王倩　实习生　李梦迪　编辑　王潇)

原文 2024 年 10 月 13 日发布于上观新闻

原标题:失控的电梯、低保维保与行业"内卷"

国产仿制药的"偏差"

去年年初,用了 10 多年原研药的田瑜尝试用仿制药替代。她很快感到坐立难安,"特别特别难受"。这是她从未有过的药物副作用,持续整整一周。

田瑜质疑,是不是仿制药的质量、疗效不如原研药?

当她询问医生,对方表示在医院临床,存在部分仿制药疗效不佳、副作用大的情况。"我们不太相信国产仿制药。"一家三甲医院的副主任药师夏斌直指。但他无法用数据解释,也没有对比实验。

此时,医药行业内人士纷纷表示,大部分仿制药的质量是有保障的。"国产仿制药的质量不如进口原研药,是历史形成的误解。"国家药品审评中心原资深主审、高级审评员张星一指出,国家实施"仿制药一致性评价"政策后,仿制药必须通过体内外实验证明与原研药"高度一致",才能进入市场流通。

但他们坦承,仅仅有评价把关并不够。

近年来,随着成本压力加剧,一些仿制药企业降低药品的用料标准。部分企业在过评后变更用料,对此存在属地监管的难题。与此同时,药效是无法精确评价的指标。业界针对仿制药品质缺少更加精细、科学的研究。

"仿制药的评价不仅是科学问题,也是管理问题。"一位专家说道,任何一环微小的偏差,都会层层传递,最终影响药效,甚至影响公众的健康。

"不靠谱"VS"有误解"

由于药物替换，田瑜感受到的不止是副作用，还有疗效的差异。

她的父亲是 2 型糖尿病患者，长期服用国产仿制的降血糖药物二甲双胍。"指标一直都没有好。"田瑜说，"父亲的糖化血红蛋白和血糖始终偏高，没办法下降。"

田瑜找专业人士打听，对方指出二甲双胍的原研药效果要好得多。于是她跑到药店给父亲买了原研版本。她发现父亲服用后，上述指标半个多月就恢复正常，此后一直控制在健康的范围内。

田瑜这才注意到，争议在网上发酵已久："仿制药的质量和效果能和原研药对等吗？"人们分为两派，主流观点是对仿制药的质疑。

"医院里目前只有国产仿制药！"夏斌语气激动，仿制药和原研药的疗效不对等现象，在临床并不少见。就拿该院麻醉科来说，这个月已经发现了第四例患者使用国产仿制药罗库后，出现过敏症状。

他不免担忧，部分原研药的有效浓度和毒性浓度很接近。若仿制药在复刻时不够精细，药物的浓度达到了产生毒性的数值，容易导致患者不良反应增强、治疗失败。

尽管如此，他没有证据来支撑这些疑虑：除个别重症病人外，医院对患者服用完仿制药的指标没有记录，也不会做关于仿制药与原研药的对比研究。

这时，医药行业内的人同样关注到仿制药的争议。在他们眼中，公众对国产仿制药"有误解"。

张星一从 2001 年起便在国家食品药品监督局下属的国家药品审评中心工作。在他看来，仿制药本是一种"福利"。在国际上，当一款原创药品的专利到期后，其他药企都能对此仿制。仿制药上市更快、成本更低，减轻了病人乃至社会的经济负担。

2010 年以来，人口老龄化加快、医保资金的机制改革，催生了大量国产仿制药替代进口原研药的需求，替代的前提便是验证两者的一致性。

张星一记得，起初药监局内部对于替代也有反对的声音。大家天然地认为进口的药、最新的药更好，心理上的"安慰剂效应"对服药后的效果有很大影响。因此行业内许多专家都不敢在专家共识上签字，保证国产仿制药的质量能够比得上进口的原研药。

但他们很快意识到，两者的有效成分没有区别。一大差距在于企业压制药片时的工艺水平。

"一些药物中 80％ 都是辅料，用来压制剩下 20％ 的有效成分。"张星一解释，"药企压制的工艺不过关，就会很大程度上影响有效成分在体内的释放。"

他回忆，早期有药监核查员去某药厂检查二甲双胍的生产过程。一般药厂都是湿法加工，就像做面疙瘩，把药物捏成一个个面团，只有这家药厂使用干法加工，硬生生把药物碾碎压片，导致颗粒过于紧实，难以在体内迅速崩解。最终药物的有效成分没有被患者及时吸收，疗效自然打了折扣。

"当时国内没有高质量的辅料供应体系，更别说生产和管理。"张星一说。

"审评标准是最严的。"

这时，转机也在出现。

2016 年，国务院出台《关于开展仿制药质量和疗效一致性评价的意见》，要求仿制药的相关指标与原研药保持一致。

当年，谢梦刚进入药企的研发岗位工作。面对转变，她眼看着公司内部陷入混乱。"大家这才意识到，数据要真实可靠，但掌握不好该怎么去做，来满足国家的标准。"

谢梦有些迷茫：仿制药对原研药的复刻，本身便无法做到 100％。

这是一次逆向的工程。谢梦找到原研药公开的"配方"，按照上面的方法合成有效成分。她时常感到挫败，"明明是一步步照着来的，怎么会做不出来？"原来，原研药很多技术属于商业机密，公开的配方里只有一个大致的参数区间，没有精准的数值、加工的过程与顺序。"有时只是一两个摄氏度的差别，就会对药物的合成产生影响。"谢梦苦笑，这些微小的偏差在生产环节里被一步步放大。

随着仿制药一致性评价的推出，她不得不在摸索中减小偏差，通过评价的考验。

谢梦描述，一致性评价由企业自行负责。合成有效成分后，她得先做"药学等效实验"：把仿制药在不同时间点的溶解程度画成一条曲线，和原研药的溶出曲线对比，观察溶出度是否接近。

下一道关卡是"生物等效实验"，证明仿制药在人体内的吸收程度同样能够和原研药高度相似。

谢梦看到，当时药企担忧过不了评价，数百万元的支出就会打水漂，普遍提高了企业内部的放行标准：要求比一般的国家标准高出 10％以上。得有连续三批药物得到验证，确保工艺的稳定性，公司才会把评价数据递交给国家药品审评中心。

此时，负责把关的审评员们显得更为"保守"。

"我们的审评标准是最严的。"张星一说，药审中心在一致性评价时有"四个最严"的要求，参照了美国、欧洲、日本、英国的药典，从中挑选出最严格的技术标准作为审评时的参考指标，每个审评员都要对审批过的药品终身负责。

中国药科大学的杨劲副教授曾参与过仿制药审评工作。他提到，在生物等效性实验中，国家对标准范围的要求本在 80％到 125％之间。

他见证过审评员们围起来讨论，药物本身有很大的不确定性，数字刚刚"及格"，是不可以批准的：不同药品的数值会在及格线上下移动，得保证所有药品的数值都落在标准的范围内。最终审评员们决定，企业实际过评的标准必须是 90％以上，110％以下。

"仿制药在通过评价，得到小蓝标后，质量是有保障的。"张星一说道。

那么，个别仿制药出现"不靠谱"的问题，到底是哪里存在偏差？

"能不能保住高分，是一个问号"

企业正承受着更为严峻的成本压力。

在仿制药企业工作六年的张琛指出，目前公司的"用料"和原研药企业逐渐拉开差距。

张琛熟知，原料药、辅料的品牌质量会对药效产生较大的影响。就拿辅料来说,不同品牌的辅料在价格上会相差十倍。一些质量差的辅料颗粒分布很不均匀,就会在压制药片时影响有效成分的溶解、释放。

不过,他很难再作出追求品质的选择。近四五年来,张琛身边的企业很多都想方设法降低成本。在张琛所在的公司,成本减少了至少30%。这些缩水的支出,都得在评估药品用料时"一分一分钱往下抠"。

他和研发部门的同事不得不对比原辅料供应商的价格,优先考虑那些品质稍差、价格却更加划算的供应商。"尽量在保证一定质量的基础上,来通过一致性评价。"

与张琛公司不同,部分药企选择在过评后进行"变更"。

在某地级市食品药品检验所工作20余年的刘向阳,同时是总局市场监督办公室的专家顾问。他观察到,部分集采中标的企业会在批量生产药品时,申请将进口的辅料换成国产的辅料。他们普遍使用"进口的辅料断了,不得不换成国产辅料""新增辅料供应商"等申请理由。

张星一提到,企业变更有相应的法律法规。2022年,国家药监局发布《药品上市许可持有人落实质量安全主体责任监督管理规定》,要求药品上市许可持有人严格落实主体责任,按照经批准的工艺合法合规展开生产活动。

按照现有的法律规定,企业必须将中等及以下变更上报到地方药监局,重大变更上报到国家总局,并通过研究验证变更对药品质量、疗效产生的影响。

对此的属地监管却存在难题。

"国家药监局的人手很短缺。"张星一说,药品过评、上市之后的监管会分散到各省的食品药品质量监督管理局。各个地方部门的技术、管理水平存在差异。

刘向阳接触过部分企业,无论变更大小先申报到地方药监局。面对地方管理人员的询问,对方表示:"抱歉我以为只是小变更,没看清文件,已经报上来了。""集采都中标了,能不让我变吗?""赶紧审批,不然来不及给国家供货了。"

在刘向阳的经验里,地方药监部门一般不对企业提交的变更验证材料再次进行核实,难免在把控时有所疏漏。由于任何一个省出厂的药品都能在全国范围售卖,部分药厂因此成了地区的纳税大户,有时会催生"地方保护主义"的倾向。

"后期管理没跟上，一致性评价就会变成一次性评价。"刘向阳有些无奈，随着越来越多的仿制药企业能在研发阶段做到 90 分、甚至 95 分，药品一旦进入生产环节，"能不能保住高分，是一个问号"。

"药效是难以精确评价的指标"

张星一强调，药监部门对过评后的仿制药仍有监管。

他描述，仿制药在通过一致性评价时，药审中心会结合企业的研究结果、各国药典的指标，最终给过评的仿制药品一个"注册药品标准"，发放到各个省局或市局。每年省市药监机构会对上市后的药品进行抽检。与一致性评价时的"国考"不同，抽查更像是"合格测验"：检测的项目仅限于注册标准的内容，主要为了防范厂家不同批次药品的质量差异。

一位在某省药品检验检测院工作的质量研究员表示，如果企业的药品没有通过抽查，就属于劣样，情节轻微的处以高达百万元的罚款，情节严重的，"这款药品、这家企业就要被叫停"。

但他提到，检查更多时候是对药品质量的检验，侧重于安全性、不良反应，而非"药品的疗效"。

实际上，多位专家均指出，药效是一个难以精确评价的指标。

张星一说，仿制药真正的一致性需要做到质量一致、疗效一致。目前各国药典的评价只能保证质量的一致。

他记得，药监局里曾经问过几个部门，疗效的一致是药学部门来负责，还是临床部门来负责？药学部门说，我们负责药物的物质基础，不能负责效果；临床部门说，我们是管新药的，原研药已经被证明过临床有效了，我们不会负责仿制药的临床实验。专家组讨论数年，才有了如今一致性评价中的生物等效实验，作为仿制药疗效的评价方法。

尽管如此，生物等效实验的结果不能完全代表仿制药的真实效果。

"这是一种学术假说，不是绝对的科学。"张星一表示，实验认为血液内的药物浓度和疗效正相关。其实药物进入血液后,传导、发挥作用还需要一个很复杂的过程。

杨劲描述,原研药的质量标准体系以患者的临床表现为中心。原研药企在制定初步的药品质量标准后,会通过临床试验不断摸索,对质量标准进行优化。这些临床试验通常有一到三期,长达十年。

"仿制药缺少以临床表现为导向的质量标准。"杨劲指出,和原研药不同,为了提高上市效率、节省成本,各国普遍不会对仿制药做临床实验。生物等效实验的周期一般在半年内,受试者并非患者,是 18 到 50 周岁间的健康人士。

"选择健康人是有科学依据的。"杨劲解释,每个受试者分别服用仿制药、原研药,最终比较的是两款药物在受试者血液内的浓度,重点在于"一致"而非"效果"。受疾病影响,药物在患者体内可能发生改变,影响吸收与数据对比。

"年轻健康的人和老年人、患者的体内环境差别很大。"刘向阳有所担忧,何况生物等效实验要花费三四百万元,在仿制药后期的监管中,药监部门不可能重现实验,对药物在体内的效果进行核实。

"研究得不够透彻"

渐渐地,企业对研究的态度发生了改变。

"流行什么大家就抢什么,最热的项目同时有三四十家药企在等待审批。"谢梦说,一些原研药还有三年专利才到期,已经有无数家企业做好了仿制药研发,在专利到期的那一刻,比谁先递上材料。

一致性评价是集采(国家集中采购药品)的入场券。只有通过集采,企业的药品才能进入医院,获得更大的销售空间。谢梦记得,公司有一个项目的一致性评价晚递交了三四天,通过审批时刚好错过了集采的报名。谢梦眼看着公司领导发怒,下令:"以后一切工作,都要以进度为核心!"

更多企业将研发和一致性评价工作交给 CRO 公司(委托研究机构)处理。在 CRO 公司工作六年的佟佳回忆,2016 年、2017 年时,许多药企要求一致性评价做得很细,尽量接近完美才愿意递交申报材料,周期一般在 16 到 18 个月间。

现在压力层层传递，更多企业只能追求"及格"。

佟佳常常遇到，商务经理去和药企谈合作，回来说，"我签完合同了，我都答应人家 12 个月了，反正你能做到的。"

佟佳只得就把合同里的关键指标做出来，合同里写得模棱两可的内容，他就先不做，把资料上报给药品审评中心后，等到对方要求"发补"（补充材料）时再说。"没发补不就捡着了吗！"

他逐渐醒悟，精细的研究没那么重要。

"关键是要投其所好。"佟佳摸索出来，药审中心最关注的指标是仿制药的杂质，杂质的多少关系着药物的安全性，这一点必须比原研药做得更好。尽管部分杂质含量很低，他也把精力钻进了全面研究，"我的药可能没那么好使，但必须安全。"

他发现审评对溶出曲线的关注变少。一些冒险的公司高层，溶出度没达标，就去做生物等效实验，结果还通过了，这时就不断地改变药学评价的方法，哪怕十多次试验失败，"最后有一次能过线，把那次填到申报里就行。"

曾有药企研发人员找佟佳公司沟通，"你们研究得不够透彻。"

佟佳回复："你们都花钱了，就别管了，我们肯定把批件弄出来就行了。"事后他感到不解：少研究点还能"降本增效"，反正努力不会写到最后的申报材料里。

为提高企业的质量意识，2017 年原食品药品监管总局第 100 号公告中要求，"对通过一致性评价的品种，向社会公开其产品说明书、企业研究报告及生物等效性试验数据。"

2023 年，为监管委托公司，国家药监局发布管理工作公告，规定药品上市生产许可证持有人应当对委托企业的检验结果、关键生产记录和偏差控制情况严格审核。

"国内的医药行业是个分级市场，各区域内的医药企业发展程度、规模品质各不相同。"张星一说。要求每家企业都能做到高质量的研发、生产，目前并不现实。

"一个持续性的过程"

如今,张星一仍然记得刚成为审评员时,心里的那份兴奋与使命感。

在此之前他只是把药学当作一门技术工作,直到能决定一款药物的上市,参与了政策与药典的修订,他逐渐意识到这项工作对人的意义。"药品的监管是一个持续性的过程。"张星一说:"每一款新上市的药品都会成为医生手里的利器,最终影响到患者的生命。"

在这个层层传递的过程里,仿制药该如何避免"偏差",在效率与品质之间找到平衡点?

杨劲曾在美国食品药品监督局的仿制药办公室工作。他看到,国内的仿制药监管已经渐趋完善。而美国的药监局相比国内,多出了"科学研究"的功能,药监局内设有科学家岗位,配备有科研经费、实验室对企业的原始数据重新验证,弥补企业科研的不足。

"审评员每天在事务性工作中忙得团团转,没有时间和精力进行研究工作。"杨劲说,国内目前的药品监管仍然是行政占主导地位。他建议国内同样可以设立专门岗位,对仿制药评价中出现的科学问题开展系统研究,保证仿制药、原研药治疗等效。

刘向阳曾去日本学习药品监管。在他的观察里,日本对仿制药质量的监督是一个更加持续、精细的过程。

刘向阳提到,日本推行了"药品品质再评价工程",仿制药上市后的检测项目数量众多,标准严格。公众成为监管药品质量的一员:一些非政府组织监督医药行业自律,药品质量与安全数据公开,医疗机构、患者能够及时参与安全信息的更新。

与此同时,更多的责任落在监管以外。

不久前,夏斌参与了探讨仿制药替代的专家会议。他提议,仿制药对原研药的替代不能再在一朝一夕完成,医保局、医院对患者的用药不能采取"一刀切"的政策,得保证不同消费水平的患者,有不同层次的用药需求。

另一头，企业也要有合理的利润。前任国家药监局局长毕井泉撰文指出，国家医保局要对集采设定有效报价的高限和低限，对于报价低于企业生产成本或社会公认生产成本的，按不正当竞争予以查处。防止极低价格扰乱市场，帮助企业收回研发、生产成本。

自 2021 年起，国家医保局组织了全国 29 个医疗机构，对国家集采中选的仿制药展开"真实世界研究"：历时两年，包含了 14 万病例、23 款仿制药的成果显示，一些集采中选仿制药的临床疗效、安全性与原研药相当。

十余年间，张星一也慢慢打消曾经的顾虑。他眼看在评价的倒逼下，国内仿制药企的工艺水平在不断提高，逐渐和国际接轨。他盼望着未来有越来越多的人，能用平视的目光看待"国产"与"仿制"。

（除张星一、杨劲外均为化名）

（记者　冯蕊　编辑　王潇）
原文 2024 年 10 月 29 日发布于上观新闻
原标题：国产仿制药"不靠谱"，背后的偏差在哪

乡村 CEO，徘徊在生意人与村官之间

4000 人报名，300 人入选，这个数字是去年的 4 倍，录取比例为 13∶1。在入选的人中，本科学历以上的占比达到 68%……一个多月前，2024 年"浙江千名乡村 CEO 培养计划"开学典礼举行。

坐在台下的杭州市余杭区永安村乡村 CEO 刘松没有想到，四年前余杭区聘请他时，对他的期待仅仅是"把村里的米卖出去"。四年后，不仅强村公司的营业额超过了 2000 万元，乡村 CEO 更是从卖米，到卖体验、卖教育、卖经验……刘松也成为传说中的"乡村 CEO 第一人"。

2019 年，浙江省杭州市淳安县下姜村在全国范围内率先招聘乡村 CEO，而后被多地乡村效仿。据不完全统计，截至 2023 年底，由各地政府主导，中国农业大学、腾讯等社会力量助力的乡村 CEO 聘培，已经推广到浙江、广东、广西、云南、重庆等省市区的 125 个县市区。

"又土又潮"的乡村 CEO 赛道上，探路者众。然而，除了永安村这样的备受瞩目的成功案例外，一些尴尬的后续也引发关注：曾放话"三年带领下姜村主板上市"的首任乡村 CEO 赵祥彬，由于年度考核时村民公投没有达到续聘的票数而被解雇；余杭区首批招聘的 3 位乡村 CEO，有 2 位辞了职；云南昭通"云中苗寨"的运营者们，已经 3 个月没有领到工资；昆明引进乡村 CEO 的 6 个试点村，如今只剩下 1 个村子还在坚持……

乡村 CEO 究竟是不是一场可复制的创新实践？答案尚未可知。但可以肯定的一点是，乡村 CEO 的实践意义远远超过了经营乡村产业本身，而是中国城乡关系变化的一个缩影。

村里来了 CEO

永安村的水稻，在还没有种下去时就完成了销售。

在村里的核心区，稻田以 10 亩为单位分隔，由 70 余家不同的企业以每年 8 万元的费用认养。收成由村里托底，保证 10 亩田每年产出 6300 斤以上的优质大米。这些企业不仅可以通过线上监测系统随时查看稻谷的生长情况、组织员工来村里团建，还能把精美包装的大米作为员工福利和商务礼品发放。

村里还有一片共享菜园，与认养稻田的逻辑相同，个人或家庭可以每年 1380 元的价格认领一块 15 平方米的菜地自行耕种，或者花 2680 元交由村里托管，每年可以得到两季、至少 8 种有机蔬菜。

在村文化礼堂的大屏幕上，数字农业正具体可感地呈现，水稻生长、天气情况、土壤肥力等实时监测数据一目了然；永安大米、米浆饮料、米酒、月饼等稻米衍生品陈列在游客中心的货架上，供人选购……

这里位于浙江省北部。一条南苕溪从天目山间流出，自西向东经临安至余杭，在南湖附近突然 90°北折，环抱河流北岸的 8 个村子、3 万亩良田。永安村就是这片区域的核心。

以前，由于永安村地处非常用蓄洪区和基本农田保护区，97％的土地都属于永久基本农田，只能靠农业发展。这让它在富裕的浙北长期被视为没资金、没用地、没风景的"落后村"。

让它蜕变的转折点，是四年前的一次招聘。

2020 年，杭州市余杭区 8 个村子开出了年薪 18 万元（此外，根据各村股份制经济合作社的经营情况，另有绩效奖励）的条件，面向全国公开招聘乡村职业经理人。

通过选拔，安徽人刘松成了永安村农村职业经理人，出任永安村强村公司总经理。这个公司隶属于永安村股份经济合作社，服务于村集体经济，董事长是村党委书记张水宝，刘松则有一个更时髦的称呼——乡村 CEO。

从某种意义上讲，这是乡村经营的"第三条道路"。

此前，乡村经营主要有两种方式：一种是由村里的"能人"、大户或返乡创业者等来承包村里的闲置资产，但不是所有的村庄都有这样的"能人"，即便有，村集体和村民也只能获得租金，收益有限；另一种是和外来的公司合作、开发运营，但这样又容易出现"公司拿大头，集体拿小头，村民拿零头"的情况。

想要把乡村经营的收益留在乡村，就要补上乡村面向市场时的短板。然而，在绝大部分乡村，集体经济组织的负责人就是村书记，他们所承担的基层治理的行政任务本就繁重，很多人在经营能力上也有所欠缺。所以像企业一样公开招聘，由职业经理人来专业化、市场化地运作村集体经济，带动整个村子发展，就成了越来越多乡村的选择。

"不能简单地把乡村 CEO 理解为在乡村聘用一个懂乡村经营的人。它的本质是为农民、为村集体，雇佣一个懂市场、懂经营的职业经理人，以弥补乡村治理资源的断层。"中国农业大学国家乡村振兴研究院常务副院长、教授李小云说。

皖西学院动物科学专业毕业的刘松，第一份工作是六安一家养猪场的饲养员，他有技术又年轻肯干，很快成了生产负责人。2012 年刘松来到浙江，一直做到了某上市企业农业板块的高管，积累了丰富的管理经验和行业资源。

2020 年，35 岁的刘松看到了余杭区乡村 CEO 的招聘信息，他需要一个更大的平台施展自己的乡村梦想。笔试面试第一，加上此前的从业经历，让他在八十多名永安村乡村 CEO 的应聘者中脱颖而出。

这年 10 月，刘松"走马上任"。

"生意人"

一个传统的"粮食生产型乡村"来了 CEO，这本是件新鲜事。可是，乡村 CEO 是干什么的？怎么干？不仅是永安村的村民们心存疑惑，就连刘松自己也四顾茫然，没有答案。

因为就是这年年初，在开全国风气之先的杭州市淳安县枫树岭镇下姜村，招聘的首任职业经理人赵祥彬，由于年度考核时村民公投没有达到续聘的票数而被解雇，村里的集体企业收归村委会管理。

这在乡村 CEO 的圈子里，甚至整个长三角，都是一个爆炸性的新闻。大家还隐约记得，2019 年 3 月，在赵祥彬的聘任仪式上，周边 8 个村的村民都赶来围观，他对着台下黑压压的人群大声说："3 年后，我将带领下姜村主板上市！"没想到仅过了一年，大家没有等来下姜村的上市，等来的却是赵祥彬被迫离开的消息。此外，2019 年余杭区首批招聘的 3 位乡村 CEO，也已经有 2 位辞了职。

这些事让永安村人对乡村 CEO 心里打鼓，初来乍到的刘松自然也不敢贸然行事。

他带领团队先以农文旅活动为突破口吸引人气，组织了开镰节、开春节、插秧节、长桌宴等；又发展稻田、菜园认养模式，盘活土地资源；开发大米衍生产品，增加农作物附加值；探索"民建村用"，由村民出资将闲置房屋仓库改为农家乐，90% 以上的客源由村里负责为其"导流"，农家乐除了每年向村集体缴纳 8 万元的管理费外，其利润的 40% 到 50% 也交给村集体；联合包括永安村在内的 8 个村子成立"千村公司"，与社会资本合作……

2023 年，小小的永安村迎来了 1200 多批考察团。今年更多，从农历新年到 6 月，村里已经接待了四五百批人。这是永安村民从没想过的景象。费用也明码标价，参观讲解 40 分钟，收费 700 元；如需团队讲授乡村运营课程，费用则为 3000 元；如果有点名要刘松讲课的，则收 5000 元。

在刘松团队的运营下，永安村强村公司去年的年营业额达到 2000 多万元，村集体经营性收入由 2019 年的 73 万元提升至 2023 年的 550 万元，村民的土地流转收益从每亩 800 元提升至每亩 1700 元，村民人均年收入由 4.2 万元提升至 6.3 万元。永安村成为杭州，乃至整个浙江乡村运营最成功的案例，刘松也成为"传说中的乡村 CEO 第一人""乡村 CEO 教头"。

唐文铭是比刘松更早成为乡村 CEO 的人。2019 年 7 月，杭州市余杭区首次面向全国公开招聘农村职业经理人。经营着一家乡村运营公司的唐文铭，应聘成为小古城村的乡村CEO。

唐文铭做的第一件事,是将村里原本繁重的接待任务市场化。他梳理讲解词,招聘了专职讲解员,把接待工作做成了一门生意,对前来考察的团队收取讲解费,不仅减轻了村委的担子,还为强村公司赚得了"第一桶金"。

而后他又在村里建起了露营地和网红景点、推出沉浸式的乡村体验项目等,带动人气,盘活了小古城村的资源。

"我们在做一个尝试,就是把村集体经济变成一个市场化主体。打个比方,村里原有的股份制经济合作社只能算是一个未成年的市场化主体,它并不拥有完全的市场行为能力,而通过强村公司,村集体经济就成了一个健全的市场化主体。"唐文铭说,"通俗来讲,你(指村集体经济)得先把自己变成一个'生意人',才能到市场上去跟人家谈生意。"

不过,身份转化有时也会遇到现实的龃龉。"我们出去不断说我们是企业,可大家都以为我们是政府。另外,村集体经济本身还有决策时间长、程序多、团队效率低等问题,需要我们去探索解决。"刘松说。

就像一把"双刃剑"的两面,村集体经济市场短板另一面,是政府"背书"带来的强大的导流和资源统筹能力。比如,永安村的稻田认养项目刚推出时,没有企业愿意来认养,正是区里帮忙牵线搭桥,对接了11家央企、国企率先认养,形成了示范效应,才逐步发展到了现在的72家。

"在一个乡村、一个村集体里面,既有村庄治理负责人,又有村庄经营负责人,行政功能和经营功能都齐备了。在'官场+市场'双重竞争机制里,村书记作为准官员,乡村CEO作为市场力量,两者直接衔接在一起,形成良好的合作和互动,这就是乡村振兴的一个微观模型。"在腾讯为村论坛上,北京大学经济与管理学部主任、经济学教授周黎安如是总结。

CEO与董事长

人手不足,曾经是唐文铭最头疼的问题,他曾多次向村里提出,希望给团队多招一些人手,可是难以推动。"按照村里人的理解,我们村里也好、强村公司也好,去招一个人,这就是个铁饭碗,这个人是开除不了的。"唐文铭说,"那我能做的是什么呢? 只能不断去跟村里沟通。我现在就是想尽一切办法,把现有的几个人留住,不让他们'跑'了。"

几乎所有乡村 CEO 都有一个共识:一个乡村 CEO 能否在村里充分地施展自己,和他能否得到村书记支持、与村"两委"形成良性互动密切相关,这是乡村 CEO 能否成功的关键。

刘松到永安村的第一天,村党委书记张水宝就在全体村干部大会上表态:"刘松来了之后,我们要举全部之力,协助他的工作,决不能拖半点后腿。如果谁在这个事情上没做好,我就要找谁的责任!"

张水宝当过兵、在外干过企业,思想开通,人也随和。2015 年永安村成为全国首个"田长制"试点村时,他就是中国第一位"田长"。刘松打心眼里尊重他,也深知乡村 CEO 和村书记处好关系的重要。所以不管工作再忙,他每周都会抽出一到两天主动找张水宝汇报工作、沟通问题,多的时候甚至三四次。时间长了,他也总结出了一些和村里合作的逻辑,比如"一些事情让上面来决策会有压力,怎么办? 只要不是明确否定的事,那就去干。因为我们的出发点和目标都是相同的,就是希望这个村子好"。

永安村做出成绩后,张水宝当选了全国农业农村劳动模范,刘松成了"乡村 CEO 第一人"。有人说,他们是村书记和乡村 CEO 相互成就的典范。

然而,并不是所有的合作都能如此一帆风顺。在绝大部分乡村,村党组织书记、村委会主任、村经济合作组织负责人常常是一人"三肩挑",乡村 CEO 在村经济合作组织中的角色定位变数很大,也没有严格的条款来规定村"两委"与乡村 CEO 的权责关系,这常常让乡村 CEO 陷入尴尬。

采访中,一位乡村 CEO 就曾对赵祥彬的遭遇感到不忿。他听说,赵祥彬之所以犯了众怒,是因为他用村里公共的养猪大棚盖了餐馆,疫情一来,千岛湖游客锐减,当地村民们把怨气撒在了赵祥彬的身上,认为村里的农家乐抢了村民们的生意。

"你说他冤不冤呢? 他只是拿村集体的资产去做了他职责范围内应该做的事,赚的钱也没进他自己的口袋。这些事村'两委'能不知道吗? 为什么在和村民出现矛盾的时候不能做好调合,就让他一个人去背锅呢?就连他离职都还要被'消费'一番,还找了媒体来报道。"他说,赵祥彬的经历让他寒心。

另一位乡村 CEO 则认为,这是双方缺乏沟通的结果,"他才去了一年,其实很难做出什么成绩,但是他闷头在做,有了问题也不沟通。如果经常沟通,人都是讲情面的,至少会觉得你没有功劳也有苦劳,对吧?不至于最后投票的时候老百姓把你投出去"。

村集体下设的公司在很大程度上和城里的公司一样,由村书记担任董事长,乡村 CEO 直接向董事长(村书记)负责。因此一些传统意义上的职场规则,在这里也往往通行。比如有时,除了真才实学,"情商在线"也很重要。

一位乡村 CEO 告诉记者,一位曾经干了一年就离职的乡村 CEO,就做出过很多在大家看来"低情商"的事。比如,当着来访客人的面直呼村书记的昵称;招待客人时,他不顾旁人感受,把饭局变成了自己的"表演场"……这些即便是放在城市里也算是"职场大忌"的细节,在乡情社会中更会被无限放大,导致乡村 CEO 和村里主政者的磨合失败,甚至决裂。

"这其实就是一个怎么和'老板'相处的问题,在任何职业中都会遇到。磨合得好就能干好,磨合不好只能离职。"李小云告诉记者。

"外人"尴尬,"本地人"为难

2019 年余杭区首批招聘的三位乡村 CEO,如今只剩下唐文铭一人。

其中一人在被录取后又拿到了别的录用通知,并未到岗。另一位到岗的乡村 CEO 在干了三个月以后发现,"很多事情跟他预想的不一样",比如当时村里的工资一般是半年一付或一年一付,对于城里还有房贷、车贷的年轻人来说扛不了那么长时间;他原本在一个创意产业园做管理,到了村里后发现交到他手上的项目是一个运动公园;另外,公司招人也面临阻碍……最后他也选择辞职离开了。

唐文铭的老家就在他工作的小古城村隔壁的求是村,十里八乡都是熟人,他熟悉这里的人、事和运行规则,五年的经历让他对乡村的做事之道也有了自己的心得。"乡村就是一个人情社会,老百姓支不支持这项工作,很多时候是看对做事的人信不信任。其实村民是很朴素的,你把他当朋友,他也把你当朋友,你要做事的时候才会得到更多人的支持。"唐文铭说。

本地人的身份带来便利的同时,也带来压力,某种程度上讲,这种压力也是唐文铭一直坚持的原因。"别人能走,我不能走,因为我是当地人。如果我也走了,那不光丢我自己的脸,还丢我爸妈的脸。"他说。

和城市运行的逻辑不同,中国的乡村始终是一个熟人社会,而目前大部分的乡村 CEO 都是外聘而来,不是本地人,甚至不是本省人。作为"外人",他们想要在一个不大的村子里干事创业,需要付出相当的"融入成本",表面上看,他们是职业经理人,工作内容是乡村新业态的经营管理,但实际上他们面对的是一个更为复杂的熟人社会。

29 岁的柏令是云南省昭通市彝良县大苗寨村的乡村 CEO。这里曾是乌蒙山区的一个深度贫困村,为了巩固脱贫攻坚的成果,当地政府投入资金建设"云中苗寨",还开发了各种休闲旅游业态。

硬件建好了,可是缺少市场化的思维和运营模式,"最简单的例子,我刚来的时候,这里连发票都开不出来。"柏令说。在这样的情况下,大苗寨开始了市场化运营的探索。

柏令带来了现代化的管理和经营理念,加上当地政府的支持,"云中苗寨"从最开始的举步维艰到年营收达到 200 多万,成效显著。柏令也成了当地乡村 CEO 的典型,被多家媒体报道。

然而众人不知,光环背后,柏令已经好几次有过辞职的念头。

据村里人讲,最主要的原因之一就是他的"外地人"身份。村民们并不接受他,有人说他既不是村里人,也不是苗族,为什么要听他的? 时常还会有喝醉酒的村民去找他闹事。

今年 5 月,他想和村里人合办花山节,老一辈的苗寨人却另有想法。"要么给钱给我们自己办,要么你们办,就是不愿意合作。"一位村民告诉记者,"其实就是排外,他们觉得柏令是汉族,不懂苗族的风俗,办不好花山节。"

在柏令来之前,当地也想过在本地人中培养自己的乡村 CEO,朱云慧就是人选之一。然而,她在参加"中国农大——腾讯为乡村 CEO 培养计划"前,几乎没有离开过本村,加上文化水平不高,乡村 CEO 的培训常常让她觉得"煎熬"。"我们去学习的杭州、深圳那些乡村,有的发展得比我们县城还好,怎么能比呢?"朱云慧说,培训中一些关于农业政策和乡村运营的课程她更是听得云里雾里。跟不上学习进度的焦虑一度让她失眠。

好在后来政府又招来了柏令,朱云慧转而担任"云中苗寨"餐饮部的负责人,虽然还是团队中的主力,但不用"一肩挑",她的压力才慢慢卸下。

不过朱云慧说,现在云中苗寨又面临了新的困境。经历过疫情后旅游的爆发性增长,苗寨"冷"了下来,很多慕名而来的游客失望而归,觉得"没啥好看、好玩的""没有苗族特色";为了吸引游客,村里计划种植一片向日葵田,却因为技术不够,种植失败;尝试过直播带货,却发现这一行竞争激烈;下一步想发展野生菌种植,还不知道能否成功……已经 3 个月没有领到工资的她和丈夫正商量着外出打工,"家里孩子还在读书,正是用钱的时候,总要生活过得下去才能谈情怀"。

当记者问到朱云慧愿不愿意成为乡村 CEO 时,她直言:"就算一个月给我 1 万元工资我也不干。"她说,乡村 CEO 是一个得罪人的工作,"外地人还好,本村人干不下去,我不可能拉下脸来去说村民,以后我家里有什么事还要靠大家帮忙,你说是吧?"

"乡村 CEO 不是一个浪漫的想象"

2017 年,在云南省勐腊县河边村,展开了一场关于乡村运营的讨论。参加讨论的是李小云和他的团队,还有河边村的年轻人。

李小云说,城里公司的总经理都叫 CEO,为什么村里合作社的经理不能叫 CEO? 如果把乡村经营活动的管理者称为 CEO,是不是就能改变人们对村庄"落后"的刻板印象?

多年后,当初的概念已经成为一场在越来越多地方铺陈开来的乡村振兴"社会实验"。可无论乡村多么田园风光、诗情画意,乡村还是乡村,在田园般乡村创业的浪漫想象也总会遭遇现实困境。

和唐文铭一样，昆明人王慧（化名）还在家乡的乡村 CEO 岗位上坚持。2020 年，大学毕业的她报考了昆明某村的乡村 CEO 一职，一直干到了现在，而同批试点的 6 个村中，其他村的乡村 CEO 都已离职。

王慧是大学生，有见识、又能干，还有本地人的优势。村里治理资源和能力原本就不足，所以她一进村就承担了大量村委的事务，这让她不能集中精力完成经营村庄的本职工作；村里的事多由村"两委"拍板决定，留给乡村 CEO 真正独立自由的裁量权不多；她也还没有建立起自己的团队，很多事都要亲力亲为……

"经济社会的快速发展和转型，带来了城乡关系的变化，乡村正在成为一个新的经济空间，其价值不断凸显。而长久以来乡村人口的流失，又导致了人才的匮乏。乡村 CEO 应该说是中国城乡关系进入重视乡村时代后，试图填补乡村现代知识和管理'洼地'的一个实践探索。"李小云告诉记者。

很多像王慧一样留下的乡村 CEO 努力适应和融入了乡村社会，粘在了乡村。但这并不意味着乡村问题的解决。

"乡村 CEO 不是一个浪漫的想象。"李小云说，城乡差距既是现代化进程的普遍问题，也是中国现代化的特殊问题。城乡经济社会发展之间的结构性张力将会长期存在。想要留住人的关键是构建起一个职业体系，这包含很多职业化的内容，比如薪酬待遇的保障，政府要长期支持，而不能完全依赖于市场。同时，建立流动体系，比如以三年、五年为一个任期，让年轻人有"奔头"，而非希望这些年轻人永远留在农村。

几千公里之外，永安村新一季的秧苗长势正劲，刘松走在田间，这让他想到了记忆中小时候老家的稻田，乡土情结让他始终怀念。他说，到 2035 年左右，他父母这辈"中国最后一代传统农民"将会从田间地头离开。他期待着，乡村 CEO 这场社会实践能在那时交出一份更加完满的答卷。

（实习生杨奕君、陈语萱对本文亦有贡献）

（记者　雷册渊　编辑　王潇）

原文发布于 2024 年 8 月 28 日上观新闻

当危险从高空坠落

第一次宫缩后近三天，刘曼妮终于等到那一声啼哭。孙智豪在社交平台记录了妻子顺利生产的喜讯。

很多人这才想起几个月前的那则新闻——2024 年 8 月 24 日晚，一位孕 34 周孕妇被高空抛物扔下的芝麻油玻璃瓶碎片砸中右脚，导致两根脚趾严重受伤。

这位孕妇正是刘曼妮。

2024 年 11 月，原本住在 29 楼的刘曼妮，搬到了一栋低层的住宅里。这一案件最终被定性为刑事案件。确定可疑楼层、上门提取 DNA、锁定并逮捕抛物者、完善伤残鉴定报告并等候起诉，整个过程十分顺利。

但这样的情况并非高空抛物事件中的常态。

2021 年 3 月 1 日，《中华人民共和国刑法修正案（十一）》正式施行，高空抛物作为刑事犯罪被正式写入刑法。

在三年多的具体实践中，在没有警方协助的情况下，如何找到抛物者？找到抛物者后，执法部门的处罚力度是否到位，是否引起公众足够的重视？如果找不到抛物者，又有多少人会选择起诉整栋楼这一成本巨大的维权方式？

城市高楼中的人们被困在这些问题里。"自认倒霉"变成一种心灵上的宽慰，而高空抛物现象却始终屡禁不止。于是，它只能成为生活中不知何时何地会发生的"小意外",直到下一个足以称得上"悲剧"的案件再次冲击公众的视野。

天降油瓶

对刘曼妮来说,8月24日是一个至今想来依然心有余悸的日子。

这天晚上,她和丈夫孙智豪像往常一样,下楼散步遛狗。她将生活垃圾扔到单元门外的垃圾桶,丈夫在前方几米处等她。被从天而降的玻璃瓶砸中时,惊吓比疼痛更早一步到来。

"我吓到了,感觉可能有个瓶子砸到我,脚肯定是受伤了",刘曼妮回忆。

很快,一种"火烧的感觉"从右脚传来,刘曼妮开始大哭。当时,她怀有34周的身孕,肚子已经大得在正常走路时无法看到双脚。

听到哭声后,孙智豪转身看到坐在地上的妻子和散落的玻璃碎片,第一时间报了警。电话那头,民警询问是否需要救护车,孙智豪脱下妻子穿着的洞洞鞋查看伤情,发现鞋底已被鲜血浸满。

"第三根脚趾只剩下半截,第四根脚趾像炸开一样,指甲已经没有了。"孙智豪心疼妻子,也怕她日后感到自卑,希望断指能尽量被接上。

在民警的推荐下,他们来到一家以骨科见长的军事医院。一位骨科主任表示,正常人接骨后断指的存活率也只有三到五成。而对于孕妇来说,术后无法使用加速血液流通的药物,直接清创缝合才是最保险的选择。再加之,接骨手术起码要做六到七个小时,这是刘曼妮和腹中胎儿都难以承受的时长。

为了最大程度减小对胎儿的影响,医生在刘曼妮的脚心打了一针局麻,为她进行了修复手术。

"我现在看这个脚趾真的好丑,绝对不会再穿凉鞋。"刘曼妮至今依然没有完全接受失去半截脚趾的事实。但她也认为,自己已是不幸中的万幸,被砸的瞬间,刘曼妮的右脚是抬起的状态。"如果我那一步踏下去了,它就砸在肚子上,可能小孩就没了;如果走得再快一点,砸在头上,可能我就没了。"

事发当晚从医院回家时,越靠近抛物楼栋她就越心慌,坐在轮椅上控制不住地出冷汗和发抖,"一闭眼就是那个画面"。

她事后才知道,砸中自己的是一个容量550毫升的芝麻香油瓶。瓶身上半部分完整,瓶底受到撞击后完全炸开。

2023年11月,北师大博士生张进帅、李金珂基于对136份刑事判决书的分析和考察,发表了一篇题为《高空抛物犯罪的特点、成因与治理对策》的论文。其中提及,我国高空抛物罪案件中犯罪人所抛掷的主要物品,正是"芝麻香油瓶"一类的生活垃圾。

今年夏天,河北人王琦停在小区里某高层住宅楼下的车被一袋从15楼从天而降的生活垃圾砸中,全景天窗和内置骨架全部碎掉。当时正值高温多雨天气,垃圾中夹杂着中药渣和绿植,等他发现时,已滋生了不少蛆虫和蟑螂。

这不是王琦第一次遭遇高空抛物。此前,他的车也曾被砸过,但不及这次严重。他也曾三四次目睹小区里其他私家车被砸。"都是用塑料袋装着的生活垃圾",他回忆,去年冬天有一辆车也在同样的位置被砸,"后玻璃碎了,被砸后停在那里有一个多月"。

而有些时候,高空抛物看似没有造成太大的损失,却带来更加持久的困扰。在北京工作的韩天是某老旧小区的一楼住户,他经常在窗外的绿化带上发现各式各样的生活垃圾。今年5月的一天下午,他居家办公时,窗外传来"哐哐哐"的六声巨响,六个玻璃罐子从天而降,里面的食物还没有吃完。韩天被吓了一跳。

"楼上住户每次喝完牛奶都往下扔包装袋,我甚至都知道他们家这个月买的是什么牌子的牛奶,喝了多少袋牛奶。"韩天哭笑不得。

一开始是生活垃圾,后面逐渐演变成金属摆件、扫把、剪刀等重物,事态似乎变得不受控制。

尽管没有造成实质性的人身和财产损失,但持续的高空抛物给韩天带来了极大的精神困扰。"就像一只癞蛤蟆趴在脚面上,虽然不咬你,但每天都在膈应你",韩天说。夏天,生活垃圾散发的异味让他无法开窗。去年春天,他本想在绿化带区域种些花草,直到现在依然没有种上。

锁定抛物者

韩天是通过生活垃圾中快递包装上的信息才确定,抛物者住在七楼。相比之下,对于孙智豪和刘曼妮来说,锁定抛物者更加有迹可循——事情发生前,专门的防高空抛物摄像头已经覆盖了小区的每一栋高层。

事发后的第二天,民警为刘曼妮和孙智豪做了笔录,并调取了摄像头的监控。

然而,案发时是晚上,光线昏暗,孙智豪回忆,通过监控,只能看见一条从低楼层出现的白色抛物轨迹,无法确定抛物者所在楼层。

很快,案件从镇派出所被移交至县派出所,由刑警大队接手。尝试多种方法无果,刑警决定通过 DNA 比对来锁定抛物者。

这是一栋一梯四户的 32 层住宅。孙智豪表示,根据芝麻油瓶下落的轨迹,刑警锁定了可疑楼层,并对可疑楼层每层的第四户业主(即边户)进行采样。不到三天,孙智豪就被告知,抛物者已被抓获。

那天是 2024 年 9 月 2 日,距离事发仅过去了 9 天。然而,在更多高空抛物事件中,这样的过程和结局并非常态。

胡江居住在湖北一处高层老小区的三楼。今年 6 月,一个玻璃瓶从他所在楼栋的 18 层被扔下,砸碎了他家露台的玻璃和地板一角。安装在露台的防高空抛物摄像头记录了全过程,胡江很快找到了抛物者,但对方不承认。于是,胡江报警。

在配合民警做笔录、调监控、取物证后,胡江陷入了无尽的等待。据他回忆,第一次得到回复时,距离事发已经过去了快两个月。其间,他每隔几天就尝试联系当时为其办案的民警,总是被告知"那位民警不在,等他值班时再打来""我们会转告他"。

此前,胡江已多次被高空抛物砸到,也曾报过警。"就过来看一下,说找不到哪一家,要去调查,后来都不了了之",胡江无奈。几次下来,他感觉民警对高空抛物"不是很想管"。

刑警秦海洋已从警三十余年。近年来,他持续关注与高空抛物相关的社会案件。他表示,一般情况下,民警到现场后会有基本判断,分辨案件属于"高空抛物"还是"高空坠物",前者属于刑事范围,而后者系民事侵权。

但现实情况是,多数时候,现场留存的证据并不充分,因此难以在"抛"和"坠"之间准确定性。秦海洋也坦言,不可否认一部分民警出于不想"多管闲事",倾向于将案件作为民事纠纷处理。

所谓"闲事",与公安机关的内部分工有关。秦海洋表示,一般而言,派出所可以侦办因果关系较为明确、案情清楚的刑事案件。以高空抛物为例,大多指的是能现场抓到抛物者且对方承认的情况。需要经过多次且使用多种手段调查才能确认抛物者的话,则会移交给上级公安机关的刑警大队进一步侦办,且前提是确实造成了严重的后果。

2021 年 3 月 1 日,高空抛物正式入刑。《中华人民共和国刑法》第二百九十一条之二第一款规定,从建筑物或者其他高空抛掷物品,情节严重的,处一年以下有期徒刑、拘役或者管制,并处或者单处罚金。

法条明确,高空抛物罪的认定需要满足一定的违法犯罪情节,包括行为人的动机、抛物场所、抛掷物的情况以及造成的后果等因素。

据最高人民法院统计,在高空抛物入刑之前,2016 年至 2018 年,全国法院审结的高空抛物坠物民事案件有 1200 多件,而受理的刑事案件只有 31 件。后者中有五成造成了受害者的死亡。

秦海洋表示,若某高空抛物行为被确定为刑事案件,正常的办案流程为:出警、受案、完成正常的立案程序,此后才能进行刑事案件调查,提取证据;嫌疑人抓到后,再报捕起诉。而 DNA 的采集、公共监控的调取等环节,正是"提取证据"的重要手段。这解释了为什么很多高空抛物案"去调查一下"后就不了了之。

前几次被砸,胡江苦于缺少证据,他曾和物业沟通,希望小区能统一安装防高空抛物摄像头。"物业说他们说了不算,要全体业委会同意,走程序,后来也没下文。"他只能花近一千元自己安装。

9 月 26 日,《最高人民法院关于适用〈中华人民共和国民法典〉侵权责任编的解释（一）》发布，进一步完善了对高空抛物、坠物的民事责任划分。

其中明确规定，高空抛掷物、坠落物造成他人损害的，具体侵权人是第一责任主体，未采取必要安全保障措施的物业服务企业承担顺位在后的补充责任。

事情发生后，刘曼妮发现，小区各楼栋里的电梯广告都变成了宣传高空抛物的危害和处罚措施。社区还组织了专门人员，提醒居民将放在走廊窗台上的花草移进屋内，以防不慎坠落。

"其实物业最多也只能是宣传。"她补充道。

河南人崔敏芬在小区里被一袋混着几颗葡萄和葡萄皮的生活垃圾砸中，一阵头晕的感觉袭来，耳朵和侧脸立刻发烫红肿。

当时是晚上 6 点多，她联系小区物业方。对方表示，不关他们的事，"若要处理，明天工作时间来登记"。第二天，物业工作人员查看她伤情后的第一反应也是"你这也没什么事呀"，这让崔敏芬感到气愤，并反问："非要我被砸得头破血流，你们才重视吗？"

成本

谈起刘曼妮的遭遇，包括韩天、崔敏芬、王琦在内的多位高空抛物受害者都有所耳闻，一方面，他们同情刘曼妮和丈夫的遭遇，另一方面，又感叹刘曼妮的案件推进得快。

"她的事情足够大，已经涉及严重的身体伤害了。"王琦说。

2024 年 10 月底，为了进行伤残鉴定，孙智豪陪妻子去医院给受伤的脚拍片。"片子上全是阴影"，孙智豪说，被砸伤后妻子没怎么运动，骨质疏松的严重程度让医生感到惊讶。

做完修复手术后已是孕期的最后两个月，刘曼妮不能洗澡，不能正常走路，不能吃止痛药，右脚必须始终保持抬起状态。"脚只要低于小腿就会充血，整个脚趾都很疼。"她说。上厕所时，她需要在丈夫的搀扶下，依靠左脚在地上一寸一寸地蠕动，才能"挪"到卫生间。

生产前，刘曼妮挂了整整两天催产素，期间还经历了医生的手工剥膜，宫口才刚刚开到可以打无痛的程度。她回忆,当时和自己一起打无痛的另外两个产妇,都在当晚顺利生产了。而她的宫口开到四指后就停滞了,第二天早上接受了人工破水后,她才被推进分娩室。

"生的时候完全用不上劲",刘曼妮猜测可能跟自己孕晚期一直躺着有关。中途,她开始发烧,喘不上气。最终,在助产师的帮助下,她又花了 3 个小时才完成分娩。

但如今回想,刘曼妮和孙智豪都觉得,除了身体遭罪外,案件本身解决得十分顺利,"警方积极主动完成了所有环节"。他们把重要的推动因素归结为舆论压力。

事发第二天晚上,看着因疼痛无法入睡的妻子,孙智豪在自己粉丝量甚少的社交平台上记录妻子的遭遇。"发生好多事,心里很烦,就是做一个心情的输出口。"回忆发帖初衷,他没有料到舆论将会发酵。

随后几天,上门的民警除了告知案件进展外,另一个任务就是劝孙智豪删帖。"比较担忧,因为有太多高空抛物事件最后都不了了之。"孙智豪说。在民警的反复劝说下,他将帖子设置成"仅自己可见"。

等了一两天没有消息,孙智豪希望能在妻子生产前把这件事处理完,于是又把帖子改成"公开可见"。"舆论压力还是会有的,可能慢慢被上层看到了,案子被转到县派出所。"孙智豪猜测。

而对于多数不被看到的受害者来说,维权是一件顾虑重重且需要成本自负的事。

崔敏芬曾咨询过律师,律师建议她向物业和警方施压,逼迫他们找人。但她觉得"费时又费力,也不一定能找到人"。朋友也劝她,继续追究当心被报复。

在无法找到抛物者的情况下,受害者唯一能做的是以民事诉讼的方式起诉整栋楼,这意味着要做好"持久战"的准备。"时间很漫长,消耗的精力非常大,请律师又是一笔费用",胡江的律师朋友认为"得不偿失"。

"家人觉得搭这么多时间不值得,也不希望把邻里关系闹得太僵。"胡江说。因此他也没有在业主群里公开声讨抛物者。但他表示,如果受到了人身伤害,肯定会起诉。

历时两个半月拿到了赔偿款后,胡江觉得抛物者没有受到任何惩罚,"其实我损失更大一些,地板损坏我都没算。也花了很多时间,最后该赔偿的也没全部赔给我。"

王琦是自由摄影师,对他来说,维权的过程还伴随着很多隐形成本。他原本接了一单外地的活,因为车子被砸没去成。事发后把车拖到4S店,也是他自掏腰包。他总结,高空抛物受害者无论维权拿到了多么圆满的结果,都不可能挽回所有损失。

长期受到高空抛物困扰的上海人米婷婷呼吁更多相似遭遇的人一起来解决问题。她住在一栋高层的带小院的一楼,每隔几天,她就会在院子里发现楼上扔下来的纸巾、烟头、儿童玩具等杂物。

刚入住时,她每天都在业主群里提醒。长期得不到改善后,她说过几句难听的话,结果落得一个"很难相处"的名声。有一次,楼上有小孩扔下一根钢管,她也不好多说什么,"小孩和家长我都认识"。之前曾被砸坏的玻璃,她花了近一千元更换,也没有向邻居们追究。

米婷婷的感受是,即便高空抛物已入刑,但前提是有人受到伤害,各方才会有进一步的行动。"高空抛物没有落到自己头上,就永远得不到重视"。

王琦有同样的感受。"为什么高空抛物一定要造成很恶劣的后果,才会被舆论和司法体系关注到?"他常常对此感到失望,但也觉得个体力量无法做得更多,与其他受害者联合起来的想法也不现实。"就算在群里说了又怎么样,有些看热闹的人甚至会觉得你是一个小丑。"

这一次,他修车花了5周的时间。他坦言,如果是小磕小碰,自己很可能不会维权,"各方面成本太高了"。

谁在抛物?

砸坏王琦车子的是一位67岁的老年人,"我想象中可能抛物者生活条件不是很好,但他住的是小区里最好的户型,而且开的是一辆四十多万的车。"他对对方的抛物动机感到不解。

在过往对高空抛物案件的报道中,"争吵""不满""省事""孩子"是经常出现的词汇。2021 年底,有学者对当时裁判文书网上有记录的 26 起高空抛物案件进行梳理,把高空抛物行为的原因主要分成了情绪宣泄、图方便和看管不当三种,其中为了发泄不满和图方便的情况占到了近三分之二。

直至现在,刘曼妮和孙智豪仍然想不明白,向他们扔下芝麻香油瓶的那位年轻人是出于何种动机。

楼里的一位低层住户目睹了抛物者被警方带走时的情景。"他说他看到警察把一个年轻人铐走了,大概 20 岁左右。"次日中午,警方上门告知了孙智豪找到嫌疑人的消息,但并没有透露所在楼层。

据孙智豪了解,抛物者与其他人合租一户,住在玻璃瓶掉落位置的上方边户,警方第二次上门时才采集到他的 DNA,"第一次他好像躲掉了"。

2024 年 11 月 6 日,记者多次尝试敲开楼栋边户的门。同楼的住户大多表示知道孕妇被砸的事情,但对于抛物者的情况毫无了解。一位住在高层的住户表示,"现在邻里关系都是这样,关起门来互相不认识"。

孙智豪也曾试图询问过警方有关抛物者更多的信息,警方的回应含糊不清,孙智豪便不再多问。对此,秦海洋解释称,在刑事案件中,一般公安机关只会告知基本案情、案件调查进展等信息,对个人信息的保密是为了保障嫌疑人的基本人权。

事发近一个月后,检察院曾给孙智豪打过电话,表示对方律师想帮抛物者办理取保候审。担心抛物者取保候审后会有复仇心理,因此孙智豪没有同意。

抛物者父亲通过警方联系上了孙智豪。"他爸爸是农民工,天天和我说家庭有多么困难,希望获得原谅。"孙智豪为难又压抑,他觉得自己像是被道德绑架了。

不堪重负下,他删除了抛物者父亲的联系方式,希望一切事项通过律师沟通。但整个十月,对方律师再没有联系过他。记者曾多次尝试询问对方律师具体情况,律师甚至因为时隔太久,无法第一时间回忆起曾代理过这个案子。

被关押期间,抛物者曾托律师给父亲带话,表示自己做错了,连累了家人。律师也曾问他对受害者是否有想说的,得到的回答是"没有"。这让刘曼妮觉得

"他可能平时品性也不太好","连句对不起都没有,那就公事公办吧",她说。

目前,检察院已经批准逮捕,待刘曼妮的伤残评定结果出来,法院就可以对抛物者进行起诉。

在胡江看来,虽然有了相关法律,但"能不能按法定罪又是另一说",他觉得法律在其中更多起到的是一种威慑作用。

维权过程中,他曾问过警方,什么情况下高空抛物才构成刑事犯罪,得到的回答是"非常严重"。进一步追问什么样算"非常严重","他们也说不清楚"。

结合平时的工作经验,秦海洋表示,高空抛物入刑法的时间尚短,在具体的认定层面存在很多模糊地带,入罪标准就是其中之一。这是日后司法解释可以进一步努力明确的方向。

"很多民警在业务处理上也不是特别熟悉",他坦言,在现阶段,公安机关确定高空抛物是否走刑事案件流程,更多是以主观判断和舆论影响为主。

另外,并非所有高空抛物行为都会被定为"高空抛物罪"。秦海洋表示,一个月前核准死刑的长春高空抛物致死案中,抛物者通过形式上的高空抛物行为以报复社会,对不特定的多数人群的生命安全造成威胁,主观上是故意的,本质上属于"以危险方法危害公共安全罪"。这是比高空抛物更为严重的一种犯罪,最高刑期可达死刑。

也就是说,高空抛物严重与否,除了其造成的客观后果,一个重要的判断标准是抛物者的动机和目的。"对公安机关来说,涉及主观因素的判断是很困难且繁琐的环节",秦海洋说,往往需要搜集多方证据,再使用相应的讯问手段才能判断。

超越民法典的规定,但又够不到刑法的程度,对于那些"不够严重"的高空抛物,如何填补这一立法上的"真空地带"?

对此,去年8月提请十四届全国人大常委会第五次会议审议的治安管理处罚法修订草案中,专门作出规定:"从建筑物中抛掷物品,有危害他人人身安全、公私财产安全或者公共安全危险的,处五日以下拘留或者一千元以下罚款。"

秦海洋形容高空抛物罪是一个"跨越在分界线上的新罪名"——一个不道德的行为究竟属于"罪"还是"非罪"?到底是抓去坐牢,还是只是批评教育一下就放走？在人们朴素的认知里,"杀人犯法""偷东西会被抓"是一种共识,但对于像高空抛物这样不好的行为习惯可能会导致坐牢,这个逻辑推导的过程对普通人来说,是需要时间来接受和普及的。

细算下来,中国人"上楼"至今,也不过短短三四十年。1978年改革开放后,我国掀起了城市化浪潮,才开始探索建设高层住宅,以解决城市住房紧张问题。

"法律不是万能的,高空抛物也不是抓几个人就能彻底解决的。"在秦海洋看来,人们有时会对刑法有过高的期待,但实际上更重要的是人们观念上的改变。

社交平台上,有和刘曼妮同小区的业主表示,事发后两天,又看到有人往楼下扔东西。

如今,刘曼妮依然无法完全控制自己的右脚,受伤的两个脚趾无法分开或弯曲。走路时,痛感隐隐传来。但她已经逐渐从阴影中走出,考虑以后装一个义趾。

韩天楼上的住户还在持续抛物。韩天甚至在草丛里发现了宠物龟被切下来的头。在居委的沟通下,物业安排了保洁阿姨重点清扫韩天窗前的绿化带。

韩天认为这不算是解决办法,而且也会对保洁阿姨造成潜在危害。"问题始终没有得到根本的解决",韩天感到异常烦躁,但又无能为力,"我非常理解各环节中每个主体各自的难处,但谁能来理解一下我？我是持续性的受害者,还不知道要持续多长的时间"。

在他发来的最新图片里,一个装有两个鸡蛋的塑料袋挂在树枝上,旁边是生锈的铁柱,上面贴着一张残破的摄像头标识。

（应采访对象要求,文中人物均为化名）

（实习生　陆冠宇　记者　朱雅文　编辑　王潇）

原文2024年11月28日发布于上观新闻

原标题:孕34周孕妇被砸断脚趾后,更多高空抛物维权仍困难重重

长城上的树

京郊怀柔的箭扣长城正在修缮，但一个新问题把主持施工的老把式程永茂难住了。不是山高，不是石重，不是钱缺，甚至不是古代工艺失传，也不是审批流程繁复，都不是。

问题出在小小的树上。

原来，始建于明代的箭扣长城年久失修，城墙顶面上积起泥土，天长日久，在泥土和砖缝里，竟冒出许多杂树。夏天望去，蜿蜒的长城像是一条林荫道。而在冬天，高高低低的枯树又和残破的城墙一起显出别样的落寞。

修缮长城时，这些树应该留下还是拔掉？专家倒是论证过了，但程永茂怕的是公众悠悠之口——2016 年 6 月的东北，突然间，无数媒体都在报道"最美野长城被抹平"，说的是辽宁绥中县小河口长城，修缮以后成了一条"水泥路"。媒体上还配了修缮前后的照片，前照是一道残破城墙，后照则成了平展小路，一时舆论骂声迭起。过了几天，新闻反转，有媒体调查发现，所谓"水泥"其实是传统建筑材料三七灰土（即由三分白灰、七分黏土调制而成），作用是加固和保护，而不是修补，设计方案此前通过了国家文物局审批。此外，最初两张对比照也是偷梁换柱，拍摄的并非同一对象。3 个月后，国家文物局调查组调查报告再一次将新闻部分反转过来，称修缮措施对小河口长城"自然、古朴的历史面貌造成了严重影响"，要求"对相关责任单位和主要责任人进行严肃处理"。

在程永茂看来，辽宁同行在专业上并无大错，错就错在忽视了公众观感。那一天，他在笔记本上写道："在观感和实用效果的选择上，必然要侧重实用效果，但同时要考虑观感的接受程度。"

2018 年 8 月 18 日，他一早来到箭扣长城脚下的西栅子村，等待"救兵"增援，帮他解决树的问题。

最大的问题

左等不来右等不来。冒着雨，程永茂又跑到村口望了一回，"救兵"还是没到。他看了眼时间，10 点多了，已经晚了 1 个多小时。

他怏怏地回到屋里坐下，点上香烟，悠悠吐着烟雾。程永茂是兴隆门瓦作（明清两代营造皇家建筑的作坊）第十六代传人，18 岁起做瓦匠，今年 62 岁了，一辈子没离开砖头、石灰。他个头不高，白发稀疏，前额布满风霜刻出的皱纹。也许是常年在野外工作的缘故，脸庞、两臂都晒得褐红。

烟雾让他松弛。于是，他又从头到尾把事情琢磨了一遍——2 个月前，箭扣长城修缮二期工程开工。不就是修长城吗？我程永茂做了十几年，加在一起有 2 万米，按理没有挑战。可是，树的去留问题若不解决，项目就得停下来。短短 1 年工期经不住消耗。虽然现在还是盛夏，但北京的冬天近在 10 月，到时候，水一结冰，就没法施工了。

2018 年留给他的时间，满打满算只剩两个月。掐灭手里快要燃尽的烟，程永茂说："现在最大的问题是树。"

专家论证过，但莫衷一是。看了现场以后，建筑学专家说：该拔，长城的本体是城墙，树并不是长城的一部分，坚决不能留；遗址学专家说：该留，长城不仅仅存在于空间，也存在于时间，在长城凋零的历程中，树已经融入遗迹，应该留下来；搞土木结构的专家就厉害了：一部分留，一部分拔，破坏长城结构安全的树要拔，否则就留。程永茂一听晕了，问："他们说的好像都有理，我就是个工匠，该听谁？"

箭扣奇险。它是民间所说的"野长城"，没有开发，不向游人开放，不如八达岭、居庸关等家喻户晓。10.5公里的箭扣长城起伏在群山之中，是北京境内最险峻的一段，光是名字"箭扣"二字，就透着紧张和冷峻。再看看箭扣长城上的几处地名：天梯、擦边过、将军守关、鹰飞倒仰……100多年前，怀柔一位乡土诗人留下诗句"同游到此齐翘首，遥望人从鸟道来"，并且感叹："攀跻之难，殆过蜀道。"

400多岁的箭扣长城早已破败。近处看，满是残垣断壁、荒草杂树。或许正因为沧桑与残缺，这些年来，它成了"驴友"探访、拍摄野长城首选。看，那一幅幅足以做电脑桌面的画面，或是残阳下，或是霜雪中，或是坍塌的敌楼，或是漫漫的荒草……不知从哪一天起，箭扣长城得了一个俗套的称号——最美野长城。

又是一处"最美野长城"！可巧，就在2016年辽宁小河口"最美野长城被抹平"风声鹤唳的当口，程永茂主持的箭扣长城修缮一期工程开工。"好家伙，一下子来了30多家媒体，追着我问。"程永茂说，"长城是国宝，全国人民都关注，万一搞砸了，不光我有责任，还要牵连到怀柔区，甚至北京市，一大批人都要倒霉。"他不得不想，如果把箭扣长城上的树都拔完，网友公开一张有树、一张没树的对比照，舆论的反应会是怎样。

他必须考虑"大众审美"。

冲突的声音

雨渐渐停下来，屋外响起汽车马达声，程永茂赶紧跑出去，一看，果然是"救兵"来了。

车上下来一位中年男人，高个，大胡子，体态微胖，戴着墨镜，确实有"救兵"的气势。"赵工，你终于来啦。"程永茂迎上去和他握手。

赵工是赵工程师的简称。他叫赵鹏，是箭扣长城修缮工程的设计师。赵鹏42岁，干长城修缮已经10年，项目遍及京城内外，他既有建筑学学位，又有文物保护经验。如果说程永茂是练武行的，赵鹏就是唱文戏的。赵鹏将确定树的去留，程永茂则按照设计方案施工。他们携手进门。同车而来的还有工程甲方——中国文物保护基金会代表,以及审计师、长城考古队员。

"过一会儿上山以后,请赵工决定哪些树要'判刑'。"程永茂的话引得众人笑起来,只有赵鹏笑不出来。他何尝不知道舆论难测,程永茂的难题也是他的难题。

那就上山看了再说吧。11点半,没有吃午饭,众人带了面包和矿泉水向箭扣长城出发。

从山脚的西栅子村上长城,有一条崎岖的山路。这是村民和游客数百年来合力踩出的。像这样的路,村里还有另外几条,通往长城不同段落。雷雨过后,山里空气清凉。脚下湿滑,程永茂拄着一根木棍当拐杖,在前引路。2003年起,他就在本乡怀柔的大山里修长城,这里的山道,他每星期都要走一趟,最频繁的时候一星期6趟,一走就是15年。

比程永茂年轻20岁的赵鹏却最怵爬山。有段时间,在香山做文物保护,那会儿香山上还让开车,他每次上山都是驱车代步。对他来说,在主峰香炉峰的工程最省力,因为可以搭索道扶摇直上。

上山途中,有人问赵鹏:辽宁小河口的长城修缮,当初要让你去设计,你会铺那层灰土吗? 他想了想,说:"当时可能不会,现在明确不会。因为已经'试金'了,试出了社会反应,就是大众不接受。虽然他们的方法也不能算错,但是把长城埋起来的做法太简单了。"

"封护也是保护措施,但要做到最小干预。"程永茂插了句话。

"最小干预"是长城修缮的金科玉律,但怎么做才是"最小干预"就仁者见仁智者见智了。辽宁小河口长城覆盖灰土的方案,据说也是按这个原则设计的。

"如果是墓葬考古,挖出个大墓,回填没问题。但长城不一样,埋住了,是起到保护作用了,但长城的其他作用就没了。"赵鹏说。

"如果是换成方砖覆盖,大众也会反感,新旧对比太强烈。"程永茂说,因为小河口长城原本没有面砖,连石头都没了。所以他反复揣摩,若把箭扣长城上的树都去了,新旧对比会不会同样强烈?

"在'驴友'看来,自然景观价值是第一位的,长城本体保护反而没那么重要。有时候,大众的声音和业界是冲突的。但是不顾不行,全顾也不对,这就是矛盾。"赵鹏说,"长城修缮要是做好了,就是扬名立万;做砸了,就是遗臭万年。"

两难的去留

赵鹏径自感慨,抬头一看,程永茂早已甩开众人,提前到达山腰一处平台,停下来等大家。在他身边,早上的雨水汇成小溪,潺潺向山脚流去。"大家歇歇脚,走完 800 米了,还有 1200 米就到箭扣了。"程永茂熟悉上山的每一处地标。他说,从这里开始,再往上山势更陡,运砖石、白灰的车就走不了了,必须换骡子驮。

歇足了劲,众人接着向长城进发。这一天是北京难得凉爽的夏日,爬山也比以往省力。到达长城口的时候,程永茂看了看时间,只用了 45 分钟,是平时的一半。

到了午饭时间,大家从背包里取出面包和矿泉水,在长城脚下"野餐"。他们身旁,是一座坍塌的敌楼,原本两层的建筑,如今只剩一人高,而且楼底基石倾斜,像是随时要坠下来。身后,一段墙体已经在几个世纪的风雨中坍颓,形成十多米高的悬崖。

敌楼里、城墙上,守卫边土的士兵不见了,代替他们的是一棵棵杂树。这些树是留是去? 要说依据,其实是有的。《中国人民共和国文物保护法》和《长城保护条例》都要求:修缮必须遵守"不改变文物原状的原则"。但具体到箭扣长城上的树,怎么解读呢? 有树是原貌? 没树是原貌?

程永茂是怀柔本地人,了解树的历史。他说:"树都是上世纪 80 年代以后长起来的。80 年代以前,农村没有蜂窝煤,取暖、做饭都用柴火,长城上的树被砍得精光。村里人称这些树叫'柴树'。直到 20 多年前,烧煤了,没人砍柴了,树才长起来。"

他握住一棵小树,树干两米多高,小腿粗细,这也是长城上大多数树木的大小。他摇了摇,浮在面砖上的树根就晃动起来,连带着根部的泥土。"这些树留得住吗?"程永茂问。

赵鹏说:"我觉得大多数都留不住。树越多的地方淤泥越多,排水越不畅。

积水是长城的大敌。"这个说法程永茂认同,他清楚,存水冻融会影响长城结构安全。

程永茂用力晃了晃树根,连树下的方砖都跟着摇动起来。原来,一部分树根已经穿过砖缝,扎进夯土。他说:"要是把这树拔了,砖也就碎了。看来,见树就砍也不对,应该最小干预。"他问赵鹏:"如果不考虑别人的想法,你觉得这些树该不该留?"

"我当然希望把树都去掉,保持文物的本真性。有人觉得长城上长了树景观好,其实不是树的景观好,而是长城本身的景观就好。"赵鹏又问程永茂,"你觉得该留吗?"

沉默了五六秒,程永茂迟疑地回答:"唉,照理也不应该留。但是为了迎合一部分专家和大众的愿望,可能还是要留一些。遵守最小干预原则吧。"干了40多年建筑,民房、庙宇、宫殿、长城,什么没修过,甚至他一生引以为傲的国家级重点工程——天安门城台保护都没让他这么为难。他常常回忆15年前的那个春天,作为总技术负责人,主持修缮天安门城台的地砖。"天安门是咱中国的象征,去施工都是要经过政审的,一生中能做这么一件事情真是光荣。"在天安门城楼上,他激动过、紧张过,但没有像今天这样,面对长城上的柴树举棋不定。

推迟的"判决"

程永茂是修长城的老手。1991年,他在瓦作专家朴学林先生面前磕了头,拜了师,跨入兴隆门,排第十六代,"延"字辈,师傅送他艺名"延启",也许就寄托着延续、重启文物生命的厚望。

出师后,他陆续修了11段长城,占全区长城总长度的三分之一。他根据施工经验,总结出修缮长城的"五随"原则:随层,新砖要随着老砖的缝来砌;随坡,坡度一致;随弯,城墙有弧度,要随着弧度砌砖;随旧,与旧状保持一致;随残,与残状保持一致。他说:"达到'五随'了,这活儿看着才能过眼。"但他毕竟只是一名工匠,专家意见要听,公众观感要顾,杂树的命运他做不了主。

穿越长城上的杂树,众人继续向前。箭扣长城二期修缮工程总长744米,若在平地上,这点距离算不得什么,但在跌宕起伏的山峦间,走起来却不容易。这时,墙体坍塌形成的一道断崖横亘在众人面前,好在还可以踏着散落的条石越过。断崖对面,是一道倾斜约 45 度的陡坡。程永茂身形轻巧,只见他一手握着拐杖,一手拽着斜坡上的树,手脚并用爬了上去。有些超重的赵鹏试了两次,都从斜坡上滑了下来,只得退回去,从城墙外的小路迂回。

他们越过几座山峰,来到高处,看着长城在脚下展开,一直延伸到山间云雾里。坐在女墙上,赵鹏聊起不久前在山海关参加的长城保护论坛,他记得论坛纪要结尾不是结论而是疑问:长城是什么,建筑? 遗址? 文物? 赵鹏说:"如果是建筑,树就不能留。故宫太和殿屋顶上如果长了树能不拔? 如果是遗址,清理出什么样就是什么样,连修都不该修。"从局部来看,长城确实可以归到某一类;但整体来看,却没有一个现成的文物概念能够完整涵盖长城所包含的历史文化、科学技术、艺术美学等信息。

"去瞧瞧盆景。"程永茂招呼赵鹏继续攀登。眼前这段长城是程永茂开辟的试验段,如何保留树木,他把几种可能的处理方法依次呈现了出来。"盆景"是其中之一:一棵树孤零零立在路中央,四周的泥土都被清理干净,露出青砖,只有树根聚着一抔土,高出周边。"那边是公园。"他指着不远处的一丛植物。"公园"呈长条形,四五平方米,贴着墙顶一侧,另一侧则是清理出来的砖面。第三种方案是"环岛":一小片草树、淤泥保留在路中央。"你觉得哪种好?"他问赵鹏。

"都放着吧,还是等专家来给这些树'判刑'。"赵鹏说。

（记者　宰飞　编辑　林环）

原文 2018 年 8 月 29 日发布于上观新闻

原标题:野长城修缮的难题,竟是小小的树? 还是树后的公众悠悠之口?

四合院的尴尬身份

北京四合院是什么？

老北京说，四合院是毛细血管，连成胡同，通往心脏位置的紫禁城。

有位作家说，四合院是笔墨纸，记载了中国人传统的家族观念和生活方式。

房屋修缮单位说，四合院是一间间平房，以前的第一要务就是"少塌房，不死人"。

碰撞由此而生：在理念上，四合院寄托着北京人甚至是中国人的文化乡愁；但操作中，它只被视作普通民居，管理机构首要考虑的是居住安全。

几十年来，大量北京四合院修了又修、补了又补，不少院落原始风貌已荡然无存。它们还在，却又已经消失。

四合院的脸面和神韵在于门楼。北京当地一家报纸不客气地质问：北京胡同的老门楼竟毁于修缮？在东西城的老胡同里走走，被修毁的门楼能看到很多，而门楼是老城胡同四合院风貌最重要的组成部分，毁掉了门楼，四合院的风貌也就毁掉了大半。

本文将讲述两座四合院门楼的生与死。生死背后，是北京人面对四合院未来的困惑与求索。

消失的门楼

63 岁的孙世民是眼看着自家四合院的门楼消失的。

这是皇城根下的一座标准四合院,南房、北房、东西厢房俱全,门楼是四合院中等级较高的"蛮子门"。北洋政府时期,这里是围棋大师吴清源的住所。1949 年以后,作为公房,分配给普通北京市民。

孙世民一家于 1969 年搬进这座四合院,住两间南房。从他爷爷算起,孙家共四代人在此生活过,经历了半个世纪。

这半个世纪中,北京四合院日渐减少。上世纪 80 年代,北京市古代建筑研究所统计,北京城有 6000 多处四合院,其中保存较完整的有 3000 多处。到 2012 年,北京市编纂《北京四合院志》时,形制保存较为完整的只剩 923 座。

这些四合院中,约有半数是国家所有的直管公房。随着时间推移,直管公房住进了越来越多居民,原本宽敞的院落里搭起了一间又一间小屋,只留出容一人通行的巷道。像北京众多四合院一样,孙世民一家的院子逐步变成大杂院。

在孙世民的记忆里,自家四合院的门楼是从 1976 年唐山大地震后一点一点消失的。那年,北京许多房屋受损,大家慌不择路地寻找庇护所,哪里还顾得了门楼是否精致完备。门前的两块石头门墩就在那时不见了,后来孙世民听说是震后平整地面时埋到地下,一块埋在院子里的自来水管旁,一块埋在大门口。

2008 年北京奥运会前夕,北京胡同迎来了历史上最大规模的整修。就在这期间,四合院残破而不合时宜的木门换成了簇新的铁门。原本用来固定木门框的门簪也再无用武之地,索性省了。孙世民说:"我对那两扇老木门记忆太深了。因为门两边各有一根凸出的木板,我们小时候常常两手抓木板,倒挂在门上。"

上次改变发生在 2016 年。那一年,公房管理部门为大门做抢险维修。修完后,孙世民怎么看怎么觉得不对劲——就像一张脸,似乎被人打歪了。他拿尺细细一量发现,大门的门垛一侧是 48 厘米,另一侧却是 36 厘米。

他给一宽一窄俩门垛拍了照，向公房管理部门讨说法。对方答复说：门道墙体原为碎砖所砌（所谓"碎砖"，民间也称"核桃砖"，是老北京砌墙的传统材料），有安全隐患，2016年房管所将墙体由48厘米碎砖改为36厘米整砖。但由于门道东侧住户不同意翻修，导致西侧门垛改为36厘米，东侧门垛48厘米未变。

房管所将两侧门垛不对称的原因讲清楚了，但对于怎么纠正，却没有下文。

门墩埋了，门簪省了，门垛偏了。孙世民说："营造四合院是有规矩的，修缮也得按规矩来。老祖宗的东西，不能毁在咱们手上。"

像这样因修缮而遭破坏的四合院门楼不在少数。

房管人员的委屈

说四合院毁于修缮，直管公房管理人员却有一肚子委屈。

直管公房为国家所有，居民使用，政府委托相关单位经营、管理。一位业内人士介绍，在直管公房管理部门的分类里，只有平房和楼房两类，四合院只是平房的一种。

房管部门修缮公房的首要目标是"解危排险"，而非保护风貌。记者获得的一份北京市《直管公房及其设备修缮计划》里写明："平房修缮的重点是危房翻挑大修、木结构加固、解除屋面和天沟漏雨及庭院严重积水等。"

负责东城区公房修缮的老师傅杨建宗曾说："以前我们的口号是'少塌房，不死人'；2002年东城区成立房管中心，口号逐渐变成了'不塌房，不伤人'；2005年以后则变成了'少漏雨，少投诉'。"时代在进步，目标在提升，但修缮目标始终不变——着眼安全，而非文化和风貌。

低标准源于收支失衡，主要体现在租金过低和无偿物业。北京城市规划设计研究院的一项调查显示，直管公房的租金标准比公租房还低，尽管管理部门对此有异议，但是由于政策限制而不能调整。

有业内人士表示，2000年之前公房房租每平方米不到0.8元，2000年调整后平房每平方米每月仅2元。与此同时，大多数胡同物业无偿服务，靠政府不断补贴。

一方面是低租金和无偿物业,另一方面,政府却要投入大量人力、财力修缮房屋。在前述修缮计划中,房管部门直陈:"直管公房修缮资金严重不足。"

"解危排险"资金尚且难以保证,遑论风貌保护。《北京日报》援引一位在房管部门工程部任职多年的负责人的表述:按解危排险的标准,每平方米的投入约 4500 元,一个门楼面积在 10 平方米左右,总预算就是四五万元;如果要按照传统工艺修,要有四梁八柱、石材、砖雕等,造价最低需要 7 万元;如果参照文物修缮的标准,老构件尽量都用回去,那至少需要 10 万元。

也就是说,如果落架大修("落架"是指先拆落建筑构架,修配后再按原状安装)并采用传统工艺,修缮费用、工期都将翻倍。

另一位公房管理人士告诉本报记者:"公房修缮一直以安全为主要任务,如果上升到文化传承,资金缺口巨大。现在的材料费用、人工成本、交通运输均不能与管理单位所收的租金相匹配。"

他说,管理体制决定了公房管理单位的核心任务不是文化保护,过去也没有房管人把四合院当成文物,因此修缮中的破坏问题应该历史地看、发展地看。

难以复制的"重生"

孙世民的门楼在修缮中逐渐消失了,如今只剩下一截门槛仍是几十年前的老木。

但也有个别四合院门楼,却奇迹般地从朽木复生。

日前的一个下午,史家胡同 45 号院里,65 岁的居民周女士正和街道干部商量四合院维修工程。她身旁,一道修复后的垂花门熠熠生辉,仿佛诉说着大杂院早年间尊贵优雅的身份。

北京四合院中,前院和后院之间一般都有一道讲究的大门,叫作垂花门。小说中常描写大家闺秀"大门不出,二门不迈",其中的"二门"指的就是这道垂花门。垂花门通常是四合院中装饰最华丽的构筑物。

周女士说:"完全没想过垂花门能恢复成这样。几十年了,就剩几根烂木头,也没人敢动,一动就要散架。单位也没钱修,就一直这么烂着。"

2015年,史家胡同风貌保护协会从东城区名城办申请到一笔资金,考虑修复这道垂花门。史家胡同所属的朝阳门街道认为,历史文化街区里的传统风貌院落,虽然没有按文物挂牌,但是在日渐稀少的情况下,就应该按文物对待。

因此,在修缮垂花门之初,街道就提出以高等级的文物标准修复:不落架,使用原构件、原做法。

朝阳门街道责任规划师惠晓曦却有些为难。他发现,垂花门的木料腐朽太严重,已经没法再用。不落架大修看来很难。"为了落架的事,我和街道干部'打了好几次架'。"他说。

惠晓曦认为,历史文化街区里的传统建筑并非都需要按照文物标准修缮,而是应当分门别类对待。第一等是文物,应当最严格保护。其次是历史建筑,然后是传统风貌建筑。传统风貌建筑主要是要求外观保持原貌,内部可以部分使用现代结构、现代材料。

后来,文物专家专门研讨了垂花门修复方案。结论是这道门做于清末民初,形制相对简单,保护价值还达不到文物的标准,没有必要按故宫、莫高窟那样的方法修。

垂花门还是落架大修了。大家的想法都是看哪些构件还凑合,尽量用回去。"落完架之后一看,雨水已渗透到卯榫交接处,木料拆下来就酥了,工匠们也说不行。"惠晓曦说,"最终能用上的老料,只有石构件和两个没有被雨浸泡过的门簪。"

专家说,如果按照传统方法日常维护,及时碎修小补,很多四合院建筑不至于落到如此境地。

尽管是翻修,但手艺都是老的,整体达到了历史建筑的修缮标准。木工、瓦工、油工来自河北涿州、易县等地,那里历代传承北京地区的传统建筑营造技艺。周女士亲见了工匠一点点重塑垂花门,她说:"光刷漆就用了一个月,还用了麻布,据说叫'一麻五灰'(这是中国古代建筑彩画的基本施工方法)。现在三年多了,油漆一点儿也没起皮。"

修这道垂花门不便宜。"整个45号院修缮花了30多万元,光这道门就占了一多半。"惠晓曦说,"垂花门死而复生是个难以复制的特例。"

只缺那根串联各方的线

特例若想变成常态,首先要解决钱的问题。

恰好,在东四南历史文化街区,另一个试验的机会来了。近三年,北京市持续整治提升背街小巷环境。东西城不少胡同都新铺了道路,换了屋瓦,外墙贴了瓷砖。

朝阳门街道琢磨:能不能反其道而行之,给胡同做些"减法"? 历年来,胡同四合院涂抹了太多脂粉,现在是卸妆的时候了。

具体说来,老墙能否不再贴瓷砖,而是把往年贴的瓷砖、刷的涂料铲除,露出本来的墙体? 另外,有些四合院,施工部门原本计划揭掉整个屋顶重新铺瓦,现在能否换个思路——尽量保留老瓦,只在局部做些不露痕迹的修补?

这样做可谓一举两得,既恢复了四合院原有风貌,又省出一笔钱。

这笔钱有更好的去处:按古法局部修缮四合院门楼。

街道和环境整治部门协商后,在礼士胡同做了"减法"试验,从而留下了好几个有历史风貌的门楼,恢复了好几座四合院的旧墙。礼士胡同原来名气并不响,卸妆后,风貌反而比其他知名胡同更好一些。

惠晓曦最近也有件喜事:由他参与起草的《北京历史文化街区风貌保护与更新设计导则》(下文简称导则)已经完成公示,正式颁布实施。

导则规范了胡同修缮中的"宜"与"忌",使街区在具体规划、设计及建设时有规可依、有章可循。导则刚刚发布,东西城不少街道已经联系惠晓曦,邀请他去讲解。

但惠晓曦很清楚,所谓导则,只是技术性指导文件而已,不是法律法规,没有强制约束力。

各种现行的修缮规范其实已经很细致。在起草导则之前,他让助手汇总了以往国家、北京市出台的相关文件,竟有十几个之多。例如——

2004 年的《北京旧城历史文化保护区房屋风貌修缮标准》要求"四合院的宅门……修缮后应恢复原有形制"。

2007 年的《北京旧城房屋修缮与保护技术导则》要求"院门修缮前,应鉴定原有门楼形制,以复原修缮为首选方案"。

2009 年的《北京旧城历史文化街区房屋保护和修缮工作的若干规定(试行)》要求"房屋修缮施工应当使用传统材料,采取传统做法,保持传统形式"。

四合院居民孙世民手头也有一本若干年前相关部门整理的公房维修规定汇编,他与房管所理论时,就曾搬出其中的条文。

惠晓曦的导则只是十几个文件后的最新一个而已。他说,怕的是花了两年时间编写的导则,如果没有实施路径,修房的人可能连看都不会看。

规则不缺,技术其实也不缺。和大多数人的理解相反,房管部门的古建修缮技术非常成熟。这一点连惠晓曦也赞叹:"他们都是修了几十年房子的老匠人,师父带徒弟,从底下一直干上去的,要是想按规矩修,完全能修得好。"

"所有东西都在,只是没人穿针引线,把各个口子统筹起来。"有关人士指出。

四合院保护亟须一个机制,将技术标准、房管部门、财政配套资金等一一衔接:政府出台了风貌保护标准,就需要有约束力和落地路径;房管部门按标准、守规矩修缮四合院,必须有分类的财政资金支持。

"如果再不统筹,历史遗存毁一样少一样,到最后想统筹的时候,却没东西了,只剩一些点状文保单位。"有关人士对此甚为担忧。

去年,房管所再次维修孙世民居住的四合院。这一次,门楼东侧的墙体拆除重建,东侧门垛也顺便改为 36 厘米整砖,东西门垛终于回归对称。

孙世民说,人上了年纪,总爱回想小时候的事,回想那会儿和胡同里的孩子扒着木板,倒挂在门上。如今,儿时玩伴多已离开胡同,连四合院的门楼也不复从前了。

前些天,一位老街坊背着小孙子从门前过,罗锅着腰,头发也白了。孙世民一看,眼泪哗哗哗就下来了。

"就想起我爸背着我在东单花园,就想起我背着我妹妹、背着我弟弟、背着我们家孩子、背着我弟弟妹妹的孩子。想想人这一辈子挺快的，这个世界上你什么都留不下。"他说，"我对四合院修缮那么较真，就是想为后人留下点什么。"

（记者　宰飞　编辑　林环）
原文 2019 年 5 月 21 日发布于上观新闻
原标题：普通民居还是文化遗存？ 北京四合院面临身份困惑

三

关照人心

孙海平的漫长冬季

时隔巴黎奥运会2个月,在开启2025年的冬训前,孙海平对6个徒弟发起了一场新的"实验"——他给队员放了队伍自1999年来最长的假期,整整10天。

如果运动员休息时间过长,运动能力就会下降,以前孙海平给运动员放假从不超过5天。但这次,他为了完全释放队员第一次参加世界大赛的精神压力,决定"冒险"一搏。

最终结果让孙海平"吓一跳",几位运动员的抽血测验指标显示,他们的身体机能状况达到了历年以来的最高水平。这代表着,整个队伍冬训的开端将会站在更高的起点。

一切或许会因此迎来转机——自刘翔受伤退役以来,中国男子短跨项目从高峰迅速跌至谷底。2008年到2024年举办的5届奥运会中,男子110米栏没有一位中国选手晋级决赛。人才断层问题在这个缔造了辉煌的队伍里,成了一个越裂越大的口子。

今天的中国竞技体育需要什么样的人才?如何在训练运动员跑出成绩的同时,让他们免受伤病的困扰?在漫长的时间里,这些问题一直冲击着孙海平的内心。

时不我待的情绪越来越强烈。巴黎奥运会后,层出不穷的实验性想法和不断纠偏、调整的训练模式，每天都在这位"超龄服役"的 70 岁中国顶尖教练脑中翻滚。

孙海平有了全新而具体的期待：4 年后的洛杉矶奥运会，他能带着队伍穿过幽暗而漫长的冬季，重新回到已失去近 10 年的男子短跨"世界前列"位置。

坠入低谷

2024 年 10 月，冬训伊始，孙海平就宣布了一项新训练项目"拉胶皮带"，旨在加强运动员腿部力量，解决他们在巴黎奥运会上暴露的前半程爆发力不足问题。

队员两两组队，一人站在半米开外，用脚踩住胶皮带固定，另一个人把它绑在脚腕上，用手抓住双杠，用力向前和向后甩腿各 20 次，左右腿各 1 次算一组，要连续做满 3 组。

孙海平眼睛紧盯着队员的腿，急促地喊着"用力抽！狠一点！"，队员单腿摆动速度随之加快。听到胶皮带抽打在地面上，发出快节奏的"啪嗒啪嗒"声，他的眉头才舒展开。每组训练的间隙，队员们像缺氧一般，瘫坐在垫子上大口喘气。

运动员的体能消耗和运动表现就像处于天平的两端，此消彼长。孙海平试图通过不断矫正训练强度，找到体能与运动表现的最佳平衡点。这往往也是好成绩与伤病之间的分界点，他"不敢越雷池一步"。

上午 2 个小时的训练，孙海平全程都在场边微驼着身来回踱碎步，盯着运动员的每个动作。他胸前挂着一副随时要用的老花镜，几年前，他脖子上挂的还是一个秒表。11 月上海刚入秋，他却早已套上了羽绒背心，一个老式大保温杯不离身。训练休息时间，孙海平偶尔觉得乏了，就躲进旁边的器材室抽根烟。下轮训练开始前，他又会迅速掐灭香烟回来。

上海莘庄训练基地看起来和高校的室内田径馆差不多，略显陈旧的场地上到处堆放着栏杆、海绵垫、铁饼等器材，四面八方贴着红底白字加粗的标语，上海田径队各项目组被划分在不同的固定区域训练。从 1995 年场馆投入使用，孙海平就一直带着徒弟们在靠窗的几条110米直道训练。

　　眼前的冬训是一年中最基础的训练，从去年11月延续到今年4月。冬训是漫长而枯燥的，人要机械地重复着几个动作，短时间看不见效果。

　　孙海平更期待夏天，熬过冬季的运动员在夏训中快速提升专业水平，突破个人最好成绩，在世界舞台上崭露头角。刘翔正是在2004年夏季的雅典奥运会，登上了男子110米栏的"世界之巅"。但这十多年来的夏天，孙海平的希望却总在落空。

　　在他脑海里，夏季的记忆还很鲜活。2024年8月8日上午，孙海平坐在巴黎奥运会男子110米栏半决赛的观众席上，有些忐忑，"他们能在半决赛里跑出最好成绩的话，就有可能进决赛。但我知道有可能他们进不去。"

　　以前看刘翔比赛时，他总是非常笃定，"就像仪器一样，我事先把它调好了，他跑下来肯定就这个成绩"。而对于第一次登上奥运赛场的两位徒弟，孙海平心里"没底"，那是一种完全陌生的感受。

　　孙海平习惯坐在第七和第八个栏的位置，那是运动员后程加速的阶段，也是他认为真正定胜负的关键位置。但那天，孙海平和安保商量了很久，才坐到第五个栏边。在汹涌的观赛人潮中，孙海平担心赛场上的徒弟看不见他。

　　搜寻师傅的身影是他们每次赛前的定心丸，"我们最后还是在观众席里找到他了"，徒弟徐卓一回忆。在2024年5月的全国田径大奖赛第5站男子110米栏决赛中，他以13秒22的个人最好成绩夺冠，他这次的目标就是入围奥运会决赛。

　　但是，徐卓一在起跑阶段就出现失误，从第4步开始提早直起身子。秦伟搏则被分到了东京奥运会冠军帕吉门特旁边，看到他与自己的差距越拉越大，秦伟搏尽力追赶，被打乱了节奏，最终排名小组第六。

　　秦伟搏和徐卓一都未能晋级决赛，分别跑出13秒41和13秒48，而他们的最好成绩是13秒29和13秒22。

　　"他们毕竟太嫩了，不像刘翔那么老道。"孙海平又强调，"刘翔在刚开始参加国际大赛时，也不是每次都能发挥好。"刘翔就像一个恒久不变的坐标，孙海平会将一切人与事放入这个参照系做对比。

他发现徒弟们在比赛前,说话语速和表情都不一样,不像平时打打闹闹,而是默默坐在那里,"一看就知道,紧张了"。

秦伟搏甚至在预赛前一晚就开始头痛。第二天走上赛场时,他听到从四面八方涌来的加油呐喊声,看到身边游刃有余地做准备活动的前奥运冠军,感到一阵眩晕,身体疲软······

实际上,巴黎奥运会的开端,还是让人为之一振的:徐卓一、秦伟搏、刘俊茜三人入围巴黎奥运会男子110米栏,是中国田径短跨项目历史上第一次满额参赛。

备赛奥运期间,孙海平就时不时地暗示两个徒弟,他们现在的身体状况和专项技能都调整到了相对平衡的比例,"和刘翔第一次参加奥运会时的状态相似"。但一切,在大赛逼近的"压迫感"面前,都变得微不足道。

现在,孙海平和男子短跨项目一样,处在一种难受尴尬的境地:别说重回世界巅峰位置,何时能回世界前八,也是未知数。

2023年杭州亚运会上,"种子选手"徐卓一以13秒50的成绩获得铜牌。此前,中国队曾连续夺得9枚金牌,其中从1998年开始,孙海平的三位徒弟陈雁浩、谢文骏和刘翔拿下了6块。但中国队的十连冠终究没能实现,徐卓一为此一个劲儿在镜头前道歉。

但孙海平很快就释怀了。"徐卓一当时才入队训练3年,一名运动员要达到最高水平至少需要6年。这是竞技体育的规律,中间断层了以后,硬拔也拔不上来。"

"这两三年,整个男子高栏水平降到了刘翔之后的最低谷,已经出现人才断层了。"孙海平判断。

教练的"眼光"

田径场馆外的玻璃展板记录着上海田径队的荣誉,从1953年到2012年的全国田径锦标赛冠军,占了整整三大块板。唯独一块用寥寥十几行,写着破亚洲和破世界纪录者,刘翔和孙海平的名字出现了3次。

不知是何原因,这块荣誉榜不再更新了,而孙海平最为耀眼的教练生涯,也随着这块板上的年份一起被定格了。

就在刘翔创造奥运纪录的那年,教练孙海平还没有团队,他只是和刘翔两个人满世界地跑,一起参加联赛,一起差点赶不上飞机,一起在闲暇时买各国纪念品。当时,他们都是急切地想在世界舞台上展现自己的新人。现在刘翔走了,他成了唯一留下的"老人"。

男子短跨人才断层,在刘翔 2008 年受伤后就开始显露征兆。而孙海平一直在"未雨绸缪":他会在一名运动员处于巅峰状态时,就开始寻找他的顶替者。但现实是,他挖掘新苗子的速度始终赶不上老队员因为伤病和年龄而陨落的速度。

2008 年前后,孙海平招进了 18 岁左右的谢文骏。在入队体检中,谢文骏被查出腰部有一处天生缺损。当时还在忙着带刘翔四处比赛的孙海平,还是决定把他留在队里试试,给他设计了一整套避免腰部发力受损的训练动作。

后来,谢文骏夺得全运会三连冠,被外界认为是"刘翔接班人"。但事与愿违,谢文骏距离奥运决赛最近的一次是 2012 年,仅相差 0.03 秒。在那之后,年龄和伤病成了两大阻力,赛场失意时有发生。

谢文骏一直坚持到了上一届东京奥运会,31 岁的他以小组第 4 的成绩晋级半决赛。"他世界锦标赛拿过第 5 名,也是很不容易的。运动员到了一定岁数,运动能力就会下降。"孙海平很清楚这是难以违背的客观规律。

谢文骏入队 8 年后,孙海平又招到了一个广东小孩,叫曾建航。但至今,这个名字都鲜少出现在国内外重磅赛事中。

"国内除了刘翔,他第二快,比谢文骏还快。"孙海平回忆。曾建航每年都在稳定提升 0.02 秒左右的速度,孙海平希望他能为中国短跨保住世界前八、亚洲第一的地位。

直到 2021 年,一次意外打破了孙海平精心维持的平衡。曾建航在全国田径大奖赛的决赛现场出现意外,导致髋臼撕脱性骨折。

那场全国田径大奖赛广东肇庆站,是他征战奥运的前站。那年,他刚跑出个人最好成绩 13 秒 43。他很快就能累积足够多的赛事积分,获得东京奥运会的参赛资格。

赛前热身中,曾建航在过第二个边栏时,彻底失去重心摔了下来。落地时,他本能地用腿向内支撑,而他的股骨头朝反方向顶了出去,"嘣"的一声,像是香槟瓶盖被气流顶出来。曾建航感到骨盆处的剧痛袭来,脑子里就剩下一个念头,"完了"。他立即被抬上担架送去医院,当晚就坐飞机回上海做了修复手术。

"竞技体育就是这样,有人下去,有人上来。"孙海平描述着颠扑不破的规律。他不得不又开始寻找下一任"接班人"。

他找到了秦伟搏和徐卓一,两个 00 后的小孩。当时,秦伟搏正在市二体校二线青少年队伍,徐卓一则受到松江的一位教练举荐。孙海平也说不清楚为什么自己会选中他俩,只能用教练的"眼光"来解释。

在"眼光"的构成比例中,感性和直觉似乎大于硬性选拔标准。孙海平第一次看刘翔训练时,就发现其他小孩都害怕摔跤,跳着过栏,只有刘翔敢真正跨过去。"虽然动作一塌糊涂,但他有这种感觉,我就想这个小孩可以试一试。"孙海平回忆。

当时刘翔已经不练体育,在一所市重点高中读书。孙海平找到刘翔的父亲,承诺如果让刘翔跟着他练跨栏,一定能跑出成绩。"如果不是我去把他要回来,那我和他就都完蛋了。"孙海平少见地大声笑了起来。

队里的助理教练周斌曾是男子十项全能运动员,也跟孙海平练过跨栏,刘翔比他晚半年入队。他感觉这位师弟当时就是"上海市冠军"的水平,但孙海平却看到了刘翔身上的天赋,每周单独给他"开半天小灶"加课,补弱补缺。"孙指导懂刘翔训练中的每个表情动作,而刘翔又特别适用他的训练方式。"尽管男子110米栏的世界纪录早已被刷新到了 12 秒 80,但刘翔在 2004 年雅典奥运会上跑出的 12 秒 91,至今仍是奥运纪录。

在那次奥运会后,孙海平开始以刘翔口中"师傅"的身份出现在公众视野里。全国各地的家长和教练都领着孩子找到孙海平,要跟着他练跨栏。

现在,在两位年轻徒弟身上,孙海平有点找回了最初带教刘翔时,那种模糊而兴奋的感受。

但徐卓一和秦伟搏的身高,又成了孙海平新的挑战。两人都接近 198 cm,

是他带过最高的运动员。

对于短跨项目，"高个子"既是优势，也是劣势。男子高栏在 107 cm 左右，身体重心如果超过 1 米，腾起幅度小，耗时短。但他们的骨关节更长，摆动速度慢，更容易打栏摔跤。因此，孙海平心目中运动员的理想身高是 190 cm，刘翔 189 cm，谢文骏刚好 190 cm。

为了弥补身高带来的劣势，孙海平注重训练队员的跨栏节奏。每一次大小比赛，都是他观察运动员专业技术的最好机会。

2024 年 11 月 2 日，上海市学生运动会高校组田径比赛现场，孙海平站在看台上，追踪着徐卓一和秦伟搏的每个动作细节，但凭借肉眼分辨不出谁是第一。他眯睁着眼，满脸笑意地看着终点说："两个人差不多嘛。"

"徐卓一相对力量比较强，技术灵巧性好，但整体实力不够。秦伟搏的综合实力比徐卓一强，但技术感觉差一点。"孙海平仔细分析过两人的优势和短板。

孙海平心中最理想的人才队伍分为三个梯队：第一梯队是像刘翔一样的世界冠军，第二梯队世界前八，第三梯队在全国名列前茅。他对徒弟的期待是上到第二个阶梯，将中间断层补上。

孙海平知道，刘翔当年的横空出世，本身就是后来者的一种"困境"。"在刘翔出现之前，我们曾经出过一名运动员叫李彤，他在世界锦标赛上获得过一次第 8 名，这都是很了不起的成绩了。"孙海平记得当时一位国家体育总局的领导说："短跨项目只要你们谁能站到决赛，你们就成功了。"

但现在，希望和压力被越推越高，他们只能迎难而上。"我和国家队的赛事负责人说了，明年只要是世界级高水平的比赛，我们尽量都去。"这是孙海平为队伍定下的目标。他想用大量的大型国际赛事经历，把徒弟们从心态上、士气上彻底"拔起来"。

"人是活的，不是机器"

每年 11 月中下旬，冬训进入第二阶段的专项强化训练，孙海平开始对队里 7 名受训的队员展现更为严苛的一面。

在一次 110 米短跑练习中,曾建航在后程加速反超秦伟搏。孙海平立马朝远处的秦伟搏发出一声警告似的厉声大喝:"哎!""他应该跑得比曾建航快,他没用尽全力跑。"孙海平解释。

总有某些训练的瞬间,让孙海平怀疑这群小孩身上缺一股"豁出去"的劲儿。"不像我们,不怕死,上来就像一个战士一样,敢于冲锋,敢于打。"孙海平复述着上世纪 70 年代运动员无条件执行的"三从一大"信条——从严、从难、从实战出发、大运动量训练。但是,这种训练方法似乎并未在他身上奏效,孙海平 110 米栏从未跑进过 14 秒。

如今,在他作为教练设计的训练项目中,仍然能看到"苦练"原则的影子。刚入队接受孙海平训练的运动员,都无法快速适应他的高强度。秦伟搏花了整整一年的时间。每天两个多小时训练结束后,他就感觉浑身酸痛,连爬楼到 5 楼的宿舍都会腿发软。

在冬训开始前的 10 天超长假期里,孙海平偶尔也会忐忑,担心这群 00 后的心"放散了",每隔三四天就在群里提醒队员适当运动,维持体能。

但是,在假期结束后的恢复性训练中,孙海平还是发现了一些小问题:尽管他为了避免运动员拉伤,从最低值开始,每天阶梯式加大强度,但仍然不止一人出现肌肉发紧酸胀的情况。

孙海平忍不住说了几句:"我叫你们放假的时候动一动,如果你们动了的话,现在反应不会这么大。"队员默默低下头没有回应,继续用腿滚着泡沫轴按摩放松。

尽管每一代徒弟都觉得"孙指导那组是最累的",但周斌发现,孙海平的训练思维已有了翻天覆地的变化——"从注重量的积累,转变到对强度的追求。以前可能跑 7—8 次,都是 80% 左右的强度,现在就跑 1—2 次,但要达到 100% 的强度。"

"搞竞技体育,其实就是人训练人,这是最难的,人有自己的想法。"在 40 年的执教生涯里,孙海平对这句话感触越来越深。

现在队里运动员最大的 27 岁,最小的 20 岁,是和他整整隔了两代的人。在训练间隙,孙海平总会看到 80 后的周斌和 00 后队员肩并肩坐在垫子上,讨论最新款的电子产品。他站在一边默默听着,无法加入对话。队员每天都在场馆里用移动音响播放外国摇滚和说唱歌曲,孙海平听不懂,就在音乐声减弱的时候,见缝插针地叮嘱几句和训练有关的话。

为了保障运动员白天的训练质量,孙海平还要介入队员的"吃喝拉撒睡",反复强调睡前半小时不要玩游戏。他还会时不时查寝,有一次他发现一名队员不在宿舍,打电话听说在剪头发,就立刻骑摩托车找过去,发现人真的在理发店,才松了口气。

"自律是运动员最重要的一个品质。"孙海平认为刘翔就是最有说服力的例子。虽然刘翔也玩电游,但一到 10 点就关灯睡觉,"你看刘翔在退役前没有任何绯闻,因为他不出去的,和我一样,好像和社会有点割裂。"

一周训练 6 天,孙海平和队员一起住在田径馆对面的宿舍。每天早上 7 点醒来,8 点半前到场馆,等队员集齐后开始上午训练。下午,孙海平会梳理近期训练计划,处理一些社会事务。他的床头柜上放着本子和笔,睡觉时突然想到个点子,就会马上记下来。用周斌的话说:"他每天都像复制粘贴一样。"

"有得必有失,运动员能在世界舞台上表现自己,失去的是年轻人生活的乐趣而已。"孙海平说。但他发现,有越来越多不可控的力量,正在介入原本单纯的训练。

孙海平的几个徒弟,徐卓一、秦伟搏、夏思凝都开通了社交媒体账号,吸粉几十万甚至数百万人。他们在社媒上分享网红城市打卡、簪花旅拍、健身房撸铁的照片,徐卓一还会在短视频里调侃"学不会起跑"。但孙海平从来不刷抖音,也看不到徒弟们的动态。

对于这群二十岁出头孩子的行为模式,孙海平也在开发"自适应模式"。他很清楚,只有让他们在训练内外都感受到一定的"自主权",严格的管理才不会产生反作用。

训练中,偶尔有队员因为训练超负荷,故意偷懒少做几个动作,孙海平也会睁一只眼闭一只眼进入下一轮。

几年前,孙海平对外分析一名队员失利原因时,直指"谈恋爱分心了"。现在,就算队员在朋友圈晒情侣合照,他也会假装不知道,只是旁敲侧击地提醒,

"要控制好度"。

孙海平习惯以一种微不可察的方式表达对徒弟的关心。一次训练时,他注意到曾建航手掌虎口处,有一道举杠铃杆磨出来的旧伤口。孙海平看似不经意地说:"喔唷,这天干燥了,睡觉前抹点凡士林。"

如果队员表现持续不佳,孙海平也宁愿选择"冷处理"——晾他几天,让他意识到,如果他不愿意好好练,师傅就会把更多精力投在其他人身上。"万一这样他就麻烦了。"谈到作为教练的绝对威严,孙海平笑了起来。

但在这群年轻运动员看来,刨除各自身上鲜明的时代烙印,"师傅还是最懂我们的人"。

孙海平擅长把优势不同的队员放在一起练习,用彼此的强项刺激对方的弱项。"比如这次参加奥运会的两个专业成绩最好,但我们组里第三四名的起跑水平要比他们高,他们一起练就能学会适应在前半程落后的情况下,控制好心态。"

训练每一名队员跨栏时,孙海平会喊出节奏声量截然不同的"私人订制"节拍声。在秦伟搏的记忆里,他跨栏时孙海平喊的声音最响,就像一条急促有力的长鞭。

这是师徒俩心照不宣的默契。2019年,秦伟搏右脚足舟骨折,半年后医生确认他已经痊愈。但他在训练中,仍会担心再次受伤,右脚不敢发力。

"你要大胆一些,不要害怕,你的脚已经长好了。"孙海平总能察觉到他内心的恐惧。秦伟搏觉得,师傅每次近乎呐喊的节拍声,总能让他变得更快。

等待"后程"

运动员的职业生涯能有多长?2021年,31岁的谢文骏获得全运会冠军时,与他一同进入决赛的秦伟搏只有19岁。

在孙海平的年代,30岁算是很长的"运动寿命"。"有的二十五六岁就退役了,正是短跨运动员最好的年纪。"他说,最常见的原因就是伤病。"我希望他们在二十五六岁,能表现出最高的运动水平,更重要的是把这种状态维持五六年。"孙海平设想。

孙海平发现,他带的短跨队员有个普遍特点:受先天身体条件限制,在和世界顶尖选手比赛时,起跑爆发力处于弱势,但是他们可以发挥栏间节奏和专业技术的优势,实现后程超越。

他对于运动员职业生涯的期待也是如此。"我看重后程能力,只要跟着我好好练,将来一定会提高成绩。"孙海平坚信,他的队伍正在积蓄力量,等待着后程的冲刺反超。

孙海平认为自己设计的每一项训练内容,都会得到两重效果:"一种效果是当下可见的,另一种效果是为未来埋下的伏笔,会形成叠加效应。"培养运动员的过程就像骑一辆自行车,而他一直都在亲手编织着维持运转的链条,训练、康复、营养、科研都是其中一环。他不断地调节着每个部位的零件,让踩着这辆自行车的运动员更加平衡顺滑。

在曾建航受伤 1 个月后,他能慢慢坐起来时,孙海平开始执行早就制定好的康复训练计划。"慢慢来。"话不多的孙海平总是和他重复着这句话。

受伤的第 4 个月,曾建航发现自己右腿"萎缩成一根细麻秆"。他只能从零开始,先躺在垫子上做康复动作,再是让人搀扶着,一瘸一拐绕操场慢走,然后是骑自行车绕圈,恢复腿部力量……

一年之后,他在室内赛跑出了 7 秒 7 几的成绩,仅和队友相差厘秒。"我油箱里应该还有油",他感慨。在今年的全国田径锦标赛上,曾建航取得了 13 秒 51 的成绩,和自己受伤前的最好成绩仅相差 0.08 秒。

每次训练时,队医胡昊都在一旁留神观察。有次曾建航做完专项训练后觉得腿部发紧,胡昊立即在田径场上给他做了肌肉放松处理,建议他当天不做跨栏训练。

"很多时候,运动员在训练中为了好胜心或者为了不影响大家的训练进度,会刻意在教练面前弱化自己运动中的不适感。这时候,像我这样长期观察他们运动表现的队医就能更好介入。"胡昊解释。

10 年前,孙海平主动向领导提出:"队伍里需要一名专职随队医生。"他选中了胡昊,因为他"很享受看跨栏的过程,懂很多专业术语"。

在胡昊的观察中,与运动员受伤后如何治疗相比,孙海平更在意的是如何规避运动员受伤风险。现在,队员每天下午都接受康复治疗,通过超声波、激光治疗等迅速恢复身体机能。

近几年,国家队组建复合型科研团队,孙海平的团队也增员到了十几人,分工细化到助理教练、队医、康复师、体能师等,这些以前都是孙海平一人承担的角色。"现在主教练依然是整个团队的主设计师,一切都服务于他的训练计划。"胡昊说。

孙海平的团队日益壮大,而他的身体机能在慢慢老化。和大多数老年人一样,他也有很多慢性病,前几年开过刀,随身备着速效救心丸。

这种衰老,大多数时候是肉眼可见的。在 2020 年前,孙海平都会亲自上阵给队员做力量对抗训练,现在只能由 40 岁出头的周斌代劳。"有时做关键动作,孙导还是会自己上手。"周斌也看得出孙海平的自我抗争。

去年 11 月初,国家队前往昆明海埂基地集训。但日程还未过半,孙海平在基地近 2000 米的海拔下,血压一路飙高,出现了心脏早搏和胸闷气短的症状。他吸着氧气勉强汇报完工作后,整个队伍提前结束了集训。回上海一周后,孙海平的心律都未完全恢复正常,但还是每天紧盯训练。

"看着他有时也很心疼,但也知道他停不下来。"曾建航躺在床上养伤的那段时间,思考过退役后的人生,做教练成了他第一个排除的选项:"当运动员一直待在训练基地,当教练还是困在同样的环境里,感觉没意思。"

但孙海平从未觉得自己是被"困"住的那个人,恰恰相反,他是那个尚有力气继续战斗、突围的人——他必须在离开跨栏队伍以前,修补好断层,运动员的人才梯队如此,教练的培养和传承也是如此。

这几年,孙海平一直在物色自己的接班人。现在全国范围内,好的跨栏教练都是稀缺资源。队里的好几名运动员都是湖南、广东等地体育主管部门委托他带教的。"他们一个省也很难找出一名能带国内一流水平运动员的教练。"孙海平很自然地把培养全国的跨栏人才队伍当成了自己的使命。

对田径教练来说,跨栏从不是一个"高性价比"的项目。"跨栏技术的指导周期长。培养一个成熟运动员起码要 3—5 年。很多教练等不起。他们宁可带短跑，五六十个人一起练，一两年里总有能出成绩的。"周斌说。他算过一笔账：如果一名跨栏教练从 30 岁开始带运动员，平均 5 年带出一个优秀运动员，到了 60 岁的退休年龄，最乐观也只能培养六七名世界级的高水平选手。

孙海平希望周斌能接上他的班，但周斌觉得现在还很难盘通孙海平的教练思维："每个人能做到什么程度，都在他心里了。对运动员训练计划的调整，他信手拈来。"周斌清楚，这是孙海平用几十年的教练生涯磨砺出来的锐度，并无捷径可走。

今年孙海平的赛事日程中，还有两个重大节点：8 月的世界田径锦标赛和 11 月的全运会。他对此预期很乐观，不止一次地放出风声说："起码有一个能进世界前八。"但他也不满足于此，他还有第二个、第三个目标，"争取跑进 13 秒以内，不是冠军就是亚军"。

尽管退休的日子悬而未决，说到 3 年多以后的洛杉矶奥运会，孙海平的兴致依旧很高："如果身体可以，还能再搞几年，搞了一辈子了。"到那时，孙海平就要 73 岁了。

（实习生　李昂　记者　杨书源　编辑　王潇）
原文发布于 2025 年 1 月 2 日上观新闻
原标题：刘翔退役 10 年，师傅孙海平的漫长冬季

蔡磊的"最后一次创业"

"咔哒，咔哒。"

深秋的周末，阳光照进屋子，安静的室内只有脚踩鼠标的声音。这是蔡磊在电脑前工作的标志。

2023年10月末，距离这位京东集团原副总裁确诊渐冻症已经过去了4年。他已无法久站，两条胳膊绵软地垂在身体两侧，双臂功能几乎全部丧失，肩膀也严重塌陷。

蔡磊仍在工作，用他更习惯的表达应该是，蔡磊仍在"战斗"。

一个度过艰苦的童年和少年、在竞争激烈的商海打拼、在互联网浪潮中持续创业的社会精英，一个永远相信奋斗的人，面对他一生中最强大的对手，毫不犹豫地选择了迎战。

蔡磊在确诊后的一个月内决定，倾尽所有资源攻克渐冻症治愈难题。此后的4年间，他以"颠覆行业认知"的方式进行科研和制药，并将其视为"最后一次创业"。他试图把患者、临床医生、基础科学家、制药企业、研究院所、投资机构之间的壁垒打通，让资金、技术和生产线逐个连接。

目前，他已经建立起了全球最大的渐冻症患者科研数据库，呼吁上千位病友捐献出脑组织与脊髓组织，说服上百位基础科学研究者将研究方向转向渐冻症，推动超过100条制药管线的临床试验。

当厄运选中的是一个强者,他给出的答卷是,让一个看似疯狂的计划无比坚定地持续运转。

没有任何事能够阻止蔡磊为生命"创业"。疾病正在迅速摧毁他的身体,但藏于脆弱躯壳内的强悍灵魂,却未能被撼动丝毫。

"只有我这里有希望"

蔡磊无法再打字了。在他的工位上,电脑屏幕前放着一支麦克风,键盘被竖起来藏在了屏幕背后,鼠标则被放到桌子中间。

"蔡总目前的状况,几乎所有事情都需要别人帮忙。"生活助理张姐说。她照顾了蔡磊半年,眼看着他的胳膊从原本有一些微弱力量,到目前完全无法自主控制,颈椎也不再活动自如。

10 月 28 日,蔡磊与身患癌症的财经专家叶檀对话的视频在网络上发布。

"派一个人盯着数据,抖音、百度、微信、b 站也都看一下。"蔡磊安排助理工作,然后在电脑前坐下,打算转发这条视频,并配上一段话。

他先是对着话筒说出想要表达的文字。因为发声系统的肌肉受疾病影响,他说话不再清晰,语音无法准确识别。转化成文字后,他再挑出错别字,修正内容。

输入文字的动作被逐个拆解。他需要一个人帮助他把右手放在鼠标上,依靠身体甩动胳膊在屏幕上的键盘进行"选择",脚底的踏板则代替手指,完成"点击"。相比于手指点击鼠标,脚踩的点击声更强劲响亮,回荡在整个办公室里。

"右脚现在也不太行了。"因为长时间依靠右脚点击鼠标,每天回复上千条微信,让原本就受影响的腿部肌肉加重了负担。

在几个社交媒体平台上完成这段内容的发布,他花费了 15 分钟。设立在小区里的办公室,每一面墙上都挂着时钟,无论身处在房子哪个角落,一抬头就能看到时间。

和命运抢夺时间,是蔡磊现在唯一重要的事。

周六下午 2 点,一个病友的家属乘坐 6 个小时高铁前来拜访。几乎每天都有病友前来。同事详细记录了病友的情况，追问检查的细节，蔡磊听后给出回应，"还是很幸运，2022年确诊，我们已经拼了3年了"，并且表示，"或许只有我这里有希望"。

4点，他接待一位药企合作伙伴，进行了一场商业谈判。一个多小时后，蔡磊从会议室出来，送走来访者，脸上带着笑意感慨，"谈判是最累的，要说服他……"语气里充满来自商业精英的自信。

周日下午，蔡磊见了企业的高管，"在拉投资"，那是他擅长的领域。

周一下午，安排了和刘畊宏的会面。办公室里涌入好几个拍摄团队，他坐在高强度的灯光下对着三四个镜头聊了一个多小时，探讨直播带货的经验，也聊创业的艰辛。

每天工作16个小时是蔡磊的日常。通常他会在9点多抵达办公室，开始回复消息、安排工作、开会、接待各类来访者，直至晚上7点走进一墙之隔的直播间，10点半左右离开直播间，回到工位再工作1小时左右，一天的工作才算结束。

无论在过去健康时还是此刻身患重疾，蔡磊的工作强度都远超于绝大多数人。过去二十多年的工作生涯里，他从不休息，从不旅游，没有任何节假日、年假，除夕和大年初一到初七都在工作。

"渐冻症细分类型复杂，蔡磊属于比较典型的连枷臂综合征，算是渐冻症里病情相对进展缓慢的类型，平均生存期一般在七八年。但他持续高强度的工作，目前的病情发展得有点快。"北京大学第三医院（以下简称"北医三院"）神经科主任樊东升教授说。他是渐冻症领域的专家，也是蔡磊的主治医生。

渐冻症学名肌萎缩侧索硬化（ALS），是一种运动神经退行性疾病。尽管尚未有任何直接证据证明，但有迹象显示，渐冻症或许与高强度的脑力或体力运动相关。樊东升记得，他遇到的另一位患者是一位刚刚考上北京大学研究生的年轻姑娘，是个长跑运动爱好者，"过度运动有可能是诱发因素之一"。两个世纪前，正是在一位美国棒球运动员的身上发现了这种疾病。

"这个病对于应激状态的应对能力比较弱。无论是体力还是脑力的持续过度压迫，使人处于应激压力之下，细胞承受不住就死掉了。"樊东升说。

"我以前确实比较 crazy（疯狂）。"在企业工作时，蔡磊对于手下的团队要求极高，下属迟到、过长时间的午休，晚上 10 点见不到人，凌晨 12 点电话打不通，他都无法忍受。

"因为集团的事情 8 点到 10 点讨论结束。我真正空下来，就得到 12 点了。凌晨 12 点到 1 点，我经常同时开 10 个会，10 个微信群同时进行。"蔡磊回忆道。

生病之后，他开始慢慢理解许多人在工作上无法做到如此。身体原因、家庭原因对工作的影响，成为他逐渐能够感同身受的事情，"现在办公室里有人午休到两点多，我不会去叫醒他们，还会轻手轻脚，他们太累了。"

但对待自己，蔡磊仍然苛刻。直到现在他也不会单独辟出时间来吃饭，生活助理给他喂饭的时候，他仍然盯着电脑屏幕。

除了个别至交，他谢绝所有探望和安慰。"我不需要安慰，这对救命也没有任何帮助。"对于现在的蔡磊来说，在找到攻克渐冻症的方法之前，一切不必要的行为都是浪费时间。

"我从来没变过"

蔡磊个头不高，相貌寻常，但他的目光难掩锐利。如果只看他的眼睛，几乎无法察觉这是一个罹患绝症的病人。

说话时，他常常在表达完一个判断性的观点之后，加上"对吗？"这样的反问，语气里充满不容置疑的自信。倾听时，他习惯长久地直视对方，从无框眼镜里穿过的目光从未展现过虚弱，相反，这是唯一可以窥得被禁锢在绵软病躯里强者灵魂的地方，平静、理性，充满生命的意志，坚不可摧。

这是蔡磊 40 多年来始终保持的刚毅姿态。

2019 年 9 月，确诊渐冻症时，蔡磊手头有四个创业团队，管着六七摊子事。在大集团，并不是所有副总裁都如此。"这是我自己的选择。"蔡磊说。

他曾经发过一条朋友圈：没有谁强迫我加班，但我晚上总是工作到很晚，被人说是工作狂，可是我真的很有热情，尤其是面对棘手复杂的问题，事情越棘手、越难搞越有挑战，我就越充满激情，越觉得又是我发挥能力的好机会，工作干得越爽。

确诊那天,从北医三院的诊室出门后,蔡磊没有取消任何工作安排,按计划直接去见了合作伙伴谈事情。

"拼命"几乎是蔡磊的本能,这种本能或许从童年开始逐步生长。

蔡磊的父亲是一名军人,他从小在河南商丘的部队大院里长大,家庭条件艰苦,"到月底经常吃不饱饭"。与此同时,浸泡在军队思想教育的环境之中,在无数次观摩的《地道战》《铁道游击队》露天电影里,在要求反复背诵的《钢铁是怎样炼成的》名句:"人的一生应当这样度过:当回忆往事的时候,他不会因为虚度年华而悔恨,也不会因为碌碌无为而羞愧……"熏陶下,"战斗"成为生活的代名词。

最开始的"战场"在学业上。上初中时,蔡磊要求自己考试时只用一半时间答题交卷,并且要求拿满分,发誓"考不到第一名就把头磕烂,好在也没发生过考第二名的情况",但他很快发现,因为在同学中过于出众,自己没有朋友。

在今年出版的自传《相信》中,他自己忍不住感慨,"我几乎是在用别人双倍的速度回答着人生这份考卷……老天爷大概也掐着表,在我人生半程刚过就提前过来,想要把卷子收走。然而这一次我还没答完,也不愿离开考场。"

上高中之后,蔡磊决定隐藏自己的实力。对于那些他认为不重要的学科,就把分数考到及格线,有时候干脆不写最后大题。通过这样的方式,他不再孤独,交到了很多朋友。

蔡磊提前一年参加了高考,"连钢笔都是临时借的"。他按照父亲的意思考入了财经大学,但也为此抑郁了三年。蔡磊的个人兴趣完全不是财税这样的"文科",他对前沿科技有极大兴趣,尤其是物理学,梦想是当科学家。工作之后,无论多忙,每天晚上临睡前他都要刷一刷目前科学界的最新技术发展信息。

中学时期,他自学了大学物理的内容,大部分课堂时间他都没有在听讲。初高中的那几年,至少有一半时间都处于无所事事的状态,因为百无聊赖,少年时代的蔡磊研究过周易、八卦、外星人。他觉得自己的资质完全应该去读少年班,"只是缺少这样的机会"。

原本他有许多爱好,乒乓球、足球、篮球、摄影……"因为我精力太旺盛了,只要做点什么,都能做得不错。"

工作之后，时间匮乏使大部分爱好不得不放弃。开车曾经一度是他在百忙之中唯一能给自己找点乐趣的方式。"喜欢那种驾驭的感觉，你能理解吗？"他反问道。机械拓展人的力量、速度和能够抵达的边界，"如果以后机器人出现，我应该会更喜欢操纵机器人。"

无论是驾驭汽车还是人生，40岁之前，蔡磊始终得心应手。唯一一段称得上"走了弯路"的经历是第一次考研。因为崇拜朱镕基，他选择在考研时临时改变了方向，从原来的财税改为朱镕基当年所选择的"国民经济学"，这是他"几乎一天都没学过的科目"。由于这个临时改变，尽管他的总分名列前茅但单科没及格而无法录取。

"它或许是个错，但我并不后悔。"蔡磊说。

第二次考研之前，蔡磊当过两三年公务员。聊到离开体制内的原因，他坦诚相告："你想听实话吗？实话就是，没有钱。"那时候，蔡磊短暂交往过一个女朋友，但他当时的收入无法支撑这段感情，他感到受挫。

尽管在工作领域拥有绝对自信，但在情感的阵地上，蔡磊却比普通人要压抑保守得多。读书时，蔡磊曾经喜欢一个女孩，有一次在教室里自习时，只有他们两个人，"我始终没有向她开口说话，尽管这四个小时里我一个字的书也没看进去"。

研究生毕业后，蔡磊先后在三星、安利、万科、京东几家公司工作。2014年，他担任京东副总裁。但这些年来，他很少感到快乐。

"我虽然很努力地长期从事财税工作，但我从来不喜欢财税专业，至今不喜欢。"蔡磊说，"集团在海外上市之后，我认为我完成了财税人的职责和使命。当时有不少房地产企业来挖我，他们希望有互联网背景的人加入，我都拒绝了。"他选择了在京东集团内部进行创业，做一些自己真正想要做的事。

工作时，蔡磊的状态始终是"只要公司需要，永远彻夜战斗"。互联网行业原本就竞争激烈，"拼不一定能活，不拼一定死"，是他一直挂在嘴边的话。

"从2015年后的七八年里，基本上一年多创业一次。实现融资数亿元，但我个人收入不加一分钱，一般也没有股份，我觉得能创造新的价值，我就愿意去弄。"蔡磊回忆道。

自我背负的沉重责任让蔡磊感到疲惫。他很少吐露，永远选择硬扛。生病之前，蔡磊正处于事业的巅峰期，因为严重超负荷工作，常年偏头疼。

许多人问过蔡磊一个假设性的问题：如果知道会得这个病，之前的人生还会这么拼吗？他给出肯定的回答："哪怕因为我的选择让我得了绝症，我要死掉，我也不会后悔，因为这是我的选择，我的追求。"

"唯一的遗憾是没能救活我爸的命。"蔡磊说。

在他读大三的那年，父亲肝硬化晚期，"当时原本可以做肝移植的，但需要几十万（元），是我没有能力。"他把父亲得病后未能救治成功的原因归结为自己的无能。

现在，强烈的责任感驱使他要救包括自己在内更多人的命。

在北医三院住院检查的那段时间，蔡磊几乎是习惯性地对自己提出"拯救50万病友生命"这个看起来不可思议的要求。"我在确诊的第一个月里就坚信一定有办法治愈"，那时候他甚至尚未进行太多科学分析，但无比坚信"这件事如果必须由一个强人来完成，那只能是我"。

他并不觉得自己的想法疯狂。攻克一个世界级的绝症，甚至是他乐于去挑战的事情。"我从没变过。"蔡磊毫不犹豫地进行自我总结。

"每个人追求不同，就像过去无产阶级革命家为了解放人民，选择走上战场，生死未卜。这就是追求，对吗？"二十多年党龄的蔡磊发出不容置疑的反问。

"如果我做的事很多人不理解，那是普遍缺乏信念。"蔡磊说。有人对他坚定的信念提出质疑，他不以为意。

"有的人只活在短期利益里，别人炒房我也炒房，别人炒股我也炒股。"蔡磊在房地产行业从业多年，他从没炒过房，除了公司发的股票，至今没有个人的证券交易账户。

"站到弱者那一边"

10月28日，"蔡磊说渐冻症病友被骗不下百亿"的词条登上热搜榜。

"我给你算笔账，我们10万个病友，每个人被骗10万块，就是100个亿。"

财务出身的蔡磊迅速给出一个数字,然后补充道:"如果这 100 亿能投入到药物研发呢?"

确诊后的这几年里,蔡磊在尝试各种偏方、大师、治疗方案上花费远超过 10 万元。最终,他得出的结论,除了推动科学进步,别无他途。

"不是我不信,我不管你是什么大师,哪怕是王母娘娘,只要有效就行,你要给出证明有效的证据。"他不想放过任何生的可能性,但同时理性要求他,只看结果。

在被骗了一圈之后,蔡磊决定从源头解决问题。渐冻症这样的罕见病之所以难以治愈,一方面是它病因复杂,主要发病器官是大脑和脊髓,无法在患者生前进行活检;另一方面,是患病人数少,很难掌握足够的研究数据。

蔡磊做的第一件事是建立全球最大的渐冻症患者科研数据库,而且是"以患者为中心 360 度全生命周期数据库"。这并不是一件容易的事,但是一件必须要做的事,无论探索渐冻症病因还是推进后续药物研发,掌握数据信息是第一步。他建立起"渐愈互助之家",目前已经触达超过 1 万名病友。

紧接着,蔡磊开始尝试推动更多突破性的渐冻症药物研发,但很快意识到,无论是患者、药企还是科学家,都只能在自己关注的领域努力,各自的使命与追求也并不完全一致,这使得科研和制药的进程无比漫长。

蔡磊等不及了,面对命运突然降临的厄运,他绝不允许自己坐等他人施以援手。他一定要做点什么。

多年工作经历让蔡磊对商业逻辑、社会运行逻辑有足够纯熟敏锐的把握,他深谙"任何事业如果想要长久地运转下去,必须符合其自身运转的逻辑"。想要推动渐冻症治疗体系发展,绝不能倚靠爱心、道德、情怀,也不应该将这些作为绑架他人参与的工具。

更快的办法是患者自救,但病人在这个链条中是绝对的弱者。现在,命运安排了一个强人站在了弱者的阵营里。

"这件事只有我能做",蔡磊甚至感到庆幸,自己是在 40 岁的时候面临这道难题。"再早一点,二三十岁得病我还没有这样的资源和能力,六七十岁也没有力气和精力这样折腾了。"

蔡磊决定成为链条中的核心节点、催化剂和加速器。他清醒地意识到，只有尽可能地整合资源，把这件事做成对参与各方都有价值、都获益的事业，才有可能实现自救。

2023年，蔡磊出版自传《相信》，起初，书名是《最后一次创业》。创业，是他拿手的事，也是多年来他从未停止过的事。他将自己定义为"持续创业者"，在过去的商业竞争中，曾经向对手放话，"只要我开始做的事，你们都干不过我，因为我不要命，只要你还要命，你就输了"。

生命中最重要也最艰难的一次"创业"开始了。

蔡磊把多年来在工作中积累的所有方法论用在救命这件事上。他开始从效率成本收益角度游说合作，撬动资源，和药企、投资人讲商业逻辑与市场前景，与科学家讨论科研转化和渐冻症药品研发的可能性。

"当你想要动员其他人时，不要一味地表达你需要什么，而是要强调你能为他提供什么"，这是蔡磊在社会上打拼这么多年深切领悟的道理。

他要利用已经实现的数据平台资源，使得药企能够在研发之后的变现路径变短、速度更快，患者得到药品的速度也更快，整个商业闭环高效完成，投资人也就更容易作出投资决策。

但完成这一切的前提是，先找到钱。这件他曾经擅长的事情，在这一次的"创业"中变得无比艰辛。曾经他主导的大小融资中，商业利益可计算、可预判，有绝对的说服力，但现在他要让别人相信的事，超出了商业逻辑本身。

经历了200多次融资路演的失败，他感到过绝望，但没有抱怨。"如果有一个99.5％的概率都会投资打水漂的基金，即便有收益，也在15年后，你会买吗？如果你自己都不会买，就没有资格指责别人。"

融资困难并没有阻止创业的进程，如果设立基金不行，那就改成慈善筹款。他想通过发起第二次"冰桶挑战"来进行募捐，但结果依然令人失望。捐款的总额不到200万元，来自社会陌生人的捐款只有10多万。

"最难的时候，公司账面上只有7万块，但那时候，我还在想高薪聘请一个接班人。"蔡磊说。

2022年年初，蔡磊经历了最艰难的时刻，科研没有突破，资金困难，身体情况也不断下滑。他开始准备自己的身后事:写本书,找到合适的接班人,签署遗体和脑脊髓捐献,设立永续存在的基金以继续支撑科研事业……

2022 年 9 月,蔡磊宣布自己将在逝世后捐献遗体,尤其是对渐冻症研究极为重要的大脑和脊髓组织,他认为这是面对疾病这个敌人"打光最后一颗子弹"的行为。在目前表达相同意愿的病友中,有不少是蔡磊凭一己之力劝服的。

"国外的脑库标本相对多一些,亚洲人种与欧美人种有很大差异。中国有传统文化的原因,很少有人愿意捐献遗体,对于罕见病来说就更少了。能在这样的背景下,劝服 10 多位病人捐献非常关键。"樊东升介绍。

"为什么不捐?"蔡磊对大多数人不愿意捐献遗体感到失望,"这本来可以救治更多人的命。如果我们自己都不愿意救自己,谁还会来救你?"聊到关于劝服病友进行遗体捐献的事,他展现出少有的情绪波动。

"或许有些人并不在乎其他人的死活。"有人感叹。

"是的,他们并不在乎。"他把头扭向窗外,陷入沉默。

在蔡磊的努力下,截至目前,完成渐冻症遗体和脑脊髓捐献的数字已经达到两位数。

2023 年 5 月,蔡磊曾前往杭州的国家脑库参观,这里存放着捐献者的脑组织。后来和媒体聊起这次经历,他"罕有地爆出长达十几秒的呜咽"。他知道这些舍身奉献的人是谁,"是我让他们捐的……"

"我在做颠覆行业的创新"

"播放量过亿了。"蔡磊说。他与叶檀的对话的视频在全网获得了极高的关注。

在那场对话里,蔡磊透露了自己最近使用了一款药,目前初步展示出了一些成效。这是 4 年来在他身上第一次出现用药有效,"用药的第二天,腿部肌肉有明显的反应。"

在新药研发的过程中,他经历过太多次失望。开发新药本就是极为复杂的事,许多药企投入巨额资金,花费多年时间,依然宣告失败的经历是业内常态。

这太慢了,蔡磊决定以自己的方式推动药物管线,加速研发进程。他自己成立了一个 30 人规模的科研小组,每天海量阅读相关文献,以穷举法寻找可能推动治疗的机会。

在这里,有不少和蔡磊一样选择向绝症宣战的人。

蔡磊的科研助理欧阳,今年 6 月从大厂辞职后,主动加入蔡磊的团队。统计学出身的她,正在尝试用 AI 和大数据的方式辅助科研,"因为爷爷奶奶在去年生病去世了,体验过家人躺在医院只能接受安排的那种感觉,所以想做点更有意义的事"。窗外万家灯火,她和今天刚刚加入团队的另一位大厂员工志愿者正在讨论,如何开发一个小程序,更便捷地统计患者数据信息。

蔡磊的另一位助理小高,自己的爱人身患渐冻症,他决定加入蔡磊团队时赶上疫情期间,为了防止交通受阻,买了辆自行车,在寒冬深夜骑行进京。

周末的办公室里,刚刚博士后毕业的小王穿越整个北京城,从海淀区赶到朝阳区,一坐就是一天,她母亲今年 8 月刚刚确诊渐冻症,她决定每个周末来这里看论文;在天津生活的周姐,也是渐冻症患者家属,法务出身的她,每个月都会来北京"出点力"。

蔡磊最近收到了一封来自海外名校生的求职信,这位医学生想要加入蔡磊的研究团队,在邮件里写道:"没有方向的奔跑是没有意义的,我感到自己需要为以后的努力寻找方向,我希望去到一个也许能够令我发现自己的人生意义的地方,或者至少能够近距离感受有坚定的方向的人生是怎样绽放的。"

"蔡磊说服很多做基础研究的科学家,转向研究渐冻症。"樊东升有过直观的感受,"每年 12 月会有一个国际年会,与会人员包括基础研究人员和临床医生,以前去参加会议,很少看到中国科学家参加这个渐冻症相关的会议,现在越来越多了。"

曾经,与渐冻症病发机制相近的阿尔兹海默症、帕金森,因为病发人数更多,也因此更受科学界关注。"但渐冻症是神经退行性疾病中极具代表性的存在。其他疾病发病进程缓慢,研究进程更长,如果能够在发病期短暂的渐冻症上找到对的模型,对其他神经退行性疾病来说,也更容易开发出新药。"樊东升解释道。

越来越多只出现在论文里的可能性,被迅速推进至临床试验。但蔡磊依然觉得不够快,验证一种药物的有效性最少需要两到三个月,他要用自己的办法改变行业逻辑。

颠覆行业逻辑的事情,蔡磊并不是第一次干。经常被提起的创新成果,是2013年他在京东带领团队开出了中国第一张"电子发票",在此之前,电子发票甚至不在法律框架内。

"有时候我会同时用三种药,如果都没效果,可以一起排除。如果出现效果,再缩小范围。"蔡磊给出一个近乎疯狂的方法。这也给他带来不小的风险,"前两天还差点死了,用药之后上吐下泻,我们非常容易吸入呛咳导致肺炎死亡。"

"真正颠覆性的创新不都是冒巨大风险甚至生命危险吗?莱特兄弟发明飞机,或许刚上去就死了。"蔡磊为自己的逻辑找到参照。

他也恐惧死亡,但大多数时候,他凭意志力控制自己对死亡的本能恐惧。刚确诊的6个月里,蔡磊长时间无法入睡,陷入抑郁,但他坚持不吃抗抑郁的药物,"那会让我陷入昏昏欲睡的状态,我就没有工作状态了"。

为攻克渐冻症"创业"之后,死亡的可能性变得更复杂。有人扬言要伤害他,"因为触动了一些人的利益,有人威胁,为此我们已经搬了四次家了,抱歉,七次。"蔡磊说。

他不是没有产生过"老子不干了"的想法,"找个山清水秀的地方,找一堆人照顾我,延长自己的生命不好吗?我也有这样的能力。"但情绪很快被理性驱散。如果真的放弃了,甚至花时间去和这些人纠缠计较,"那就上了他们的当了"。

他陷入长久的沉默,再缓缓开口,"不说了,我不想说这些。"

办公室里,不断有人抱着电脑,拿着笔记本来找他,"蔡总""蔡总""蔡总"……有太多事需要决策、安排,这个被禁锢在躯体里的灵魂,没有太多时间愤怒、恐惧。

快到四十岁时,蔡磊才步入婚姻,见第二面时他就向妻子段睿求婚。"如果不是段老师收了我,我可能至今单身。"他自认不擅长与女性交往,看见喜欢的人会远远绕开,而年轻时因为父亲生病,家庭条件艰苦时,他"觉得自己没有资格去享受爱情"。

蔡磊在婚后一年多确诊了渐冻症,儿子尚在襁褓之中。孩子4岁时,尚不能理解死亡,有一次说起"爸爸快死了",他感到着急愤怒,"把他吼哭了"。他迫切地希望孩子快点长大,像他一样担当起责任,事后又觉得不忍,"这对一个4岁的孩子来说太严苛了"。

如果有什么是自己身上最想让儿子继承的,他觉得是"乐观的精神和持续坚韧的奋斗"。

刚确诊时,蔡磊曾向段睿提出过离婚,不想拖累她,遭到了拒绝。此后,段睿逐渐放下了刚刚起步的事业,全身心投入到他攻克渐冻症的事业中来。现在,在蔡磊科研创业团队的对门,另一间办公室里,是段睿带领的直播团队,一周五天直播带货,为科研团队筹集资金。

通常到下午,科研团队办公室对门的直播间就会变得热闹起来。

7点,蔡磊吃完晚饭,到一墙之隔的另一间办公室。妻子段睿主导的直播团队已经准备好即将开始的直播。蔡磊在段睿身旁坐下,一场长达三四个小时的直播即将开始。

直播的主意最早是段睿提出的。当蔡磊尝试过他所熟悉的诸多为推动科研筹集资金的方法都失效后,这个方案成为他"没办法的办法"。他对直播带货并没有太大兴趣。

但他为攻克渐冻症的科研需要持续不断的投入,在电子商务和零售行业积累的资源和经验,让直播带货看起来相对更容易。

"我有自己的原则,我自己不拿一分钱,段睿也不拿一分钱,所有收入都用于科研。那也可以做直播。"蔡磊说。

直播结束后,蔡磊会回到对门的办公室再工作1个小时。接近零点时,"咔哒、咔哒"的脚踩鼠标点击声依然坚定地回荡在办公室,这个接近秒针走动频率声音,比时钟更响亮,覆盖了所有象征时间的声音。

(记者　李楚悦　编辑　王潇)
原文发布于2023年11月1日上观新闻

失女之殇

"到了公交车站,你们就在那里等着。"章荣高在电话里一再嘱咐远道而来的记者。

在距福建建阳万里之遥的那个公交车站,他的女儿消失了。

中国访问学者章莹颖最后一次现身是在美国伊利诺伊大学厄巴纳-尚佩恩分校的一个公交车站附近。2017年6月9日,她坐上了同校在读博士生克里斯滕森的黑色轿车,而后失踪。

2019年11月初,就在那个公交车站旁,由校方出资的一座小型纪念花园建成。小小的一方碑上,用英文写着"纪念章莹颖"。"愿你不孤单。没有人会忘记。"章莹颖男友侯霄霖在"寻找莹颖"微博里写道。

然而,还有多少人记得章莹颖?

2019年12月9日,章荣高收到芝加哥华人律师王志东发来的微信,得知了案件新进展:美国伊利诺伊州中部地区法院首席法官日前决定,核准嫌疑人克里斯滕森辩护律师团队提出的变更审判地点的动议。

失望至极的章荣高沉默着,又点起一支烟。

放弃?

2019 年 12 月 10 日,章家的钟停摆了。

挂在一楼饭厅的钟,不知何时起总是慢 5 分钟,章荣高没心思去修。距离章莹颖失踪已经过去 18 个月。对于这家人而言,这一年半的日子,恍恍惚惚。

10 月下旬,身为驾驶员的章荣高居然上班忘记带驾照,回家去取,匆忙中从楼梯上滑倒,摔断了 4 根肋骨。站在楼下的叶丽凤赶紧去扶,也崴了脚。

章荣高住了十几天医院,医药费大约 1 万元,其中大半是借的。因此他出院得匆忙,"在家养着就行"。尽管刚回家的每个夜里,他都疼到不能翻身。叶丽凤被儿子硬是拽去医院。她没敢拍片子,"打了针、消了毒,再包扎一下,就花了 300 元"。此后她没再去医院。

章荣高月收入 2000 多元。女儿出事后,他的单位领导照顾他,如今许久才摸一次方向盘,只是每天去上班点卯。章莹颖的弟弟,现今在饭店做配菜学徒,能帮着分担点经济压力。

叶丽凤只零散打工过,她不曾念过一天书。女儿出事后,亲友们都瞒着她,她是最后一个知道的。当众人态度让她心存疑虑时,她连忙去拨打女儿微信视频,无人接通,她心想:出事了……这些日子里,每天上午 9 点多,她常会忍不住掏出手机,想在微信上见见女儿。每周日的这个时刻,是她与女儿约定的聊天时间。而后,她会听到系统铃声不出意外地响起,又不出意外地提示无人接听。她依旧一遍遍打着,"万一有一天接了呢?"

叶丽凤不识字,关于女儿的新闻,全靠听。她习惯把手机放在耳边,音量调到最大,一遍遍地听新闻。2019 年 1 月,美国司法部长批准对章莹颖案嫌犯以死刑罪起诉,检方在起诉书中称克里斯滕森犯罪手段令人发指,涉嫌对被害人实施酷刑和严重的人身虐待,而且犯罪有计划、有预谋,并导致受害人死亡。

"新闻里说涉嫌绑架杀害章莹颖是什么意思,我的莹颖是不是真的不在了?"手机是叶丽凤与女儿维系的纽带。她有时在家对着手机念叨,儿子回家后疑惑她在跟谁说话,她才反应过来在自言自语。

可就在不久前,她的手机丢了。

每隔 5 天,她都骑车去 2 公里外赶集。农民挑来卖的菜,比她家门口菜市场便宜不少。那一天,她弯下身子挑螺蛳,自行车停在一旁,装着手机的钱包就放在车筐里。起身要付钱时,她才发现钱包被偷。回到家,叶丽凤一想到和女儿所有的聊天记录和照片都没了,除了哭什么都不知道。那个手机里,存着章莹颖出国前拍的最后一张全家福。

章荣高带着妻子去报案,无果。章荣高只好放弃,"想想也知道,怎么可能找得回来?"

自责

连着下了好几天雨,12 月的福建建阳,阴冷、昏暗,可章家更暗。

叶丽凤每周除了赶集买菜,很少出门。她怕遇到熟人,被人关切问女儿情况;也怕在路上看见和女儿年龄相仿的女孩,会忍不住流泪望着人家。白天在家时,她总是拉上窗帘,并不开灯。只有一点光,透过窗子缝隙照进屋内。白天或黑夜,这一年半对她而言,没有太大区别。

章家的房子几乎和 1990 年出生的章莹颖同岁。章荣高夫妇结婚时,叶丽凤找父亲借了 3 万多元盖房子,一家四口住到今天。邻居们或是重新装修,或是建起新屋,他家却还是老样子。

穷,是章荣高夫妇自责的关键点。尤其是叶丽凤,她总觉得亏欠女儿。

章莹颖读小学时,曾经把助学机会让给了同班同学,"她回家告诉我,还有比我们更苦的同学,他们更需要。"叶丽凤说,女儿前几年网购给家里寄来空调、微波炉,又特意买了泡脚桶。章荣高夫妇抱怨女儿乱花钱。

章莹颖曾在暑假去贵州山区支教,回家后与母亲说起山区孩子的苦。叶丽凤不解,"我们自己条件都不好,拿什么去帮人家?"章莹颖嘿嘿一笑,"没事,有我呢,以后慢慢来"。

直到女儿被绑架失踪后,章荣高夫妇才知道。就在 2017 年赴美之前,女儿原本有前往加拿大留学的机会,但她只申请到半额奖学金,仍需要自费 8 万元,就选择了放弃。之后，章莹颖以访问学者的身份赴美交流，每月有1700美元补助。

"如果我们早知道，哪怕贷款，要不卖了房子也可以啊……她为什么不说呢?"坐在老旧的屋内，叶丽凤自责不已。

如果家境宽裕些，章莹颖或许不会为了便宜300美元的房租，赶着去与房东签约，也就不会在公交站附近答应坐上克里斯滕森的"顺风车"。

说着说着，叶丽凤垂下头，埋入怀里抱枕，本就凌乱过长的刘海彻底遮住了眼。章荣高几番催她进屋躺一会儿，她终于答应。十几分钟后，章荣高轻手轻脚走到卧室门口，看了一眼便走出，"她身体不好，晚上老是哭，白天睡着一会儿也好"。

从大学一年级起就与章莹颖相恋的侯霄霖又何尝不自责——章莹颖打算从月租700美元的学校公寓换到月租400美元的四人合租房时，曾与他商量。"她和我说了几个选择地点，如果我告诉她选另一个地点，就不会发生这件事了……"

"但是，没有如果。"侯霄霖说。

2019年正月初四，侯霄霖到建阳陪了章荣高一家几天。他本想除夕就来，但章荣高没答应。"霄霖也有自己的家里人。"章荣高对记者说。

"自责感，何时才能放下?"记者问。

"我做不到。"侯霄霖说，"如果出事的是我，我相信莹颖也会像我这样，而且只会比我做得更好。"

煎熬

两个月前，章荣高向采访过他的一位记者，打听到江歌母亲的电话号码。

2016年11月，24岁的中国女留学生江歌在日本居所遇害，此后江歌的母亲执着寻求正义。"我就是想问问她失去女儿后是怎么度过的，不过她没接。"章荣高说，他也联系过去年在日本溺水身亡的福建女教师危秋洁的父亲。

章荣高找不到愤怒的出口。2019年2月，美国联邦法官科林·布鲁斯宣布,将克里斯滕森的审判日期推迟到 2019 年 4 月。

"这么长时间,这么多人力物力,为什么就是拿这个人没办法?美国的法律,到底在保护谁?"章荣高觉得自己已经足够克制。

始终拒绝认罪的克里斯滕森,基于无罪推定的原则,目前仍被假定为无罪。义务为章莹颖家属提供法律援助的律师王志东告诉记者:"即使嫌疑人一直保持沉默,和案件最后审判的关系也不大。只要相关证据充分,就能定罪。"

无人认罪,女儿究竟还能不能算是生死未卜?章荣高没法形容自己的煎熬——他巴望坏人早一天被严惩,早一天说出真相;他又怕真正找到女儿的那一天,自己和妻子没法面对。

实在苦闷时,他就一个人去门外抽烟,一支接着一支,下雨天就打把伞抽烟。他现在一天最少要抽 3 包烟。

自去年 6 月起,章荣高一家与侯霄霖在美国寻找了 5 个月。初到美国时,章荣高就直奔女儿消失的公交车站,心存侥幸:也许能看见女儿还站在那里。

当地时间 2017 年 8 月 22 日,章荣高在发布会上坚称:"在找到莹颖之前,我们不会离开美国。"然而,他们终究提前离开了。

叶丽凤记得,章荣高先赴美几日,她留在家彻夜难眠,就深更半夜打电话催——你们那里是白天,怎么不去找?

章荣高被她吵得不耐烦,就换了侯霄霖来接听。直到自己到了美国,叶丽凤才知寸步难行:去哪都得开车,到哪都不熟悉;一望无际的玉米地如何细搜,别人家里怎么进去翻查?那 5 个月,本就不足百斤的她,瘦了 20 多斤。

网络上的大量非议,章荣高夫妇当时所知不多。因为章荣高赴美时用着 90 元买的砖头一样的老人机,没法上网,而侯霄霖只是默默承受压力。"我不想让叔叔阿姨雪上加霜。"侯霄霖对记者说,"也有很多是针对我的,说我谋私利,还有人说我是雇来的假男友。"

章荣高夫妇回国后看到网络质疑,愤怒、不解——有人揣测章荣高一家借机移民,有人质疑捐款流向,甚至有人谩骂这家人成天吃吃睡睡不去找。

实际上,所有热心人提供的线索,都去找了,就连一位自称有感应的美国舞蹈教师说的地点,也逐一去找了。

"你问我信吗,我是个学理工科的……我知道可能性很小,但我还是会找。"侯霄霖每两周就给美国警方发一封邮件,警方都会回复,"警方承诺只要任何人提供线索都会去找,他们在美国讲过,今年10月来中国时也讲过。对我来说,判刑结果并没有找到她重要。"

莹颖还活着吗?会在哪?叶丽凤反复问记者。

章荣高突然站起身,大声斥道:"找了几百遍也找不到,你听懂了吗?"说完背过身,不再说话。

铭记

仍在牵挂章莹颖的,不止至亲。

网友刘铭义(化名)给记者发来最新消息——美国当地时间14日,章莹颖案检辩双方时隔一年多重回法庭,本轮听证会预计持续3天,但各项动议结果将于明年公布。王志东告诉记者,听证会将讨论目前掌握的一些重要线索能不能作为证据。

在"寻找莹颖"的微博里,不时可见一些普通网友的身影。他们与章家人素不相识,却持续关注章莹颖案一年有余。这些陌生网友组建了一个群,数十人时常讨论案件最新进展。不过,近半年间,新闻越来越少。

网友李涵(化名)把微博名换成了"莹颖平安",头像也改为章莹颖拿着一杯饮料的照片。照片中的女孩,戴着圆框眼镜,笑得可爱。"就是为了祈愿平安。"李涵说。

刘铭义告诉记者,他有位表姐在美国留学,表姐的母亲得知章莹颖案后很不放心,让女儿每天必须与家人保持电话联系。"我希望莹颖能平安归来,就算不能,也希望她能落叶归根。"

中国驻芝加哥副总领事刘军曾经表示:海外中国公民的安全是总领馆的首要关注和义不容辞的责任。在美国有30多万中国留学生,芝加哥领区就有8万,"他们的安危也牵动我们的心。我们的心与章莹颖永远在一起,我们希望章莹颖早日回家,我们希望早日找到章莹颖的下落"。

前段时间，章荣高花 500 元买了智能手机。睡不着的夜里，他就打开微信，在搜索栏里输入"章莹颖"。由于报道越来越少，他反反复复看已有报道，盯到夜里一两点。

女儿最后出现的公交车站的监控视频截图，章荣高如今闭眼也能还原。他习惯性点开那张图，放大又缩小，再放大，一言不发。曾有媒体报道，章莹颖在最后的日记里用英文写道："Life is too short to be ordinary。"意思是生命太短，不应平凡。章荣高看不懂英文，他用力敲了敲手机屏幕上那行字，眉头紧锁，"她怎么可能写生命太短？"

如果悲剧没有发生，去年秋天，章莹颖打算回国，与舍友们相聚，她的父母与侯霄霖的父母也要见面商量结婚事宜。

章莹颖在北大深圳研究生院攻读环境工程硕士时的舍友赵凯芸记得，章莹颖最后一次在宿舍四人微信群里发消息，是出事前一天晚上，有人发了搞笑视频，她回应了"哈哈"。

这个爱音乐、爱美食也爱学习的活泼姑娘，当过乐队主唱；与同学搭档参加学校餐厅办的美食节，拿过铜奖；从研一起就与师兄师姐进实验室、发表论文，晚上忙到九十点才回宿舍，拿过最高奖学金。

"她最常对我说的就是'放心'。"叶丽凤印象深刻，从小乖巧懂事的女儿只被她打过一次——那是章莹颖小学二年级，放学后没走大路，不慎跌入猪圈，落了满身泥。等在大路路口的叶丽凤急了：万一走丢怎么办？

去年 11 月离开美国前，叶丽凤抱着校方工作人员，放声大哭，"你们不要忘了我的女儿！"

章荣高夫妇临行前去了章莹颖的公寓，带回一把吉他和一张四人全家福。余下物品，他们打包寄存在当地华人家。"我怕莹颖哪天突然回来，没东西用。"叶丽凤仍期盼奇迹。

那是一张章莹颖童年时代的全家福。章莹颖一直带着，从读本科时的广州带到读研时的深圳，再带到美国，最后被父母带回她在建阳的房间。

12 月 11 日，叶丽凤冒着细雨，一大早就出门买菜。她还提前几天将猪肉和地瓜粉拌好，准备做瘦肉羹。"莹颖每次回家，都提前打招呼说要吃瘦肉羹，我准备好了,她一到家就能吃。"

这一天是章莹颖 28 岁农历生日。

叶丽凤花 80 元买了生日蛋糕。最终,她忘了切蛋糕。

生日饭之后,记者告辞。章荣高坚持把记者送到公交车站。

2017 年 4 月,就在那个公交车站,章荣高夫妇陪着女儿坐上开往武夷山东火车站的大巴。女儿要坐火车去北京,再飞向美国。告别时,章莹颖仍旧微笑着说:"放心。"

他们都不知道,那是最后一次相见。

（记者　张凌云　林环　编辑　林环）

原文发布于 2018 年 12 月 14 日上观新闻

原标题:章莹颖案检辩双方时隔一年多重回法庭,然而,还有多少人记得章莹颖?

矿工诗人陈年喜：爆破和写诗，是同一回事

大暑刚过，丹凤下了几天的雨，天地昏昏，道路泥泞。

车轮朝向深山狂奔，秦岭连绵，看过数不清的隧道明灭后，终于抵达。我在丹江岸边找到诗人，他身躯里藏着一场大雪。

陈年喜当了 16 年的矿山爆破工。粗砺深山之中，他用炸药一寸寸楔入矿洞深处，拨开大地的腹腔，打捞金银铜铁。与此同时，从少年时代开始的诗歌创作，并没有因为矿山信号的隔绝而停止。被生活推进矿山之后，他选择在炸药箱上提笔写诗，在时常疼痛的头脑里囤积火力，从岩石的缝隙里一行行炸裂。

诗歌顺着博客从深山一直生长到都市，诗人攀着诗句，爬出矿洞。现在，他出版的诗集加印六七次仍然脱销，关于他的纪录片获得多个奖项，他也得以亲赴美国，登上帝国大厦，去哈佛耶鲁演讲……

这是一个诗人半生倥偬的故事，一个关于文学和岩石较量的故事。多年之后，诗人离开矿山，但岩石依然是他宿命的底色，是他的梦想与梦魇。

"我的身体里有炸药三吨"

2013 年，雪下了整个春节，对陈年喜来说，下了一整年。

四川老板打来电话，正月十九，陈年喜趟风冒雪到了南阳的银矿。打眼、装

药、爆破、吃饭、睡觉,日复一日。巷道深5000米,高度不过一米六七,陈年喜身高超过一米八,越高大的身躯越需要佝偻着前行。

矿山的工作关系极度松散,哪里有活儿,一个电话就能让你去千里之外的大山。干两天才知道能不能挣钱,爆破工每天炸裂岩石,前进的距离是工资的尺度,扣除炸药的成本后,工钱按"米"结算。

能不能挣钱,取决于爆破工的技术和眼前矿山的硬度。如果花费很多炸药依然不能获得理想的推进速度,老板会让你立刻滚蛋。

陈年喜的爆破技术,不亚于他写诗的能力。各地的爆破证并不通用,每到一处都需要在当地重新考证,在山东招远考的那一次,600多人里,陈年喜考了第一。

在银矿干到桃花开的时候,远方传来消息,母亲查出了食道癌。后来,许多人认为陈年喜最好的作品之一《炸裂志》,是在那一刻降临的。

"我微小的亲人 远在商山脚下/他们有病 身体落满灰尘/我的中年裁下多少/他们的晚年就能延长多少/我身体里有炸药三吨/他们是引信部分/就在昨夜/我岩石一样 炸裂一地"(《炸裂志》)

但他并没有离开矿山,工程仍在继续,爆破不能停止。

爆破工有去无回是常事。点燃导火索后,不能跑太远,一声接一声沉闷有力的巨响,砸在耳膜上,一个不少,按序爆炸,才算成功。声音太过清脆和响亮,或是间隔顺序有误,需要逆着滚滚烟尘,跑回爆破点观察。稍有闪失,都将致命。有一回,徒弟杨在跑着跑着就跑成了一团血雾。

八月十五,秦岭好月。诗人在看不见月亮的垂直矿洞里向上作业,岩石间找两个洞,钉一根木条,一路向上攀爬。放炮、点燃,爆破的冲击力震断木条,他从离地30米的高空,直直坠落。钢制的机器早一步落地,陈年喜捡回一条命,但石渣嵌入身体,胳膊当场脱臼。

离年关不剩多少时日,工程还有个尾巴。一个月后,他重返矿洞。密闭的巷道中,突然头晕目眩,完全支撑不住。被拉出矿洞时候,老板娘正在劈柴做饭,陈年喜的耳边却一片寂静,听不见任何声音。

住院一个月后,医生宣判,诗人永远失去了一只耳朵的听力。耳鸣成为最忠诚的陪伴,此后,陈年喜的右耳永远有尖锐的声音日夜呼啸。

一整年,陈年喜赚了 10 万元,相熟的包工头向他借了 6 万元继续投资开矿,但包工头干一处赔一处。陈年喜只知道他是重庆固县人,后来没了音讯。

"活着就是冲天一喊"

为了拍摄纪录片《我的诗篇》,秦晓宇在网上大海捞针。在搜索框里敲下"诗歌""矿山""诗人",如此排列组合了几次,陈年喜的博客页面在屏幕上跳出,导演找到了他的第一主人公。

"再低微骨头里也有江河/我选择暴力/劈山救母""东面的山坳里竖起了酒旗/而西坡的亡幡已不堪拥挤",陈年喜朴素深沉的生活经历,极具陌生感的生命体验,远在深山岩石缝隙里沉默的呐喊,带给秦晓宇强烈的震动。

"他在矿山深处的经历从来没有人写过,年喜的部分作品,可以说填补两千年诗歌书写的空白。"秦晓宇说。

翻译学博士缪君在法国生活多年,曾执教于巴黎三大,现在是中山大学的副教授,平时用法语写诗。在朋友圈读到陈年喜的作品后,觉得自己的诗大都像无病呻吟。她把《炸裂志》翻译成法文发到脸书上,法国朋友评价压抑又震撼。

"这个时代,有个词叫'高手在民间',好像是件很稀奇的事情,但民间有许多复杂的人。"陈年喜说。家乡有一位邻居,从河南入赘过来,二胡拉得极好。有外省豫剧团来演出,邻居跟着演奏,团里的人尊称他为老师。邻居常常对着大山拉琴,琴声如怨如慕,如泣如诉,没有人知道拉琴的人在想什么,也没有人问。

有一回在三门峡,在山里干了一个月没挣到钱,老板跑路了。回家没有路费,陈年喜和几个人,在路边拦下大巴,想让司机免费捎一程,司机要求唱歌抵路费。工友小伙沿路唱了整版的小仓娃(河南曲剧《卷席筒》的主人公),唱到车上有人哽咽抽泣。

在博客上读了陈年喜的诗后,秦晓宇决定去矿山见他。

千里之外，矿洞中的陈年喜，抱着几十公斤重的风机，怎么也提不起来，双手麻木无力的毛病越发严重了。这不是个好兆头，陈年喜揉了揉后脖颈。

他的后颈常年有一块沉重的石头压着。颈椎病、尘肺病和耳聋，是矿工们的职业病。运气好的只有一两种，2020 年 5 月确诊尘肺病后，三种病陈年喜都占全了。尘肺是一种慢性不治之症，医生说，陈年喜的肺已经纤维化，像疤痕一样，是永远无法褪去的痕迹。踏入矿山的那一刻起，岩石便在他的肺上剜刻，疤痕在十几年后依然折磨这副身躯。

1999 年，儿子凯歌不满周岁。那是打工潮方兴未艾的年代，陈年喜说："以前是可以安于贫穷的，但后来，挣钱成了最重要的事情。"那年，他有两首诗在一家报纸的副刊发表，第一次得了稿费，40 元，给孩子买了 4 袋奶粉。

诗歌创作的速度赶不上儿子嗷嗷待哺的成长。有人捎来口信，矿上缺个架子车工。孩子的奶粉、药费和三餐在催促，焦头烂额的陈年喜连夜收拾行李，跳入矿洞。

那是河南灵宝的一座金矿，在矿山，逃离是所有人共同的梦想。工友们聊天总是围绕着离开矿山之后的打算，开个小餐馆或是做个小买卖。但第二年，大家仍在深山聚首。"这一行，一旦进去，就很难出来了。"陈年喜说。

十几年间，一个人南征北战，矿山生死无常，他比普通人见过更多以命相搏的时刻。包工头迟迟不发工钱，工友里的一对兄弟用炸药毁了老板的机器。几队人马同时开采一座矿山，巷道里躺着老板雇来持大刀的打手，狭路相逢，短兵相接……

山体爆裂，人在其中，共振再寻常不过。大多数人选择在爆裂声中引燃愤怒、挥拳举刀或麻醉自我，陈年喜选择了最安静的方式炸裂，在诗里冲天一喊。

"唱大悲大喜　唱大爱大恨/唱昏王奸佞黎明泪/唱忠良贞烈古今流/秦腔的大雨醍醐灌顶/让你浑身湿透哑口无言/让你明白/真情和洗礼　只在民间/让你懂得/活着就是冲天一喊"（《秦腔》）

新疆克拉玛依的萨尔托海，人烟罕至。废弃工房的墙上，贴着《克拉玛依报》《中国黄金生产报》，每天下班后，陈年喜都会去读几页，所有墙面都读完后，他朝墙上泼水，一张张揭下来，再读另一面。

矿山之中,纸张匮乏,诗句只能委身于装炸药的纸箱。冬天矿洞严寒,陈年喜把写满诗的纸板垫在褥子下取暖,离开的时候,卷起铺盖,有媒体写那是"留下满满一床诗",听起来颇有几分浪漫。陈年喜苦笑道:"那是真的很苦啊。"

君不见,青海头,古来白骨无人收。陈年喜的案头放着《杜甫传记》,颠沛与苦难,相认于诗歌。

我的诗篇有三块金属

2010 年,陈年喜开通博客,把深山矿洞中的诗歌连根拔起,种进茫茫网络。偶尔有人阅读评论,他觉得满足欣喜。

写作本就孤独,矿山里的诗人,寂寥更甚。有一年开的矿在秦岭河南段的黑山。秦岭是平原之上隆起的山脉,山上能听见脚下村庄鸡犬相闻,但相距遥远,与世隔绝。叫黑山,因为山上的草木终年墨色。山高地深,时节绝晚。冬天从这里开始,春风最后到达此地。

矿上的人彼此交流有限,没有人知道这里有多少走投无路的人。开采业最兴旺的那几年,陈年喜估计仅是开采贵金属矿的同行就有数十万。他们像茫茫大雪,洒在山间。大家心照不宣,从不互相打听。偶尔有人言谈间流露往日生活点滴,困苦的人,各有各的绝望。

陈年喜没有停止过写诗。从一座山到另一座山,总要有人记录终年不化的茫茫大雪,他提笔做了隔千年时差的边塞诗人。

2015 年冬天,纪录片《我的诗篇》即将进入最后一场拍摄,导演秦晓宇正满世界找陈年喜。

这是电影里最重要的一场戏,是结构主线。按照计划,6 位不同年龄、不同地域、不同工种的打工诗人,将聚集在北京的新工人剧场,进行一场诗歌朗诵会。

陈年喜觉得,这场朗诵会实在没什么意思,还要占用大量时间。他正在矿山工作,时近岁末,老板的工钱尚未结清,家里等着过年。他不再接秦晓宇的电话。

秦晓宇不怪他,与陈年喜相处时间越久,越能理解他的处事风格——不轻易拒绝但也并非真诚应允。每一次拍摄陈年喜都是半推半就。风雨半生,见过太多失望,他对拍摄纪录片能带来什么改变并没有期待。但每次拍摄团队到现场,他也坦诚相待,将生活的所有展示在镜头之下,毫不避讳。

秦晓宇理解,矿山打工的经历,很难对人产生强烈的信任,过年的时候,可能好几处邀请他年后去打工,他都得答应,然后选一个去,这样万一其中一个出问题,还有其他机会。

2015 年之后,陈年喜失去了所有机会。像 16 年前下矿一样,他离开矿山的决定由不得他做主。后颈的石头越来越沉,医生必须在他的颈椎上植入三块金属。这场手术,不做会很快瘫痪,做了有可能立刻瘫痪。最终,脖颈后的石头成功卸下,但他永远无法再去矿山工作。

陈年喜从没买过一件贵金属首饰。他见过金银原始粗犷的美丽,矿洞之中,循着资料、照着矿灯搜寻到一堵石头墙,一声炮响后,藏身岩石的金银蜿蜒展露,金光灿烂。

很快,它们会成为非常精巧的装饰品,坠在一些人的脖颈之下,或是放在房间某个显眼的位置。拿这些艺术品装点生活的时候,很少有人会想到它的源头,是一群人玩命从很深的山里一点一滴挖掘。想到这些,陈年喜又揉了揉后颈。

那场陈年喜觉得很没有意思的朗诵会,在秦晓宇的坚持下,他还是去了。来自矿山和流水线的诗歌引起关注和讨论,甚至有国际汉学家感兴趣。陈年喜获得了第一届桂冠工人诗人奖,奖项的创办者吴晓波拿了 10 万元稿费作为奖金。

诗人不再是矿山爆破工,很难说清,是因为手术,还是朗诵会。

秦岭、皮村和华尔街

接到赵若菲邀约出版的电话时,陈年喜正在贵州的旅游景区里写宣传文案。这是他在北京最苦闷的时候,文友介绍下获得的工作机会。

"需要我付钱么?"陈年喜电话那头问。

赵若菲在西南大学戏剧影视专业读书的时候,在导师刘宇清的带领下,和同门一起读过陈年喜的诗。"大家常常从他的博客里泪水涟涟地出来。"赵若菲说。

2017年毕业后,赵若菲进入陕西太白文艺出版社工作。选题会上,她把陈年喜和《我的诗篇》里其他5位打工诗人的作品报了一个诗集系列。今天的出版业市场上,很少有编辑有做新诗诗集的勇气,刚毕业的赵若菲却让整个系列在2019年顺利出版。她说:"做书的时候流了很多眼泪,我好像在孤军奋战,但还是觉得值得。"

2019年1月,陈年喜的《炸裂志》初版只印了1000册,出版社计划卖三五千册就能保本,但诗集很快脱销。2020年6月第五次印刷,累计超过到3.5万册。赵若菲给陈年喜的读者建微信群,一个满了又建一个,申请加入的消息提示音响了一整晚。

离开矿山后的两三年,陈年喜的生活一度有些魔幻。

四川卫视《诗歌之王》邀请他去北京录制节目,他和歌手罗中旭搭档,分别负责写词和谱曲演唱。生活经历和审美文化的巨大差异之下,相处是一件很难的事。那段时间,陈年喜从美声听到摇滚,从汪峰听到于魁智,以期获得音乐上的灵感,但始终是一厢情愿。最终谱成什么样的曲,如何演唱,他无权决定。

这段歌曲作词的经历,让他在北京飘荡了一阵。在皮村做义工,也琢磨着如何靠给歌手写词挣钱。最终,这个想法因为无法真正进入音乐圈而夭折。多年前,陈年喜曾经想过当律师,买了一堆法律教材自学,后来因为专业学历的门槛折戟。也琢磨过倒腾文物,买过不少文物鉴定的书籍自学,也没有成功。"鉴别真假太难了。"他说。

《我的诗篇》上映后,陈年喜和剧组一起去美国巡回展映,纽约、洛杉矶、旧金山,跑了好几个城市,登上帝国大厦,去哈佛耶鲁演讲,特朗普当选的那个晚上,他和剧组正在纽约时代广场。秦晓宇记得,陈年喜在美国的时候,没有太多兴奋感,平静得不像初来乍到。"可能是开矿生涯养成的性格,你很难走进他的内心深处。"秦晓宇说。

在华尔街街头,陈年喜看见当街而立的金牛,想起秦岭的隧道。

"在西北的秦岭南坡/我有过四十年的生活/二十年前　秦岭被一条隧道拦腰打穿/一些物质和欲望　一些命运和死亡/从这头轻易地搬运到那头/其实华尔街的意义也不过如此/在人们去往未知之地的路上/又快捷了一程"(《华尔街》)

"把你打造成下一个蔡崇达"

果麦传媒文化公司的员工告诉他:"路总要见你。"

陈年喜不知道"路总"是谁,对方给他买了机票,在北京,他见到了果麦的董事长路金波。

会议室里,路金波让人拿了两本《皮囊》过来,说:"蔡崇达每年从我这儿拿走 500 万,我们要打造下一本《皮囊》,把你打造成下一个蔡崇达。"编辑告诉陈年喜,路总亲自接待,聊三个多小时,在果麦先例不多。

陈年喜读了蔡崇达的书,从头到尾都没觉得他写得有多好,怎么火的也不知道。

编辑给陈年喜打造创作计划:"你现在所有签约的专栏,不要再弄了。我们准备给你安排一个三部曲,先出本散文集,再出一个视频,第三部你自己规划一下。"

2019 年 8 月,他签下合约,以打造畅销书著称的果麦负责他后续书稿的运作。尽管不情愿,陈年喜依然会全力配合出版社的各种要求。

旅游业因疫情受到重创,年后陈年喜去贵州办了辞职。离开矿山后,陈年喜最稳定的一份工作画上句号,生活再次陷入了不确定的状态。

写作成了诗人唯一的谋生方式。除了手上的书约之外,陈年喜平时给各类媒体平台供稿,诗歌、非虚构、叙事散文都写,后两种稿费挣得多一些。诗歌写一年,挣一万块钱也很难。但散文和非虚构一篇就有几千块的收入。2020 年,陈年喜成了贵州作家协会会员,他在朋友圈写:终于成了一个有证的人。

离开矿山后,创作并未变得容易。他对自己作品始终无法摆脱悲情底色感到苦闷,"写着写着,总是走到生死。"陈年喜说。在丹凤县城湿漉漉的街道上,他走得并不轻松。群山深处的农村老家正在被集体迁往县城,住进楼房,每天都要花钱。儿子凯歌即将读大二,父子之间的交流甚少。脖子上的石头卸下后,父亲陈年喜觉得背上依然重,他在诗歌里克制地表达父爱。

"儿子/你清澈的眼波/看穿文字和数字/看穿金刚变形的伎俩/但还看不清那些人间的实景/我想让你绕过书本看看人间/又怕你真的看清"(《儿子》)

大多数时候,凯歌的爱好是游戏。他读过陈年喜买回来的书,写过一些文章,假期在富士康的打工经历为他积累了素材。2020 年第八期的《新工人文学》杂志里,陈年喜的《一个乡村木匠的最后十年》和凯歌的《我的富士康工友们》两篇作品一同发表。陈年喜觉得,自己是没有别的办法糊口,儿子也无意写作,都注定弄不出名堂。

一地霜白

"哈尔滨下雪了。"采访到一半,陈年喜收到远方朋友的消息,转脸对我说。时值盛夏,但陈年喜的语气,像他的诗一样,总是大雪茫茫。他给自己的公众号取名"一地霜白",生命中的每一场雪,都在这里留下过痕迹。

2020 年 7 月,陈年喜受邀前往浙江海盐县的乌托邦书店,做一场签售分享活动。临行前一晚,他在朋友圈写:早些年四方漂泊,大包小包,这些年行李少了,反而更重。配图的行李中,除了一本贾樟柯的《站台》,余下的全是药。

江南的雨季刚过,晴天午后,海边的书店里,老师、学生、公务员、核电站的职员、做小买卖的生意人,坐了满满一屋子。

2016 年《我的诗篇》在全国各地众筹点映,乌托邦书店组织了几场放映。有一场,武原中学的语文老师吴莹萍和几个一起来观影的朋友聊到凌晨。在班级的群里,她把影片和诗歌推荐给学生。4 年之后,当年读初二的翟霂杰即将念高三,他常常在晚自习的时候写诗,又心疼时间怕耽误课业。活动现场,他向陈年喜提问:诗歌在奔忙的生活里应该放在什么位置?

陈年喜没有答案。

活动最后，一位来自陕西的小伙子清唱了几句歌谣，原本是要唱秦腔的，临时改成了《渭城曲》。王维举杯，劝君更尽一杯酒，西出阳关无故人。

这些年走南闯北，跑遍全国大小矿山，新疆曾是陈年喜的梦魇。六次入疆，几乎没有挣过钱。新世纪之初，陈年喜在喀什的叶尔羌河岸边逡巡了六个多月。他确认包工头是被骗了，上家把金粉涂抹在岩石上，高价出手了一座贫瘠的山。

但他依然对那里心怀感念。在荒芜的山脉间，辽阔的戈壁上，他看见游牧的人，独自骑着瘦驼走远，不知道朝向那里。他遇见过很多吟诗走来的古人。大漠孤烟，长河落日，他们并肩共赏过。现在，他梦想回到新疆，去昆仑山脚下拣玉贩石。

在新疆开矿的时候，有个维族的朋友，抱来一块石头，异于寻常的沉，希望借用矿上的工具打开它，陈年喜试了几种，并没有开石的办法。"里面肯定有玉。"陈年喜笃定地说。维族朋友把石头送给他，离开矿山的时候，陈年喜把它藏在了矿洞之中。

从喀喇昆仑山奔流而下的叶尔羌河，日夜不息地赶赴塔里木河，沿途遗落下太多玉石。翠玉、墨玉、玛瑙玉，以及难得一见的和田玉。陈年喜记得，新疆一公斤墨玉在 2006 年的市价是 300 元。从贵州景区辞职的时候，他又想起那条奔流的大河，和它岸边的晶莹。不失为一条活下去的路。

"那块藏身矿洞的石，打开一定有玉。现在去我还能找到位置。"他说。

（记者　李楚悦　编辑　宰飞）

原文发布于 2020 年 8 月 6 日上观新闻

前妻宋小女的七日风暴

台风"米克拉"登陆这天,宋小女带着伤痕回到了漳州东山岛的家。过去 7 天里,从见到前夫张玉环的狂喜到不断接受采访的疲倦,再到网络恶评的攻击,宋小女的生活像又经历了一场风暴。

2020 年 8 月 4 日,在被羁押 9778 天之后,江西省高院判定张玉环无罪。张玉环无罪归来当天,几十家媒体记者守候在张家坍塌的砖房前。"他应该抱我,我也应该抱他,非要他抱着我转。"一段动情的采访视频立刻把张玉环的前妻宋小女送上了热门话题。

万众目光突然落在这位眼睛大而明亮的 50 岁女人身上,她的情感表露、帮助前夫伸冤的细节、穿衣打扮……都被逐一审视。

有人提问,如何处理张玉环和现任丈夫于胜军(化名)的关系,宋小女几乎脱口而出,"两个男人都是我最爱的。"随即又连忙补充:祝福张玉环,但会和于胜军继续生活。

8 月 12 日,张玉环去进贤县公安部门办理新的身份证,开始逐渐适应普通人的生活,远在江西老家 700 多公里外小渔村的宋小女要做回自己的小平民。但无人知晓,27 年的冤案给这个曾经美满的家庭留下的晦暗底色多久才能褪去。

归来

张玉环回家的第二日中午,那张用了几十年的木桌上盛满了菜,这家人吃了一餐难得的团圆饭。饭桌上,张玉环对前妻宋小女说了接下去几天里最亲密的话,"小女,多吃点菜,要吃饱。"

两人上次见面还是 2012 年,确诊宫颈癌的宋小女在手术前,去南昌的监狱看望张玉环。因为疾病,当时宋小女的体重只有 80 多斤,张玉环还记得,会面时她哭得话也讲不清。

"小女现在胖了好多,也不知道现在的胖正常吗?"重逢时,张玉环发现宋小女外形的巨大变化,但这个问题最终他没有问出口。

张玉环和宋小女曾经的家已经变成废墟。空空的房梁,屋顶的瓦片落了一地,踩一脚就有碎裂的声音。房后粗壮的构树朝围墙横冲直撞,卧房里张玉环亲手做的家具也腐朽成一片片木板。大儿子张保仁还记得,20 多年前一家人还都在的时候,他每晚就躺在这间卧房的床上,看墙上的壁虎爬来爬去。

1993 年秋天,这个普通家庭破碎了。那年 10 月江西省进贤县枕头岭张家的两名儿童被杀,同村的张玉环被指控为凶手,最终被判处死刑,缓期两年执行。写了上千封申诉书,经过家人 27 年的奔走,张玉环终于获得改判无罪。张玉环也由此成为中国被关押时间最长的无罪释放当事人。

早在 2020 年 7 月,宋小女和两个儿子张保仁、张保刚从福建坐 15 个小时火车赶回江西。张玉环无罪的结果,宋小女等了 27 年,无论如何都要亲自见证。

在张玉环回家前,宋小女和儿子们为他买了一部智能机,换洗衣物及洗漱用品。几个人忙活了一下午,在婆婆张炳莲住的毛坯房里收拾出一间屋子等着。

8 月 4 日 18 时,张玉环戴着大红花回到张家村,家门口聚集的人群让他头脑发懵,踉跄奔过去最先抱住了多年未见的母亲和妹妹。

看到张玉环下车,宋小女哭着往前跑,想扑上去给张玉环一个拥抱。还没到跟前,血压升高晕了过去,被救护车送到医院。

当晚,张玉环和家人照了第一张全家福,照片里少了大儿子张保仁和前妻宋小女。

欠一个抱

"他还欠我一个抱。这个抱,我想了好多好多年。我非要让他抱着我转。"清白归来的张玉环没料到,已经分离 27 年的前妻宋小女还想要一个拥抱。

这个愿望在宋小女冲着镜头讲述之前,不论是儿子张保仁、张保刚,还是现任丈夫于胜军都不知道。

8 月 5 日,宋小女从医院回到张家,张玉环拉起宋小女的手安慰,没有抱,两个人板板正正地站着。

她想象过太多次张玉环释放的情景:等张玉环出来,两个人抱一抱,坐下来说说话,"太美了!真的好美!"但无论如何,都不是现在的样子。

1988 年结婚时,宋小女 18 岁,张玉环 21 岁。宋小女说:"1988 年到 1993 年,我觉得是最幸福的,我是他最亲爱的老婆。"

张玉环不说甜言蜜语,但是行动更打动宋小女的心。张玉环外出做木工,宋小女留在家操持家务照料孩子,有时张玉环从县城买猪肉回家,只煮三碗给宋小女和孩子吃,自己舍不得。"他骗我说在别人家做工的时候已经吃过了。"

宋小女对吃喝没有要求,最喜欢漂亮衣服,张玉环就默默为妻子添置。二儿子保刚出生后,宋小女穿着结婚时的旧衣服,她随口说裤子紧了,转天就得到了新裤子。有一次过节,张玉环为宋小女买了一条"迷死人"的紫色连衣裙,她把衣服挂起来看了又看。"是他主动买回来,不是我要的,而且很合身。"

"以前都是他照顾我,他走了,我才感受到无助。"张玉环被当成杀人嫌犯带走,宋小女母子三人的生活像是跌进地窖。

为了生计,1994 年 6 月,宋小女将两个儿子分别托付给婆婆和爸爸,自己跟随亲戚南下深圳打工,定期给孩子寄回学费、生活费,半年通一次电话。

留在村里的孩子并不好受,"杀人犯儿子"的名头让本就内向的张保仁更加沉默,受了欺负也不还手,张保刚则因为同学的侮辱挑衅多次打架,被村庄周围的五六所小学开除了个遍。

在外的母亲宋小女形容那段日子自己"白天是人,晚上做鬼"。白天她努力对身边的人微笑,挨到夜晚躺在床上想起儿子和张玉环,脑子里像是在放电影,就咬着嘴唇哭。

1996年,宋小女查出子宫肌瘤,最无助的时候她想着或许张玉环的一个抱就能减轻身上的担子。

2012年,宋小女举债做完宫颈癌手术,主治医生来到病房祝贺手术顺利,听到医生的话,现任丈夫于胜军高兴地在俯身撑在宋小女的病床上,连声叫着"我们赌赢了,赌赢了"。于胜军起身后,宋小女冒出一个念头,"要是张玉环看到这个情景,应该也会抱着我哭吧。"

"我50岁了,也要脸,这不是无缘无故的抱,这个抱一直在我心底,太压抑了。"不说出来,宋小女觉得对不起自己。

可直到宋小女离开张家,两个人也没有拥抱。问起原因,张玉环解释说担心宋小女情绪激动又进医院。

几天后再接受采访时,张玉环才回过神来,"我以为她有了新家,对我只是普通朋友,确实没想到她为我付出这么多。"张玉环想把这份情谊记在心里,以后宋小女需要帮助的时候自己竭尽所能。

"可能是我自作多情吧,也可能是我又嫁了老公,他不好意思。"宋小女难掩遗憾,笑了笑,又咬住嘴唇仰面摇摇头。

"握手也可以,都是表示友好。让张玉环欠着我,想我吧!"她说,"等到张玉环以后再娶老婆会想,哦,我还欠着小女一个抱。"

最可怜的人

在宋小女眼里,如今的张玉环是最可怜的人,一贫如洗,妻离子散。

53岁的张玉环眼睛老花,得了糖尿病,小腿时常感到无力,每晚只能睡2个小时。最要紧的是,他的记忆力衰退得厉害。无罪释放回家后连续三个晚上,保仁、保刚两兄弟都在教他如何操作手机，但第二天一睁眼，张玉环连如何划开手机屏幕接电话也忘记了。

"张玉环回来，我要给他完完整整8个人。"为了给张玉环更多陪伴，宋小女催促两个儿媳带着4个孙子孙女从福建赶回，孙辈们的几声"爷爷"，让张玉环的脸上舒展了不少。

为了安顿下来，两个儿子在进贤县城兜转一天，选定一套老小区的顶楼三居室，签了一年租房合同。"县城其他都是新的地方，只剩这片还没拆，我爸爸会更熟悉。"还没进小区，张玉环就能叫周边的地名。

"我在笼子里关得太久了。"27年，变化太大，要学的东西多得数不过来。菜场的秤砣变成了电子秤，现金结账改为扫码支付，连刮胡子的刀片现在的人也改用剃须刀。张玉环对适应新生活没信心，总觉得自己得用上五六年时间。

只要走出楼门，张玉环必须环住一个人的胳膊。他跟着儿子张保刚去买菜，只要马路上有汽车经过，就牢牢拽住儿子的手。

和孙子过生日、吃蛋糕，张玉环是头一回。他兴奋地抱起最小的孙子嘟嘟，听着生日歌开心地笑，生平第一次吃蛋糕，张玉环连吃了两小块。

而在嘟嘟生日的前一天，宋小女逃开了，跟于胜军去亲戚家避风头。连续三天的采访，让她有些透不过气。

8月7日，在张玉环老宅家门口，有人提出重拍一张全家福，宋小女她局促地原地转了几圈，不知道该坐哪里。"妈妈你就坐这里。"张保刚安排宋小女坐在奶奶张炳莲右边，与张玉环并排。

父亲回来了，30岁的张保刚仍有遗憾，"重生不是什么都能回来，无论怎么样，不能回到过去我完整的家，最起码妈妈不在。"

张玉环归来一周后的8月11日上午，宋小女和于胜军乘车从南昌到厦门北。同天，留在老家的儿子儿媳们带着张玉环去公园兜风，儿媳丫丫拍了一段视频有张玉环的镜头，宋小女在视频下回复，"看到你们笑得那么灿烂，我比谁都高兴。"

火车被台风拦在泉州，滞留的四小时里宋小女久久盯着手机屏幕，一条条扎眼的评论跳进来，下车时，她的血压飙到了195。

非议

"宋演员""作秀""为了分钱""动机不纯"……随着张玉环冤案关注度的升温,各种声音都涌来了。

"不要说她,我看着那些评论都受不了。没有经历过别人的痛苦,就不要随便评价。"于胜军替妻子抱不平,烟一支接一支地抽。

回到漳州后的一天,宋小女站在东山岛最南端的沙滩上,突然冲着海浪大吼。她说,情绪不好的时候,会让儿媳看着孩子,自己来吼一吼。

和张玉环结婚只有 5 年,不少人质疑宋小女流露出的深情。"美好的总在你眼前,放不下。爱和时间没有一点关系。得到了人家的爱,假如不为他做点什么,你活得心安理得吗? 你真的不痛吗?"

宋小女只读过四年一年级,识字不多,如今微信能发文字全靠手机输入法的语音识别功能。1998 年,在外打工的宋小女听别人说,伸冤要去北京才有用,她一边查字典一边写信,写了五六封信寄到北京。

1999 年,宋小女改嫁给丧妻的于胜军。张玉环并没有怪她改嫁,甚至希望她能找个不错的男人。

"哪个男人都不希望老婆跟别人,签字是生活所逼。假如我不同意离婚,她留在家里一定会吃更多苦。"张玉环说。

宋小女抖音账号里有 500 多条视频,和孙子逗乐、跳舞……大多视频都是笑着的,有人揪着她的笑容不放。"难道我想张玉环,就得去死吗? 从 1993 年到 1999 年,我少想了吗?"一直为张玉环伸冤奔走的大哥张民强也说:"只要律师和记者有需要,宋小女随叫随到。"

改嫁后的想念很微薄,某个偶然的时刻,张玉环可能跳进脑子里,"比如我今天吃这碗面,心里会想着张玉环吃了吗?"

1993 年张玉环被抓走,家中经济窘迫,娘家姐姐问宋小女有没有钱,她总是硬撑着说有钱。"那时候那么难我都没有伸手,这时候叫我拿钱(不可能)。"

再别离

"这条裙子是我老公买的。"宋小女笑嘻嘻扯出一条翻领墨蓝色的连衣裙展示,"他骑车去西浦买菜顺便转了转,看到这条裙子不错,就给我买了回来。"

20 多年过去,她的满足仍然停留在有漂亮衣服就够了。

在这个与江西老家天差地别的东南小岛,宋小女已经生活了 12 年。她的家是宫前村本地人眼中的"破房子",一栋上世纪 90 年代修建的二层小楼,青苔在院子里四处爬升。房租一年 7000 块,宋小女和现任丈夫、三儿子、弟弟还有一位江西老乡合租。

宋小女和丈夫的房间在进门右手边,两张钢制小床拼成一张大床,屋子里没有衣柜,她仅有的 5 条夏装连衣裙挂在窗户栏杆上。

丈夫和三个儿子,都在波浪里讨饭吃。三个半月的禁渔期一过,宫前村将重新热闹起来,鞭炮哔哔啵啵庆祝上千艘渔船出港,于胜军也要跳上一条 30 多米长的船出门讨海,每个月带回 7000 元收入。

这座有 3000 户人家的滨海渔村已经没人戴口罩了,只有宋小女出门时还裹得严实,她不想引起过分关注,尤其不能再给于胜军带来困扰。看到有媒体报道刊出了丈夫的真名,宋小女大为恼火,瞪着眼睛骂了句脏话。

这个重组家庭的日子一直过得不宽裕。出海作业有风险,但收入有保障,即便被钢板切断了 3 根手指,于胜军还是熬在船上。为了多赚些家用,前阵子于胜军还出去"偷海"一个月。漂在海上的 34 天里,日子单调重复,下网、收网、捡鱼,于胜军抽完了 8 条烟。

张玉环回来,宋小女的心里那块石头终于落地。回到福建的家,她要重新做那个开心果,要加倍地对于胜军好。

于胜军出海前夕,宋小女去邻村的菜市场为丈夫挑了一顶红色斗笠。太阳大,让他出海戴。

(记者　王倩　编辑　宰飞)

原文发布于 2020 年 08 月 15 日上观新闻

女高校长张桂梅

2020 年的夏天,张桂梅"出圈"了。她创办全国第一所免费女子高中,12 年内将 1804 名云南贫困山区的女孩送进大学的故事,在互联网上被讲述了一遍又一遍。

"你能理解她吗?"一名来访记者私下问同行。

每个来到华坪的外人,总是试图理解张桂梅的选择和坚持。一个年轻时曾经红上衣、蓝裤子、紫皮鞋打扮如杂技演员般鲜艳的小资青年,为什么一步步走向大山,走进贫困地区? 一个外地人,凭什么搅动华坪教育圈子? 又如何平地办起丽江华坪女子高中(以下简称"华坪女高"),把成绩倒数的山区女孩们一个个送进大学?

华坪县融媒体中心记者王秀丽曾经 6 年跟随张桂梅家访,"只要你跟她进过山,就没什么不能理解的。"

山太大,一天只走了 2 户

华坪女高的学生多来自山区,这所学校不开家长会,取而代之的是,张桂梅11 万公里的家访路。

7 月 16 日一早,张桂梅突然决定带着高一学生袁文艳家访,起因是袁文艳几日前向学校申请生活费。

幼时父母离异，袁文艳被判给了父亲。父亲酗酒严重，已经几个月没有给她生活费，醉酒时还会指着独生女大骂，"是你害我家破人亡。"

袁文艳家的大门没上锁敞着，男主人不知所踪，牲畜栏里早已没有牲口，堂屋空空荡荡，四间房里只有1张床，灶房的膛火不知道熄灭了多久。除了在扶贫政策帮助下粉刷一新的房屋外立面，这个家没有一丝新鲜的气息。

张桂梅最见不得酗酒的家长，"她家爹要在，我非得抢板凳锤他。"

袁文艳父亲虽不在家，但张桂梅不能白来一趟，她一通电话找到荣将镇党委书记李国鑫，"姑娘的生活费怎么解决？她爸能不能找到？"

得知袁文艳每个月能拿到300元低保，张桂梅的眉头才略微舒展，临走前，她跟李国鑫强调，"把人找到，让村委会看住了，我再来。把他救过来，比什么都强。"

李国鑫来荣将镇任职不足1年，他记得张桂梅已经来荣将镇家访5次。

家访时，张桂梅更像个社区干部。一次进山往往承担了多重任务：替女孩打抱不平、调停家庭关系、激励学生成绩、帮助解决实际困难。

有一回暑假家访，张桂梅看到准高三的女孩在地里掰玉米，读小学和初中的弟弟却被母亲送到县城补习，张桂梅忍不住开骂，"我说你缺不缺德？搞什么，姑娘要高考的！"她撇下200元钱，带着女孩下山。"这种事，我年年家访都遇得着，年年都要跟家长吵一番。"

7月14日，记者跟随华坪女高总务主任张晓峰进山，从上午10点到夜里10点，只走访了王嫣、谷芳两名毕业学生。"这是常事，更远的，一天只能去一家"，张晓峰说。

每次家访张晓峰总是陪着张桂梅，担任司机、记录员。出发前，张晓峰一定要借到吉普车，底盘太低的汽车扛不住山路。在2017年村村通公路工程完成以前，一次家访往往还要换几次交通工具，汽车、摩托车、毛驴。张桂梅的脚步已经踏遍华坪县的四镇四乡，还有附近的宁蒗县、永胜县。

华坪女高学生在毕业前，张桂梅都会家访一次，有的人甚至两次。每次去，张桂梅都带着成绩单，如果退步，必定吃批评。"只有进了大山，我回来才使劲让她们学，家里这个样子，还不好好读书？"

王嫣家在荣将镇红椿箐村的小山坳，距离县城 50 公里，但是弯弯曲曲的山路，开车得将近 2 小时。

去年劳动节，张桂梅第一次到王嫣家家访，一进门劈头盖脸对女孩的爸爸王国军说：不能重男轻女。

44 岁的王国军打工最远去过华坪煤矿，傈僳族的妻子只能蹦出零星的几句汉语，不会讲自己的年龄。面对陌生人的提问，她时常扯着丈夫的衣角示意他来回答。"我们家是重男不轻女。我们没文化苦干，生活各方面差，娃儿读书，始终比我们好。"

"贫困不是一种缺陷，这是女孩们的隐私"，张桂梅称她的学生们为"大山里的女孩"，"我们救一个，就救了她们全家三代人。"

哪怕尝尝高考的滋味

17 岁时，黑龙江人张桂梅随着支援三线建设的姐姐来到云南。1996 年，丈夫因病去世后，张桂梅申请从较为富庶的大理喜洲调任至华坪任教。来到华坪后，她一次次真实地触摸贫困。山里一些贫苦人家，院里有大坑，屋里有小坑，穷到想出去打工都没有路费。一眼就能看到女孩的未来——一辈子在大山里，嫁一个跟她差不多的人。

"贫困山区主要是教育落后，女孩的受教育程度更低。低素质女孩成为低素质母亲，再培养低素质下一代，就这样恶性循环。你走到那个地方，就发现这件事一定得做。"

2002 年起，建一所全免费女子高中的想法开始在普通老师张桂梅心里生根，她描画着学校的蓝图，招收九年义务教育后因为家庭困难无法继续求学的山区女孩，"人生不容易，哪怕尝尝高考的滋味也行。"

通过教育提高妇女素质，阻断贫困代际传递，不少熟识的人赞同她的理念，但没有一个人相信学校能办成，劝她做事要考虑实际。

"你觉得建高中的理化生实验室需要多少钱？"

"两三万吧。"

听到答案,时任华坪县教育局副局长杨文华又问,"办一所高中需要多少钱?"张桂梅回答,"五六十万。"

曾经做过高中校长的杨文华当即反对张桂梅的办学想法。"她把办学校想得太简单,而且都什么时代了,专门办一所女校也不符合时代发展。"

2005年,杨文华陪同张桂梅去北京参加央视西部教育频道栏目《咏梅》的录制。路上,张桂梅讲述了自己想办免费女高的心愿。创办一所女子高中,还是全免费,杨文华劝她放弃这个"不可能"的想法。

回到华坪后,县里还是组织了讨论会。会上,所有人都投了反对票——办女高不合时宜,财政投入过大。

事情在2007年发生巨大转机。

张桂梅作为丽江市两名十七大代表之一,到北京参会。在北京,穿着破牛仔裤的张桂梅引起新华社记者的注意,随即《我有一个梦想》的报道引起了全国关注,女高项目因此启动。云南省、市、县各级政府先后投入6000万元,历时7年,学校才有如今的规模。

2008年,丽江女子高中的第一栋教学楼开工建设,选址在原来华坪县民族中学。学校一边筹建,张桂梅一边满街张贴招生告示,"只要你家庭贫困,想上学,就来吧。"当年9月,距建校才4个月,只有一栋教学楼的丽江华坪女子高中开学。

华坪女高招收的第一届96名学生中,九成没上华坪县高中录取分数线,风言风语也紧跟而至:"县里的教育质量刚刚起来,就要被这个学校拉下去。""把这些女孩白养三年,拿张高中毕业证,也考不上大学。"

"苦教、苦学"

"吃饭别说话,闭嘴!"张桂梅一声呵斥,学生们吃饭的速度更快了。

高一刚进校,谷芳跟不上女高的节奏。午饭时间只有15分钟,包括从教室出来,排队、吃饭、刷碗、返回教室。开学第一天,谷芳刚拿到午餐,就看到有学姐吃完了站在水池边洗碗。

华坪女高的女孩们在校园里学习、生活总是在跑。跑着进教室,跑着去食堂,跑着集合做操,跑着奔回宿舍,齐耳短发随风飘动。谷芳也跟着跑,一个星期下来,适应了。

在这所学校,女孩们不仅不用交学费、书本费、住宿费、杂费,甚至入学时连铺盖卷也不用带。但不能吃苦的女孩,最好不要去华坪女高。

在这里,学生们必须用成倍的努力换取跻身高等教育的入场券。刚刚高三毕业的谷芳记得,校长总在重复,"和衡水中学比,你们才哪到哪。"

不过,不论重新作多少次选择,王嫣还是会来华坪女高读书,"哪怕家庭条件好。"

这种选择的代价是,苦学 3 年,王嫣没有读过一本课外书。学校作息严格,早上 5 点 30 分起床,6 点开始早读,12 点 15 分开始午读,学习到夜里 12 点 20 分才能睡觉。每个星期天下午,高一高二放 3 小时,高三放 2 小时,学生们可以外出吃顿饭、采买生活必需品。为了节约时间,女高的学生去华坪县医院看病,不需要排队。

"都说输在起跑线,她们哪有什么起跑线? 就是满堂灌,一个地方讲不到,考试她都想不出来。"对于华坪女高一直以来的"苦教、苦学"模式,张桂梅毫不避讳。

"没儿没女的老绝户,才这么逼学生。"难听的话传进张桂梅耳朵里,她不在意。

华坪女高办学之初,张桂梅想着只要为女孩们提供机会,她们自会努力。一个学期过去,老师走了 9 个,学生也有人吵着要转学。张桂梅意识到,原本的目标定得太低,"不是把女孩送进学校就行,要出成绩,要培养人才,不然这三年有什么意义?"

学生底子差,有人一道例题讲 8 遍还是弄不懂,张桂梅找学生谈话,"学一道题算一道题,弄一分算一分。"

"我们是典型的时间加汗水。有人说题海战术不科学,我不管科不科学,能考一个好学校算一个,她们在大学里不错就行了。"单是 2019 年,张桂梅为高三年级买试卷就花了 18 万元。

张桂梅用她的方式锻炼女孩们的意志和自控力。地处金沙江谷地,夏天的华坪最高气温超过 40℃,华坪女高的宿舍楼没有电风扇。宿舍里有卫生间,但是不能淋浴,衣服也只能周末洗。每周末放假时,学生可以在校外花上 8 块钱洗个澡。为了防止学生晚上回去洗头、洗衣服,下午 6 点开始,宿舍断水。为了创造一个纯粹的学习环境,张桂梅不允许女老师穿高跟鞋、穿裙子、化妆。

华坪女高的墙上没有规章制度,只有红色故事、励志故事,张桂梅用江姐、赵一曼的故事鼓励女孩们。每个来华坪女高参观学习的人,必定要在周一观摩特有的红色教育活动,全体老师举起右拳宣读入党誓词,合唱《没有共产党就没有新中国》,学生和老师一起演绎《红梅赞》,学生们重温入团誓词。

最后一个环节,穿着统一红短袖、黑裤子、白胶鞋的女孩们挥动右臂,整齐地喊出口号,"加油,上清华! 加油,上北大! 高三,加油!"

成绩干出来了,丽江华坪女子高中连续 10 年高考成绩综合排名全市第一,一本上线率从 4％ 升至 44％。最初被人质疑的"乌合之众",用硬邦邦的成绩,在 17 万人口的县城打响名号。

7 月 23 日,云南省高考成绩揭晓,丽江华坪女子高中 159 名考生综合上线率 100％,本科率 94.3％,一本率 44％,600 分以上 15 人。

这样的成绩,张桂梅仍不满意。2020 届毕业生本是华坪女高建校以来最优质的生源,因为疫情却成了张桂梅最没底气的一届。张桂梅想让山里的女孩们走进最好的学校,她的目标没变过:考上清华北大。

照进山里的亮光

7 月 15 日上午,张晓峰拿着一张 A4 纸来找张桂梅,纸上密密麻麻记录着要跟校长汇报的事情:中国教育报联系张桂梅写几句教师寄语;某个省级机关单位邀请张桂梅前往昆明讲课;有摄制组要以张桂梅为原型拍电影……

今年华坪女高名声大噪,张桂梅有些发愁,"要坏事,报名人肯定变多。"不过,她相信华坪女高的平民底色不会变,因为"有钱人家的孩子不肯来"。

和城里的孩子不同,高考结束,18 岁的王嫣没有机会外出旅游、聚会放松,甚至邻近乡镇的同学邀请她去玩,王嫣都没时间。

王嫣家种了 500 窝芒果,200 窝已经开始挂果,父母整日上山侍弄着,除草、打药、浇水、施肥,忙得不可开交。这些金黄果子决定着四口之家的年收入。王嫣在家任务也不轻松,喂饱猪圈里的两头猪,洗一家人的衣服,做饭。从 8 岁起,她就站上灶台,对于云南山区家庭,这不是稀奇事。

除此之外,王嫣还在焦急地等待高考录取结果,她填报了邻省一所医科大学。

有时,张桂梅也会担心学生们走出大山后的生活。偶尔,她会接到女孩诉苦的电话,讲述在外诸多不适应,人际交往、英语口语、不知道怎么吃汉堡……似乎都成了短板。

放下电话,张桂梅又一点点作出调整,课间操加上时髦的鬼步舞,开始为女孩们定做裙式校服,"不能总是那么土"。

"我的第一步,是让她们先飞出去,不一定能面面俱到。"

在熟悉的人眼里,最近三年,"不能面面俱到"的张桂梅老得太快,体重从 130 斤掉到了 90 斤,身子愈加佝偻,脸色黑黄,步子更慢,10 个手指关节缠满了胶带,每天吞下成把药片。

肿瘤、小脑萎缩、全身性骨质疏松……20 多种疾病折磨着张桂梅。在攀枝花住院时,疼痛难忍的张桂梅对身边人说,想打开窗户,跳下去。但一回到女高,她又是那个嗓门高、爱骂人的倔强"老太婆"。

6 月 29 日下午 3 点,张桂梅在昆明被授予"云岭楷模"的称号。从昆明到华坪 300 多公里,小汽车要开六七个小时,所有人都以为她会在昆明住一晚,第二天再回华坪。谁知,晚上 12 点多,张桂梅的小喇叭又准时在女高校园响起,"姑娘们,睡觉啦。"

从县城出发,到高三毕业生谷芳家,开车要 1 小时 40 分钟,路程的后半段几乎没看到第二辆车。

一路被抛在车窗后的,是一棵棵套着白色、红色袋子的芒果树。芒果已经成为华坪县脱贫致富的帮手,每年 8 月,县里会举办热闹的金芒果节,庆祝丰收。和让山民致富的芒果一样,1804名华坪女高毕业生也在为她们出生的家庭、大山凿出不一样的光亮。

"他们总觉得只有读一本才能有好工作,二本读了也算白读。"谷芳想扭转父母的观念。"读书不是个个都能考名牌,读了大学就算暂时找不到工作,有文化,也可以改变后代。"

46岁的母亲被谷芳说动了,"二本也没关系,只要读书就行。"

(应受访者要求,文中袁文艳、王嫣、谷芳均为化名)

(记者　王倩　编辑　宰飞)

原文2020年07月28日发布于上观新闻

原标题:中国唯一的免费女高有位乘风破浪的女校长

"工厂里的海德格尔"离开工厂以后

6月中旬,燕赵大地已经暑气逼人。日头照在赵州桥上,照进正定城里,也给河北某职校家属楼的砖红色外墙披上一层金光。

陈直就住在其中一栋颇具年代感的楼里。天气没那么热的时候,他会去家附近的小公园走走。漫步于林中路,他感受到一些更本质的东西浮现出来,如海德格尔所说,"在存在者整体中间有一个敞开的处所。一种澄明在焉"。

按照他提供的地址,我来到这个远离闹市的校区。树荫下,一名穿着白色T恤、牛仔裤,戴着黑框眼镜的青年朝我走来,手里还拿着一本《海德格尔导论》和两瓶冰水。这本书前不久刚出版,简介称,这是一部在英语世界中比较著名的研究海德格尔的入门著作,中译本诞生于每天要工作12个小时的流水线工人之手。

这名工人,就是我眼前的陈直。

2021年,因为思考海德格尔,"90后"农民工陈直引起了广泛关注和讨论。他被称为"工厂里的海德格尔"——这个称号包含人们对他在高强度劳动之余坚持研究哲学问题、翻译哲学著作的钦佩。但当一桩事情发展为事件后,情况就变得复杂起来。大家开始为阶层区隔等概念争论不休,陈直的学术诉求、生存状况、悲欢起落变得不那么重要;即使偶然把目光投向他本人,最多讨论的也是他对妻儿的冷漠,不少人批评他"不务正业""读错了书",没有学会"爱具体的人"。

　　时隔三年,"工厂里的海德格尔"已经离开工厂,来到石家庄一所职校担任期刊编辑。他的经历被齐泽克写进新书:"我们应该庆祝像陈直这样的奇迹——他们证明了哲学不仅仅是一门学科,哲学可以突然中断我们日常生活的进程,让我们产生困惑……今天,我们应该说:让一百个陈直研究哲学——只有这样,我们才能找到摆脱我们不幸困境的出路。"

　　从许多层面而言,这个故事很符合传统成功叙事。但也有人认为,他的经历并不是一个"励志故事"。在一片林中空地上,我们聊起他这三年的变化,困惑与焦虑,以及哲学何为。

一

　　陈直胖了 15 斤。

　　他把主要原因归结为一日三餐的改善。在辗转于广东、福建、浙江、江苏、北京等地打工的十多年里,他基本每天都吃工厂盒饭,里面除了米饭就是白菜萝卜,食堂什么便宜就烧什么。那时,他一天要在流水线上干 12 个小时甚至更久,繁重的体力劳动也让他保持瘦削。

　　陈直其实并不是一名典型的农民工。1990 年,他出生于江西赣州,2008 年考上了杭州一所二本大学。由于醉心哲学,他多门科目考试成绩不及格,在大三时被学校劝退。退学后,他想到的只有打工这一条路,并相信在工作中也可以进行思考活动,于是决定进厂。

　　起初,他没觉得四处打工的状态有什么不好。然而,"逐渐地,我感到自己的时间和精力被剥夺殆尽,无法再阅读和思考。"一天下来,他只想躺在简陋的宿舍里,没有力气再去面对那些对他来说本就很困难的文本和问题。更糟糕的是,在人际关系带来的压力下,他还出现了口吃现象,严重时甚至难以说出一些最常用的词。这反过来又恶化了他与别人、与社会的关系。

　　陈直不是没想过挣脱恶劣的处境。他尝试赚更多钱,但都没什么结果。在失望中,他慢慢接受现状。有三年时间,他几乎没翻过哲学书。

时间到了 2021 年。"我还是不能满足于这样的境况。"最初阅读和思考哲学时的憧憬再次涌上他的心头,"渴望获得清晰、确定、必然的真理,渴望认识真正的自己,渴望塑造一个全新的自我"。

于是他重新拾起哲学,专注阅读海德格尔,并决定翻译美国辛辛那提市泽维尔大学哲学教授、海德格尔研究专家理查德·波尔特的《海德格尔导论》。初稿完成后,他在豆瓣上发表了部分段落,询问网友能否以此作为"同等学力"证明入读大学。这引起了媒体关注,他以"思考海德格尔的农民工"身份火了。

众声喧哗中,有人真心想帮助他。河北某职校的原党委书记就是其中之一。他向陈直抛出橄榄枝,表示愿意为他提供校刊编辑的岗位。2021 年底,经过面试等正式流程,陈直顺利入职,和妻子小赖一起搬到了石家庄,孩子则留在江西老家,由母亲照顾。

华北之大,安放得下一张平静的书桌。新家有四五十平方米,比三年前厦门的住处大了一倍。在校领导的关照下,他不用付房租,只需承担水电煤气费用。朝南带阳台的房间是夫妻俩的卧室,朝北的一间则被用作书房。书房门口摆着一张书桌,旁边是他买的二手打印机,两张闲置的单人床和中间的书架上则堆满了书和文稿。窗外树木葱茏,绿意盎然。

对陈直来说,这里挑不出什么毛病。非要说的话,如果外面是常绿植物就更好了。他现在每天早上 8 点上班,下午 5 点下班。随着办公桌代替流水线,他拥有了过去最稀缺的东西:闲暇。

周末或节假日,他会去学校图书馆看书。正如那句话,"如果有天堂,应该就是图书馆的模样。"几年前,他曾前往北京打工,主要原因就是想去国家图书馆。在深圳富士康时,他一天要装 800 个 iPad 屏幕,但仍然坚持去街道图书馆。

《海德格尔导论》中译本的校对工作就在这样的新环境中展开。初稿错漏百出,2022 年起,陈直做了多次校对,听取专业学者、出版社编辑以及网友的指导和建议。其间,他还发邮件给理查德·波尔特,向对方请教了几个翻译上的问题。值得一提的是,波尔特为中译本写了序言,并增补了新内容——这些内容在汉语世界的面世时间甚至早于英语世界。

"通过与海德格尔一起探索西方思想的局限性,并创造性地化用自己的哲学遗产，21世纪的中国思想家将有可能为人类在地球上的栖居找到一种新的且充满希望的方式。"波尔特在中文序言中这样写道。

二

陈直带我进学校的时候，发生了一点小插曲。

也许是因为当天下午正举行四、六级考试，保安对社会人员参观校园格外紧张。他反复确认陈直的身份，表示没有听过他所说的期刊编辑这号角色，我背的相机、陈直的拖鞋更加重了他的怀疑。

"这是上面的规定。"他含糊地说。陈直不愿多做解释，出示了门禁卡，他仍然不放行。没办法，陈直只能联系自己的直属领导，经过领导背书，他作为"陈老师"的身份才在保安那里得到确证，我们终于进入校园。

这种刁难，陈直并不陌生。在各地打工时，他常常因为口吃、贫穷遭受别人的轻视和孤立。起初他并不太在意，但这种情况多了，于是就半主动半被动地活在了自己的世界里。换了新工作后，他也不习惯像其他同事那样经常跟保安打招呼。

我问他，刚才保安的态度会让你自尊心受挫吗？

"谈不上受挫，只觉得麻烦。"他顿了顿，"也许我更加自信了一些？"

他告诉我，自己去年看了一本《阿姜曼正传》，里面的僧人在托钵乞食时也会遇到类似情况，但他们心中有坚定的、成为阿罗汉的信念，因而不会自低。

这个例子的潜台词是，哲学同样给他慰藉，予以他信念感。

今年端午假期，陈直去了一趟杭州。因为新书的出版，他受邀参加一场分享会，对谈嘉宾包括首都师范大学哲学系资深教授陈嘉映、浙江大学敦和讲席教授孙周兴，主持人是浙江大学求是特聘教授、哲学学院教授王俊。其中，陈嘉映和孙周兴都以海德格尔研究著称学术界。

分享会上座无虚席，连楼上都站满了热情的观众。陈直第一次当众演讲，尽管准备了发言稿，还是因紧张而有些磕巴。

"我讲得可能比较令人失望。"他事后这么复盘。不过在观众看来可能并非如此。陈直每一次停顿、结束，都获得现场一阵阵友好的掌声。在他发言时，陈嘉映的目光几乎一瞬不移，始终注视着他。

"你觉得他们都是冲着谁来的？"

"应该是陈嘉映吧。"陈直注意到，那天很多人围着陈嘉映求教，还有人带了一大箱书找他签名。

但也有不少人为陈直而来。一些哲学爱好者在活动结束后找他谈话，有观众向他提问："什么样的人，或者说在什么样的状况下，必须要接受系统的哲学教育？""思考人生的终极意义和终极目标，这本身有没有意义？"

"黑格尔说的绝对精神在我们人的思想中得到展开，我觉得这个可能是人作为人、人之为人的一个可能的或者可行的终极意义。"陈直字斟句酌地回答，在不擅长的口语表达中寻求一种精准性。

分享会当天，他还跟陈嘉映、孙周兴、王俊等人吃了晚饭，加上了这些知名学者的微信。三年前，他曾试图联系孙周兴，但没能找到联系方式，这次终于可以向对方请教一些关于海德格尔的问题了。

事实上，三年前和三年后的困惑已经不尽相同。

陈直说，三年前最主要的困惑是没有找到克尔凯郭尔所说的"主观真理"，这个问题到如今至少已经部分解决了。"海德格尔希望全人类都能够走向一种更加本质的生活方式，而不是被技术的思考方式或者自然科学的方式主宰我们的生活。他说我们要居住在存在的真理之中，甚至说要居住在神圣者的切近处，这些说法是很好的。"

与陈直接触下来，陈嘉映忍不住感慨："你起步不错，而且有点幸运，你的特殊境遇让你得到了这些关心。如果条件合适的话，你以后有可能会做很多。"他补充道——

"但有一条我觉得大概不用改，就是始终沿着你自己的困惑去思考哲学。"

三

前不久，一位哲学教授谈起哲学系招生难，"现在的年轻人愿意跟哲学谈恋爱,但坚决不跟哲学结婚"。

我问陈直是在跟哲学"谈恋爱"还是"结婚"。他回,话不能这么说,因为哲学不应该是一个外在的对象,而是转变人们生存方式的一种手段,至少能够转变一些思考方式或者精神生活方式。

这三年来,陈直的生存方式和精神生活确实因哲学发生了改变。更稳定且轻松的工作,新书首印 6000 册全部售完、出版社又加印了 3000 册,家人的认同,思考的深入……这些变化非常契合一种典型的成功叙事,如"草根逆袭""知识改变命运"等等。

但事实是,世俗意义上的成功离他还很远。

经济压力始终困扰着他。编辑工作薪资不高,虽然靠翻译得到了一笔稿费,但众所周知,现在做翻译性价比很低。他和学校签了三年劳动合同,还有半年就要到期,有可能不会续聘。如果没法留在这里,接下来要去做什么呢?还是回工厂吗?去年,陈直倒是注册过一个外卖骑手账号,想靠兼职多赚点钱,但他很快发现这会占据太多时间,而宝贵的时间应该被用于哲学。

"坦白说,我几乎每天都处在焦虑、甚至可以说痛苦的状态下,因为很多事情我没办法解决。"比如,前段时间母亲告诉他,孩子在老家幼儿园里被欺负了,不愿意去学校。他不知道如何是好,后来还是母亲向老师反映了情况,通过各种劝说,才把孩子送回了幼儿园。

夫妻俩把孩子留在老家时,不是没想到过这种情况。小赖在电话里告诉我,她很想把孩子接过来一起生活,但因为陈直下一份工作还没着落,说不定要换个城市,所以只能作罢。除了这点,她对目前的生活还是很满意的,尤其是今年陈直翻译的书终于出版了。"开始说是 3 月出版,后来又说 4 月,最后 5 月才出",小赖的心情也随之跌宕起伏,尽管那是一本她完全不懂的哲学著作。

对于家人,陈直认为自己"绝不是没有责任感"。为了承担更多家庭责任,他看过其他工作机会,但受限于高中学历,很多机会最后都溜走了。要不要试着读个本科,就像三年前打算的那样?他摇摇头,说已经改变了之前的想法,自己年龄有些大了,而且现在大学生找工作也很难,本科学历可能改变不了什么。

矛盾,是这个从赣州农村走出来的青年身上一贯的气质。

"我应该还算是青年吧。"陈直今年 34 岁,已经白发丛生。和许多不思考哲学的人一样,"35 岁焦虑"同样在他脑中徘徊。他一边向往海德格尔说的"本真生活",因为这不需要多少物质条件就能达到,所以"即使在艰难的境况中,我们依然能够获得一种比较高阶的精神生活",一边又为那些"非本真"的日常生活烦忧。

哲学可以为他解困吗?事实上,哲学带来了更多的困惑。

"我对哲学的理解还很肤浅,这是最让我头疼的。"尽管已经翻译了一本研究专著,并得到不少大家的肯定和鼓励,但陈直仍属于广大"民哲"中的一员。缺乏学术训练增加了他进入哲学世界的难度,内向的性格又使他羞于频繁向业内人士请教。哪怕新书出版,也没有让他特别振奋,更多的是忐忑不安,担心文中错误太多、贻笑大方。

他说,海德格尔要求人从"非本真生存"转到在"畏"中直面自己的存在、在向死亡存在和良知的呼声中的"本真生存"。这的确很难。

四

前段时间的杭州之行,小赖也去了。在这期间,她第一次从陈直口中听到了陈嘉映的名字。因为小赖喜欢刷视频,陈直就把关于陈嘉映的最新纪录片《解释鸿沟》发给了她,还说起陈嘉映一句让他印象很深的话:"我跟你也有挺像的地方。你是农民工,我是农民。"

1952 年,陈嘉映出生于上海一个知识分子家庭,6 岁随家迁居北京。"文革"期间,他到内蒙古插队,随后开始接触哲学,不知不觉对概念式的思考产生了浓厚的兴趣。渐渐地,一群爱好哲学的青年聚集起来。他们面对面磋苞米时谈必然性和偶然性,在地头歇气儿的时候捧读大部头的著作,为一个抽象概念从夜晚争到天明。

"人们,特别是青年人,总会发明许多快乐,包括思辨的快乐。"尽管还要再过很多年,杂乱浅薄的观念才整合为一个相对合理的体系,但青春的心灵赋予那些晦涩的词句无数的意义,理性的烛光足以照亮幽暗的生活。

1977 年，陈嘉映考入北京大学西语系德语专业，次年考上外哲所研究生，师从熊伟先生。

熊伟，这个名字如今并不广为人知。20 世纪 30 年代，他赴德国弗雷堡大学学习，导师就是海德格尔。他也是最早向国内介绍海德格尔思想的人。然而，这样一位学者最具创造力的年华却失落在了历次运动中。1952 年思想改造运动中，时任南京大学哲学系主任的他曾自我批判，把自己所从事的工作比作"戴着口罩掏垃圾箱"，成为一时之名言。

投入熊伟门下，并非陈嘉映自己的选择，"但先生宽大的性情和通透的见识很快赢得了我的敬重"。熊伟让他读海德格尔的《存在与时间》，"这书你会不会喜欢我说不定，但可以保证你读完后不会觉得浪费了时间"。

后来的故事，大家就都知道了：陈嘉映翻译的《存在与时间》国内发行超过 20 万册，成为 80 年代一个标志性的文化事件，掀起了"海德格尔热"，其影响持续至今。

我问陈直怎么看熊、陈二人的经历，他说，时代不同，他们和现在年轻人走的路很不一样，如果放到现在，他们可能会拥有更为"正常"的一生。而在陈嘉映看来，陈直还很年轻，以后也许能做很多事。

跨越近百年光阴，三代人与海德格尔的故事很难说是相通的。然而，熊伟丑化毕生所学、陈嘉映在塞北运粪除草、陈直被困在工厂时，他们内心深处未必没有过一点类似的困惑和坚持。

《解释鸿沟》片头反复播放着一句话——人是通过意义来保护自己的生存。

陈嘉映用一个例子来解释这句话：抗战时期，日军攻占南京后，把许多中国战士赶到长江边上屠杀。这些英勇的战士们为什么不反抗？因为反抗没意义。而在几个小时之前，抵抗有充分的意义。失去了意义，生命就失去了保护。

"这是生死临头的极限处境，我们平常并不处在这样的境地里。但即使在日常生活中，也有一些意义在保护我们的生存。"他指出，这个意义就是比生存更高的东西。

正如陈直所说，我不敢说面对挫折和绝望依然"坚持自己的信念"，也许更可以这样说，在面临那么多不可克服的挫折和绝望时，我只能有些被动地"坚持自己的信念"，因为除此之外，我没有办法做更多事，而"坚持信念"是在这样的处境下最可以做到的事情。

当然，求真不一定能让人走出困境，甚至可能会把人抛入另一种困境。陈嘉映认为，问题并不是都是靠思考去解决的，很大程度上要靠人用勇气承担起来。"所以，别指望读本书或者听个讲座就能解决意义问题。要力所能及地做自己愿意去做的事情，在实际生活中施展你的才能。要是仍然有意义的困惑，就先扛上一阵。"

熊伟就是这么做的。"文革"后，他卸下"戴着口罩掏垃圾箱"的精神枷锁，重新研究存在主义，致力于培养更多从事哲学研究的学生，直到人生最后一刻。

至于陈直，他离开工厂的这三年并没有克服物质和哲学层面的困难，但终究在行动着。他正在翻译一本名为《批判现象学的 50 个概念》的书，顺利的话明年就能出版。傍晚，他走出书房，准备简单烧点饭菜，等待小赖下班回家。

这是石家庄最普通的一个夏夜。

（记者 周程祎 编辑 王潇）
原文 2024 年 06 月 27 日发布于上观新闻

"大衣哥"朱之文的暑假

8月初正午,翻滚的热浪辣得地里的玉米叶打蔫儿。山东单县朱楼村,气温达到一天最高值,36℃。朱之文一脚蹬上步鞋,要出门散步。

这时候散步是朱之文的保留项目。毕竟烈日焦灼,尾随他拍短视频直播的人也能少些。"这几年就没有一天消停过。"朱之文反复说。

但这次低调的散步又"失败"了。出门时仅有两个好友跟着,遛弯儿回来时却已经被10多人尾随,大多数人都举着手机对着朱之文拍,这是他们当天上传短视频平台的素材。

从2011年穿着军大衣上央视"星光大道"的农民歌手到现在,"大衣哥"朱之文在他的村庄内外被围观了10年。现在的朱之文,算不上明星、网红,甚至也少有人把他当成职业歌手。"乡村名人呗。"要好的邻居朱三阔给了他这样一个定义。

对朱之文的围观,这几年从人群簇拥变成了扎堆手机直播。某短视频平台上,包含关键词"朱之文"的账号有42个,包含"大衣哥"的账号接近200个。

但是据村里人讲,2020年夏天是朱之文10多年里外出演出最少的。"这是朱之文成名后的第一个暑假。"一位村民在簇拥着他直播的人群队尾笑着说。然而,尾随他拍摄的手机快门却并没有在这个夏天消失。

"我怎么会让他们进来？"

　　毫无预兆，朱之文家的铁门在 2020 年 8 月 3 日傍晚坏了。当时朱之文开着电动三轮车赶集回来，门外蹲守着十几个要见大衣哥的陌生人。守在门口的朱之文妻子李玉华拉着虚掩的门向外张望。

　　车身刚进门内一半，李玉华猛一关门，眼看门要砸到身上了，朱之文用手狠狠挡了一下。门停住了，但门底下的滑轮也松动了。一下围上去了三个邻居，猫着腰殷勤地在地上修理滑轮。朱之文在一旁交叉着手，倒有些像看客。

　　两年前，朱之文家内院的木门被"想进屋瞧瞧"的陌生人踢烂过一次，这扇外院铁门也是此后加装的。和农村的习惯不同，这扇铁门即使有人在家也要上锁，门上方是一排铁刺，顶部还有一个摄像头。门上挂着一个木牌，写着一行粉色的字"私人住宅严禁闯入，攀爬危险后果自负"。铁门后面，还有一道木头院门，围墙上密密匝匝种了仙人掌。朱之文就像是一个建城墙的人，一旦"城堡"遇破坏性侵入，防御工事就会加固一层。这两年，进朱之文家的"门槛"越来越高了。

　　"嫂子，开门！"每一位想进朱之文家门的人，都像是接头暗号一样朝"守门员"李玉华喊话。李玉华会把门隙开一条缝，人就像壁虎一样侧身顺着门缝滑入。"昨天半夜三四点，还有两个男的隔着围墙喊话，说要进来看看，我怎么会答应？"朱之文抱怨着。

　　被人张望着的家，从内部构造来说就像一个年久失修的微型儿童游乐园。推门而入是一个木制秋千，秋千背后，农具挂在草垛子装饰的土墙，农具是传统，草垛子是朱之文吸收了一点"外面城市里看到的风格"后的创新。两个展臂的白色裸体少女雕塑混搭着一排不锈钢椅子。"这是人家送的雕塑，也不知道啥含义。"朱之文介绍。

　　这个院子里还有鸡、白鹅、狗、孔雀、鸭子。30 多只鸡在院子里扑愣，有的羽翼丰满，有的羽毛凋敝，这是互相争斗的结局。朱之文说："这些鸡都是养到老死的，我从小就不杀鸡。平时就让公鸡打个鸣儿、母鸡下个蛋。"他忽然从地上抱起一只小鸡，任由它在自己肚子上爬，坐在椅子上做出哄小孩的表情。

家里不下 50 平方米的挑高客厅像是一个恢弘的大仓库。室内光线幽暗，一进屋一阵灰尘的味道扑过来，抬头便看到一面墙上挂满了年画。朱之文从小热衷这些收藏。"当时家里只有土墙，攒下两三毛就要去买一张年画，这比土墙好看多了。"

朱之文在家迎来送往，坐在躺椅上很少动弹。李玉华说山东方言，人前常常沉默，一说起话来却又像机关枪一样打不住，说得大多就是一个意思，"让朱之文回家，让人群不要再跟着了"。

和家门一样没消停过的，还有关于朱之文借钱和捐款的传说。前几年有媒体去采访，村里不少人大方承认自己向朱之文借过钱。一位 50 岁出头的邻居甚至直言自己欠了大衣哥的钱隔了好几年也没有还，"他钱多，有啥好还的？"

但朱之文矢口否认自己借给陌生人钱，"要借也肯定是借给亲朋好友，借了的都已经还了。"然而，当记者与几年前在媒体上声称"借朱之文钱不用还"的邻居偶遇，却发现朱之文对他异常冷漠，他一有往院子里踏足的趋势，李玉华就嘟嘟囔着把他往外送。

朱之文做公益始于 2011 年。那年他得到了 5 万元的比赛奖金，花了 3 万元去县里搬回来了好几组健身器材。"我去演出，看到很多城市广场都有这些器材。我就想着村里也有就好了。"朱之文把买来的器材放在了村里人流最多的一家人门前。但是前两年，这些健身器材"下岗了"。这家邻居要用这块场地了，朱之文只好把这些器材拆卸下来搬走。现在这些零件就堆放在朱之文家的院子里。

同年他又把村庄连通到集市上的路修好了，这条叫做"之文路"的路，是村庄去往 105 国道的必经路。"这条路是我从小走的泥路，一直就想着有条完整的路就好了。"现在之文路有一大半都在邻村铺设，这条路近年因为无人养护有了很多坑坑洼洼的地方。雨后，朱之文骑着三轮车路过之文路带记者去集市上买剪刀，车飞驰，路面不平整的低洼处泥浆水扬起，溅了人整一胳膊。

"我的好邻居"和"真大衣嫂"

朱楼村有一个公认的说法，大约每两个星期，大衣哥都会上一次微博热搜。

原因千奇百怪:家里的木门被上门借钱的人踢开了,大衣哥给村里人修路反遭骂了……朱楼村村支书朱于成似乎并不介意这些发生在朱楼村的坏名声:人家想来就让他们来呗,哪天不来了,就是大衣哥没名气了。

张贴在朱楼村的《村规民约》第四条:因"大衣哥"朱之文名人效应,每天到朱楼休闲、旅游、拍录的人员较多,朱楼村群众要讲文明、树新风,不得随意拍录发布信息。"要拍就要拍正能量。"朱于成要求。至于究竟拍什么内容,他也没答案。但他打包票,"那些整天诋毁、拿大衣哥当乐子的直播,不是村里人搞的。"

村里做直播的大多是留守在家的年轻女子,去年村里专门请了聊城大学的一位副教授来讲拍视频,"主要的不是技术,而是要注意那些拍摄的规则和礼仪。"但是改变并不明显。

贫困户朱西卷70多岁了,算得上村里年纪最大的拍客。前两年他攒下了1000多元买下了一台智能手机,因为看别人拍大衣哥短视频都挣钱了,也想试试。但他拍短视频,常把手机镜头怼到人脸前几厘米。他一共拍了87个关于朱之文的短视频。有的视频没有标题、有的一句注解里好几个错别字,镜头晃动散乱。这个账号吸引了3.4万粉丝、获得了5300元的打赏。

但朱西卷最近很久没有更新账号内容了,因为一件事让他觉得丧气:一位黑衣小伙子在朱之文家门前大吵大闹,朱西卷去劝架,却被村里另一位玩短视频的人录下了,并且号称:闹事的小伙子和这老头是亲戚。

朱西卷被激怒了,他把污蔑自己的短视频账号名打印出来,贴在了家门口的电线杆上。他又用喇叭录了一段指责那个造谣者的话。每当朱之文家人潮聚集时,他就把喇叭拿出来循环播放一两个小时骂人的话。这样鸡飞狗跳的日子,持续了近两个月才消停。

李玉华也有一个专门拍朱之文的短视频号,叫"真大衣嫂",粉丝已有50万了。之所以在"大衣嫂"之前加个"真"字,是因为冒用"大衣嫂"的人实在太多了。仅是李玉华注册的这个平台,"大衣嫂"为名且挂着朱之文或者李玉华照片头像的账号有近50个。

李玉华识字不多,每段短视频都只有图像没有文字注解。李玉华给朱之文的每次出场都配上不搭调的迪斯科音乐、闪光特效。

就在记者在朱之文家的一天早上,李玉华生了好大一场气。原来有人从她的直播平台上盗去了视频用在了别的直播平台上,冒充大衣嫂。她决定"打假",镜头对准自己,磕磕绊绊说着:"那个快手盗……盗用那个……火山哈,火山的粉丝们那个平台啊……可以把他们的号封了哈……"

2016 年从北京媒体行业辞职回老家的袁长标,号称自己是村里第一个用火山短视频拍朱之文的人。有村民借朱之文的人气做起了小生意,袁长标觉得"是守着金矿捡垃圾。"他举了个例子"大衣哥家隔壁的小卖部,批发的零食都是 5 毛钱的便宜货,很难满足来看大衣哥的城市人的需求。"

上个月,袁长标在朱楼村的生态农场开业了。他指着河塘边的一个小高坡说,这就是原来朱之文唱歌的地方。他说:"这里以后要平地起民宿、体验式农场……"但是这个农场的名字,特地不和朱之文扯上关系,就叫"单县乡土家庭农场"。

"谁都知道是大衣哥把这个村带火的,但是没必要什么事儿都打他的旗号。"袁长标觉得朱楼村未来的发展最好还是和"大衣哥"的盛名若即若离。这个想法,张贤(化名)和他想到了一块儿去。

张贤是村支书朱于成从广州请来为村里开辟电商致富路的能人。张贤刚来朱楼村想要立住脚跟的时候,也蹭过朱之文的流量。他当时注册了"大衣哥文化传媒有限公司",并且在村委门口挂了牌。起先他雇了村里 6 个青壮年学习拍摄、剪辑,专门录制大衣哥的短视频,每人一月给 1600 元劳务费。张贤打算通过拍摄"大衣哥"短视频吸粉,为未来村里的农副产品直播带货铺路。

但村里年轻人给张贤干了一个月后,工资一到手就纷纷辞工了。他们发现朱之文的视频人气高,有时一次能收到上百元打赏,于是打起了单干的主意。但辞工后却发现情况不妙,"有的人干了半年,还没挣到 10 元。他们只学到了皮毛,有时都过不了平台的原创审核,赚不到钱。"

现在张贤已经把自己的文化传媒公司改成了公司一位女主播的名字,这样可以更彻底和"朱之文"做切割,毕竟借用"大衣哥"名头的最终目的是脱离"大衣哥"。

3 年前,邻居朱三阔在朱之文家门前用油漆写下了自己的电话号码,备注"有事打电话"。朱之文没有固定经纪人,朱三阔很多时候算是义务充当了这个角色。印下自己的手机号后,朱三阔一天最多接到过 300 多个电话。"都是邻居,不收劳务费,在一起玩儿么。"他说。

　　朱三阔也拍过朱之文的短视频,账号最多时,他只能给每个用户名前头加上编号。2018 年底他用 1 万元每月的价格,把已经有 40 万粉丝的一个账号租给了一家电商。但没过一个月,平台封了这个号,因为"蹭明星热度"。后来他又新注册了一个短视频号,就叫"我有一个好邻居"。

　　最近,朱三阔把目光从线上转到了线下。他的宅基地紧挨着朱之文家的外院墙,他想在这里建一个餐馆。但因手续办不下来,退而求其次,他就在宅基地上花了 1 万多元买了一个海盗船,收费 10 元一次,本村人免费,时间不限。

　　这其实是一个"密道",坐在海盗船上能清楚地看到朱之文家的前院所有光景:朱之文剥蒜、李玉华守门、公鸡上树……为了防止有人翻墙进入朱之文家,海盗船附近设置红色围栏,独留海盗船进口。海盗船没人坐的时候,朱三阔喜欢站在朱之文家的院墙边上。有一天他看到自己宅基地这一面的丝瓜藤长势很好,就说"我以后要专门搭个小架,绿植就能往他(朱之文)家里爬了。"

"拍完了明天就走吗?"

　　朱之文家门口就是朱楼村的主要村道,从北到南 5 分钟就能走完。以朱之文家为圆心辐射至附近 200 米,是朱楼村的"核心商务区"。

　　变化开始于五六年前,不少外村人向村民租下朱之文家附近沿街的平房做生意。至于村里人,大多还是去外头务工。有村民抱怨大衣哥火了,腰包满的却都是那些外地人。一家按摩店主两年前从河南周口来村里开店。在乡下犄角旮旯开个按摩店,店主声称"就是为了来服务大衣哥大衣嫂的。"一家在朱之文家附近主营家纺商铺的外村人,成为了村里广场舞队伍的领队。李玉华也时常出现在广场舞队伍中。

　　朱之文家斜对面的 50 米处的土特产直营店也是外村人开的。朱之文经常到店里坐坐，和在店里乘凉的粉丝说说话。不少粉丝和朱之文合影后当即决定在店里消费一波。"大衣哥支持你，我买了两箱特产"，一位中年男子边付钱边笑眯眯回顾手机里的合影。

朱之文去哪里坐坐，人流就跟着去哪里，商机也跟着去。他管这个叫做"朋友帮忙"，他强调了好几次，"从来没收过附近这些店的广告费"。

8月1日上午，朱之文要坐专车去当地一家羊肉汤工厂参观。车是厂家找来的一辆城乡公交车，"车票"是一件印着朱之文肖像的红色文化衫。村里一位阿婆来讨广告衫，可衣服没了，老人带着哭腔离开了。一番清退"闲杂人员"的拉扯后，公交车蠢笨前行。朱之文坐在倒数第二排，同车的人都挤在后车厢，抢占机位。

"长寿之县，家乡企业""一方水土，养一方人"，朱之文不断往外冒着四字短语。相比车上的暖场主持人，朱之文更像一个主持。车上忽然有些安静，朱之文唱起了歌。唱罢，车里响起了掌声和欢呼声。看似信手拈来，其实朱之文出门随身携带一个优盘，里面装有他擅长的十多首歌曲。

郭村镇居民莹姐有空了就到朱楼村来直播大衣哥。车上，她一边拍一边用大拇指连续戳屏幕，据说可以增加热度。不到1分钟，她点出了500多的热度，却只有3人在看她的直播。江西小伙小甘是从外面来的专业拍客。他遇到举着手机的，逢人便问，"你明天会走吗？"在他眼里，来到村里就是冲着大衣哥的流量来的，拍完就走。

朱之文的侄孙媳妇小侯也在公交车上。就在前一天，她的短视频账号发布了一段朱之文的视频，接近1万个点赞，她获得了800多元平台奖励。那个视频的标题是"请大衣哥唱歌却不给钱？"然而实际情况是现场音响坏了，演出被迫暂停，朱之文在舞台上环顾四周。"取标题就是个互相抄，真相不重要，关键是悬念。"去过大城市的小侯深谙此道。

参观工厂结束后，朱之文和厂里女工合影，同车的无一人上前合影，一直只顾着举手机录像。回程路上，没有歌声。朱之文打了个哈欠，耷拉着眼皮，明显累了。公交车返程，厂家邀请在村里的人免费喝羊汤。虽店就在附近，不少村里人第一次喝到这个品牌的羊肉汤，"还没我家做得好喝。"有村民悄悄把一次性碗端到家里喝尽汤后说了句。

"他唱歌没有走路点击多"

朱三阔这些年发了上千条朱之文的小视频,发现了个出乎意料的规律——大衣哥唱歌视频其实不火,起码没有拍他走路的一段视频点击量高。朱三阔觉得这是好现象,这样他就不担心朱之文哪天唱歌没人听了。

围观"大衣哥"的鼎盛时期已过。但朱之文不喜欢寂寞,他定了一条规矩,凡是跟他出去陪着他演出的村里人,都可以获得每趟 500 元的劳务费,吃住全包。主要工作就是"说说话,拉拉箱子"。"有时候,你会觉得他是在故意寻找镜头,让人来拍。"袁长标说朱之文有一种与生俱来的镜头感,生来也离不开人群。

成名后的十多年里朱之文夏天爱往河里钻的习惯没变。但现在家门前的河,更像是一个朱之文表演的舞台。"我要下河游泳了!"8 月 1 日下午 1 时左右,朱之文家的铁门忽然开了一条小缝。他向门外的人宣告。半小时后,铁门内一行人举着几个硕大鲜艳的救生圈鱼贯而出,这些救生圈全部是海洋动物造型,是朱之文前两天去青岛时买下的,"我们整个县城都找不出这样的玩具。"

朱之文家走到池塘边上只要 5 分钟,一路尾随的人从三个迅速变成了二十多个。一个重重的猛子,朱之文率先下水,其他人紧随。朱之文落水的水花,是几个人里最大的。朱之文、张贤、朱三阔分别携同"绿色海龟""火红螃蟹""灰色巨鲸"漂浮在灰褐色的水面上。"你看今天看的人多,大衣哥穿着短袖短裤下水的,平时都是光着膀子。"村里的一位观泳者发现了异样。"他总有办法在下水前让半个村的人都知道他要游泳了。"有人小声说。

游了大约半个小时,朱之文上岸。他浑身湿漉漉的,又有几个手机镜头凑了上来,朱之文不耐烦了,摆手劝了句:"哎呦我的形象不好!"这是朱之文第一次抵触人群的拍摄。

朱之文对于自己这两年热度下降的问题,似乎也不以为意。今年夏天朱之文一共推掉了近 10 场演出。朱之文家隔壁,侄子朱雪峰开设的"大衣哥演出中心"的卷帘门关着。从去年开始,朱之文开始有意减少外出演出的次数。"卖观众门票的我都不去。人家听你来唱歌,为啥要收钱?你又不是啥大明星。"

但偶尔他又想试着随波逐流融入市场。前阵子因为疫情朱之文很久没出去演出了,倒是不少厂家来找他做直播带货。接了 6 趟直播后,朱之文还是放弃了,因为这些产品质量究竟怎么样,谁心里也没底。

5 月 15 日,朱之文到北京演出。离开北京前几个小时,他忽然想去专业录音棚录两首歌。"我在旁边听,好家伙呵,真的是好听,比他十多年前唱得好!"几乎每天都在听朱之文唱歌的朱三阔感慨。那次按小时收费的录音棚服务花了朱之文 2000 元,他把这两首歌拷贝进 U 盘带走了。"他就刚成名那会儿出过一次专辑,这些年都是露天唱得多。"朱三阔说。

"没事,不出名了就没人围着我要我唱歌了。那我就在村里好好做农民呗……"朱之文说着把一瓶"不知是哪个粉丝送的"凉茶一饮而尽,"啪"一下,易拉罐呈一条弧线,落入垃圾箱里。他听到了门外有不少人在呼喊自己的名字,他从客厅按摩椅上猛一起身,"我出去转转。"他大声喊了一句。

他又一次开门,投入到了铁门外的人浪之中……

（记者　杨书源　郑子愚　编辑　宰飞）

原文 2020 年 09 月 05 日发布于上观新闻

原标题:"大衣哥"朱之文的暑假:成名 10 年后,一个活在短视频里的乡村"顶流"

"北大屠夫"的人生翻盘

身家 18 亿?

陆步轩伸手弹了下烟灰,笑得露出一对兔牙,一脸无可奈何,"你们得帮我辟个谣。"

他又一次出现在公众视野中,新闻标题从"公司年销售 18 个亿",传着传着变成"陆步轩身家 18 个亿"。"北大屠夫"又火了。

朋友发来的微信消息提示弹个不停,陆步轩才知道,自己上了热搜。"一不小心上了头条。"陆步轩笑道。

16 年前,陆步轩因为北大毕业卖猪肉被媒体挖掘而名声大噪,随之引起了社会关于人才环境和用人机制的讨论。之后,他进入地方档案馆修地方志。办公室坐了 12 年后,在陆步轩 50 岁那年,他从体制内走出,南下广州,加入北大师兄陈生创立的土猪品牌,成为公司副董,重新"操刀"卖猪肉。

2019 年,在公司年轻人的鼓励下,陆步轩开始尝试拍起了抖音短视频,在这个"读书人里最会卖猪肉,卖猪肉里识字最多"的账号里,他谈猪肉、讲刀法,也和网友分享人生感悟。

几十年的人生跌宕起伏,舆论随着陆步轩当下依旧在这个行业坚守而"翻盘"。

在一条短视频里,陆步轩杵着一条磨刀棒,对着镜头回应道,"我还在被社会持续关注,是因为我还在这个行业坚守,并且用学到的知识、思维,对这个行业有一点点小小的改变。"他说,"其实我只是个普通的猪肉佬。"

"老网红"

在档口前站定,陆步轩被头顶的灯照得满脸通红。为了吸引顾客,生鲜店里的 LED 灯光,打在肉上,要有鲜红透亮的效果。

需要有人在前方打光,上镜后脸才看得清。新鲜的猪肉、牛肉、羊肉、鸡肉在陆步轩面前一字排开,一大早开工,他和团队准备拍几条视频素材发抖音。拍摄地点选在陆步轩家楼下公司旗下的生鲜店,开在居民楼下,要比人来人往店铺林立的主街安静得多,但机器架起来一开拍,还是聚集了一群围观的路人。

陆步轩被人认了出来,"这是那个北大卖猪肉的吗?"

和十几年前相比,他变化并不大,依旧架着一副标志性的圆框眼镜,只是些许发胖,肚子微凸。身上系着的红色围裙是特意设计过的,黄色的"庙堂无作为,肉案写春秋"印在身前,上方是不太起眼的两行小字"北大屠夫陆步轩"。

这天的拍摄的主题,是陆步轩隔空回应许多年前上节目时主持人抛给他的问题,"如果不卖猪肉转行干啥? 卖牛肉吗?"当时的陆步轩对主持人揪着"肉"不放颇为不解。但他没想到的是,多年后随着公司开始涉足生鲜领域,自己还是离不开卖肉,肉的品类更多了。

他不急不慢,用手中的扇子点着前方的肉,"年过半百才明白,其实干什么并不重要,重要的是干一行、爱一行、钻一行,如此才可能有所作为。"

陆步轩对自己要求高,他说自己上了年纪,一面对镜头,就容易忘记台本上写好的词。好在脑子转得快,每次都能用自己的话接上。

拍到第三遍,终于所有人都满意。11 月中旬的广州,依然湿热,几遍下来,陆步轩的额头微微冒汗。从档口上下来,他赶紧点了一支烟。

陆步轩好说话,只要是周围人给他提要求,他从不拒绝。就连拍视频,最初也是公司的年轻人偶然间想出的点子,虽然不熟悉这些新鲜事物,但他还是决定配合团队试试。

第一条抖音发出去后，几小时，这个号就获得了十几万赞，几天的时间赞就超过了五十万。没做推广，团队里的年轻人颇感惊喜，但陆步轩对自己的知名度和影响力似乎很有信心，"不意外"。不提最近的热搜，几年前的一篇报道发出去，阅读量过亿，至今还有人转发给他。

有人问他觉得自己算网红吗？陆步轩没怎么犹豫，"算是个老网红。"

"双十一"刚过，团队里的年轻人给他展示当下网络上正火的李佳琦，陆步轩凑过去，手机屏幕里，网友模仿李佳琦，用夸张的语气模拟语音导航，轻松获得了上百万的点赞。

团队也想尝试用这种方式做个"猪肉导购指南"。陆步轩笑着摇了摇头，他觉得这种方式跟自己的账号调性不太相符。他们还在摸索网友爱看什么，他们拍陆步轩分割猪肉，也拍南北方猪肉的不同摆法，陆步轩谈"读书无用论"，也分享考上北大的经验。

但最高的点赞依旧停留在第一条，视频里，陆步轩介绍自己"就是北大毕业卖猪肉的那位"，他说"希望利用有限的时间，做好猪肉这篇大文章。"

猪肉专家

陆步轩在小区里，常被邻居认出唤"陆董"。前一日刚在档口上买了猪肉的邻居，偶遇正在巡店的陆步轩，提到猪肉价格下跌，抓着他请教猪肉问题。公司里的员工，比起"陆董"，则更爱称呼他"陆老师"。

同样都是杀猪卖肉，陆步轩说自己比一般的"猪肉佬"更有知识文化。一头猪身上一共有几根肋骨？他把这个问题抛给做了许多年的老屠夫，许多人答不上来。陆步轩卖猪肉，也爱琢磨，他研究市场上的注水猪肉，跑去屠宰场，翻书找资料，发现往往有些猪肉并非注水，而是很多瘦肉型猪在屠宰时引发了应激反应，导致猪肉发白、松软没弹性，通常被称为"PSE猪肉"，也就是"水猪肉"。他想出应对办法，公司里的猪肉出现这种问题的概率大大降低。

虽然因为受到猪瘟影响，这段时间屠宰场管理极其严格，但在以往，如果哪天在档口发现猪肉有问题，陆步轩就会立马叫上屠宰场负责人，凌晨从广州最南边跑去最北边的屠宰场,亲自盯。"加工方向、天气温度变化,都会对猪肉产生影响。"

陆步轩觉得自己在猪肉知识方面,"至少算得上半个专家"。"很多专家对猪肉的了解不过是水中月镜中花,很多人都在玩概念。虽然不比专家专业,但我跟他们比,多了实践经验。"厚厚的眼镜片后,眼睛笑到看不见,"可以说,几百年才能出一个把两方面都结合起来的人。"

而陆步轩的师兄,也是公司的董事长陈生,常常跟公司的员工说,"卖猪肉,很多时候,比做 IT 的更有技术含量。"

两人在 2005 年经校友介绍认识。陈生认为陆步轩不一般,当自己品牌的一个档口一天只能卖出一、两头猪时,陆步轩的档口可以卖到十二头。

在广州,比陆步轩高几届的陈生,在机关工作了几年后,选择出来创业,做饮料企业,随后又成立土猪品牌,规模越做越大。

2016 年,陈生的土猪品牌进军电商,在发布会上,陆步轩以朋友的身份被邀请上台发了言。上台不过三分钟,却引起争议,这次露面加速了陆步轩离开体制内的脚步。他决定离开,有人不解,"再过几年就可以安心退休,到时候再去搞猪肉事业也不迟?"陆步轩却很坚定,他后来接受媒体采访时直言,这是自己人生中第一次的主动选择。

陆步轩承认,进入公司后,自己在市场、经营等很多方面,不如很多高层。但在很多时候,可以从猪肉本身出发提意见。陆步轩扮演的,往往是那个敢发出另一种声音的人。前不久,陆步轩提出要在社区生鲜店里设置卤水窗口,土生土长的广东人陈生却反对,怕广东人吃不惯口味重的卤水,陆步轩却坚持,只要品牌做出好的味道,习惯是可以慢慢养成的。

多年前,公司需要大步发展时急缺人,用员工的话说,只要不是猴基本上都能进公司。陆步轩却向当时的陈生提议,要招高学历人才,"十万年薪招聘研究生卖猪肉""常年招聘大学生卖猪肉",新闻被炒得沸沸扬扬。

但鲜有人知,年轻人来到公司,都得先进屠夫学校闭关四十多天,磨练一番。无论将来进写字楼还是在档口,都得从最基础的猪肉知识学起。凌晨 3 点起床、砍木棍、搬砖头、分割猪肉,许多人第一次摸到刚宰完的猪,被气味恶心得直吐。培训结束,所有人每天都必须得下档口,找出问题,提意见。

陆步轩作为"名誉校长",也给屠夫学校上课。他在陈生的邀请下,给学校编写教材,那段时间陆步轩刚摔断了腿,在家休养的三个月,陆步轩把床移到了电脑桌前,一点点敲出了屠夫学校的教材。

从2009年至今,公司大部分档口的员工,都听过他讲的课。"现在这个行业的从业者也可以批量、标准化培养,不再只能依靠拜师学徒。"最初那批找进来的年轻人,都成了公司的中坚力量。

2019年,有人找到陆步轩,邀请他写本养猪方面的书,他没答应,"毕竟养殖这块,不是我的强项。"但他乐于在网上解答网友在猪肉方面的疑问,从前年开始,陆步轩在平台上写文章,他原本怕自己懒,坚持不了,但现在只要得闲时,哪怕在车上,他都会拿起手机码字。一年半的时间,题材已经基本写了个遍。

和解

公司的90后,几乎人人从小是听着"北大毕业生卖猪肉"的故事,被鞭策着长大。很多人进了公司才知道,原来公司的副董,就是故事里的主人公。

在当年出名的那张照片里,陆步轩穿着背心拿着烟,面前一张北大的毕业证书比他更夺人眼球。

陆步轩依旧爱抽烟,最凶的时候一天2包打底。几年前被查出颈动脉斑块,在医生的劝诫下收敛了些,但烟瘾上来,依旧一根接着一根,止不住。

北大毕业生的身份曾经像一把枷锁,陆步轩被困了十几年。2013年,陆步轩和陈生一起回北大,受邀演讲。开场时,陆步轩直言"给母校丢了脸、抹了黑,我是反面教材",一句话引起舆论哗然。上台前,有看过演讲稿的人劝他不要说,可他执意要讲,"不然就不发言。"陆步轩坦诚,"当初心里的的确确就是这么想的,放在现在想法早已改变,但说出这话,也从没后悔。"

十几年前媒体找他采访,陆步轩会下意识想躲。有电视访谈节目的记者找来西安,告诉陆步轩,他是唯一一个没在北京棚内录制的采访对象。

但他如今对媒体却再无排斥,他毫不避讳,自己的命运某种程度上也被媒体改变。

陆步轩爱喝酒，每次接受采访前，他都得喝上几瓶，"这样才能放开了说。"

他一度嗜酒，每日把白酒当水喝，十几年前的酒里尽是郁郁不得志的消极颓废。本是众人眼中的"天之骄子"，命运却没有给陆步轩一帆风顺的人生。

北大中文系毕业后，陆步轩规划中的美好蓝图被现实击个粉碎。打道回府，工作中几经碰壁，搞过装饰装潢，开过小卖部，但都一无所成。1999年，为了糊口，不得不和妻子做起了"门槛低、周转快"的猪肉生意。

北大老校长许智宏回应过"陆步轩现象"："北大毕业生卖猪肉并没有什么不好。从事细微工作，并不影响这个人有崇高的理想。北大可以出政治家、科学家、卖猪肉的，都是一样的。"

但彼时的陆步轩，打心底里难以接受这个身份。他承认受了社会传统观念的影响，很长一段时间，陆步轩都坚持，作为个体户卖猪肉，是件"低端"的事。他感觉自卑，毕业至今，陆步轩没参加过同学聚会。今年毕业30周年聚会，恰好赶上猪肉相关新政发布，公司高层研究对策，又因此错过。

当初卖猪肉，他把自己藏得深，他在肉店旁边卖书报的老头那儿，只买烟酒，从不买报纸。他怕给北大丢脸，对外都装成文盲。每天天不亮就得起床，屠宰场一送货，过秤、付款、分割猪肉，往往得忙到下午才吃上一天第一口饭。频繁与刀和肉打交道，一双曾经握笔的手常年沾满猪油，遍是旧痕新伤。

过往卖猪肉的那段日子，在陆步轩口中，全都化为一个"熬"字。即便后来靠着卖猪肉收入不菲，陆步轩也没想过要一辈子干这行，他当时想着，等到积累够了，就去做点别的。

他坦然承认，自己心里始终有体制情结，而现在，陆步轩也能彻底放下这个心结。他骨子里认为自己是个文人，是过去的读书经历和北大生活给他留下的烙印。重提"读书无用论"，他说："北大教给我的是思维和知识，用这点，才在猪肉行业能够做到顶尖，如果不是我的教育背景，我今天可能还是个小贩。"

陆步轩总是强调自己浪得虚名。他被广泛报道后，每年到了高考前，总有西安当地的考生家长为了图个好彩头，特意去他的肉店买肉，甚至有人从很远的地方赶来，要的就是这个北大毕业生亲自操刀分的"状元肉"。即便这几年在广州,陆步轩一有空回西安,也总有家长拉上他讨教经验,请他喝上几杯。

如今的酒里,对于陆步轩来说,已然再也没有苦闷。

转身之间

来到广州三年时间,陆步轩几乎已经把广州大大小小的菜市场都跑了个遍。2019年底,公司的社区生鲜店,以一天一家新店的速度在扩张。

只要不出差的时候,每天早上8点不到,司机开车接他出门,随后两人兵分两路,司机为生鲜店寻觅店面,陆步轩就巡视各个门店和档口,从肉的质量到货物的摆放、生鲜价格,事无巨细。每天晚上,家楼下的生鲜店关门前打折促销,人手不够,陆步轩也会在店里帮忙。

陆步轩现在基本可以适应这座南方城市。但他依然保留着西北的饮食习惯,他觉得广东的食物口味淡,平日里的应酬多,只要一有空,他就自己擀面下面条,这位公司的副董在年轻员工眼里,完全没有架子,协助他一起拍视频的年轻人,几乎都吃过他亲手下的面。

虽说重新操刀卖猪肉,其实这些年,陆步轩真正拿起刀的机会并不多,只有偶尔几次新店开业做活动,陆步轩才会站在档口亲自卖猪肉,陆步轩对自己手起刀落间的把握有足够自信,长时间不碰,"第一二刀可能有细微差别,但第三刀基本没问题。三斤以内不用秤。"

陆步轩把这几年视为人生中的转型期,希望自己做出点成绩,再面对公众。提起体制内的那几年,言语里,陆步轩掩饰不住骄傲,在档案馆工作时,有十年时间,陆步轩几乎没休过节假日,办公室里放了张床,写累了倒头就睡。修地方志,他是单位的绝对主力,完成了三本书。陆步轩始终坚信,"既然做,就要力求做好。"

他在视频平台上开过一次直播,直播间涌来不少网友向他提问,陆步轩很较真,网友提出的一个问题,他总会仔仔细细回答,要讲透了才罢休。

几年前他写过一本《屠夫看世界》,他把多年卖猪肉的经验整理成册,《陆步轩教你选购放心肉》随书赠送,"只要读过这本册子,就不怕买不到真正的好肉。"

"知识分子脸皮薄,玩不得坑蒙拐骗",陆步轩看不得做假,也听不得假话。卖猪肉时,总被师傅说不开窍,自家的猪肉价格永远都是周边最便宜的,给屠宰场的钱都现付,从不赊账,开肉店的前两年都没赚钱,"所以我适合做家门口的生意,回头客多。"有朋友拿着和他的合影照片,P上了竖起的大拇指,给自家的品牌打广告。他知道后,生气地找到对方要求立马撤下。

前几年,公司曾想过在北大招总裁助理,开出年薪 20 万的待遇,来报名的有 20 多个,但最后还是没有招到满意的。大多数人兴趣寥寥,陆步轩记得一个学地球物理专业的男孩,有强烈的意愿想要来公司,他却拉着男孩细聊,把人劝走。"我们希望招的是法律或者经济专业的学生,学地球物理的学生,来我们这儿,是资源浪费。"

前半生许多得失不由自己的陆步轩,终于可以做些真正想做的事,发挥人生的价值。当年的个体户的"猪肉佬"陆步轩,万不会想到,自己在多年后,能够对行业状态做出一点改变。

他偶尔也会感觉有些束缚。比如,他开始注意自己的形象。烟不离手的他,走在路上会留意垃圾桶,不再随意乱丢。一个月剪一次头时,顺便把白发染黑,"毕竟我现在出去,不仅代表我自己,也代表了公司的形象。"

说这话时,陆步轩的鬓角刚刚冒出了白发,还未来得及染。

(记者 张凌云 编辑 宰飞)

原文 2019 年 12 月 1 日发布于上观新闻

原标题:身家 18 亿? 卖猪肉的北大才子陆步轩十六年后"翻盘",靠的还是卖猪肉

试管婴儿"培养"试管婴儿

9点20分,人多嘈杂的生殖中心,31岁的汪杰(化名)被护士叫到名字。他深吸一口气,穿过4道门,走进排精室。妻子正躺在隔壁的手术台上。这次要取14颗卵子,她还央求医生"再多取几个"。

夫妻俩在求子路上跑了7年。丈夫精子活性不够,妻子盆腔粘连,这是第2次尝试"做试管"。此前他们辗转了3家医院,经历过2次流产。"往事不堪回首。"汪杰不愿多说。如果一切顺利,四五天后,一颗健康的胚胎会被移植入妻子腹中,开始新生命的孕育。

窗口另一头,是一条环环相扣的"造人"流水线,十几位技术人员埋头的工作台。这一天是周日,罗优群值早班,早晨6点就准时到达。30岁的他,算得上是实验室的"老人"。他的另一个身份更为人熟知:中国大陆第四例试管婴儿、首例供胚移植试管婴儿。

"试管婴儿'做'试管婴儿,大概是一件很奇妙的事情吧。"2009年本科毕业后,罗优群选择回到生命的起点——中信湘雅生殖与遗传专科医院(下称"中信湘雅"),这是世界上治疗规模最大、平均临床妊娠率最高的生殖中心之一。医院的前身中南大学湘雅医学院人类生殖工程研究所,正是当年卢光琇教授"培养"出罗优群的地方。

1988年3月10日,中国大陆第一位试管婴儿郑萌珠在北京大学第三医院降生;同年 6 月 5 日和 7 日,由卢光琇培养的章皿星、罗优群相继呱呱坠地。

实际上,中国的试管婴儿迟到了 10 年。2018 年,距离世界首例试管婴儿路易丝·布朗诞生于英国,已有 40 个年头。然而,中国的试管婴儿,人数多到惊人。据英国《自然》杂志,2016 年仅中信湘雅完成的 41000 例辅助生殖周期,相当于美国全年的 1/4。

下午 2 点,获得了主任的特别批准,罗优群才走出实验室。由于长时间没有喝水,他摘下口罩时嘴唇起皮,嗓音沙哑,眼镜后是淡淡的黑眼圈。他告诉记者,因为刚过完年,今天的病人数不到平常的一半。这里全年无休,技术人员时常需要加班到夜里 8、9 点。

"说实话,现在你来采访我,大家不会觉得很稀奇了。"他提醒道,现在离自己最"火"的年代已经久远。

试管下的"明星"光环

在搜索引擎中输入罗优群的名字,会跳出一长串新闻:昔日试管婴儿今朝上高中;试管婴儿 24 年后"重回"实验室……他的成长轨迹被媒体完整记录。2016 年,妻子王琳自然怀孕生女,再次成为中国试管婴儿发展史中的里程碑事件。

"都习惯了。"罗优群坦言,"只有记者采访时,我才是最特别的。大部分时间,我会忘记我是试管婴儿。"

罗优群小时候很少生病,但会定期去长沙体检,每年的结果都是一切正常。有一次还被带到中南大学湘雅二医院的草地上,拍摄坐着读书的画面。那是他降生的医院。他从来没觉得自己有什么特别之处。直到小学五年级的某天,教室外突然来了很多人,说要采访他。

记者问了什么,罗优群忘得一干二净,倒是对黑色的摄像机记忆犹新。当时趁记者走开,他按捺不住好奇心,偷偷摸了一下。那是他第一次听说"试管婴儿",隐约觉得自己有点不一样。

之后每次有记者来学校,同学们都觉得特别新鲜,把摄像机团团围住。"有点像山村里的小孩看到汽车。"罗优群说,"其实他们对记者采访比对试管婴儿本身更好奇。"

"为什么要采访你?"结束之后,大家追着他反复问。

"我也不知道。"他答不上来。

甚至有陌生人写信寄到学校,字里行间流露出羡慕和崇拜。"他们觉得你好高级,跟明星一样。"罗优群说,他成长中面对的更多是好奇,而非歧视。

"什么是试管婴儿?"这个问题他问过很多人,包括父母还有二医院的医生们。但即使对方解释了,年纪尚幼的罗优群还是云里雾里。

一本儿童杂志让他印象最深,文章配图是罗优群的头像被放到一根试管里。"这其实是在误导公众。连我都理解成试管婴儿是从试管里长出来的。"他觉得这种做法非常不妥。

也是因为那篇报道,他曾幻想自己有超能力,跟动画片里的葫芦娃一样,说不定会喷火。

"我也吃饭睡觉,该生病也会生病。有人成绩比我好,也有人比我差。"罗优群笑了,露出整齐的牙齿。"除了脸上有痘痘。"他补了一句。

旁人不这么觉得。他被当成"重点保护对象",座位也被排得靠前一些。生物课讲到试管婴儿,连老师都会和同学们齐刷刷地看他。

2003 年,15 岁的罗优群和"姐姐"章皿星亮相央视。"皿星"二字即意味着从试管里成长的希望之星。两人并无亲缘关系,但因为在同一个实验室培育,被外界习惯性看作姐弟。

对罗优群来说,那场节目的意义不在于自己的走红,而是他彻底搞清楚了自己"到底是怎么来的"。录制现场,俩人的"制造者"卢光琇拿着试管向主持人白岩松讲解试管婴儿的原理,他在一旁听得仔细,才明确了自己是先在试管里培养,再移到妈妈的肚子里,并不是在试管里长大的。

那年,卢光琇团队培育的"试管婴儿"已达 557 名。罗优群和章皿星作为试管婴儿的代表,经常被邀请参加活动。生活节奏被打乱,两位中学生都有过短暂的烦恼,但后来想想,觉得有责任让更多人了解这项技术。

根据卫生部门的统计,截至 2004 年底,中国出生近 3 万名通过人类辅助生育技术诞生的婴儿。根据国际辅助生育技术监控委员会（ICMART）的数据，1990年全球只有大约9.5万名试管婴儿，2000年增加到近100万，2012年突破500万。全世界都在迎接这场新的人口浪潮。

因为父母下岗，曾不断有好心人打电话来关心罗优群的生活。学校的传达室替他收过几十封来自全国各地的信件。大部分内容都很友善：你过得好吗？需要帮助吗？可以交个朋友吗？"我收到的不仅是捐款，更多的是精神上的关怀。"直到现在，罗优群还和一些资助者保持联系，并在婚礼时邀请了他们。

卢光琇也常年资助他，经常去他家中探望。耳濡目染下，罗优群决心"要向卢奶奶学做试管"。2006年，他在高考志愿表上清一色填了临床医学专业，最终被湘南医学院录取。

入学时，学校为他举办了小型的记者招待会。那时，试管婴儿技术在国内已经得到广泛认可和应用，他感觉自己的"明星光环"消失得差不多了。

"搬运工"

罗优群自认只是一名"搬运工"：在严格控制的环境条件下，把合格精子、卵子搬到一起，在试管中完成受精，放进培养箱，再把胚胎移植入子宫。说起来简单，但这项"搬运"技术的起源要追溯到1978年。

卢光琇清楚记得，她的父亲、中国医学遗传学奠基人卢惠霖在《参考消息》上看到世界首例试管婴儿在英国诞生的消息时，既兴奋又焦虑。作为一名遗传学家而非妇产科医生，卢惠霖研究试管婴儿的初衷是为了在胚胎阶段及时进行遗传干预，剔除不良基因，实现优生优育。他没想到这能造福不孕不育家庭。那年他已78岁。

卢光琇今年79岁，仍在一线。她每天早晨7点到办公室，先做100个仰卧起坐，再举300次哑铃，晚上经常八九点下班。语速飞快的她，甚至还伸出胳膊，向记者展示了肱二头肌。

她形容自己年轻时"壮得像头牛"，绰号"湘南第一把女刀子"，但对遗传学一无所知。眼看父亲年近八旬,她在 40 岁时从外科医生毅然转行,从洗试管学起,为的是让父亲在有生之年实现梦想。

在北京大学学习 3 个月后回到长沙,卢光琇成立了生殖工程研究小组,开始筹备实验室,但设备、技术和材料,什么都没有。白色的帐子一围,把温度调到 37.5 摄氏度,没有紫外灯,就用福尔马林熏蒸,"无菌房"有了。

第一步是探索如何冷冻精子。"当时一谈精子就是不道德的。"说起遭遇过的诋毁,卢光琇很无奈。实验室的 3 位男医生不肯捐,她就去门诊转了一个多月也没人愿意,还总遭到指指点点:那个搞精子的又来了。她急了,最后只能回家找丈夫商量,才有了第一份精子。"可惜我没有,不然我早就献了!"

当晚,她守着从烧伤科借来、白气直冒的液氮罐一夜没睡,"生怕爆炸"。幸运的是第一次冷冻成功了。1981 年,中国大陆首个人类冷冻精子库建立,目前已成为世界最大的单体人类冷冻精子库,为全国 30 余家生殖中心提供精子来源。

卵子更加难弄。没有腹腔镜也没有 B 超,当时采用的是最原始的剖腹取卵。卢光琇抱着热水瓶守在妇科手术室外,一站就是好几个小时,指望在切除下来的卵巢肿瘤附近找到卵子,或者等医生穿刺抽了给她。

实在委屈时,她回家哭诉:"根本拿不到卵,科研怎么做下去?"卢惠霖向院党委书记报告后,组织附一附二两家医院和妇幼保健院全力支持供卵。1983 年,时任湖南省委书记毛致用特批 10 万美元科研经费。

中国科学院遗传所的白琴华被派来帮忙,之前他只给老鼠做过体外受精。胚胎的生长环境不允许一丝一毫的污染,但当时国内连纯净水也没有。白琴华在实验室打了几个月的地铺也没做成,只能打道回府。

1986 年,试管婴儿研究被列为国家"七五"攻关重点项目,由北京大学第三医院、湖南医科大学(今湘雅医学院)和北京协和医院三家共同攻关。项目取了一个听上去似乎与试管婴儿没有关系的名称:优生——早期胚胎的保护、保存和发育。随后,卢光琇被派去美国耶鲁大学进修。

"我这辈子只学过 3 个月英语。"那段日子,卢光琇如饥似渴地阅读外国文献,整天泡在实验室,反复练习操作。临走前,她拜托实验室的朋友帮她购买了所有设备寄到中国。航空公司破例让她把两壶纯净水和电子天平带上了飞机。一落地,来不及看望仍在住院的父亲,她赶紧去学校重新搭建实验室。

回国后,体外受精很快做成,医院招募到了一批不孕患者准备移植试验。对他们来说,生育的渴望远远超过对新技术的质疑,皿星、优群的父母都在其中。罗优群的父亲罗志元最初以为"做试管就是在体内插个管子"。

卢光琇几乎24小时都在实验室,吃饭靠家人送。有一餐没一餐,经常胃痛。有一次为了连续观察胚胎发育,她在实验室整整待了3天3夜,胃痛得在地上打滚,被同事抬到手术床上休息。"一旦受精,生命就开始编程,不受我的控制。每分每秒对胚胎发育都至关重要。"

200多例病人中终于成功2例。为了更好地保存胚胎,她又去法国学习胚胎冷冻技术。

当她身处法国时,父亲卢惠霖替她守在产房之外。罗优群的名字是他的母亲从众多专家取的名字中凭感觉选择的,恰好是卢老所取,"优群"的意思是比一般人都优秀。卢老慈爱地把优群抱在怀里的一幕被拍了下来,如今悬挂在中信湘雅的候诊厅。

回国后,卢光琇拿到国家科技进步二等奖。但当年的计划生育政策之下,她接到通知:不许再做了。

"生怕把胚胎怎么了"

读大三时,罗优群到中信湘雅实习。进实验室的前一晚,他兴奋得失眠。当第一次通过显微镜看到胚胎的时候,时光仿佛穿越——"我原来就长这个样子。"

从不避讳谈自己是试管婴儿的罗优群,起初并不能理解病人所承受的痛苦和压力。他曾经觉得,不孕不育"跟感冒发烧一样平常"。不过,他渐渐留意到,每次有记者来拍摄时病友们都很抗拒。"他们不希望别人知道自己没有小孩。"

曾有十余年,中国的试管婴儿技术几乎陷入停滞。直到进入新世纪,试管婴儿行业才迎来春天。

2001 年,卫生部颁布《人类辅助生殖技术管理办法》和《人类精子库管理办法》。2002 年,中信集团、中南大学湘雅医学院和卢光琇团队共同组建中信湘雅生殖与遗传专科医院,开创央企与高校及科研团队开展产学研合作的先例。

"从孩子的出生数量和健康状况上看,我们都走在了世界的前面。"卢光琇介绍。

早在 1988 年,国家计划生育委员会公布的全国生育节育抽样调查显示,1976—1985 年全国总不孕率为 6.89%。到了 2012 年,中国人口协会数据显示,中国不孕不育患者达到 4000 万,占到育龄人口总量的 12.5%。4000 万,这相当于加拿大的人口总量。

没有其他地方比在中信湘雅更能直观感受中国人的生育焦虑。门诊大厅每天 7 点不到就人山人海,40% 的病人来自外地。门前的湘雅路被称作"睡衣街",因为试管妈妈们住在附近大大小小的"幸孕旅社",平时穿着睡衣来来往往。争吵和泪水再常见不过,曾有女子被丈夫一巴掌打翻滚下楼梯。卢光琇的诊室常被慕名而来的病人堵住,为了不影响办公不得不安装门禁。

实验室和门诊不一样,和病人不直接接触。大多数时候,罗优群看到的是畸形的精子以及发育不成熟的卵细胞。

某天,他负责安排病人排精,在快下班的时候遇到一对夫妻。丈夫排精困难,耽搁了一个多小时,越紧张越是排不出,而卵已经取出。当时的胚胎冷冻技术不够成熟,3 小时内必须受精。妻子急得直哭,硬生生下跪哀求:"医生,你一定要帮我们想办法啊!"罗优群一下子懵了。

工作时间越久,他越发觉得"这份工作是神圣的"。2014 年,中信湘雅建立起大陆地区第一套 ISO 流程,质量控制日益稳定,但罗优群总是"生怕把胚胎怎么了"。

"你一定得帮我孙女,不然我死了也不安心。"这是罗优群的姨奶奶在临终前对他的嘱咐。表姐一直觉得家丑不可外扬,吃了 1 万多元的中药,实在没辙了才来找他,经过试管治疗,终于生下健康女婴。

但没能让姨奶奶见到重孙女一面,罗优群至今遗憾。

2016 年二孩政策全面放开后,约有 1000 人回到中信湘雅解锁存在这里的冷冻胚胎。大龄产妇越来越多,她们面临的问题不仅是不孕不育,还有染色体疾病、基因病等遗传病。第三代试管婴儿技术通过胚胎种植前遗传学诊断,可对单基因遗传隐患进行筛查。2012 年,中信湘雅诞生世界首批经全基因组测序、保证染色体无异常的试管婴儿;2015 年诞生中国首例"无癌宝宝",阻断了癌基因的传递。

"未来还有很多工作要做。首先是帮助更多大龄妇女怀孕,其次要保证生出的孩子是健康的。"这几年,卢光琇把工作重点转向精准医疗,朝着父亲最初的"优生"方向努力。

关于子宫的困惑

2015 年 9 月,"8·12"天津港爆炸事故刚刚发生一个月,43 岁的刘云爱就赶到中信湘雅咨询试管婴儿手术。她年仅 19 岁的儿子——消防员蔡家远,在爆炸中牺牲。5％的成功概率下,刘云爱成功怀孕,次年 8 月顺利产下一子。

面对失独群体,卢光琇感到心痛,更多的时候是无力。"只要子宫没问题,基本能帮他们怀上,哪怕四五十岁。但如果子宫出了问题,我就彻底没办法。"

现在她依旧每周出 3 天门诊,专门接待 3 次以上怀孕失败的病人。对待这类患者,她第一件事都是先做心理疏导。看到子宫被切除却还没有孩子的女性,她非常同情,只能建议对方领养孩子。

她能清楚感受到代孕需求的增长,但也明确支持对商业化代孕的禁止:"代孕者往往是弱势群体,她们大多数是为了钱才出售子宫。代孕母亲如果发生问题,你说救谁? 孩子,还是妈妈?"

1996 年,首例代孕试管婴儿在北医三院诞生。孩子的母亲多次流产后,因妊娠中期子宫破裂而行绝育术,因此选择代孕。1997 年,卫生部出台规定,严格禁止代孕母亲的试管生产。

禁令之前,卢光琇也曾参与实施几例代孕手术。尽管技术操作上不存在难度,但伦理和法律问题不可回避。一个案例让她印象深刻:姐姐帮妹妹代孕,前期比较顺利,但胎儿足月时,因家庭矛盾,姐姐擅自把胎儿流产。

她还遇到过一起纠纷：外甥女帮舅妈代孕，怀了一对双胞胎，"刚开始女孩说舅舅对她很好，她什么都不要，只是帮舅舅完成心愿。当然，舅舅给了很多钱，还帮她找了工作，但她后来又要车子，不然就把'毛毛'打掉"。卢光琇记得，女孩怀孕期间还得了妊娠高血压和糖尿病等，现在想来依旧后怕。

　　2003 年，卫生部颁布《人类辅助生殖技术与人类精子库伦理原则》，明确规定医务人员不得实施代孕技术。但目前，国内依旧存在完整的地下产业链，一些代孕需求者觉得没有法律保障，转而寻求境外代孕服务，引发一系列问题。

　　"我们这代人只能不断提高成功率。未来，也许会出现人造子宫解决这个问题。"卢光琇说。

　　其实，从遗传学角度，供胚移植试管婴儿罗优群也并非父母亲生。"供胚"意为胚胎的精子、卵子均不来源于亲生父母。但对罗优群来说，这只是一个产品名称罢了，"妈妈十月怀胎生下我。父母养育我多年，我们是有感情的"。

　　"夫妇通过自然方式养育孩子当然是最完美的，只有没办法了才会这样。"罗优群并不知道"赠胚"源于何处。生殖中心有严格的伦理规定，供卵、供精的双方均完全保密。

　　到 2003 年，卢光琇共做过 7 例供胚移植手术。最初做供胚的背景是因为胚胎十分宝贵，国内尚无冷冻胚胎技术，丢掉十分可惜。"那时谈伦理是奢侈的。很多人为了怀孕愿意接受供胚，就像现在很多人排队花三四年等一个卵子。"这项业务后来被法律禁止。

　　罗优群的妻子也是医生。俩人每天都工作 12 小时，父母从常德来帮他们带孩子。为了减轻老人负担，休息日他只允许自己睡到 7 点，主动带娃。"除了忙点，都挺自在。"

　　女儿最近刚学会说话。他和妻子为她取名叫罗忆霖。"人要懂得感恩。虽然没见过卢惠霖老爷爷，但我希望她能记住他。"

　　下午 4 点，罗优群说自己好饿。这位身高 170 厘米的小伙子身材瘦削，体重只有 55 公斤。"我很挑食。"他承认，从小就被母亲溺爱。

　　"父母心皆如此吧。"他不觉得这跟自己是试管婴儿有何关联。

记者问他最爱吃什么。"妈妈做的菜。"他毫不犹豫,"她做的什么都好吃。"

（记者　殷梦昊　编辑　林环）

原文 2018 年 3 月 14 日发布于上观新闻

原标题:试管婴儿"培养"试管婴儿:中国大陆首例供胚移植试管婴儿的 30 年人生

盲足球员，从巴黎赛场回到按摩店

从巴黎残奥会赛场归来的第二天，盲足队员刘猛就去按摩店上班了。

按摩店位于昆明官渡区一小区底层商铺，约 200 平方米。客单价不高，一次 45 分钟左右的按摩价格约为 70 元，若是办了会员卡，单次能优惠至 50 元。

没客人时，刘猛就靠着店门或坐在柜台后，刷手机、听书。按摩店门口有几块松动的地砖，人走、车过都会发出"咯噔"声响。每次听到声音，他都会停下手中事，专注听一下，生怕错过要进店的顾客。

他所在的中国盲人足球队，不久前在 2024 年残奥会上获得第五名的成绩，在小组赛中还逼平了素有"桑巴军团"美誉的巴西队。在社交媒体上掀起一波热潮。

回国后，队员们各自回到驻地、省队、老家。刘猛和队友李海福一同回到云南，休息之后，备战 10 月下旬在福建福州举办的全国盲足锦标赛。一同备战的，还有参加过前几届残奥会的李孝强和魏建森。

对健全人来说，盲人足球仍是一个小众领域。已退役、待退役、现役的队员们，赛后的归宿也往往是盲人按摩店。

但在相处几日后，记者最明显的感受是，即便他们从赛场上看似落寞地回到熟悉的按摩店，但他们的心量也早已不局限于一间狭小的房间。

训练场

回到国内，刘猛和李海福在北京住了一晚，第二天和分别来自福建、山东等地的队员们一一告别，各自返程。走在机场，身穿白上衣、红裤子中国队队服的李海福颇为显眼。有旅客大声称赞"好样的！""为国争光！"

对于这些盲足运动员来说，他们中的大多数在赛季结束后会回到各自工作和经营的按摩店。

有客人认出帮自己按摩的刘猛就是前不久在巴黎残奥会上的中国盲足运动员，刘猛就会霎时从一个倾听者变成表达者，把那段经历复述一遍。

按摩店里摆放着刘猛从各大赛事上赢回来的金牌。聊得兴起，他把它们拿出来让大家感受分量。"这块是最重的。""今年的包装可洋气，大牌奢侈品公司设计的。""这块上面你摸摸，不过它是弧形，我也摸不出来上面写了什么……"

9月26日下午，昆明雨季的尾巴，天气在阴与多云之间转换。刘猛和店员趁空把晾衣架挪到室外，除了晾晒毛巾衣物，刘猛把有压花纹理的中国国家队队服洗净，重新晾晒，为参与几天后的活动备好衣物。

结束当天营业，刘猛早早休息了。次日，他和李海福将进入新的备赛周期，出战10月底在福州举行的2024年全国盲人足球锦标赛。此次，一同回到训练基地集结的，还有参加过2008年北京残奥会、2012年伦敦残奥会的李孝强和参加过2016年里约残奥会的魏建森等老队员。老队员们都各自放下了按摩店的工作。

9月27日上午9点，云南盲人足球队从宿舍出发，开车前往训练场。一行十多人下车后，教练乐建昆走在前头，李海福左手提着水壶，右手搭着乐建昆的肩膀，他们有人说话，有人吹口哨，示意自己的位置，方便队员搭上前人肩膀，排成一列行进至小球场。

训练场位于昆明市盘龙区的一座小山丘上，这里由两块用铁丝网围起来的场地组成，一块是标准足球场，隔着一条小径的五人制足球场是盲足球员的训练场。它被树草木遮蔽，要从大球场边的小石子路绕行百十步到达。这块训练场四周加上了一圈一米高的军绿色挡板,避免球员撞上铁丝网的同时,将球场隔成与盲人足球比赛专用场地——长约 40 米、宽约 20 米。球门立柱上包裹了一层有吸收动能的软垫。

健全人球友多在大场地上聚集,除非一个意外的高飞球越过铁丝网落进小球场,否则很难有人注意到这一方小场地。若是正巧撞上了盲人足球队员训练或比赛,他们会扒着铁丝网,或帮忙捡球,顺带着好奇盲人是怎么踢球的。

不同于健全人踢球,盲人踢足球靠声音来辨识球员和球的位置。球员们戴上眼罩,开始绕圈跑步热身,嘴里"喂—喂—喂—"喊着口号。"喂"来自西班牙语的"Voy",意为"我来了"。足球是特制的,大小、弹性都要比标准足球稍小一些,球内有 6 个盒子,盒子中铃铛、钢珠,随着碰撞和滚动发出声响。

开始演练了。

魏建森中场起球。过人时,脚下的球撞上李海福的小腿,球路改变。李海福侧耳辨位,身体微微后仰,探脚抢断,将球带回中场。

瞬时攻守转换。

李海福转身加速抵近禁区,左脚向防守的魏建森右侧身后拨球,拧转右膝盖变向,人从魏建森左侧蹿入。

"人球分过"创造了射门机会。乐建昆作为引导员用哨子敲击球门立柱,提示球门位置。伴着"当当"声响,李海福向后撩起右脚,以脚背奋力抽射,球直奔球门死角。

"好球!"乐建昆上前拍了李海福肩膀两下,随即吹响哨子,让大伙儿休息。

结缘

休息时,刘猛喜欢坐在围挡上吹口哨,这次的曲目是《一生所爱》。

即使喘着粗气,再次集结的"老战友"们也有聊不完的话题。有人说自己是坐飞机到的昆明,全程一个人,未向任何人求助;有人把自己的按摩店交给伙伴打理,誓要踢好退役前的比赛;也有人嚷着,训练结束后来场"斗地主"。

李海福从巴黎回滇,续上新的备赛周期。和其他队员比,他很安静,抿着嘴,听着大伙聊天。

李海福今年 26 岁,云南石林人,是先天性失明。六七岁时,村里同龄孩子玩躲猫猫,李海福尝试融入。可大家一跑起来,李海福就跟不上他们,只能听着嬉闹声逐渐远去,再摸索着记忆中村道上的树、墙根,挪步回家。再大一些,有孩子当面叫他"瞎子",有家长明里暗里说他"废了",告诫自家小孩不要跟他玩。李海福渐渐习惯把头压低,"只能躲在家里,感觉少了点什么"。

10 岁时,家人将他送到约 80 公里外的昆明市盲哑学校。这是他第一次离开村子。李海福回忆,从昆明火车站出来,他便感受到了两地的不同,村里鸡犬鸣叫,而城市的路边满是叫卖声,汽车从耳边呼啸而过;村里有清风拂过山岗,而在城市里,街道弥漫着尾气味,要站路口才会感觉有风吹过,家人告诉他这里有很多高楼大厦,它们会挡住风。

不少盲人都有相似经历,少时发现自己是人群中的异类,接着被送进盲校,毕业后进入社会。可他们也在寻找,内心感觉少了的究竟是什么?

在盲哑学校,有一门基础课程叫"定向行走",是让盲人学会运用各种感官确定自己和其他物体之间的位置关系,以便能安全、独立行动。李海福很快掌握了如何沿着熟悉的路线,在教室、宿舍、食堂之间穿梭。

不久,他就发现,下课后操场上总会聚起一群孩子。他们边跑边吼好像在追着地上的一袋东西,那袋东西和地面摩擦发出"沙沙"声响。

那次,他鼓足勇气,循声朝那群孩子靠过去,学着他们跑起来,喊出声。很快,那个袋子到了李海福的脚下。原来,袋子里装的是一颗足球,孩子们把垃圾袋套在球上,再用透明胶布粘起来,发出滋啦啦的声响。"就是自然而然地加入了他们。你踢过来,我踢过去。如果站在最远的那个人没有接到球,那么就算球进了。"

这是李海福第一次踢足球。他感受到的快乐源于奔跑,也来自球场上的无数个方向和点位,这与"定向行走"是不同的。"足球让我有种热血沸腾的感觉,可以像小鸟一样自由翱翔。"李海福说。

刘猛长李海福 3 岁,出生于 1995 年。他 7 岁时就到了昆明盲哑学校,作为学长,又是老乡,自然对李海福多照顾一些。他们一起在宿舍里唱歌,刘猛弹吉他,李海福跟着和两句,也会一起踢球。刘猛记得,最开始大家踢的不是窸窣作响的足球,而是把石子扔进矿泉水瓶子里踢。后来,盲哑学校特教教师乐建昆看到这一幕说,"既然你们闲不住,你们爱踢,那我就带你们出去走走。"

乐建昆也关注到了李海福,他像找刘猛一样去找了李海福,并向李海福介绍,盲人足球起源于欧洲,于2004年首次成为残奥会项目。中国盲人足球项目始于2005年前后。云南的盲足队伍是中国成立较早的队伍之一,踢足球也是给盲人多一个选择的机会。

"要不要加入球队?"乐建昆问。

李海福答应了。

盲态和质疑

李海福还记得,第一天训练的时候,乐建昆没有让他训练任何基础动作,而是安排了"抢圈":老队员带球,李海福抢球。乐建昆还制定了一条特殊规则,李海福可以用"拉人"等犯规动作来夺球。多年以后,李海福回忆这堂入门课的意义:除了敢于跑起来,还要去参与赛场上最常见的身体对抗。

事实上,许多盲足球员在训练初期时都会出现"盲态":为了保护自己,球员的躯干呈现出后仰姿态,显得畏畏缩缩。改掉"盲态"需要克服最原始的恐惧。

球队成立之初,乐建昆不知道怎样教这群看不见的孩子踢球。球员们和乐建昆不只是球员与教练的关系,还是盲人与健全人的关系。

后来,他想到蒙上自己的眼睛先去跑,记下黑暗中奔跑时身体的运动轨迹,再让队员们摸着自己的腿,感受正确带球时肌肉的变化。

盲人无法通过眼睛去验证动作,他们和健全人感受、判断动作的方式截然不同。球员一开始听到球砸向挡板的声音特别响亮时,便认为球速很快。然而,那其实只是球撞击挡板的角度放大了声音。

健全球员认为的简单技术细节,对于盲人球员来说则有较高的失误风险。比如"人球分过"这个动作。对以盘带式控球为主的盲人足球运动员来说,这一技术会让球暂时脱离球员的控制,意味着丧失球权的风险增大。因此,当教练为球队引入"人球分过"技术时，队员们难免心有怀疑，频繁的失败也会动摇他们的心态。

为了让队员们理解，乐建昆尝试用秒表记录下每一次球路，也尝试让球员之间教学相长，但这些都只能治标，要治本只能靠球员不断地重复练习。李海福记得，不少听着简单的战术，都是按照年头来练的，数年来几乎天天练习才能换来一朝顿悟，把动作做对。

相对于一开始的胡乱踢，李海福和刘猛现在的技术已然纯熟。盲足队员们之中流行着一个消除疲惫的游戏是，站在点球位置，把球踢中门柱。刘猛把球定了位，然后击掌，他解释这个行为是能够听到门柱的回声来确定位置，而刘猛已将这个存在于武侠小说的听音辨位技术，练了10多年了。

他起脚抽射，"嘣"的一声，仅一次尝试，球就击中了门柱。

"看见"更大的世界

李海福记得李孝强说过这么一句话："一旦迈出脚步，看到的世界便会愈发广阔，心中的疑虑也会随之减少。"

李孝强是孩子们的学长，也是云南省盲足队队长，队员们叫他"虎哥"。

2008年北京残奥会，李孝强作为国家队队长出征。距离北京两千多公里外的昆明，盲校的孩子们挤在十多个人的上下铺寝室。大伙省下饭钱，凑钱买了一台收音机，听着比赛转播。"中国队对阵韩国队，比赛进行到第13分钟，中国队获得点球。5号李孝强，身穿绣有祥云的球衣，他右脚推射，球直奔死角——球进了！中国队1比0领先！"喜悦穿越千里，冲进了那间挤满了人的寝室。

回到云南当地的训练场，李孝强告诉球员们最真实的体验：赛场上的他时常忽略自己是盲人的事实。"在球场上我能'看'得到所有队友的位置。我的心，看得到。"只要踏上草坪，虎哥的眼前就是一副棋盘。球场上球员的跑位如同棋子在棋盘上的移动，战术和位置之间有着规律性。"刘猛在带球，李海福要跟过去保护，再跟近一点。"身为队长，他不仅是棋局里的棋子，更是纵观棋局的棋手,冷静地在球场上调兵遣将。

虎哥梦想着可以有更多盲人能够通过足球,感受球场上的"复明",得到更多忘却自己是盲人的时刻,以及收获踏出既定生活的勇气,拓宽生命的半径。这些小球员也相信,踢好足球就可以去到更远的地方。

"20米乘40米的球场,对于一个健全人来说是个小场地,但对我而言不是。这个球场内外会发生各种各样的事情。"李海福说。

2013年夏,李海福第一次参加国内比赛,这是他第一次离开云南。赛事举办地福州有一种和西南昆明不太一样的闷热,即使不运动,汗水也会流出来。

2014年底,李海福入选国家队。"舞台不一样了。我又突破一个台阶。"他很激动。他获得了去国外参加比赛的机会,第一次出国是到马来西亚。他缠着队里的健全人介绍当地风土人情:马来西亚的建筑形式以四、五层的房子为特色;由于气候类型不同,这里的行道树是棕榈,而云南有银桦和紫荆。最不同的是开车,马来西亚的车辆是靠左行驶的,与国内相反。

被拓宽的不仅是物理意义上的距离,更是心理上的距离。后来的大型比赛上,李海福遇到很多来自世界各地的盲人足球运动员。他们场上切磋,场下交流。很多球员的生命不囿于盲人按摩店,他们有人不单单踢球,还参与田径、门球等,有人喜欢音乐,闲暇时弹奏吉他,有人音色独特,平时热衷配音,还有人是大公司里的程序员,业余来踢球……

李海福果真"看见"了李孝强曾描述的更大的世界。

2023年底,李海福、刘猛和国家队的队员们来到福建福州,备战2024年巴黎残奥会。训练安排紧凑,第一天上午细化技术,下午是高强度身体对抗训练,第二天上午射门训练,下午做力量训练,第三天全天进行全场的配合、抢断和传接的训练……依此循环。

在高强度间歇训练中,他们常常需要完成20个400米的冲刺,有时李海福觉得自己的呼吸已经跟不上心跳。"衣服拧出水属于基本操作。"训练数据显示,一堂140分钟的训练课中,出汗量至少在4公斤,若是极高强度的训练,出汗量甚至能达到7公斤。

巴黎残奥会上,盲足队员们穿梭在对手之间,身影矫健,脚法娴熟。他们在

小组赛中以 2∶0 胜土耳其队,0∶0 逼平素有"桑巴军团"美誉的巴西队,0∶
东道主法国队。

赛程的最后一场比赛上,刘猛单骑闯关,带球连过两名对手,在禁区前头起脚,攻破了摩洛哥队的大门。

李海福听到周围观众席爆发出一阵喝彩,"肯定是刘猛进球了"。声浪让他没法分辨自己所在的位置,他下意识地站在那儿一动不动。在健全人的足球赛场上,进球之后整支队伍立刻可以聚到一起,向球迷展现庆祝的动作。而盲人足球赛场上,则是要等引导员,把散布在场上的球员们聚到一起才能庆祝。过了一阵,李海福感受到有人从身后挽住了他,继而和自己来了个拥抱。"我跟李海福拥抱了一下,"刘猛回忆道,"那个瞬间,一个拥抱就好。"

北京时间 9 月 5 日晚,在巴黎残奥会盲人足球 5/6 名排位赛上,中国以 1∶0 力克摩洛哥,拿到残奥会盲人足球第 5 名。

回归

那晚,巴黎残奥会赛况通过微信等传到远在云南红河的李孝强的耳朵里。彼时的他刚从自己经营的按摩店里出来,拐一个弯,过一条马路,走 200 多步,再右转,直走 10 来分钟到家。

我国有超过 1700 万的视力障碍人士。不可否认的事实是,不少盲人的归宿仍是盲人按摩店。视力的残缺让不少盲人有很强的自我保护心理,不轻易相信别人,因而选择"躲"起来。李孝强看见身边太多的盲人困在小城市的按摩店,一过就是一辈子,他也看到,曾经和现在的队员们因为经历,回到按摩店的他们也与其他盲人不太一样了。

在李孝强看来,开出自己按摩店的刘猛和魏建森都是如此。"足球解决了两个问题,第一是敢不敢冲出去,第二是愿不愿意相信别人。"

"如果我不踢足球,我可能跟大部分盲人想法一样,做一辈子的按摩。足球对我而言,是改变人生的契机,"刘猛笑着说,"如果我不踢足球,或许我每天都在为小事计较,纠结别人抢走了我的客人。可现在,我觉得只要客人能享受到按又有什么关系呢?"

...摩店,魏建森心里始终有两个遗憾:一是2016年巴西里约残...拿到冠军,二是在2021年他因为眼球受伤缺席日本东京残...

...王去往东京的前一天,他的右眼在碰撞中受伤,不得不接受手术...期间,他蓄了斜刘海,挡住右眼,还像许多盲人一样,开了一家按...

...人来时,响起"欢迎光临"的门铃声,魏建森会邀请客人先喝上一杯茶。...台后,顺畅地从右手边柜子里摸一罐茶叶,抓一小撮放进杯里,再将罐...原处。水开后,他左手端起茶道杯,右手提起长嘴水壶,贴杯沿注水。掂...大概半杯水的重量后,再给客人分茶。很多人都因为这套行云流水的操...质疑魏建森究竟是不是真盲人。

大多数时候,他们可以过得和健全人一样。魏建森的店内杂物间里放着保持力量水平的哑铃。"自从一个盲人懂事的时候,他就知道自己未来要去做按摩,但每个盲人都有对自由奔跑的向往。"

李孝强常常向身边健全人朋友传递他们喜欢的相处方式:只要自己不求助,便无需把自己当作残疾人,随意而不战战兢兢地相处反而是一种尊重,甚至,开些"不合时宜"的玩笑也能接受。他记得一次用刻有盲文的扑克牌"斗地主",对手"报双",还剩两张手牌,李孝强扔了一对。"你瞎啊?看不见那一对2还没下来?"对方说。

"可不就是瞎的吗?"李孝强回。牌桌上的众人哈哈一笑。

"我们盲人不像你们想象中脆弱。"李孝强觉得这个心态可能是足球带来的,"足球解决了两个问题,一个是敢不敢冲出去,第二是愿不愿意相信别人。"

相比其他人,李海福不太喜欢在按摩店打工的经历,被顾客挑刺与刁难时只能忍耐,"服务行业就是会遇到各种各样的人的"。

他尝试过编程,也尝试过音频后期制作,但发现学这类操作太难了。虽然最后可能还是会开一家按摩店,但李海福认为,足球在一定程度上,延迟了他进入按摩行业的时间。"有机会踢球,我也不愿意那么一手一手地揉。""就是要争取自己的命运!"

最近,他用攒下的奖金、补贴,给家里买了一辆 SUV。提车那天,他把车身和车内饰都摸了一遍。

晚上睡觉时,他梦见了自己开着这辆车在路上疾驰。"盲人也是可以做梦的。"他说。

(记者 郑子愚 实习生 梅旭普 编辑 王潇)

原文发布于 2024 年 11 月 4 日上观新闻

原标题:中国盲足球员,从巴黎赛场回到按摩店

一个老人奋力抵抗"社会性死亡"

从各种意义上说,98 岁的曾敏处境都不算太坏。她好好地活着,吃穿不愁,有房子住,有钟点工上门照料,尽管饱受功能退行与病痛折磨,但日常生活还算体面有序。

但她一个月的电话费,高达 300 元。

她拨通电台热线,非常明确地希望为自己:"征"一位"陪聊志愿者"。

这似乎打破了一堵墙——传统观念里,一个迫近生命终点的老人,好好地活着,就已经是最大的福分了。给你吃,给你穿,还想要怎样?忙碌的子女们难以抽暇,老人们更是互相告诫:少给子女添麻烦,少给社会添麻烦。

人们出于惯性般地相信:老人首先是"老",其次才是"人"。他们首先是一具需要被照护的身体,而精神需求可能并不重要。

但曾敏不满足于这样的"活着"。

她选中了 64 岁的志愿者瑞雪,一次次打开自己那间寂静屋子的沉重木门,坦然展露衰老世界里"活生生的"、未曾宣之于口的隐痛与真相。12 年之后,当 76 岁的瑞雪也被衰老病痛束缚家中、独自生活,她才开始明白老人当年的许多努力,其实是在用尽全力地抵抗着一种"社会意义上的死亡"。

相比年轻人说的"社死",这种老年群体困境,更可能发生在每一个人老去的路上。

衰老不会放过每一个人

虚龄 100 岁的那年中秋，曾敏大面积脑梗。一个月后，无儿无女的她在瑞雪等 3 位没有血缘关系的人自发陪护中，安然离世。百岁人瑞，堪称"圆满"。

不久，20 多位与她有过交集的人，自发举行了一个形式独特的追思会：只是聚在一起聊聊她、回忆她。

如今 12 年了，瑞雪还在思念她。

无论生前，还是身后，这位高龄孤老都没有"社会性死亡"。

而她原本是很可能的。

在不少人笼统的印象中，她和小说常描写的某种角色、生活中人们常议论的某种老太，似乎很像：古怪，执拗，不好说话，不易亲近……这其实也是"老人"常被贴上的标签。

最初，接到老小孩网站"应聘"陪聊的任务，瑞雪第一反应是"奇"："老一辈人，吃穿用度、生活起居照顾好，已经很不容易了。到了这个年纪，还需要陪什么？聊什么？"不止她一人这样想。毕竟，在不少人的传统观念里，"孝顺"和"赡养"几乎是画等号的。老一辈人表达精神需求，倒显得罕见而稀奇。

后来的一年半里，瑞雪无数次踏进老人的"孤岛"，看到古怪、倔强背后，老人更真实柔软的样子。

抵达曾敏的家并不容易。她须沿着人声鼎沸的四川北路，拐进一条并不起眼的小弄堂，走进一片旧式里弄最深处，再侧身通过一段昏暗寂静的楼梯间——楼梯尽头，深居简出的曾敏翘首等待着她。

眼前白发稀疏、眼神浑浊、皮肤皱缩的老太太，是上世纪 30 年代风光的大学生。一份档案材料里，记者见到了她年轻时的样子。那是一张工会组织的集体照，曾敏是其中唯一一位女性，个子高挑，身着旗袍，浓密的头发吹出蓬松挺括的发型，笑容爽利。

但衰老不会放过任何一个人。纵使曾有无限希望和热忱，现在，她的世界都变得有限——1 米 68 的个头，缩至不足 1 米 60；病痛缠身，腿脚不便，她退缩到一间不足 20 平方米的房间、一张四尺半的床上，成了一位再普通不过的老人，经历着每个人都躲不开的衰老和凋零。

衰老，就是一个不断被剥夺的过程，剥夺健康、剥夺自由，以及，剥夺你珍爱的人。丈夫、至亲、同龄好友都走了，最小的妹妹也离世多年。熟悉她的人，带着共同的人生记忆逐个消失。她孑然一身、独活于世，过去的事情，很少有人再提起。

旁人眼里，她是位"住在破旧小房子里，不起眼的老太太"。

不只是她。多年以后，瑞雪仍忘不了许多老人屋子里浓重的寂静，"太安静了，弄堂里住着许多老人，没有一点声音。偶尔楼下有自行车骑过的响动，也很快听不到了"。高龄独居的曾敏，是每个人可能面对的未来。据国务院公布的《"十三五"国家老龄事业发展和养老体系建设规划》估算，2020 年中国独居和空巢老年人会增加到 1.18 亿人左右。中国人民大学老年学研究所所长杜鹏则曾表示，受城市化进程、生育率改变等因素影响，独居老人的占比上升是必然趋势。

年老后的独居，会是什么情形？凭借瑞雪难得而深入的长期细致观察、赢得老人信任后的彼此敞开心扉，孤独的滋味，在曾敏的家中被具象化。

老人的小床上系着一根麻绳，一头绑在床尾，一头垂放手边。"我问她，这是干什么的？很担心她（出事）。她说是当拉力器，一个人躺着起不来的时候，拉住麻绳，借一把力。"瑞雪回忆。

离床不远的地方，放着一个马桶，方便老人独自从床上挪下来，就近如厕。一天 2 小时，钟点工上门清理，但总会不及时。小小的屋子里隐隐弥漫着一股气味。

3 台小收音机，是老人视若珍宝的东西——视力日衰，行动不便，这是她了解外界的唯一渠道。"收音机样式很旧，有几个已经坏了，但她舍不得扔掉，说要留做纪念。"那次"面试"其实也与此息息相关。面对几位应聘者，老人先是看似不经意地提起那几天的一个新闻热点。众人没作声，瑞雪不失时机地接上了话。老人看了一眼瑞雪，又转而谈起两位电台主持人海波、渠成，瑞雪应道："海波是上海广播电台的，渠成是东方都市广播电台的。"

"就是她了。"曾敏举手一指,很快点中瑞雪。

幸福的童年治愈一生,幸福的晚年治愈每天

每周三下午,是约定见面的日子。老人特地请钟点工留着门,梳齐头发,穿上衬衫,端坐着恭候瑞雪进门,像赴一场郑重其事的约会。"我总是轻轻地敲两下,然后推门,她总是醒着。"

起初,瑞雪为老人读报。熟悉后,老人把照片一张张翻出来给瑞雪看。很难说,瑞雪的陪伴,为老人解决了什么实际问题。事实上,老人的吃饭、配药、生活护理,另由干女儿、单位退管会、居委会和钟点工分担。

瑞雪的到来,无关乎吃喝冷暖,更像是一种轻度的、软性的支持——拉着老人的手,看着老人的眼睛,漫无目的、东拉西扯地闲聊几个小时。可正是那些闲聊,唤醒曾敏被衰老皮相遮蔽的自我——她不再只是需要被护理的老太太,而是重新变回了那个幽默狡黠、有主见的自己。

孤寂的晚年,许多老人缺的不再是饱暖,而是日益凸显的情感链接,是房子里有点声响、说句话有人回应,是痛苦的时候,有人握住自己的手。

有一天,瑞雪照例推门进去,发现老人躺在床上、面容痛苦。原来,老人几天前起夜小解,跌倒在地。她躺在地上,不知过了多少时间,缓过来后,才慢慢爬到床边,打电话给钟点工求救。

瑞雪听得眼圈发红,老人反过来逗她开心:"你读《红楼梦》,肯定会哭!"那一天,两人只是静静地相对而坐,老人长长地、紧紧地握着瑞雪的手。

知道自己被关心、被牵挂、被很好地爱护着,是孩子们可以治愈一生的幸福童年秘诀,也同样是老人们,得以抵抗暮年严峻考验的强大心理武器。幸福的童年治愈一生,幸福的晚年治愈每天——对他们不少人来说,过好每一天,已是奢望。

深入老人的生活,身临其境的观察,让瑞雪直面老年生活里最真实的部分。

年届百岁的曾敏,下床如厕时,偶尔会打翻马桶,弄脏了床单、衣服,钟点工来不及擦洗干净。

几乎半失能的她,竭力维持着生而为人的尊严和体面。没人注意的时候,她会独自撑着拐杖,通过又窄又陡的活动扶梯,爬上阁楼卫生间,尽量洗去身上的脏污和气味。

"她希望自己干干净净的,以一种清洁的、健康的、文明的姿态示人。"面对老人生活里的种种不堪,瑞雪保持着最大程度的礼貌与尊重,与老人相处如常,不动声色地保护着老人脆弱的自尊心。"我知道她很在意的,所以我很小心,一点都不能表示什么。"

旁人口中"犟脾气"的曾敏,不曾对瑞雪发过脾气,"我说的话,她听得进去"。

和不少老人一样,曾敏会对社区工作"评头论足",乃至有时起"争执"。"其实双方都没错,根源是沟通不畅。"瑞雪居中调和,老人慢慢卸下"竖着刺"的保护壳,主动拜托瑞雪代为转达自己"言语过激"的歉意。

那一年重阳节,居委会为曾敏在家里过了百岁生日——曾敏生母早逝,不清楚自己生辰几何。居委会干部在附近饭店炒了几个热菜,定了一个奶油蛋糕,带进她的小屋子。那一天,平时空荡荡的家里热热闹闹,曾敏少见地掉了眼泪。

说起"老人",似乎往往会说到好强、固执,乃至不好说话、倔强。瑞雪则看到老人内心的极敏感处:"他们毕竟不像年轻人,好多事情可以自己解决。自己没有奋斗的能力了,方方面面都要靠别人。老人某种意义上可以说是最无奈的,有心无力,只能接受,有脾气、难说话也是常情。"

或许是这份理解与尊重,让曾敏对瑞雪的信任和依赖与日俱增,她不再把瑞雪当成普通的志愿者,更像是位可堪托付的至亲好友。

最好的朋友即将从澳洲回国,曾敏要把瑞雪引荐给对方,因为"她看到你就放心了"。已故的妹妹与瑞雪年龄相仿,曾敏郑重地提议,要与瑞雪"姐妹相称"。到后来,老人甚至坚持要配一把家门钥匙给瑞雪——她已将瑞雪视作家人。

那段时间,瑞雪和丈夫、婆婆同住,曾敏体谅她家中琐事繁多,总是催促她早点回家。瑞雪却觉察出另一层细微的情绪,"其实,老人内心羡慕我婆婆有家人陪伴"。

对待每一次告别,老人似乎都郑重万分。她总是目送瑞雪走到门口,不厌其烦地叮嘱她打开楼道灯。偶尔,她还会颤巍巍站起身来,与瑞雪拥抱作别。

低矮弄堂里的夜色,来得比别处更早些。陪聊结束,往往已近黄昏。目送瑞雪离去的许许多多个黄昏里,重归独处的曾敏在想些什么? 我们已不得而知。

我们只能知道,谁都终将老去,而老去往往容易在不知不觉中脱离与社会的连接。哪怕是历经大时代、生命力顽强的人,也会被衰老不由分说地从生理,到心理,一点点与社会性切割、在被迫中失联。这与是否健谈、外向内向,统统无关。

曾敏的招募举动或许少有,但她的需求困境并不少见。

"切切实实、认认真真、无怨无悔、细致入微、自觉自愿"

曾敏在医院平静离世那天,瑞雪和老人的干女儿、老人的好友何女士,共同为老人擦洗净身、更衣戴帽,送了她最后一程。最后一次,瑞雪端详老人。她看起来气色如常,面庞透着淡淡的玫瑰色,像是安静地沉睡了。

3位与老人并无血缘关系的人,夜幕中目送载着老人遗体的专车缓缓驶离,然后互相作别、分头离开。

在老小孩博客里,瑞雪将陪聊老人的经历,写成了日记。在日记中,她一再呼吁:对身不由己的老者,给予"切切实实、认认真真、无怨无悔、细致入微、自觉自愿"的关爱。

这20个字,当年地铁里接到电话、接受电台直播节目采访时,如今在家中面对记者采访、说起最想表达什么后,她都脱口而出,基本一字不差。

她特别提到:低龄老人,要主动地服务高龄老人——这是她结对高龄独居老人后的切身体会。

低龄助高龄,一个显著的优势是:老人懂老人。正像瑞雪说的,老年人的絮絮叨叨,"年轻人没经历过,既听不懂,也不爱听"。而同为老人的她,更能体会曾敏的需求。

低龄助高龄，也是形势所需。据第七次全国人口普查数据显示，中国低龄老年人口数约达 1.45 亿，在可预见的未来还将继续上升。提高低龄老人的社会参与，缓解养老服务资源的供需失衡，都是好事。

低龄助高龄，还并非是一个简单的单向付出过程，而可能成为双向奔赴的滋养与救赎——毕竟，高龄老人的现在，正是低龄老人"近在咫尺的未来"。

对瑞雪而言，成为曾敏的陪聊志愿者，就像是一次对"老年"这门课的预习。

如今 76 岁的她出现在记者面前，架着一副厚重的老花眼镜，走路步子迈得很小，与当年日记所写那个大步流星的她判若两人。

十多年了，瑞雪的人生境遇发生了太多改变。同住一处的婆婆、相濡以沫的丈夫相继离世，好在她与女儿只隔"一碗汤的距离"。但毕竟年龄增长，她渐渐走不动路了，也很少再出门。过去那些"生龙活虎、健步如飞"的日子，成了一种奢望。

孤独无可名状，却又无孔不入。她也开始整日与广播为伴，开始讨厌周遭那竟然无法摆脱的寂静……白天，小学校园的广播声、孩童欢闹声从窗外的远处飘来，她总是听得入神。采访时，她特意指给记者看窗外的方向，一边说一边不自觉地，脸上含笑，眼里发光。

行动受限、失去亲友的痛苦，当年的她尚未有切肤的体会，但读懂这种刻骨铭心的痛苦，又好像只是一瞬间的事。"曾敏失去了那么多，我那时没有体会，真的没有体会……所以要学会体谅别人。"

十余年后的今天，曾敏老人留在她身上的烙印不仅没有褪色，反而愈加清晰地浮现出来，让瑞雪在独自迈向高龄时，找到了一个锚点。

采访中，她不止一次地说，"曾敏老人好像在教我……"

比如，教她更豁达地面对老去。丈夫走后，瑞雪一度消沉下去，加上腰椎、颈椎等身体上的疼痛与不适，她有段时间不愿出门见人，"总是希望躲在家里，等到我情况好一点了，再和大家相聚"。困境中，她想起曾敏，"她身体不舒服的地方比我多得多……"念及此，瑞雪努力调整心态，走出门去，做些力所能及的事。

又比如，教她从容妥善地处理身后事。曾敏和老伴早早办理了遗体捐献，还将住房转让给干女儿，所得房款补贴养老，颇为先进地践行了"以房养老"的理念。前一阵子，瑞雪忽觉心脏不适，她决定仿效曾敏老人，对身后事早做准备。"我写了一段话给女儿，处理了一些事情。一个人，对世界、对人生总归是留恋的，但趁早从容地安排妥当，就会感到很坦然、很心安。"

人生是一条线性向前的单行道，无法提前练习，不可能推翻重来。

但对低龄老人来说，服务高龄老人的过程，却能提前镜鉴和思考自己的晚年生活——在扶助他人的同时，低龄老人也在学着回答生命终将出给自己的考题。

瑞雪最后提了一个问题："时间银行"，怎么样了？

从此更加懂得老人每天发的 "早安"

这也是记者的疑问。1998 年，上海虹口晋阳居委会，推出"时间储存式为老服务"的"时间银行"：提倡低龄助高龄，"年轻时存时间，年老时换服务"，努力尝试探索是否能形成一种可持续的代际循环互助养老模式。如今呢？

带着瑞雪的嘱托，记者逐步了解到：一方面，全国各地也在纷纷尝试，国家也在提倡积极探索"时间银行"等做法，北京大学人口研究所的报告显示：截至2021 年，全国有 240 家"时间银行"，覆盖 31 个省份；另一方面，"时间银行"需要面对制度细化、通存通兑、"时间储蓄"量化等难点，也期待时代发展提供更好的技术手段等条件"破局"。

2019 年，上海在全市层面进一步推行"时间银行"。去年底，上海又设立全市统一的小程序平台"沪助养老时光汇"，旨在通过更高层级的制度设计、统一的运行标准和信息系统，为推广"时间银行"提供保障。新上线的小程序正在试用阶段，尚未在居民中正式启用。新一轮"时间银行"将如何努力推进，推广前景究竟怎样，正有待实践不断探索。

采访中不约而同，几位基层干部都提到了同一个词——"网络"。

他们觉得，进入精细化多样化适己化、追求高质量发展的今天，实践中解决养老问题，不太会是单靠一个项目包打天下，而是要形成"网络"。也并非人人都像曾敏需要陪聊,有的老人精神需求就是自己安安静静看看书。关键是一旦需要,这张网就能响应,而且能对应种种需求。"时间银行"是互助养老理念的具体实现形式之一,是多层次养老服务网络的一种有益补充。

再进一步说,这个"网络"也不仅仅是养老服务网络,还应该是一个更庞大的社会支持网络。

电影《寻梦环游记》里说:死亡不是生命的终点,遗忘才是。真正的死亡,是世界上再没有一个人记得你。

庞大而沉默的老年群体,离开了岗位、告别了单位、退出了工作。如果他们在难以抵抗的岁月侵蚀,包括相当一部分人难以适应的数字鸿沟等挑战面前,一再有心无力,逐渐闭锁家中,乃至闭锁心门,最终无人问津——一句话,掉出了社会网络,那在肉身消亡之前,可能就已经在社会意义上消失,成为研究者波伏娃笔下"被判缓刑的死者"。

就记者所知:一位老人去参观养老院,看到那里有的老人"独自凄凉人不知";一位在小区长椅上枯坐发呆的老太太描述,自己会"用手指来计算自己剩下的日子"。

还有的老人,会坚持每天在微信群、朋友圈或点对点发"早安"表情包,是否其实也为奋力抵抗?

年轻人的"社死"往往在集中的社会注视下,而老年人的消声,发生在聚光灯外,是日积月累、悄无声息、不知不觉的。

瑞雪和曾敏,其实不仅仅是温暖的志愿故事,更是两位彼此陌生的老人,如何竭尽全力地向外迈出一步,在生命的荒原上寻求精神链接,共同对抗"社会性死亡"。

采访中,一位居委会干部说,可以向曾敏学习一点:对每一位个体老人而言,学着向外界包括自己的子女,袒露真实的脆弱,勇敢地表达需要、寻求连接。

事实上,有调查显示:近四分之三的老年受访者"有时"或"一直"孤独,但56%的人从未向外人承认过这一点。更多老人羞于将自己真实的感受宣之于口。

在居委会干部回忆中,曾敏老人保持着活泼可爱的一面,"有时候像年轻人,蛮新潮的"。比如,热心为比她年轻的退休同事当红娘,"她说要多关心人家"。还有一回,居委会收到一大束感谢鲜花,落款是曾敏。"我们想不通,老人连下床都困难,从哪订来的鲜花?"

瑞雪和居委会干部都有同感:晚年的曾敏生活不易,却很少自怨自艾。

对社会来说,将"掉出"社会网络的老人带回,首先就需要深入读懂他们,调动各方面力量为他们重塑一张网。曾敏去世后,家中那场简单的追思会,正是她身后那张社会支持网络的缩影——20多位出席者除了瑞雪,还有老人的干女儿、单位退管会负责人、居委会干部及各种好友。他们无一与曾敏有血缘关系,却组成了一张牢固的社会网络。

"我们的一点关爱,让老人走得很安详、不孤单。比起一些有儿有女,却离世多日才被发现的老人,曾敏老人有福气多了。"瑞雪在追思会上说。

现在的瑞雪,也在社区报英语班、学八段锦。走得动的时候,她坚持自己出门买菜、打车去医院看病。前不久,她作为编委之一,参与制作的老小孩网站最新一期杂志付梓,收录了这个老年社区形形色色的晚年故事。

"我们都是平民百姓,老年人在一起抱团取暖,能让往后比较艰难的日子过得更好一点。"采访行将结束,瑞雪说了这样一句话。

成语词典里,抱团取暖是指"在寒冬季节,人们抱在一起、相互取暖,积聚力量共度最困难的时期"。

一个包容而友好的社会,不该在年龄层之间产生温差。每个方面都再用心一点、更加懂一点,尽力在一位位老人身后撑起一张随时响应、永不失联的社会之网,我们也终将到达的老年才不会成为"生命的寒冬"。

尤其是,老人最不愿麻烦却最在意的儿女们,至少不再只盯下一辈的幸福童年,也能从此读懂上一辈老人发的"早安"。

(文中曾敏、瑞雪为化名)

(记者 周丹旎 编辑 王潇)

原文2024年08月08日发布于上观新闻

原标题:衰老启示录:当一个老人奋力抵抗"社会性死亡"

图书在版编目(CIP)数据

原点：相信抵达的力量/丁利民，王潇主编．
上海：上海三联书店，2025. 5. —ISBN 978 - 7 - 5426
- 8911 - 5

Ⅰ. I253

中国国家版本馆 CIP 数据核字第 2025G61F18 号

原点：相信抵达的力量

主　　编 / 丁利民　王　潇

责任编辑 / 陈马东方月
装帧设计 / 徐　徐
监　　制 / 姚　军
责任校对 / 王凌霄

出版发行 / 上海三联书店
　　　　　　(200041)中国上海市静安区威海路 755 号 30 楼
邮　　箱 / sdxsanlian@sina. com
联系电话 / 编辑部：021 - 22895517
　　　　　　发行部：021 - 22895559
印　　刷 / 上海盛通时代印刷有限公司

版　　次 / 2025 年 5 月第 1 版
印　　次 / 2025 年 5 月第 1 次印刷
开　　本 / 710 mm × 1000 mm　1/16
字　　数 / 330 千字
印　　张 / 22. 25
书　　号 / ISBN 978 - 7 - 5426 - 8911 - 5/I · 1931
定　　价 / 78. 00 元

敬启读者，如发现本书有印装质量问题，请与印刷厂联系 021 - 37910000